Bauge, eine kleine Hafenstadt in der Bretagne. Vor der Küste wird ein großes Gezeitenkraftwerk gebaut, die zumeist chinesischen Arbeiter hausen in einem Lager an den Klippen. Als man Leichenteile findet und eine Frau im Park überfallen wird, richtet sich der Verdacht schnell gegen die Fremden. Sergeant Ohayon, ein Mann mit dem Gespür für Details, wird aus Fleurville zur Verstärkung an die Atlantikküste beordert. Er stößt auf ein Geflecht aus Geheimnissen und verborgenen Allianzen. Und schnell wird klar: Die Stimmung in dem beschaulichen Küstenort kippt.

MATTHIAS WITTEKINDT wurde 1958 in Bonn geboren. Nach dem Studium der Architektur und Religionsphilosophie arbeitete er in Berlin und London als Architekt. Es folgten einige Jahre als Theaterregisseur. Seit 2000 ist er als freier Autor tätig, schreibt u. a. Radio-Tatorte. Für seine Hörspiele, Fernsehdokumentationen und Theaterstücke hat er zahlreiche Preise erhalten. *Licht im Zimmer* ist sein dritter Kriminalroman, der Vorgänger *Marmormänner* wurde mit dem Deutschen Krimipreis ausgezeichnet.

MATTHIAS WITTEKINDT

EIN LICHT IM ZIMMER

Kriminalroman

btb

Der Verlag weist ausdrücklich darauf hin, dass im Text
enthaltene externe Links vom Verlag nur bis zum Zeitpunkt
der Buchveröffentlichung eingesehen werden konnten.
Auf spätere Veränderungen hat der Verlag keinerlei Einfluss.
Eine Haftung des Verlags ist daher ausgeschlossen.

Verlagsgruppe Random House FSC® N001967

1. Auflage
Genehmigte Taschenbuchausgabe April 2017
btb Verlag in der Verlagsgruppe Random House GmbH,
Neumarkter Str. 28, 81673 München
Copyright © Edition Nautilus Verlag Lutz Schulenburg, Hamburg 2013
Umschlaggestaltung: semper smile, München
Umschlagmotiv: © Stichelbaut Benoit/Getty Images
Satz: Uhl + Massopust, Aalen
Druck und Einband: GGP Media GmbH, Pößneck
cb · Herstellung: sc
Printed in Germany
ISBN 978-3-442-71429-2

www.btb-verlag.de
www.facebook.com/btbverlag
Besuchen Sie unseren LiteraturBlog www.transatlantik.de

Was Silvia Courbet am meisten an ihrer Tochter aufregte, war der Hals.

Ein paar Monate, nachdem Eva zwölf geworden war, hatte das angefangen. Dieses Verlängern des Halses, die stolze Art, wie Eva ihr Kinn hob und den Unterkiefer vorschob, wenn sie mit ihrer Mutter sprach. Obwohl also genau genommen das Kinn verantwortlich war, richtete sich der Zorn ihrer Mutter gegen den Hals.

Da Eva nicht verstand, was an ihrem Hals falsch war, sah sie sich den ihrer Mutter genauer an. Als sie begriff, was damit nicht in Ordnung war, begann sie sich für ihren eigenen Körper zu interessieren. Für ihre Haut, ihre Augen, ihre Haare.

»Ich hasse dich!«

»Ich dich auch!«

Evas Geburt war eine Quälerei gewesen, weil sie falsch herum lag. Obwohl die Ärzte der Schwangeren erklärt hatten, dass eine Steißlage für das Kind mit Gefahren verbunden wäre, ging Silvia Courbet das Risiko ein und hielt die Schmerzen bei der Geburt aus. Warum sie sich nicht zu einem Kaiserschnitt überreden ließ, konnte sie später nicht erklären. Nun, das Kind war gesund zur Welt gekommen, und so spielte ihre eigenwillige Entscheidung keine Rolle mehr. Als ihr Mann sie ein paar Monate später fragte, ob kosmetische Gründe eine Rolle gespielt hätten, erklärte sie ihm, sie hätte gewusst, dass alles gutgehen würde.

Eigentlich hatte sie kein Kind gewollt.

Richard hatte es dann aber doch geschafft, seine Frau zu

überreden, und nach der Geburt änderte sich Silvias Einstellung. Wenn Richard abends nach Hause kam, erzählte sie ihm als Erstes, was ihre Tochter Neues entdeckt hatte.

»Eva hat wieder vor dem Spiegel gestanden.«

Das waren besondere Momente. Eva war mit ihren zwölf Monaten noch unsicher auf den Beinen. Meistens zog sie sich vor dem Spiegel hoch, sah sich mit großen Augen selbst an und versuchte dann, nach ihrem Spiegelbild zu greifen. Natürlich konnte sie es nicht fassen. Manchmal fand sie das amüsant. Dann lachte sie und stampfte vor Freude mit dem Fuß auf. Das Anstarren ihres Gesichts endete stets damit, dass sie ihren Mund öffnete, ihn gegen den Spiegel presste und so eine ganze Weile verharrte.

Silvia wurde während dieser Spiegelphase richtig kindersüchtig. Sie hätte gerne noch eins bekommen. Aber das wurde nichts mehr.

Auch Richard war begeistert von seiner Tochter. »Hast du mal auf ihre Augen geachtet? Man sieht richtig, wie ihr Verstand arbeitet.«

Richard stand immer auf Evas Seite. Vor allem, als sie älter wurde. Vielleicht weil er spürte, dass seine Frau anfing, eifersüchtig zu werden. Aber war sie wirklich eifersüchtig? Auf ein Kind? Möglicherweise war er ein bisschen zu begeistert von seiner Tochter, und vielleicht nervte das seine Frau. Es ließ sich später gar nicht mehr sagen, wer damit angefangen hatte. Richard meinte, Silvia wäre zu kritisch ihrer Tochter gegenüber, und vermutete, er hatte mit einem Freund darüber gesprochen, dass es vielleicht mit der schmerzhaften Geburt zu tun hatte. Beiden Männern war natürlich klar, dass sie es stark übertrieben mit ihren Deutungen.

Wie auch immer. Richard Courbet nahm sich ab Evas elftem Lebensjahr viel Zeit für seine Tochter. Sie machten Ausflüge, fuhren zum Einkaufen in die Stadt. Eva bekam ständig kleine

Geschenke von ihrem Vater. Silvia und ihre Freundin Catherine hatten inzwischen eine Galerie in London übernommen, und so war Silvia die Woche über weg. Richard Courbet machte bei Renault Karriere. Zu hause war alles gut organisiert, Eva kam mit ihrer Tagesmutter bestens zurecht. Sie wurde früh selbstständig, hielt sich an Vereinbarungen und kümmerte sich sogar eine Weile um das Pony einer Freundin, die es – Evas Worte – vernachlässigte. In dieser Phase ihres Lebens hingen viele Poster von Ponys und Pferden in ihrem Zimmer.

Aber natürlich war nicht alles gut und in Ordnung mit ihr, sonst wäre sie ja kein Kind gewesen. Es gab da einen hässlichen Zwischenfall. Die Besitzerin des Reiterhofs rief an einem Samstagnachmittag um kurz nach vier bei Silvia an.

»Sie müssen Ihre Tochter abholen.«

»Ist ihr etwas passiert?«

»Sofort.«

»Was ist denn los, ist Eva vom Pferd gestürzt?«

Eva hatte angeblich ein Pony geschlagen. Ein schwarzes, ziemlich dominantes Pony, das September hieß.

»Meine Tochter soll ein Pony geschlagen haben?«

»Nicht nur ein bisschen, glauben Sie mir, Madame, nicht nur ein bisschen.«

Es blieb das einzige Mal, dass so etwas vorkam, und Eva hatte den Vorfall ja auch erklärt: »September hat den Kleinen immer alles weggefressen und sie gebissen!« Zwei Wochen später durfte sie wieder auf den Hof und entschuldigte sich für das, was sie getan hatte.

Nach einigen Umzügen, die mit Richards Beruf zusammenhingen, landete die Familie in Bauge, einem Städtchen mit knapp 14 000 Einwohnern – direkt an der Atlantikküste. Der Ort war ideal für die Familie. Silvia konnte mit der Fähre nach England übersetzen und war in vier Stunden in ihrer Galerie. Richard hatte es auch nicht weit zur Arbeit. Renault hatte in der Nähe von Bauge ein neues Werk errichtet, in dem Lichtmaschinen und modernste Hybridmotoren gefertigt wurden. Eva war inzwischen vierzehn. Sie zogen in eine Villa auf den Klippen von Roche, einem Vorort von Bauge. Der Ausblick aus dem Wohnzimmer war atemberaubend.

Zur Zeit des Umzugs hatte Eva noch ganz lange, glatte Haare und einen schnurgeraden Pony. Kurz darauf trug sie ihr Haar schulterlang und leicht gewellt. Die Pferdebilder hatten den Umzug nach Bauge zwar noch mitgemacht, aber... Eva hängte sie nicht wieder auf.

Eva kam in ihre Experimentierphase. Es fing damit an, dass sie immer mehr Zeit im Badezimmer verbrachte. Anfangs waren zwei Freundinnen in Evas Badezimmersessions mit einbezogen. Es war immer das Gleiche. Erst wurde eine Farbe ausgesucht, dann gingen die drei ins Badezimmer, und nach einer halben Stunde kam eins der Mädchen heulend wieder heraus, während die beiden anderen hinterherliefen und entweder lachten oder beteuerten, dass es doch gut aussähe oder beides zusammen.

Es wurde immer wilder. Blond, schwarz, blond mit Strähnchen, rot, Kastanie. Rotorange, dann wieder blond. Zuletzt blond. Alle drei. Gewellt. Alle drei. Und ein Piercing. Unterlippe. Aber nur eins.

»Muss das sein, Eva? Was, wenn sich das entzündet?«

Dazu verschiedene Hosen. Jeans, Leggins, Stoffhosen. Dann Röcke. Verschiedene Längen.

»Nein! Hast du dich mal im Spiegel gesehen?«

Die drei pushten sich total hoch.

Eva wusste inzwischen, dass »weiblich« für die Mädchen ihrer Klasse etwas anderes bedeutete als für sie. Zum Beispiel Träume. Gut oder schlecht über andere reden, Freundschaften, Liebe, Bücher lesen. Französisch war Evas zweitbestes Fach, sie las ziemlich viel. In Mathe war sie noch besser, da war sie die Nummer eins. Aber dann ließ sie in Mathe nach. Das hatte nichts damit zu tun, dass sie zu viel Zeit damit verbracht hätte, sich zu stylen, es lag daran, dass sie noch besser in Französisch werden musste, und das wiederum hing damit zusammen, dass sie unbedingt Mitglied im BUCHCLUB werden wollte. Vom BUCHCLUB hatte Eva immer nur gehört. Sie wusste weder, wo er war noch was dessen Mitglieder eigentlich machten. Lesen möglicherweise.

Niemand in ihrer Schule – in der es nur Mädchen gab, was Vor- und Nachteile hatte –, niemand dort wusste Näheres über den BUCHCLUB. Trotzdem hielt sich die Behauptung, dass es ihn gab. Dort Mitglied zu sein, bedeutete so etwas wie die Aufnahme in eine Geheimgesellschaft, da waren sich alle einig. Dabei zu sein, würde für Eva vor allem bedeuten, dass sie aus der Mittelmäßigkeit herauskam. Eva empfand ihre Umgebung von einem bestimmten Zeitpunkt an nämlich als durchschnittlich und langweilig. Nachdem sie erkannt hatte, dass ihre Familie nicht schlecht, sondern einfach nur bedeutungslos war, hörte sie auf, sich mit ihrer Mutter zu streiten. Es waren ja auch gar keine richtigen Streits gewesen, eben nur diese kleinen Zankereien. Das Verhältnis zwischen Mutter und Tochter wurde besser, Evas Vater dagegen verlor an Bedeutung. Nein, das trifft es nicht. Das Verhältnis zwischen Eva und ihrem Vater wurde regelrecht problematisch. Woran das lag? Wahrscheinlich daran, dass sich Eva immer öfter mit Jungen traf. Väter sind manchmal furchtbar ängstlich mit ihren Töchtern.

Alle, die sich auskannten, hatten Eva gesagt, dass niemand einfach so Mitglied im BUCHCLUB wurde, indem er zum Beispiel irgendwo hinging und sich bewarb. Das wäre ja auch gar nicht möglich gewesen, da niemand wusste, wo der BUCHCLUB überhaupt war. Nein, man wurde von denen selbst aufgefordert. Die Mitglieder des BUCHCLUBS, so hieß es, würden schon wissen, wen sie bei sich haben wollten und wen nicht. Zwei Monate vor ihrem 15. Geburtstag hatte Eva ein wichtiges Zwischenziel erreicht. Sie war die Beste in Französisch und durfte in der Aula eine Kurzgeschichte vortragen, die sie geschrieben hatte. »Schön und klug«, stand in der *Gazette de Bauge*, dazu ein Foto von ihr, und natürlich ihre Geschichte. Trotz dieses Erfolgs geschah nichts. Niemand meldete sich, niemand forderte sie auf, sich an einen geheimen Ort zu begeben. Zuerst war Eva enttäuscht, dann begann sie an der Existenz des BUCHCLUBS zu zweifeln, und der Traum löste sich auf. Als sie nach ein paar Wochen noch mal daran dachte, kam es ihr vor, als läge das alles schon sehr weit zurück.

Aber so viel Zeit war gar nicht vergangen.

Sechs Wochen nach ihrem Vortrag in der Aula war sie auf einer Party von Sarah. Eva hatte den ganzen Abend getanzt, denn das war immer noch die beste Möglichkeit, sich die Jungen vom Hals zu halten. Und sie hatte getrunken. So bekam sie erst gar nicht mit, was Sarahs kleine Schwester von ihr wollte.

»Hier!« Die Kleine war auf die Tanzfläche gekommen und zog Eva am Ellenbogen. »Hier!«

»Was denn?«

»Für dich, das hat einer abgegeben, du sollst rauskommen.«

Eva nahm die Karte, die das Mädchen ihr hinhielt und las. BUCHCLUB. In Großbuchstaben mit Bleistift auf ein Pappkärtchen geschrieben.

»Was ist das?«, wollte das Mädchen wissen.

»Nichts«, sagte Eva und ging hoch. Sie sah auf ihr Handy. Genau Mitternacht. Draußen würde es kalt sein, sie zog ihre Jacke an. Sie tat das nicht gerne, wenn es um wichtige Begegnungen ging, weil sie meinte, die Jacke mache sie hässlich. Eva überlegte kurz, ob sie Sarah holen sollte, schließlich unternahmen sie seit einiger Zeit fast alles zusammen, und Eva wusste, dass ihre Freundin auch in den BUCHCLUB wollte. Aber dann dachte sie, dass es sicher einen Grund gab, warum man sie gefragt hatte und nicht Sarah. Also verließ sie das Haus, ohne ihr was zu sagen. Das könnte sie ja auch später noch machen.

Draußen war niemand. Aber das hatte nichts zu bedeuten, denn der Garten von Sarahs Eltern war zur Straße hin durch eine hohe Hecke abgegrenzt. Es war viel wärmer als noch vor ein paar Stunden. Und es roch nach Rauch. Die verbrennen bestimmt wieder Seetang, dachte sie. Aber nachts…? Sie vergaß den Geruch, ärgerte sich noch mal über ihre hässliche Jacke und ging zur Straße.

Das Auto und der Junge waren nicht zu übersehen. Der Wagen stand auf der anderen Seite direkt unter einer Laterne. Es war ein altes amerikanisches Auto mit einem auffällig verchromten Kühlergrill, auf den ein galoppierendes Pferd aufgelötet war. Schick, dachte sie, bestimmt teuer, wahrscheinlich von den Eltern. Der Junge saß auf dem Heck des Wagens. Eva schätzte ihn auf achtzehn. Er wirkte lässig und gleichzeitig wie aus einer anderen Zeit. Sie musste an ein Bild denken, das ihre Mutter ihr neulich im Internet gezeigt hatte. »Den fand deine Großmutter toll«, hatte sie gesagt. Eva wusste, dass der Junge, den ihre Großmutter damals angehimmelt hatte, bei einem Autounfall gestorben war und dass er in Hollywood Filme gedreht hatte. Ja… Irgendwie sah der Junge auf dem Heck des amerikanischen Schlittens ein bisschen so aus.

»Hast du mir die Karte geschickt?«

Keine Antwort, er machte sich nicht mal die Mühe, sich zu ihr umzudrehen.

»Was willst du?«

»Ich dachte, dass wir ein bisschen in der Gegend rumfahren.« Er sah sie immer noch nicht an, und dass er seine Stimme verstellte, hätte jeder Idiot gemerkt.

»Ich kenne dich gar nicht.«

»Aber ich kenne dich. Ich habe deine Geschichte in der Zeitung gelesen.«

»Auf welche Schule gehst du?«

»Crombourg, so wie alle Jungen. Also, kommst du mit?«

»Ganz bestimmt nicht. Autos machen nichts mit mir.« Das hatte sie gut gesagt, fand sie. Sie knöpfte ihre Jacke auf und stellte sich anders hin.

»Du willst doch Mitglied im BUCHCLUB werden, oder?«

»Wer sagt das?«

»Soll ich wegfahren?«

Warum ging sie nicht wieder rein? Ihr Vater hatte ihr doch so oft geraten, mit fremden Männern vorsichtig zu sein. Nun, die Warnungen ihres Vaters waren hier gar nicht nötig. Sie wäre sowieso nicht eingestiegen. Nicht zu einem, der aussah wie aus einer anderen Zeit. Kein Junge, den sie kannte, hätte so eine Lederjacke getragen und so hoch sitzende Jeans.

»Du willst doch, also komm«, sagte er ruhig. Er sah nicht nur merkwürdig altmodisch aus, er hatte auch eine Art zu reden, die total peinlich war.

»Du kommst mit deinem Auto und meinst, es reicht, wenn du ein Wort auf eine Karte schreibst?«

Er antwortete nicht, sondern sah runter zum Meer. Eva konnte ihn jetzt im Profil sehen. Sein Körper schien gut trainiert zu sein. Na und? Sie kannte mindestens zwei Jungen, die genauso gut aussahen, und beide hatten sich ihr schon an die Fersen geheftet.

»Du meinst also, du bist was Besonderes?«, fragte sie, um ihn ein bisschen herauszufordern. Er ging auch darauf nicht ein. Sie fand ihn inzwischen nur noch affig. Wahrscheinlich hatte er von irgendwem gehört, dass sie unbedingt in den BUCHCLUB wollte. Aber von wem? Und woher wusste er, dass sie heute Abend hier war? Sie fing an, ihn, sein Auto, sein ganzes Getue unter Anmache und auch ein bisschen unter gefährlich einzuordnen. Doch obwohl sie ihn innerlich abgehakt hatte, sah sie immer noch zu ihm rüber. Irgendwas an seinem Aussehen stimmte nicht. War er traurig? Was zog sie an? Vielleicht doch sein Aussehen? Die Art, wie er da auf dem Heck des Wagens saß?

»Na los, in einer Stunde bist du zurück.«

Er rutschte vom Heck und ging um den Wagen herum zur Beifahrertür. Das Licht der Laterne schien ihm ins Gesicht, und das Erste, was Eva auffiel, waren seine Augenbrauen. Die waren falsch. Als hätte er sie mit Teer oder tonnenweise Mascara vollgeschmiert. Dann sah sie etwas, das noch unpassender war. Er war ein Krüppel. Sein rechtes Knie knickte bei jedem Schritt nach innen weg, und sein rechter Schuh war ein Klumpen. Warum hatte er, obwohl er ein Krüppel war, so viel Selbstbewusstsein? Er beugte sich ungelenk vor, ließ die Beifahrertür aufschwingen und wies dann mit der offenen linken Hand auf den Sitz. Ein Clown mit geteerten Augenbrauen und einem Klumpfuß, dachte sie. Dass sie mit so einem weder mitfahren wollte noch sollte, war ihr natürlich klar. Aber sein Bein, die Tatsache, dass er irgendwie zwei Wesen in einem vereinte, brachte ihr Warnsystem durcheinander. Mehr noch, es öffnete ihr eine Tür in eine helle, andere Welt. So empfand sie, sie hätte es nicht erklären können. Sie hatte auf einmal das sichere Gefühl, dass er sie gar nicht persönlich meinte, dass es hier nicht um blöde Anmache ging. Nein, er sprach etwas viel Allgemeineres an mit seiner Einladung. Und so trat sie, ohne noch etwas zu denken, aus sich heraus. Sie verließ ihren Körper und ging auf die weit geöffnete Tür zu. Während sie das tat, wurde sie mit jedem Schritt mutiger. Sie hatte immer darauf gehofft, dass etwas Großartiges passieren würde. Jetzt war es so weit.

*

Als das Bein gefunden wurde, gab es kein Entsetzen, kein Kotzen und kein Geschrei. Obwohl der Geruch unerträglich war. Kein Geschrei, weil das Mädchen, das das Bein in einem Müllsack neben den Containern entdeckte, erst vier Jahre alt war. Ihre Mutter hatte sie Monique genannt, weil die Mutter ihres Mannes so hieß. Ein versöhnliches Angebot, das nichts gebracht hatte. Die kleine Monique sagte aus, sie hätte noch eine Weile nach anderen Teilen der Puppe gesucht, aber nichts gefunden. Ein Misserfolg, der sie beschäftigte. Sie sagte weiter aus, das Bein hätte gestunken.

»Weil es schmutzig war!«

»Hast du dich erschrocken?«, fragte eine sehr alte Frau, von der Monique wusste, dass ihr die Schule gehörte, in der ihr Kindergarten war.

»Jemand muss das Bein waschen.«

»Das geht nicht.«

»Warum?«

»Wir wissen ja noch gar nicht, wem es gehört.«

Monique zeigte aus dem Fenster. »Da hinten, im Schaufenster von Façon, stehen solche Puppen. Die müsst ihr mal fragen. Da kaufen wir oft ein. Das hier, was ich anhabe, das haben wir da gekauft. Und wenn man was findet, bekommt man eine Belohnung!«

Monique erwies sich als hartnäckig, was die Belohnung anging. Später, als immer mehr Polizisten und viele andere da waren, verwandelte sich ihre Verärgerung in Freude darüber, dass sich so viele Menschen für sie und ihre Geschichte interessierten.

»Meine Oma hat gesagt, wenn man was findet, das keinem gehört, darf man es behalten.«

»Vielleicht gehört die Puppe ja jemandem.«

»Ich will die Puppe nicht haben. Weil niemand sie gewaschen hat, und weil sie stinkt. Aber kriege ich denn eine Belohnung?«

»Hm ... Vielleicht hat jemand das Bein versteckt, um jemand anderen zu ärgern, und es ist dabei schmutzig geworden. So was kann passieren, wenn man nicht aufpasst.«

»Wie heißt du?«

»Nora.«

»Und warum hast du eine Pistole?«

Weshalb zwischen dem Fund und der Benachrichtigung der Polizei über eine Stunde verging, konnte später nicht mehr geklärt werden. Keiner dieser verzögernden Aspekte hing, nach Einschätzung von Gendarmin Nora Rose, mit dem Versuch einer Vertuschung oder Irreführung zusammen. Man hatte sich um das Kind gekümmert, das zunächst komische Sachen gesagt hatte. Und zwar erst, als die Erzieherin gefragt hatte, was Monique denn die ganze Zeit mit ihrer Freundin zu besprechen hätte.

»Sie hat von einer Puppe gesprochen, und ich dachte, sie meint eine Puppe.«

Die Erzieherin war noch immer ganz durcheinander. »Erst als ich Monique das dritte Mal fragte und sie sagte, es gehe um das Bein einer sehr großen Puppe, und dass das Bein stinkt... erst da, verstehen Sie? Ich habe nicht gleich an die Polizei gedacht, sondern mich um das Kind gekümmert und die Eltern benachrichtigt.«

»Sie haben vollkommen richtig gehandelt.«

»Das Bein hätte gestunken, hat sie gesagt, und es wäre zu groß gewesen.«

»Sie ist erst vier.«

»Sonst hätte sie es womöglich mit in die Klasse gebracht.«

»Dazu ist es ja zum Glück nicht gekommen.«

Das Bein wurde sofort zur Untersuchung gebracht. Rousseau fuhr mit. Noch während er unterwegs war, verfasste Nora einen längeren Bericht, der im Wesentlichen die Zeugenaussagen wiedergab. Die Spurensicherung erledigte wie immer ein Team der Police Nationale aus Villons, denn es gab keine solche Abteilung in Bauge.

Zum Nachdenken kamen Nora Rose und Gendarm Philippe Rousseau erst am nächsten Tag.

»Wie sieht's aus, Rousseau? Schon eine Theorie?«

»Na ja ...« Gendarm Rousseau hatte die Angewohnheit zu nicken, wenn er eine Theorie entwickelte. Er nickte auch bei anderen Gelegenheiten. Und immer mit ernstem Gesicht. Gendarm Rousseau war verheiratet und hatte Kinder – zwei Jungen, und beide waren gut in der Schule, worauf er sehr stolz war.

»Also? Was denkst du, Rousseau? Oder überlegst du noch?«

»Was soll ich sagen, Nora ... Ich denke, der ist einfach da hin. Wahrscheinlich in der Nacht. Und hat das Bein neben die Container gestellt.«

»Und warum genau da hin? Neben einer Schule mit Kindergarten.«

»Vielleicht wohnt er irgendwo in der Nähe. Oder es liegt an den Büschen, die den Container abdecken. Oder daran, dass man mit dem Auto gut rankommt. Ja, ich denke, er ist rumgefahren, bis er eine geeignete Stelle gefunden hat.«

»Das Bein muss höllisch gestunken haben.«

»Das hatte er ja wohl im Kofferraum, oder?«

»Das heißt, er musste anhalten, aussteigen, den Kofferraum öffnen ...«

»Vielleicht war's nicht das erste Mal.« Gendarm Rousseau nickte eine Weile, ohne zu sprechen. Er mochte es, wenn klare Schlüsse gezogen wurden.

Die Leichenschau, wenn man bei einem Bein von so einer sprechen kann, fand nicht in Bauge statt, da es dort auch keinen Gerichtsmediziner gab. Die Arbeit übernahm Dr. Poisson, ein älterer Pathologe. Gendarm Rousseau fuhr sogar noch mal hin.

Er war neu in Bauge und hatte gemeint, er müsse ermitteln. Nora hatte ihm erklärt, dass die Police Nationale in Villons den Fall übernommen hätte. Das wäre immer so bei schweren Delikten.

Dr. Poisson – auffällig seine dicken Brillengläser und die Angewohnheit, die Augen zusammenzukneifen – erklärte Rousseau, es handele sich um das Bein einer Frau, Anfang dreißig.

»Die Frau ist seit mindestens zwei Wochen tot. Das Bein hat außerdem längere Zeit im Wasser gelegen. Salzwasser.«

»Salzwasser?«, fragte Rousseau.

»Kein Meerwasser. Salzlauge. Vielleicht in einer Badewanne.«

»Könnte man feststellen, ob das Bein, bevor es in die Salzlauge gelegt wurde ... ob es da im Meer gewesen ist?«

»Sie meinen, die Salzlauge sollte das Meerwasser übertünchen?«

»War nur ein Gedanke.«

»Warum so kompliziert? Ich meine, wenn das Bein schon im Meer war ... warum es dann wieder rausholen?«

»War nur ein Gedanke«, wiederholte Rousseau.

»Es macht empirisch wenig Sinn, mit abwegigen Möglichkeiten zu beginnen. Vielleicht können Sie mir da zustimmen. Warum sind Sie überhaupt hier?«

»Weil das Bein in Bauge gefunden wurde.«

»Der Fall liegt jetzt bei uns. Kommissar Bary hat bereits alles Nötige veranlasst.«

»Verstehe. Ich melde mich, wenn wir weitere ... wenn wir noch was finden.«

Rousseau fand nichts, und er wurde auch noch mal deutlich darauf hingewiesen, dass der Fall in Villons bearbeitet werde. Irgendwann hatte er das begriffen. Er war neu und musste noch lernen, seinen Eifer zu dämpfen. So lief das eben in Bauge.

Kommissar Bary und seine Leute fanden noch einiges im Laufe der nächsten Monate. Allerdings nicht in Bauge, sondern in den Wäldern bei Villons. Drei Frauenleichen, und bei einer fehlte ein Bein. Die Leichen konnten drei vermissten Frauen zugeordnet werden, in deren Wohnungen Blut und Hinweise auf einen Raubüberfall gefunden worden waren. Alle Opfer waren mit einem Hammer erschlagen worden, bei allen fand sich die DNA desselben Täters. Kommissar Bary entschloss sich nach einigen Diskussionen, in der Zeitung bekanntzugeben, dass die Frauen in ihren Wohnungen getötet worden waren. Wo genau in der Wohnung das geschehen war, wurde nicht mitgeteilt. Es war die *Gazette de Villons*, die auf das Wort Hammermörder kam. Die Bezeichnung war nicht sehr originell – es wurde auch in der Nähe von Marseille ein »Hammermörder« gesucht, und in der Gegend um Avignon ebenfalls. Der Redakteur war eben darin geschult, prägnante Begriffe zu benutzen, und »Hammermörder« brachte die äußeren Umstände der drei Morde seiner Meinung nach auf den Punkt.

Die kleine Monique übrigens nahm, nach Auskunft einer hinzugezogenen Schulpsychologin, keinen seelischen Schaden. Das hing damit zusammen, so die Erklärung, dass die Direktorin, Moniques Kindergärtnerin und auch Gendarmin Rose schnell reagiert und Monique in dem Glauben gelassen hatten, sie habe das Bein einer Puppe gefunden. Monique bekam, nachdem sie tagelang gequengelt hatte, von der Direktorin eine hübsche Puppe geschenkt, die sie Monique nannte. Diese Puppe zerstörte sie auf der Fahrt nach Hause, was sie offenbar beruhigte, denn sie fragte danach nie wieder nach der großen Puppe.

Irgendwann war dann wieder alles so, wie es sein sollte. Ruhig. Und Gendarm Rousseau bekam sein übertriebenes Bedürfnis, etwas zu unternehmen, in den Griff. Es passierte nichts Schlimmes mehr. Abgesehen natürlich von den tragischen Ereignissen im Herbst und im Winter, die längst Routine waren. Alte Leute, die bei Ebbe zu weit rausgingen und deren Leichen sie dann mit schöner Regelmäßigkeit am nächsten oder übernächsten Tag zwischen den Klippen von Colline fanden.

Die Geschichten mit den ertrunkenen Rentnern stimmten Gendarm Rousseau immer sehr nachdenklich. Da hatten zwei Menschen ihr Leben gemeistert, vielleicht Kinder aufgezogen, fürs Alter vorgesorgt, sich fit gehalten und dann... starben sie trotzdem. Nur weil sie die Zeit nicht beachtet und die Tücke der Flut unterschätzt hatten. Für Gendarm Rousseau waren diese tragischen Unfälle ein Sinnbild für das unberechenbare Spiel des Schicksals, das stets über allem schwebte, was Menschen wollten und planten.

*

Zwei Jahre nach dem Bein kamen die Knochen. Was zunächst ganz vernünftig klingt, obwohl... Wie irgendwelche Ereignisse ihren Anfang genommen haben und was aus was folgt, darüber lässt sich natürlich endlos spekulieren. Rousseau, wie gesagt, dachte dabei an Schicksal. Aber hätte man die Vorboten der Katastrophe, die dann über den Ort hereinbrach und dem Namen Bauge für lange Zeit einen schlechten Klang in ganz Frankreich verlieh... hätte man das nicht doch messen oder voraussehen können? Theoretisch ja. Anfang November hatte sich die Strömung vor der Küste verändert. Das hatte zur Folge, dass etwas angespült wurde.

»Was war das für ein Knochen?«, fragte Nora.

»Wahrscheinlich eine Rippe. Schrecklich, oder?«

»Wann hast du die gefunden?«

»Heute Morgen, um kurz nach sieben.«

Gendarmin Nora Rose und Miriam Marchand waren beide fünfzig Jahre alt. Sie kannten sich noch aus dem Kindergarten. Demselben übrigens, in dem auch Monique spielte und lernte.

Miriam betrieb eine Pension mit Bar und Terrasse, so wie es schon ihre Eltern getan hatten. Allerdings hatte sie vor zwei Jahren alles von Grund auf renovieren lassen. Sie hätte es sonst nicht mehr ausgehalten. Sie hatte sogar mit dem Gedanken gespielt, sich das Leben zu nehmen.

»Hat er wieder eine getötet?«, fragte Miriam und presste die Lippen aufeinander.

»Wen meinst du mit ›er‹?«

»Na, den Hammermörder.«

»Um die Frage zu beantworten, wäre der Schädel nützlich.«

Miriam senkte den Kopf wie jemand, der etwas falsch gemacht hat, und schwieg eine Weile.

Der Fundort war längst abgesperrt. Nora und Gendarm Rousseau waren in Brest gewesen, als Miriam auf der Gendarmerie angerufen hatte. Gendarmin Florence Marin hatte sofort die Spurensicherung in Villons informiert. Die waren also zuerst da gewesen und hatten bereits alles abgesperrt. Hinter der Absperrung hatten sich viele Menschen versammelt, und die sahen sehr ernst aus.

Es wehte ein scharfer Wind, Nora Rose hatte die Kapuze ihres Anoraks hochgeklappt. Sie überlegte, wie viel Zeit ihnen die Flut noch lassen würde. Gendarm Rousseau stand neben ihr und fror. Nora hatte ihm schon hundertmal gesagt, dass er einen Anorak und Stiefel im Wagen deponieren solle. Ein Stück weit draußen sah sie David Leroy und noch weiter hinten zwei andere Männer von der Spurensicherung.

»Soll ich dir erzählen, wie ich die Rippe gefunden habe und wo?«, fragte Miriam.

»Fang an.«

»Die lagen ungefähr da vorne. Also zuerst lagen sie da, dann natürlich nicht mehr.«

»Warum dann nicht mehr?«

»Na, ich war doch mit dem Hund spazieren, der hat sie

gefunden. Geschnappt und sofort los. Mein letzter hätte das nicht gemacht, der hat aufs Wort gehört. Aber der neue hat was Wildes in sich, verstehst du, das kriegt man nicht raus.«

»Weiter, und nicht zu viel über den Hund.«

»Doch, der ist wichtig. Er wollte die Rippe nämlich nicht hergeben, ich musste bis fast zu den Klippen von Roche hinter ihm her. Bis zum Bunker von den Deutschen. Aber am Anfang lagen sie da vorne. Die habe ich dann den Männern gegeben, die hier abgesperrt haben, und die haben sie hinten in ihr Auto gelegt, in eine silberne Box. Ich hatte die Rippe natürlich angefasst, weil, sonst hätte der Hund sie nicht hergegeben. Das war vielleicht was. Ich, der Hund und ...«

»Ich sehe es genau vor mir.«

»Glaubst du, dass das Überreste von einer Frau sind? Hat er eine Neue getötet?«

»Bei uns wird niemand vermisst.«

»Aber in Villons läuft einer rum, der tötet.«

»Seit zwei Jahren nicht mehr.«

»Vielleicht hat er jetzt wieder eine ermordet und sie dann hierher gebracht.«

»Hm.«

»Vielleicht hatte er sie beschwert und draußen über Bord geworfen. Ich hab hier noch nie so was gefunden, der Hund auch nicht, und der findet alles.«

»Ist ein Jagdhund, nicht wahr?«

»Den Wal hatte er schon im Haus gerochen.«

»Delfin!« Nora hatte damals die Bergung und den Abtransport überwacht.

»Obwohl nein, das war noch unser alter Hund. Das war ja in der Zeit, als es mit Jean zu Ende ging. Er hat noch den Wintergarten gebaut und dann ... das Herz. Ich war damals so verzweifelt, dass ich überhaupt nicht mehr schlafen konnte. Immer musste ich aufstehen. Der Hund war auch ganz verrückt, die spüren das ja. Zwei Jahre ist Jean jetzt tot, und ... Der Hund ist dann ja auch bald gestorben. Er ist seinem Herrchen gefolgt.«

»Ich muss los, Miriam. Die Flut.«

»Da, wo das Fähnchen steckt, lag die Rippe. Das wolltest du doch wissen.«

Der Weg zu David Leroy war nicht weit, aber anstrengend. Nachdem Gendarm Rousseau am Rand des Wassers einen falschen Schritt gemacht hatte, befahl Nora ihm, am Ufer zu warten. Wenn ihre Chefin, Nicole Giry, nicht da war, übernahm Nora automatisch das Kommando.

Ihre Stiefel sanken in den weichen Sand ein. Den Kopf hielt sie bei ihrem Marsch gesenkt, die Augen leicht zusammengekniffen.

»Hi, David!«

»Nora!« David Leroy musste schreien, um gegen den Wind anzukommen: »Zieh deine Kapuze zu, sonst kriegst du eine Mittelohr ...!«

»Habt ihr noch was gefunden?«

»Rippen und Wirbelknochen!«

Auch David war damals in Noras Kindergartengruppe gewesen. Er hatte sich vorhin kurz mit Miriam unterhalten. Die hatte sich gefreut, ihn nach so langer Zeit wiederzusehen, und ihm von ihrem Hund, einem Wal und ihrem verstorbenen Mann erzählt. Er hatte sie wegen der auflaufenden Flut unterbrochen.

»Und? Sind die von einem Menschen?«

»Von der Größe her würde ich sagen, Schwein.«

»Schwein. Ihr müsst aufhören.«

»Die Flut kommt erst in einer halben Stunde.«

»Die kommt aber nicht gleichmäßig. Ihr werdet eingeschlossen. Nach zwei Minuten könnt ihr euch nicht mehr bewegen, nach fünf Minuten ...«

David funkte seine Männer an und befahl ihnen, aufzuhören

und zum Wagen zu gehen. Dann stapften er und Nora zurück Richtung Strand. Als sie dort ankamen, schloss sich ihnen Gendarm Rousseau an. Inzwischen standen fast hundert Neugierige hinter den Absperrbändern. Die meisten schwiegen. Und so sahen sie gar nicht wie Neugierige aus. Man wäre eher auf den Gedanken gekommen, sie würden den Strand bewachen.

Die anderen Männer von der Spurensicherung kamen, sie trugen eine Kiste aus Aluminium.

»Sieht schwer aus.«

»Ist auch 'ne Menge drin. Rippen und Teile von einer oder von mehreren Wirbelsäulen. Da kommt in den nächsten Tagen sicher noch mehr.«

»Schwein«, erklärte einer der Männer.

»So was«, sagte Nora, und warf Rousseau einen kurzen Blick zu, aber der war im Moment nicht in Stimmung, einen Kommentar abzugeben.

»Hier ...« Einer der Männer öffnete die Kiste und holte eine Rippe raus. »An den meisten ist noch Fleisch dran. Die Knochen lagen nicht lange im Wasser. Theoretisch könnte man die noch auskochen.«

»Hat aber niemand vor, oder?«

»Wir werden die in Villons gleich mal in unsere Fleischerei bringen.«

Gendarm Rousseau wirkte irritiert, Nora verstand: »Du meinst, das Fleisch ist mit einem Messer ausgelöst worden?«

»Würde sagen, das sind Küchenabfälle. Mal sehen, was unser Fleischer meint.«

Nora Rose zog ihre Handschuhe aus und ging auf die Schaulustigen zu. Sie sagte ihnen, dass es nichts zu sehen gäbe, und bewirkte nichts damit. Nachdem David ihr erklärt hatte, dass es am Strand mit Sicherheit keine Spuren gäbe, die schützenswert waren, verzichtete Nora darauf, die Schaulustigen noch mal zu ermahnen.

Zurück auf der Gendarmerie befahl sie Rousseau, sich unter die Dusche zu stellen. Als er damit fertig war, erklärte er freimütig: »Ich bin echt ein Idiot.«

Nora ging nicht darauf ein. »Hoffentlich regen sich die Leute nicht auf und schieben es den Chinesen in die Schuhe.« Sie brachte damit etwas ins Spiel, das die Bewohner von Bauge noch mehr beschäftigte als der Hammermörder. Die Chinesen bauten nämlich vor der Küste ein Gezeitenkraftwerk und das …

»Bedroht unsere Existenz!«

Im Zusammenhang mit dieser Bedrohung kamen regelmäßig zwei weitere Worte ins Spiel: Tourismus und Austernbänke.

»Pass auf, Rousseau. Morgen früh fährst du als Erstes an den Strand, wenn die Ebbe einsetzt, nimmst dir einen Müllsack und sammelst alles ein.«

»Die Chinesen …«, sagte Rousseau und ließ den Gedanken so stehen.

»Vierhundert Arbeiter. Die haben da sicher eine Großküche.«

»Miriam vorhin wieder mit ihrem Hammermörder! Das lässt die Leute nicht los. Warum haben die in Villons den eigentlich nie gefasst?«

»Weggezogen, Gefängnis, gestorben, du kennst das doch.«

»Was meinst du? Kommt die Giry noch mal wieder? Sie liegt schon seit zehn Tagen in der Klinik.«

Genau eine Woche später – Nicole Giry war noch nicht zurück – rief Miriam Marchand wieder an.

»Dieselbe wie letztes Mal?«

»Selbe Stelle. Wieder Rippen.«

Nora und Rousseau verbrachten zwei Stunden damit, Knochen einzusammeln.

Als sie zurück waren, hatte Nora eine Idee. »Heute ist wieder Montag. Offenbar passiert das wöchentlich. Ich ruf mal im Lager an.«

»Bei den Chinesen? Dürfen wir das?«

»Wir sind die Polizei, oder?«

»Ja, aber das sind Chinesen. Vielleicht gilt ihr Lager als chinesisches Territorium.«

»Das meinst du nicht ernst, oder?«

Nachdem Nora mit der Leiterin der Großküche, Zoé Turner, telefoniert hatte, gab sie Rousseau einen Zettel. »Hier. Die Küchenabfälle werden immer am Samstag von dieser Firma abgeholt. Fahr hin und lass dir zeigen, ob die die Sachen richtig entsorgen. Da muss es ja Rechnungen geben oder Lieferscheine.«

Es kam nichts raus bei Rousseaus Recherche. Er hatte sich Papiere zeigen lassen und die schienen in Ordnung zu sein.

Nora legte sich trotzdem am Samstagabend auf die Lauer. Die Arbeit war so eingeteilt, dass sie meistens die Nachtschichten hatte. Sie war kinderlos, und Rousseau hatte ja seine zwei klugen Jungen.

Nora saß also in ihrem Auto und beobachtete sechs Stunden lang das Meer. Zwei-, dreimal spannte sie sich an, aber es waren immer nur Fischkutter, die mit normaler Geschwindigkeit vorbeifuhren. Wahrscheinlich, dachte sie, war ihre Aktion sinnlos. Worauf wartete sie überhaupt? Ihr Vater besaß einen Kutter, und sie hatte die Vorstellung gehabt, dass das Schiff, von dem aus die Tierreste ins Meer geworfen wurden, zu diesem Zweck stoppen würde. Um die lange Wartezeit durchzuhalten, nahm sie ein Buch mit, in dem es um künstlich gezeugte Zwillinge ging. Um vier Uhr morgens sah sie, eigentlich nur aus Langeweile, für einen Moment von ihrem Buch auf.

Der Kutter dümpelte nicht mal dreihundert Meter vor der Küste herum und wurde gerade entladen.

Nora notierte die Uhrzeit und das Datum: 28. November. Eine Viertelstunde später setzte sich der Kutter wieder in Bewegung. Zu dem Zeitpunkt wusste sie bereits, wem er gehörte. Es gab in Bauge nur noch sechs Kutter.

Die Festnahme war kein Problem, und der Besitzer und Kapitän, Paul Chervel, war geständig. Er hatte seinen Auftrag von der Firma bekommen, die die Küchenabfälle und auch noch einigen anderen Sondermüll von den Chinesen übernahm. Zu seiner Entschuldigung meinte er, dass die Strömung sich geändert haben müsse, was bestimmt an dem neuen Kraftwerk läge, das die Chinesen bauten. Der Fall war geklärt, Paul Chervel verlor sein Kapitänspatent.

Die Bestrafung eines Einheimischen hatte Folgen, die niemand hätte voraussehen können. Obwohl... vielleicht hatte man die Stimmung in der Stadt nicht ernst genug genommen. Dort wurden der Bau des Kraftwerks und die damit verbundenen Störungen längst als existenziell bedrohlich angesehen. Bereits bei der Einrichtung der Großbaustelle hatte es Ärger gegeben, die riesigen Tieflader hatten ausgerechnet während der Hochsaison so viel Sand und Staub aufgewirbelt, dass die Caféterrassen zeitweilig nicht mehr benutzbar waren. Davon abgesehen...

»Die Austernbänke werden versanden und die Touristen...!«

Immer wieder die gleichen Sätze. Die Leute verstanden nicht, warum das Kraftwerk von einem chinesischen Konsortium gebaut wurde und nicht von französischen Firmen. Die *Gazette de Bauge* wies darauf hin, dass es eine internationale Ausschreibung gegeben hatte und das günstigste Angebot eben von den Chinesen gekommen war. Es war in diesen Artikeln auch von dem Wunsch die Rede, sich von russischen Gaslieferungen unabhängig zu machen.

Die Artikel von Chefredakteur Pascal Meur waren europäisch gedacht, sie waren verständlich und informativ, aber... Wen interessiert das, wenn es um die eigene Existenz geht? Wenn man sich wehren will – wehren muss! –, sucht man sich einen greifbaren Gegner. So erklärte zum Beispiel der Bäckermeister der traditionsreichsten Boulangerie von Bauge einer Kundin:

»Das mit dem Hammermörder hat angefangen, als die Chinesen kamen. Und die benutzen Hämmer auf ihrer Baustelle. Das ist doch kein Zufall!« Während er das sagte, hielt er eine Tüte mit Baisers in der Hand und machte sehr exaltierte Bewegungen, um seine Behauptungen zu unterstreichen. Der Bäcker geriet in Rage, hielt ihr eine richtige Rede. Die Kundin gab ihm mit einem stetigen Nicken in allem Recht und behielt dabei die Tüte mit den Baisers im Auge, die ihr schließlich mit einer energischen Bewegung auf den Glastresen gelegt wurde. In einer Fleischerei spielten sich ähnliche Szenen ab. Da war es noch bedrohlicher, weil der Fleischermeister bei seiner Rede keine Tüte mit Baisers in der Hand hielt. Irgendwas war außer Kontrolle geraten. Bauge hatte plötzlich etwas von einem Bienenstock, vor dem ein chinesischer Bär aufgetaucht war. Und das war kein Pandabär.

Es war eins zum anderen gekommen, und niemand auf der Gendarmerie hatte darauf geachtet, was die Leute so redeten, wie sie sich in ihre Abneigung gegen das Großprojekt reinsteigerten. Und jetzt entsorgten die Chinesen auch noch ihre Abfälle vor der Küste. Die Bucht von Bauge ein chinesischer Mülleimer? Das brachte das Fass zum Überlaufen.

Die Stimmung kochte innerhalb von Stunden hoch, und es kam zu einer heftigen Schlägerei im *Cash*, dem einzigen Lokal, das die chinesischen Ingenieure und Arbeiter besuchten. Auch von dieser Schlägerei bekam die Gendarmerie nichts mit, und zum Glück stellte später nie jemand die Frage, warum das so war. Jedenfalls waren Nora, Rousseau und Florence vollkommen überrascht, als das Lager der Chinesen gegen 22 Uhr von etwa dreißig Leuten angegriffen wurde. Kurze Zeit später waren dreihundert am Bauzaun. Die kamen zwar nicht rein, da der Zaun für die unorganisierten Bürger von Bauge ein unüberwindliches Hindernis darstellte, aber als die Verstärkung aus Villons eintraf, war bereits viel kaputtgegangen. Es waren Steine und improvisierte Molotowcocktails geflogen. Zwei Chinesen hatten ein bisschen gebrannt, und zwei Jugendliche hatten das mit ihren Handys aufgenommen. Diese Aufnahmen machten im Netz die Runde, weckten großes Interesse.

Bereits am nächsten Morgen meldeten vier überregionale Zeitungen, Bauge sei fremdenfeindlich, man würde dort Ausländer anzünden. Unterstützung bekam die Stadt aus dem Dunstkreis des *Front National*, der zwei Veranstaltungen in Bauge organisierte. Auch das wurde so dargestellt, als hätte man mit denen zu tun.

Am Morgen nach dem Angriff herrschte großes Durcheinander auf der Gendarmerie. Ein Journalist der *Gazette de Bauge* hielt sich in den Räumen auf und verfolgte die Vernehmungen. Aber sie mussten ja nicht nur mit den Randalierern fertigwerden, die sie in der Nacht vorläufig festgenommen hatten. Da waren auch noch die Leute, die Hinweise darauf hatten, dass die Chinesen noch ganz andere Ordnungswidrigkeiten begangen hatten, als Küchenabfälle vor der Küste zu entsorgen. Von diesen Zeugen wurde immer wieder zu Protokoll gegeben, dass es auf der Baustelle Arbeitsunfälle gegeben hätte, dass es da unmenschlich zuginge.

Was war das? Eine Verstrickung unglücklicher Umstände? Unfähigkeit? Rousseau machte an diesem Vormittag einen Fehler, der eigentlich keiner war. Bis jetzt war das doch immer richtig gewesen. Dass die Gendarmerie in Bauge auf gutem Fuß mit der lokalen Presse stand. Und die Frau? Die war doch vorher nie als Denunziantin oder Wichtigtuerin in Erscheinung getreten. Eine ganz normale Frau war das, hübsch sah sie aus. Vielleicht hatte Rousseau sich deshalb zu lange mit ihr unterhalten. So lange, bis das einem Journalisten der *Gazette de Bauge* auffiel. Und so wurde aus einer Mücke ein Elefant. Und zwar ein ganz dicker mit langen Stoßzähnen und einem riesigen Rüssel. Denn wenn eine Aussage einmal aufgenommen, wenn der Vorgang offiziell ist, dann kann man nicht mehr so ohne weiteres zurück. Was gesagt ist, ist gesagt. Vor allem dann, wenn man auch noch so leichtsinnig war, einem von der *Gazette de Bauge* zu erlauben, dabei zu sein. Aber es war ja auch viel los an dem Morgen! Verdammt! Menschen sind doch keine Maschinen!

So ergab sich ein Bild, das etwas Chaotisches hatte und doch wieder normal war. Alltag auf einer Gendarmerie nach einem besonderen Ereignis. Die Sekretärin der noch immer abwesenden Kommissarin kochte ununterbrochen Kaffee.

Zunächst wurde die Frau, die nervös auf einem Stuhl wartete, fast zwei Stunden lang übersehen. Sie war ein paarmal rausgegangen, um zu rauchen. Das Schicksal hätte es ja auch gut meinen können, und sie hätte sich während einer dieser Rauchpausen entschließen können, nach Hause zu gehen. Sie war zweimal kurz davor, dann aber doch zurückgekehrt.

Die Frau trug Jeans, einen schwarzen Pullover und eine rote Daunenjacke mit einem Besatz aus synthetischem Fell am Kragen. Als Rousseau sie endlich zu sich bat, wirkte sie ängstlich.

»Setzen Sie sich, was kann ich für Sie tun?«

Sie zögerte, war sich auf einmal unsicher. »Ich wollte fragen ...« Sie zögerte erneut, Rousseau blieb geduldig. »Was wollten Sie fragen?«

Sie sah sich kurz um, als dürfe niemand sie hören. »Woran würde man einen Mörder erkennen? Was wäre typisch für so einen?«

»Entschuldigen Sie, Madame, aber erstens habe ich, wie Sie sehen, im Moment keine Zeit für solche allgemeinen Fragen, und zweitens, wenn wir das wüssten ... Sie verstehen? Sind Sie denn einem Mörder begegnet?«

»Nein, ich wollte nur wissen ...«

»War das alles?«

Sie schluckte. Rousseau sah, dass sie sich eindeutig zurechtgemacht hatte für ihren Gang zur Polizei. Sie war dezent geschminkt, ihre Fingernägel waren frisch lackiert. Sie roch allerdings nach Zigaretten, und so was war für ihn immer ein dicker Minuspunkt.

»Haben Sie noch Fragen, Madame? Wenn nicht, dann ...«

»Ich würde gerne wissen, ob sich das mit dem Chinesen bestätigt hat.«

»Was hat sich bestätigt?«

»Dass es einer von den Chinesen ist. Der damals die Frauen in Villons ermordet hat.«

Rousseau blieb ruhig. »Das ist eine der vielen Spuren, denen in Villons nachgegangen wird.«

»Ich frage, weil die Morde doch damals genau in dem Moment angefangen haben, als die Chinesen hierherkamen.«

»Sie haben dann aber auch wieder aufgehört, Madame, schon vor zwei Jahren. Und die Chinesen sind immer noch hier.«

»Vielleicht ist der Mörder zurück nach China.«

»Sie gucken viel Fernsehen, nicht wahr?«

Das hatte er nett gesagt, sogar gelächelt dabei. Sie war inzwischen nicht mehr nervös, eher neugierig. Rousseau bemerkte erst jetzt, dass der Mann von der *Gazette de Bauge* ihnen zuhörte.

»Können Sie bitte da hinten hingehen, das ist eine polizeiliche Vernehmung. Danke.«

Im gleichen Moment wurde es bei den Leuten, die sie in der Nacht vorläufig festgenommen hatten, unruhig. Die Frau schien das nicht zu stören. Sie sah Rousseau an, sie war ganz bei der Sache. Rousseau fragte: »Hat Sie denn ein Chinese angegriffen oder belästigt?«

Sie kniff die Lippen zusammen, sah ihn mit ihren großen Augen an. Sie kam aber nicht dazu, etwas zu sagen. Die Vernehmung wurde unterbrochen, weil ein Mann versuchte abzuhauen, mit den Worten …

»Ich gehe jetzt, das ist mir zu dumm!«

Es dauerte eine Weile, bis Florence und Nora den Randalierer unter Kontrolle hatten. Rousseau ging ebenfalls hin, und es gelang ihm, unter Androhung schwerer Strafen, drei andere Männer davon abzuhalten, dem Mann zu helfen. Das war ihm hochpeinlich, da er die Leute kannte. Der Bäcker, bei dem er morgens seine Brötchen holte, zwei Besitzer kleiner Pensionen, ganz normale Leute … Und jetzt musste er so auftreten, sie mit Strafe bedrohen. Dabei verstand er sie doch. Keiner mochte die Chinesen.

Als Rousseau zu der Frau zurückkehrte, war sie in ein intensives Gespräch mit dem Journalisten der *Gazette de Bauge* verwickelt. Die Frau wirkte irritiert, als Rousseau den Mann rausschmiss. Angeblich hatte sie angenommen, der Reporter gehöre zur Polizei.

»Also, wo waren wir stehen geblieben?«

»Sie haben mich gefragt, ob ich von einem Chinesen angegriffen wurde.«

»Ist das passiert?«

»Gibt es denn eine Belohnung?«

»Wenn Sie eine Falschaussage machen, wird das Konsequenzen haben. Sie sitzen jetzt seit zehn Minuten hier. Das ist eine Gendarmerie, kein Club für Erörterungen. Wurden Sie angegriffen oder nicht?«

»In der Rue Jean Morel«, sagte sie schnell, »letzte Nacht. Mit einem Hammer.«

»Der Hammermörder hat Sie in der Rue Jean Morel angegriffen? In aller Öffentlichkeit?«

»Nein, nicht in der Rue Jean Morel.«

»Moment, das geht jetzt ein bisschen zu sehr durcheinander.«

Rousseau war erleichtert. Eine Aussage, die den Hammermörder betraf. Für den waren sie nicht zuständig. Sollten die aus Villons sich mit ihr rumärgern. Er rief an und hatte Glück. Zwei von den dortigen Sergeanten waren gerade in der Nähe.

»Ja, eine Frau, die sagt, sie sei vom Hammermörder angegriffen worden. – Ja, sie sitzt vor mir. Ihr kommt bitte so schnell ihr könnt, hier ist viel los.«

Rousseau zog sich Block und Stift heran und bat die Sekretärin, Christine Clery, ihm einen Kaffee zu bringen.

»Also, wie heißen Sie?«

»Judith Jambet.«

»Und wo wohnen Sie?«

Die Frage gefiel ihr nicht. Rousseau musste sie ganz schön unter Druck setzen, ehe sie sich überwand und die geforderten Angaben machte.

»Also, wann wurden Sie angegriffen?«, fragte Rousseau.

»Gestern Nacht. Ich hab was abgekriegt. An der Schulter. Aber das war nicht auf der Straße, das haben Sie falsch verstanden, das war im Park. Er hat mich im Park angegriffen.«

Christine Clery kam, brachte Rousseau seinen Kaffee, blieb neben ihm stehen.

»Danke. Wo im Park wurden Sie angegriffen?«

Sie überlegte lange.

»Wo war das, Madame! Wenn Sie mir hier eine Geschichte erzählen...«

»Auf dem Steg, der über den Canal de la Malmaison führt. Ich konnte nicht weg, weil der Steg so schmal ist und ein Geländer hat. Also habe ich mich geduckt und weggedreht. Deshalb hat er mich nicht richtig erwischt, sondern nur an der Schulter. Dann bin ich gelaufen, so schnell ich konnte. Aber was ich nicht verstehe... In der Zeitung stand doch immer, dass er die Frauen in ihren Wohnungen ermordet hat.«

Da hatte sie Recht. Die Leichen waren zwar im Wald gefunden worden, aber in den Wohnungen der Opfer hatte es eindeutige Hinweise darauf gegeben, dass die Opfer dort angegriffen und getötet worden waren.

»Sie haben die Sache verfolgt«, sagte Rousseau, »das mit dem Hammermörder interessiert Sie.«

Christine Clery hatte sich ein Urteil über die Zeugin gebildet und ging.

»Ja, weil man im Fernsehen doch immer sieht, wie es ist. Dass Serienmörder es immer gleich machen. Aber manchmal ändern sie auch ihre Methode, weil sie inzwischen noch verrückter geworden sind.«

»Wo kamen Sie denn überhaupt her? Weshalb waren Sie nachts im Park?«

»Ich kam aus dem *Cash*, ich wollte zum Bus.«

»Können Sie den Angreifer beschreiben?«

»Ich glaube, das war ein... Asiate.«

»Ein Asiate. Meinen Sie damit einen Chinesen?«

»Wenn es ein Chinese war, wenn Sie den schnappen, an wen geht dann eigentlich die Belohnung?«

An diesem Punkt wurde die Vernehmung endlich unterbrochen, da die beiden Männer aus Villons kamen. Sie nahmen Judith Jambet mit, um sie noch mal gründlich zu vernehmen. Was ihr überhaupt nicht gefiel.

Am nächsten Tag kam dann der Schlag, und Rousseau wurde von Nora scharf zurechtgewiesen. In der *Gazette de Bauge* erschien ein langer Artikel, in dem der Überfall auf Judith Jambet beschrieben wurde. Sie wäre gerannt und hätte es tatsächlich geschafft, die Rue Jean Morel zu erreichen. Aber dort war niemand. Also war sie runter zum Hafen gelaufen und unterwegs war ihr ein Mann begegnet... und so weiter. Man konnte richtig Angst kriegen. Gleichzeitig fiel die nicht ganz neue Vermutung, dass der Hammermörder einer von den Chinesen war, auf fruchtbaren Boden.

Nora begriff als Erste, dass sie ein ernsthaftes Problem hatten. Wenn irgendwer herausfand, dass sich die verantwortliche Leiterin der Gendarmerie während all dieser Zwischenfälle auf einer psychiatrischen Station aufgehalten hatte, würde das nicht nur für die Giry Folgen haben, sondern auch für den Ruf der Gendarmerie. Sie hatten das eindeutig zu lässig gehandhabt und die Wut der Bevölkerung unterschätzt. Was kaum verwunderlich war, denn sie waren ja selbst gegen das Kraftwerk. Nora verstand vor allem nicht, warum das Ding nicht wenigstens von französischen Firmen gebaut wurde. Dann hätte es mehr Kontakte zur Bevölkerung gegeben und alles hätte sich nicht so beschissen entwickelt. Sie waren nicht fremdenfeindlich. So einen Schwachsinn schrieben nur Leute, die nicht von hier kamen. Das mit dem Kraftwerk war bestimmt in Paris am grünen Tisch entschieden worden, da war Nora sich sicher. Und wahrscheinlich nur deshalb, weil die Deutschen inzwischen wie die Verrückten in ihre Windkraftwerke investierten. Seit wann ließ sich denn Frankreich von den Deutschen diktieren, was zu tun war? In Paris interessierte sich niemand für ihre Austern und Sommergäste. Noras Vater war ja selbst betroffen, auch er hatte Austern da draußen. »Scheiß Chinesen«, hatte er ein paarmal gesagt, und sie hatte ihm Recht gegeben. So war eben die Stimmung, sie verstand die Leute total.

Aber jetzt ging es erst mal um Schadensbegrenzung. Nora fuhr also in die Klinik und besprach sich mit ihrer Chefin. Leider war Nicole Giry nicht in der Lage, eine Entscheidung zu treffen. Immerhin rief sie ihren Vater an. Und der war in der Lage, Dinge zu regeln.

Dienstag

Bertrand Giry hatte eine Weile überlegt, wie er das Problem seiner Tochter in den Griff bekäme, ohne dass jemand davon erfuhr. Er musste vorsichtig sein, schließlich hatte er einen Namen, der etwas galt, und seine Tochter trug denselben. Er brauchte jemanden, der in der Lage war, die Probleme in Bauge zu lösen, jemanden, der seine Tochter decken würde, ohne es an die große Glocke zu hängen. Nachdem er eine Weile nachgedacht hatte, wusste er, an wen er sich wenden würde. Er rief Roland Colbert in Fleurville an.

»Monsieur Giry? Ich spreche mit Bertrand Giry?«

Roland Colbert hatte schon mit Bertrand Giry zu tun gehabt, denn Giry war einer seiner Ausbilder gewesen. Fachbereich forensische Psychologie. Sie waren ein paarmal aneinandergeraten, was daran lag, dass Bertrand Giry dazu neigte, die Fälle von seiner psychologischen Warte aus zu sehen, während Roland Colbert eher ein Organisator war, der auf Fakten baute.

»Sie sind der typische Fall eines Funktionärs, eines Mannes, der an ein Regime glauben würde!« Zu Aussagen dieser Art hatte Bertrand Giry sich damals hinreißen lassen.

Roland spürte, wie sich sein Körper anspannte.

»Womit kann ich Ihnen helfen, Monsieur Giry?«

»Es geht um meine Tochter Nicole. Sie leitet seit einem Jahr die Gendarmerie in Bauge. Meiner Tochter geht es nicht gut. Das Wetter. Bauge war die falsche Wahl.«

»Das tut mir leid.«

»Warum ich Sie anrufe, ist Folgendes...« Er erklärte alles, ließ es ein bisschen wie den Schlag des Schicksals aussehen. »...die brauchen Unterstützung, es darf zu keinen weiteren Übergriffen auf das chinesische Lager kommen! Es wäre nur übergangsweise, so lange, bis die Stelle meiner Tochter neu besetzt ist.«

»Wird sie denn nicht zurückkehren?«

»Ich werde mich darum bemühen, dass sie in einer angenehmeren Umgebung eine neue Aufgabe erhält.«

»Wieder in leitender Stellung?«

»Das ist für diese Sache vollkommen unwichtig.«

Bertrand Giry hätte das mit der Unwichtigkeit nicht betonen müssen, Roland Colbert war bereits klar gewesen, dass es genau darum ging. Dass Nicole Giry sauber aus der Sache rauskommen musste, weil sie den Namen ihres Vaters trug.

»Ich möchte nicht, dass ihr Weggang damit in Verbindung gebracht wird, dass sie ihre Arbeit nicht anständig erledigt hat.«

»Und da wenden Sie sich an mich? Wir sind nicht gerade Freunde.«

»Nein.«

»Also, warum ich? Weil ich in der Provinz sitze? Weil ich es nicht rumerzählen kann?«

»Offen gesagt, ja. Und weil ich Sie für jemanden halte, der mein Problem versteht. Es geht nicht nur um meine Tochter. Es geht um die Institution.«

Roland Colbert schwieg. Er war noch immer nicht so ganz dahintergekommen, was Bertrand Giry sich von ihm versprach. Rief man denn jemanden an, der einem feindlich gesinnt war, wenn man ein so prekäres Problem hatte? Aber Giry war ja Psychologe, er würde schon seine Gründe haben.

»Kann ich auf Sie zählen?«

Roland Colbert hätte abgelehnt. Aber Bertrand Giry war ein einflussreicher Mann, der nützlich sein konnte. Nicht ihm direkt, aber einem seiner Mitarbeiter. Und mit dem hatte er Pläne. Es ging dabei letztlich um seine eigenen Karriereziele. Nachdem er das alles kurz durchdacht hatte, beschloss Roland Colbert, ihm zu helfen.

»Jemanden zu schicken, wird nicht ganz einfach sein.«

»Darum kümmere ich mich. Haben Sie denn einen? Wenn

Sie jemanden schicken, dann sollte er natürlich gut sein, aber er sollte vor allem eine gewisse Ruhe ausstrahlen.«

»Ja, ich denke, da habe ich genau den Richtigen. Aber ich hätte auch eine Bitte an Sie.«

»Natürlich.«

»Der Mann, den ich nach Bauge schicke, ist vor zweieinhalb Jahren zum Brigadier ernannt worden...«

»Nein, das geht nicht. Für die Leitung einer Gendarmerie brauchen wir jemanden mit einem höheren Rang.«

»Genau darüber sollten wir sprechen. Der Mann, an den ich denke, hat vor einiger Zeit eine Fortbildung an der Offiziersschule Melun abgeschlossen. Er hat alle Prüfungen bestanden, er hat Erfahrung... Es stünde ihm zu, Lieutenant zu werden. Aber wir warten auf die entsprechenden Urkunden.«

»Wo ist das Problem?«

»Er ist erst seit zweieinhalb Jahren Brigadier. Normalerweise...«

»Erst zweieinhalb Jahre Brigadier?«, unterbrach ihn Giry, »wer hat den überhaupt zu den Prüfungen zugelassen?«

»Er wäre genau der Richtige. Der Mann denkt weder strategisch, noch ist er an Politik interessiert. Er wird sich keine Gedanken darüber machen, dass er in Bauge letztlich nur Ihre Tochter aus der Schusslinie bringen soll. Kurz, er ist ein in jeder Hinsicht zuverlässiger Mensch. Und ein guter Ermittler.«

»Er soll nichts ermitteln, sondern rein formell eine Stelle besetzen und da Ruhe reinbringen. Gut, ich... werde ein paar Leute anrufen. Lieutenant, das müsste gehen.«

»Man sollte ihm den Weg nicht verbauen. So wie man Ihrer Tochter den Weg nicht verbauen sollte, nur weil sie an einem Ort eingesetzt wurde, der... zu schwierig war für sie.«

»Sie sind ein Arschloch«, sagte Bertrand Giry, seine Stimme klang nach einer reinen Feststellung.

»Sie auch«, sagte Roland, ebenfalls ganz neutral. »Wir kriegen das schon hin. Ich brauche natürlich eine Zusammenfassung der Vorkommnisse in Bauge.«

»Selbstverständlich. Ich wünsche Ihnen einen angenehmen Tag.«

»Ich Ihnen auch, Monsieur Giry.«

Nachdem Roland Colbert aufgelegt hatte, wusste er, dass er einen großen Schritt weiter war, was seine Pläne für die Zukunft anging. Er dachte an seine Frau Julie und an seine Tochter Sina, die seit zwei Jahren in Paris studierte. Er rechnete damit, sie noch ein paar Jahre unterstützen zu müssen. Der sonderbare Einfall von Bertrand Giry hatte ihm in die Hände gespielt. Wegen der Liebe zu seiner Frau und seiner Stadt war Roland in Fleurville geblieben. In der tiefsten Provinz. Daran war nichts mehr zu ändern. Aber Fleurville entwickelte sich, gewann an Bedeutung. Und vor zwei Wochen hatte Bürgermeister René Plutard ihn zu sich gerufen, um ihm ein verlockendes Angebot zu machen. »Du solltest dich mehr in der Politik engagieren, Roland«, hatte er gesagt und war dann konkret geworden: »Du wirst natürlich jemanden finden müssen, der dich hin und wieder vertritt, was die Leitung der Gendarmerie angeht. Eine politische Karriere frisst viel Zeit.« Kommissar Roland Colbert lächelte. Sein Plan hatte heute einen ordentlichen Schub bekommen. Niemand in Fleurville hätte auch nur einen Cent darauf gewettet, dass Brigadier Ohayon noch Karriere machen würde. Aber er musste diese Karriere machen. Es passte einfach zu viel zu gut zusammen.

Mittwoch

Ärgerlich so was. Und dabei war es ihm bisher gar nicht aufgefallen. Das war das Peinlichste daran.

Ohayon sah an sich herab und spielte ein bisschen damit

herum. Dann ging er ins Schlafzimmer und stellte sich vor den Kleiderschrank. Esche, hellgrau gebeizt, großer Spiegel. Er rief, erklärte seiner Frau, was für ein Problem er gerade hatte, sah dann wieder an sich herab und spielte wieder damit herum.

Ohayons Frau, die gerade im Kinderzimmer war, rief zurück: »Du musst lauter sprechen, ich verstehe dich nicht.«

»Der ist locker!«

»Was denn, Schatz? Was ist locker?« Ohayons Frau hieß Ines, aber es gab tatsächlich noch immer Leute, die sagten Madame Ohayon zu ihr. Gendarm Conrey zum Beispiel. Als ob Frauen noch so wären wie früher. Ines stand im Kinderzimmer und wickelte die Zwillinge. »Was ist locker? Komm doch mal rüber, ich verstehe dich kaum!«

Ohayon ging ins Kinderzimmer und machte es ihr vor. Er brachte sie damit zum Lachen.

»Dann zieh das andere Jackett an.«

»Ich hab nur das eine.«

»Du hast ein hellblaues. Das zu der beigen Hose gehört.«

»Ich soll in meinem Hochzeitsanzug zur Arbeit?«

»Es geht doch nur um das Jackett.«

»Aber Hellblau? Wir haben Ende November.«

»Ich näh dir den Knopf gleich an. Gib mal die Creme. Wir müssen neue besorgen. Guck.«

»Oh.«

»Süß, oder?«

»Da möchte man gleich reinbeißen.«

»Untersteh dich!«

Zwillinge, also mit Florence jetzt insgesamt drei Mädchen. Ohayon war sich seiner Verantwortung vom ersten Tag an bewusst gewesen. Er hatte sich verändert. Ines hatte nichts sagen müssen. Es war nicht mal klar, ob sie überhaupt gewollt hatte, dass er sich änderte. Nein, das war auf seinem Mist gewachsen. Seine Einstellung als Mann. Also seine Interpretation dieser Rolle.

»Ich will nicht, dass wir so werden. Mit den Knöpfen fängt es an.«

»Ohayon, bitte!«

»Das Jackett passt sowieso nicht mehr.«

Er führte ihr vor, dass es nicht mehr passte, und erwies sich auch bei dieser Vorführung als beweglich und zur Groteske begabt. Aber Ines hatte im Moment keine Zeit für so was. Sie packte das zweite Baby an den Beinen, hob es unten ein Stück hoch und legte die Windel unter. »Sara hat wieder einen wunden Po.«

»Vielleicht nehmen wir mal andere Creme.«

Sie hatten sich das angewöhnt. Diese Mischung aus »Funktionieren als Paar« und der Betonung des niedlichen Aspekts.

»Ich bin immer noch froh, dass es gleich zwei geworden sind, du auch?«

Der rote Po schien Sara nichts auszumachen, sie amüsierte sich köstlich. Ihre Zwillingsschwester Sanna sah ihr dabei zu. Es war toll, wie weit sie ihr Köpfchen schon drehen konnte.

»Die kann schielen, das gibt's nicht.« Ohayon hatte Sannas Schielen so gedeutet, dass sie ihm ähnlich sei. Er war der Einzige, der das so sah.

»Hundert Prozent die Mutter!«, hatten mindestens zwanzig Leute gesagt.

Die abendlichen Gespräche über die Zwillinge hatten Ohayon gutgetan. In Fleurville war eine Schülerin an Drogen gestorben, und Ohayon hatte sich schwergetan mit dem Fall.

Nachdem an der Bushaltestelle nördlich der Place de la Cathédrale ein weiteres Mädchen gefunden wurde – stark geschminkt, sechzehn Jahre alt, Herzstillstand, so was darf nicht passieren, stand in der Zeitung –, da war das fast schon politisch geworden. Er hatte den Drogenkoch schließlich gefasst. Die Aussagen der Lehrer und Schüler hatten nicht das Geringste dazu beigetragen. Ohayon hatte einfach eine Idee gehabt, die etwas mit einem alten Plattenweg, einem Passat Kombi und einem plötzlichen lokal begrenzten Vogelsterben zu tun hatte.

Mit harten Drogen hatten sie früher nie Probleme gehabt. Aber seit in Fleurville so viel gebaut wurde, gab es immer mehr Leerstand. Niemand wollte mehr in den schlecht gedämmten Häusern aus den zwanziger Jahren leben. Die niedrigen Mieten lockten Menschen nach Fleurville, die sie lieber nicht gehabt hätten. Bürgermeister Plutard hatte die Veränderungen in Fleurville mit dem Ablaufsystem eines Klos verglichen und diesen Vorgang mit dem plötzlichen Zufluss von spanischem und russischem Kapital in Beziehung gesetzt. Ein Vergleich, den die *Gazette de Fleurville* und auch seine sozialistische Partei ihm sehr übel nahmen. Ein Vergleich außerdem, der vorne und hinten nicht stimmte. Schon von den logischen Abläufen her. Plutard war einfach wütend darüber gewesen, dass seine Stadt allmählich den Bach runterging. Nur hatte er eben nicht an einen Bach gedacht.

»Vielleicht kaufe ich mir einfach ein neues Jackett. Das hier... Ich weiß gar nicht, hatte ich das schon, als wir uns kennengelernt haben?«

»Ja. Und da war es nicht mehr neu. Außerdem hast du sechs Kilo abgenommen.«

Sechs Kilo sind zwar viel bei einem Mann, der 1,61 groß ist. Aber auch wieder nicht so viel, wenn der Mann vorher achtzig Kilo gewogen hat.

Auch Ines hatte sich verändert. Damals, nach der Geburt von Florence, hatte sie schnell wieder angefangen, in der Asservatenkammer der Gendarmerie zu arbeiten. Sie hatte schon während der Schwangerschaft mit Ohayon darüber gesprochen und erklärt: »Ich weiß gar nicht, ob ich das überhaupt noch mal will.«

»Was?«

»Arbeiten.«

»Aber du hast immer gesagt…«

»Ich bin so glücklich! Verstehst du?«

Wenn sie nicht mehr arbeiten wollte, woher kam dann das Geld? Roland Colbert hatte seine Beziehungen spielen lassen und für Ohayon eine Zusatzausbildung organisiert. Er war, nach einigem Hin und Her, auch zur Prüfung zugelassen worden, die er bestanden hatte. Aber dann war nichts passiert. Die Papiere kamen einfach nicht. Und Ines fragte inzwischen jeden dritten Tag danach.

»Roland will mit mir reden. Er hat vorhin angerufen. Ich soll die Leiterin einer Gendarmerie vertreten. Einen Monat lang. Irgendwo an der Küste.«

»Du leitest eine Gendarmerie, das ist ja toll! Hast du gefragt, in welcher Stadt?«

»Vergessen. Roland hat nur gesagt, dass es Probleme mit einer chinesischen Großbaustelle gibt. Da kam neulich was im Fernsehen, und die haben gesagt, in dem Ort leben Rassisten.«

»Das ist doch eine ganz wunderbare Nachricht. Und wirklich ein Grund, ein neues Jackett zu kaufen!«

»Ich muss wohl schon morgen oder übermorgen los. Roland hat gesagt, dass ich die Sachen in meinem Büro zusammenpacken soll, weil wir doch in zwei Wochen in unsere neue Gendarmerie umziehen. Und weißt du was…?«

»Sanna neigt neuerdings dazu, sich freizustrampeln.« Ines hob die Zwillinge von der Kommode und legte sie auf den Boden.

Ohayon kniete sich hin, gab seinen Töchtern ihre Rasseln und rasselte auch ein wenig. »Sanna ist vorsichtiger als Sara«, erklärte er, »aber sie beobachtet sehr schön.«

»Sie schielt.«

»Sie hat alles im Auge.«

Ohayon stand auf und riss den losen Knopf mit einer entschlossenen Bewegung ab. »Weißt du, was ich mache? Ich gehe in einen von diesen Läden, in denen man gebrauchte Sachen kriegt. Vielleicht finde ich ein Jackett, das mal richtig teuer war. Was meinst du, was Conrey sich ärgert!«

»Warum ziehst du nicht deine Uniform an?«

»Ach nein, die... die muss man doch in Ehren halten und im Schrank, da passiert ihr nichts. Wir haben doch extra Mottenkugeln gekauft und... Ich trage ja immer mein hellblaues Hemd, mit den Dienstabzeichen...«

»Unter einem Jackett, oder unter deiner alten Regenjacke.«

»Ich bin viel draußen, und ich möchte mich nicht erkälten.«

»Gut, lass uns das nicht vertiefen. Aber wenn du dir was Neues zum Anziehen kaufst, komme ich mit.«

»Ich muss los. Sei ein bisschen lieb zu den Zwillingen. Trink nicht so viel und lass sie nicht den ganzen Tag rumliegen.«

Sie lächelte ihn nachsichtig an. Sie hatte ein paarmal erwähnt, dass sie nicht jede seiner Bemerkungen zum Schreien komisch fand, hatte auch darum gebeten, manche Art von Witzen nicht in der Öffentlichkeit zu machen. Daran immerhin hielt er sich.

»Fahr vorsichtig.«

Nachdem Ines die Tür hinter ihm geschlossen hatte, kam ihm das Treppenhaus einen Moment lang kalt vor. Dann gab er sich einen Ruck, ging in den Keller und holte sein Fahrrad. Ein bisschen mühsam, aber er fand es besser, wenn es im Keller stand. Schließlich handelte es sich nicht um irgendein Fahrrad, sondern um einen Oldtimer. Und alle Teile waren noch Original.

Ohayon schwang sein Bein, spürte den harten Ledersattel und trat kräftig an. Der Himmel war knallblau, die Luft so klar, wie sie es nur an richtig kalten Tagen ist. Es würde ein guter Tag werden, und Brigadier Ohayon verspürte den Wunsch, heute etwas Bedeutendes zu tun.

*

Die zweispurige Straße führt an einem Wald vorbei, auf der anderen Seite gepflügte Felder. Tagsüber hätte man gesehen, dass Gräben die Felder trennen. Obwohl die Straße auf der Seite der Felder offen ist, liegt sie fast vollständig im Dunkeln. Wenn man sich anstrengt, kann man ihrem Verlauf in beide Richtungen vielleicht fünfzig Meter weit folgen. Vom Wald sieht man nicht mehr als einen etwa fünfzehn Meter hohen langgezogenen Schatten. Die Fichten sind alle zur gleichen Zeit gepflanzt worden, in zwei Jahren wird das Forstamt jeden zweiten Baum fällen, um Platz zu schaffen. Abgesehen von einem schwachen Rauschen vom Wald her ist es still, bis zur nächsten Stadt sind es acht Kilometer.

Die Ohren gewöhnen sich an die Stille, so wie die Augen sich an die Dunkelheit gewöhnen, und nach einer Weile meint man nicht nur zu hören und zu sehen, man bekommt ein Gefühl für den Raum. Manchen Menschen macht das Angst.

Es dauert, bis das Auto kommt. Zuerst ist nur ein entferntes Geräusch zu hören, einem hellen Rauschen ähnlich. Ganz allmählich wird es lauter. Dann wieder leiser. Aber nur für eine Weile. Als der Wagen wieder zu hören ist, scheint er deutlich näher zu sein. Dann sieht man die Lichter. Genau genommen ist es zunächst ein Licht, das sich dann aufteilt. Der Wagen kommt näher, die Scheinwerfer sind jetzt deutlich zu unterscheiden. Je näher der Wagen kommt, desto schneller scheint er zu werden. Die letzten dreihundert Meter schwillt das Geräusch des Motors mächtig an. Dann schießt er laut und hell vorbei und... alles kehrt sich um.

Das Geräusch nimmt zunächst sehr schnell ab, dann scheint es sich eine Weile kaum zu ändern. Irgendwann ist es dann deutlich leiser. Die roten Rücklichter sind für die Augen besser zu trennen, und so sieht man, selbst als der Wagen schon sehr weit weg ist, noch immer, dass es zwei sind, die... Plötzlich sind sie weg. Das ganze Ereignis hat vielleicht drei oder vier Minuten gedauert. Und doch ist die Gewalt noch eine Weile zu spüren. Als sich die Augen und Ohren damit abgefunden haben, dass kein weiteres Ereignis folgt, schärfen sich auch die anderen Sinne wieder. Der Geruch ist sehr schwach. Er scheint vom Wald her zu kommen.

*

Grau, keine Struktur. Manchmal nieselte es. Der stetige Wind erzeugte einen Druck auf den Ohren, der die Menschen klein machte.

In Bauge wurde zwar noch über die Chinesen geredet, aber die Leute waren jetzt nicht mehr wütend, sondern auf eine überaus reizbare Art misstrauisch. Die Angst vor dem Hammermörder war seit dem Fund des Beins vor zwei Jahren immer präsent geblieben. Dass der Überfall im Park unmittelbar nach der Schlacht am Bauzaun stattgefunden hatte, gab zu Spekulationen Anlass. Trotzdem blieb es ruhig in der Stadt.

Ein bisschen hatte sicher auch eine Artikelserie des Chefredakteurs der *Gazette de Bauge* zur Beruhigung beigetragen. WER SIND WIR? stand drei Tage lang über jeder Fortsetzung dieser Serie. Pascal Meur, 47 – manche meinten, er sähe Richard Gere ähnlich –, hatte den Menschen eindringlich vor Augen geführt, dass Bauge seine Sommergäste verlieren würde, wenn noch mal Ausländer mit Steinen und Molotowcocktails beworfen wurden. Die Artikel waren informativ gewesen und so geschrieben, dass sie verstanden wurden. Außerdem gab es tolle, teilweise uralte Bilder. Die Landung der Alliierten in der Normandie. Deutsche Soldaten, die gerade von zwei schwarzen GIs abgeführt wurden. Aufnahmen eines Bunkers. Aufnahmen von der Gründung der ersten selbstverwalteten Agrargemeinschaft nach dem Krieg. Eine großartige Aufnahme von Charles de Gaulle neben Churchill, Bilder von Bauge aus den fünfziger Jahren. Es wurde viel über die Fotos gesprochen. Die letzten Aufnahmen zeigten die Verwüstungen am Bauzaun und einen bandagierten Chinesen, der in einem Krankenhausbett lag. Seine Frau stand daneben und wirkte eigentümlich gefasst.

Pascal Meur hatte weit ausgeholt und seine Artikelserie mit den gleichen Worten beendet, mit denen er sie begonnen hatte, nur waren sie diesmal klein geschrieben: Wer sind wir?

Als Pascal nach Hause kam, war seine Frau nicht da. Das hatte er auch nicht erwartet. Catherine saß freitags immer mit Silvia Courbet zusammen, um zu besprechen, welche Fortschritte bei der Akquise der Sponsoren für ihr Kunstprojekt gemacht wurden und wen man noch ansprechen konnte. Was Catherine da machte, war kein Hobby. Eine Million Euro hatten sie und Silvia bereits eingesammelt, und von dem Geld gingen immerhin zwölf Prozent an sie.

Pascal Meur stellte die Tüten mit den Einkäufen auf die Ablage neben dem Kühlschrank.

»Delphine, bist du da? – Delphine!«

Nachdem er schon die halbe Treppe hoch war, um in ihrem Zimmer nachzusehen, fiel ihm ein, dass seine Tochter freitags immer zum Handball ging. Sie würde also, wie ihre Mutter, nicht vor sieben zurück sein.

Es hatte zwei Wochen ununterbrochen geregnet, und Menschen, die nicht von hier kamen, schlug das aufs Gemüt. Wobei der Regen nicht mal das größte Problem war. Vor allem der stetige Wind und der Mangel an Licht machten ihm zu schaffen. Er war sogar schon beim Arzt gewesen und hatte sich was gegen seine schlechte Stimmung verschreiben lassen. Das Medikament hatte gut angeschlagen. Aber es war eben doch Chemie, er wurde müde und gleichgültig davon. Erst vor zwei Wochen hatte er mit Silvias Mann darüber gesprochen. Der nahm auch irgendwas und riet ihm, viel rauszugehen und zu laufen.

Eigentlich hatte Pascal Meur nur vorgehabt, zweimal ums Karree zu joggen, aber dann lief er doch bis hoch zu den Klippen von Colline. Als er oben ankam, schlug sein Herz wie irre, und er hatte auch wieder diesen feinen Stich in seiner Brust gespürt, der ihm immer Angst machte. Auch deshalb war er beim Arzt gewesen, und der hatte ihn gründlich durchgecheckt. Da war nichts: »Sie sitzen wahrscheinlich sehr viel, da kann sich mal was einklemmen, und das macht dann diese Stiche.«

Er stellte sich direkt an den Abbruch und sah nach unten. Es war ein tolles Gefühl, ein bisschen sein Leben aufs Spiel zu setzen. Schließlich trat er einen Schritt zurück und blickte raus aufs Meer.

Und dann kamen die Gedanken zurück, und er fing wieder an, über sein großes Dilemma nachzudenken. Beruf und Familie. Die Besitzer der *Gazette de Bauge* hatten ihn vor zwei Jahren geholt, damit er das Blatt umstrukturierte. Es sollte spannender werden, sie mussten einen Teil ihrer Mannschaft entlassen. Ein altes Regionalblatt auf Effizienz zu bürsten, war nicht einfach gewesen.

Mit seinem Sohn Daniel lief inzwischen alles ganz gut, aber er würde demnächst mal mit Delphine reden müssen. Er fand nämlich, dass sie sich verändert hatte, seit sie mit Eva befreundet war. Diese Freundschaft hatte etwas Überdrehtes. Gut, die Mädchen waren noch in der Pubertät, und seiner Meinung nach war Eva für sich genommen ganz in Ordnung. So wie auch Delphine, für sich genommen, in Ordnung war. Aber da war noch etwas anderes.

Eva hatte etwas an sich, das ihn verwirrte. Anfangs hatte er sich darüber gefreut, dass die beste Freundin seiner Tochter sich ihm gegenüber nicht so benahm wie andere Mädchen. Eva hatte ihn behandelt wie einen Gleichaltrigen. Auf Augenhöhe. Das hatte ihm gefallen, ihn aber auch durcheinandergebracht. Und er musste aufpassen. Evas Mutter hatte ihn schon zweimal – so ganz nebenbei – über sein Verhältnis zu ihrer Tochter ausgefragt. Er schüttelte den ganzen Quatsch ab. Sich selbst ständig vor irgendwelchen Gefahren zu warnen, brachte überhaupt nichts. Darüber hatte er erst neulich einen interessanten Artikel gelesen. Die Fähre kam gerade rein, und der Leuchtturm blinkte. Er musste lächeln. Wegen des Leuchtturms war er wahrscheinlich auf den Artikel gekommen. Er hatte in einer deutschen Publikation gestanden, in der es um Ängste gegangen war. Ja, es wurde Zeit, dass er nach Hause ging, er hatte den Fisch vorhin nicht in den Kühlschrank gelegt.

Als Catherine Meur um kurz nach sieben nach Hause kam, war das Abendbrot fertig. Sie überlegten kurz, ob sie noch auf Daniel und Delphine warten sollten, aber Daniel hatte angedeutet, dass er über Nacht wahrscheinlich bei seiner neuen Freundin bleiben würde, und Delphine war nicht unbedingt die Pünktlichste. Also aßen sie zu zweit.

»Was macht euer Projekt? Wird Électricité de France noch mal nachfinanzieren?«

»Sie lassen uns ein bisschen zappeln«, erklärte Catherine.

Nach dem Essen setzten sie sich auf ihre schöne neue Couch und sahen sich einen Film an, in dem eine Gruppe Terroristen das Weiße Haus erobert. Der Film gefiel ihm. Catherine schlief nach zwanzig Minuten ein. Da er sie im Arm hielt, schlief sein Arm ebenfalls ein. Als er versuchte, sich freizumachen, wachte sie auf.

»Oh, bin ich wieder eingeschlafen?«

»Ja. Sobald sie angefangen haben zu schießen. Du schläfst immer ein, wenn geschossen wird oder Häuser explodieren.«

Catherine rieb sich die Augen und sah sich um. Als der Esstisch mit dem unbenutzten Gedeck in ihr Blickfeld kam, fragte sie. »Ist Delphine noch nicht da?«

»Du kennst sie doch. Sie wird irgendwann reingestürzt kommen, Fisch und Gemüse kalt essen und uns erklären, dass sie gleich wieder geht.«

Catherine lächelte ihren Mann an. Seine Prophezeiung würde sich vermutlich erfüllen. Delphine wurde erwachsen, sie war schon öfter weggefahren, ohne vorher Bescheid zu sagen.

Als sie eine Stunde später nach oben gingen, stand Delphines Gedeck noch immer auf dem Tisch.

Gegen vier Uhr morgens wachte Catherine kurz auf. Sie meinte, sie hätte etwas gehört. Lauschte eine Weile. Aber da war nichts. Sie hatte ein komisches Gefühl, die Haut an ihrem Rücken kam ihr kalt vor. Nach einer Weile drehte sie sich zu ihrem Mann um und drängte ihren Körper an seinen.

*

Er fing an zu frieren, denn er hatte die Heizung seines Wagens abgestellt. Draußen war es stockdunkel, und er war nichts als ein Mann am Steuer eines Autos. Er hatte seine Körperhaltung seit über einer Stunde nicht verändert, die Schultern waren unnatürlich weit nach vorne gedrückt, sein Oberkörper leicht zusammengekrümmt. So saß er, hielt das Steuer sehr fest und starrte nach vorne. Er sah den Regen schräg fallen. Striche, die im Licht vor dem Auto aufflammten wie Risse. Er hatte das Gefühl, in einen Tunnel zu fahren, dessen Wände sich hinter diesen grellweißen Linien über der Straße wölbten.

Der ganze Wagen stank nach Duftbäumchen. Überall lagen welche rum, im Fußraum auf der Beifahrerseite, zwischen den Sitzen, auf der Rückbank. Sogar im Kofferraum. Nur kriegten die Scheißdinger seine Angst nicht weg. Das Einzige, was gegen Angst half, war fahren. Die Angst hing natürlich mit seiner Krankheit zusammen.

Während er fuhr, dachte er weniger daran, dass er bald sterben würde. So gesehen war seine Fahrerei eine Art Medizin. Gut, manchmal dachte er an seinen Fußballverein. Er war ein

Fan von Olympique Marseille. Wenn die irgendwo spielten, fuhr er fast immer hin. Und wenn es tausend Kilometer waren. Im Stadion fühlte er sich lebendig.

Aber er war nicht mehr der Alte. Jetzt zum Beispiel regte er sich plötzlich wahnsinnig auf. Weil sogar an seinem Rückspiegel zwei von diesen Duftbäumchen baumelten. Das war doch irre! Er kaufte die Dinger, hängte sie an den Rückspiegel, und dann bekam er genau deswegen Wutanfälle. Das konnte bei ihm ganz schnell gehen. Wie aus dem Nichts.

Manchmal dachte er an früher.

Warum seine Mutter mit ihm und seinem Bruder nach Marseille gezogen war, wusste er nicht mehr. Sieben oder acht musste er damals gewesen sein. An sein Fahrrad erinnerte er sich, das hatte er da schon. Mit dem war er den ganzen Tag rumgefahren. Manchmal war er dabei so weit von zu Hause weggekommen, dass sie ihn zurückbringen mussten. Wahrscheinlich, weil... Richtig. Wahrscheinlich waren sie nach Marseille gezogen, nachdem sein Vater verschwunden war. Aber genau wusste er auch das nicht. Er wusste überhaupt sehr wenig von sich als Kind. Er hatte immer mal versucht, sich an seine Mutter oder seinen Bruder in dieser Zeit zu erinnern, und es waren auch ein paar Bilder gekommen. Aber denen misstraute er. Aus gutem Grund, denn all seine Erinnerungsbilder waren letztlich verfremdete Fotos. Trotzdem wusste er, wie seine Mutter gewesen war. Dieses Wissen war nichts als ein Gefühl, das tief in ihm drin steckte und das er *die Liebe* nannte. Seine Mutter hatte ihn geprägt, war ihm ein Vorbild dafür gewesen, wie Frauen sein sollten. Wie sie sein konnten, wenn mit ihnen alles in Ordnung war. Vielleicht... dachte er manchmal... war sie ein bisschen zu gut gewesen. Denn in seiner Vorstellung waren Frauen fast schon Heilige. Sein Bruder sah das genauso. Nur hatte der im Gegensatz zu ihm eine gute gefunden und zwei Kinder mit ihr. Und ein Haus und diese Normalität, das alles... Genau das war auch sein Ziel. Die richtige Frau finden und eine Familie und ein Haus haben.

Jetzt, wo er erwachsen war, konnte er nichts mehr für seine Mutter tun, außer dafür zu sorgen, dass ihr Grab immer gut aussah, dass dort das ganze Jahr über etwas blühte. Er hatte versucht, sich daran zu erinnern, welche Blumen seine Mutter am liebsten mochte, aber das war alles weg. Also hatte er englische Rosen besorgt und Lavendel. Sie war vor vier Jahren gestorben, und er hätte viel darum gegeben, wenn er ihr noch hätte sagen können, dass ihre Liebe nicht umsonst gewesen war.

Sein Vater? Es gab nur ein einziges Foto von ihm. Da waren sie auf einem Jahrmarkt gewesen. Man erkannte ein Karussell, eine Würstchenbude und einen Stand, an dem man Zuckerwatte kaufen konnte. Sein Vater sah aber komisch aus, auf dem Bild. Offenbar hatte er gerade zum Karussell rübergeblickt. Die Bewegung war zu schnell gewesen, und so war sein Gesicht ein seitlich verrissener weißer Fleck. Es sah aus, als hätte sein Vater einen Rüssel.

Die Duftbäumchen pendelten unter dem Rückspiegel und machten ihn wahnsinnig.

Seine Mutter hatte es bestimmt nicht leicht gehabt, alleine mit zwei Jungen. In einem Supermarkt hatte sie gearbeitet. Aber was genau hatte sie da gemacht? Auch das wusste er nicht. Entweder an der Kasse oder, was wahrscheinlicher war, an der Fleischtheke, denn: Dass immer sehr viel Fleisch und Wurst im Haus war, gehörte zu den wenigen Sachen, an die er sich noch erinnerte. Verrückt. Sie hatte immer viel von dem Zeug mit nach Hause gebracht, und ausgerechnet dadurch war er krank geworden. Er stellte sich manchmal vor, wie es innen in ihm aussah. Sein Herz war dabei zu versteinern. Er spürte es richtig.

Sein Bruder war schon mit sechzehn ausgezogen. Wahrscheinlich hatte sich da schon gezeigt, dass der später ein selbstständiger Mensch werden würde. Seit zehn Jahren arbeitete der für eine Hausverwaltung in Nantes, die in ganz Frankreich Häuser betreute. Er selber war schon immer ein Abenteurer gewesen. Sechsmal war er von zu Hause weggelaufen. Zum Glück hatten sie ihn immer gefunden und zurückgebracht. Aber ob es wirklich sechs Mal gewesen war? Und ob er wirklich weggelaufen war? Sein Bruder hatte ihm das letztes Jahr erzählt, und er war aus allen Wolken gefallen, weil, in seiner Erinnerung war er zu Hause immer sehr glücklich gewesen. Wahrscheinlich hatte er einfach nur eine extrem lange Fahrradtour gemacht. Er war ja immer gefahren. Daran erinnerte er sich noch genau.

So eine Scheiße ...! Auf dem Beifahrersitz lag eine aufgerissene Packung mit Duftbäumchen, und er regte sich schon über die zwei auf, die unter seinem Rückspiegel hin- und herpendelten. Das war doch irre! Sich so aufzuregen, wegen etwas, das man unbedingt brauchte und wollte. Der ganze Kofferraum war voll von den Dingern, die machten ihm richtig Angst. Und dann kaufte er doch wieder welche. Und immer gleich Packungen mit zwanzig Stück.

Ohne seinen Bruder wäre er schon lange verloren gewesen, der hatte ihn ein paarmal gerettet. Wenn er es mal wieder irgendwo nicht ausgehalten hatte und in einer neuen Stadt neu anfangen musste. Dann hatte sein Bruder ihm einfach die Schlüssel für eine Wohnung in die Hand gedrückt und ihm, wenn nötig, auch Geld gegeben. Nie hatte er danach gefragt, wann er es zurückbekäme. Natürlich hatte er alles zurückgezahlt, sobald er wieder einen Job hatte, aber sein Bruder hatte ihn nie gedrängt.

Sein Bruder, der hatte ein Herz aus Gold.

Die Bewegung war wahnsinnig schnell, er riss die beiden Duftbäumchen ab und warf sie in den Fußraum auf der Beifahrerseite.

Einige Zeit später beruhigte er sich und hörte auf, schlecht von sich zu denken. Es war eine lange Fahrt gewesen. In einer halben Stunde würde er zu Hause sein, und heute Abend spielte Olympique Marseille. Darauf freute er sich. Er sah auf den Tacho. Er fuhr genau siebzig Stundenkilometer.

Sonntag

Ohayon sah auf die Uhr. In zehn Minuten würde er ankommen.

Während der letzten halben Stunde hatte er über seinen Chef Roland Colbert nachgedacht und über die Gründe, warum der ihn nach Bauge geschickt hatte. Er kannte Roland jetzt seit fast zwanzig Jahren. Es hieß, sie seien befreundet. Er fand, dass Roland sich in den letzten Jahren verändert hatte. Er war zu gut geworden für seine Aufgabe. Als Kommissar war er inzwischen fast nur noch mit organisatorischen Fragen beschäftigt. Seit Jahren saß er für die Konservativen im Stadtparlament von Fleurville, und in letzter Zeit ging das Gerücht um, dass er sich noch mehr als bisher politisch engagieren wolle. Ohayon hatte solche Menschen nie verstanden. Roland war doch schon Chef, und zwar einer mit gutem Ruf. Sonst hätte man ihn ja nicht zum Leiter der neuen Gendarmerie gemacht. Warum also noch mehr? Ohayon hörte auf, darüber nachzudenken, er freute sich auf Bauge, er war ja auch noch nie am Atlantik gewesen.

Bauge schien ein überschaubares Städtchen zu sein. 14 000 Einwohner, Tendenz abnehmend. Ines hatte das gestern Abend noch zusammen mit ihm gegoogelt. Es war ein langer Artikel gewesen, für eine so kleine Stadt. Über Fleurville hatten sie nur ein paar Zeilen gefunden.

Bauge hatte bis zum Ende des 17. Jahrhunderts nicht mehr als zweihundert Einwohner gehabt. Fischer. Dann hatte der französische König eine barocke Stadt geplant und hier Menschen angesiedelt, die ein anderer nicht mehr haben wollte.

Das Ganze hatte etwas mit einem Religionsstreit zu tun, der auf einen dritten Herrscher zurückging, dessen Name Ohayon ebenfalls vergessen hatte.

Mit Einsetzen des Tourismus hatte Bauge einen ordentlichen Sprung nach vorn gemacht. Vor allem die Jahre vor dem Ersten Weltkrieg mussten wohl ein goldenes Zeitalter gewesen sein. Es war viel gebaut worden. Pensionen und mittelgroße Hotels. Marcel Proust, hieß es, habe hier versucht, seinen Gesundheitszustand zu verbessern, und sei mindestens zweimal gekommen. Das mit Proust hatte Ohayon und Ines gefreut, denn Proust war ja auch mal in Fleurville gewesen.

Der Weg, den der Bus nahm, führte genau durch den zentralen Park. Sie fuhren sozusagen auf der Spiegelachse der Stadt. Die Straße war tief eingeschnitten. Links und rechts stiegen Böschungen steil um etwa vier Meter an. Auch das war bei Wikipedia erklärt worden. Die Rinne, in der die Straße verlief, war früher mal eine Schutzmaßnahme gewesen, die etwas mit Sturmfluten und einer barocken Verteidigungsanlage zu tun hatte. Die Funktionsweise der Antiflutsysteme war genau erklärt worden. Aber Ohayon hatte nichts davon verstanden. Nicht mal Ines war da noch durchgestiegen.

Nach der Ankunft brachte Ohayon erst mal seine Sachen ins Hotel. Es war kurz nach zwei, um vier würde es dunkel sein. Er hatte also noch zwei Stunden. Und so tat Ohayon das, was viele tun, wenn sie in einer kleinen Hafenstadt ankommen. Er ging zum Hafen.

Es roch frisch. Dazu Wind aus Norden und ein sattes, tief hängendes Grau. Ohayon kniff die Augen zusammen und knöpfte sein Jackett in der Mitte zu. Richtig zuknöpfen konnte er es ja nicht mehr. Er ging bis an den Rand der Kaimauer und entschied, dass er eine Windjacke brauchte. Etwas Zeit verging, dann spielte der Zufall sein Spiel. Eigentlich hatte er nur vorgehabt, mal kurz ins Weite zu blicken, aber als er sah, wie ein

Stück links von ihm eine Gruppe Menschen – beschwipst, fröhlich, alle am Reden – über einen schmalen Steg einen Kutter betrat, ging er hin. Eine Frau begrüßte ihn und überreichte ihm ein Glas Mousseux.

»Oh! Danke.« Mit der Frau stimmte irgendwas nicht. Sie teilte zwar Mousseux aus, bemühte sich um ein Lächeln, aber ihr Körper war hart und verschlossen.

»Haben Sie schon den Katalog?«

»Nein.«

»Darf ich Ihnen einen geben?«

»Einen Katalog? Ja, gerne.«

»Auf der Bank liegen Decken, falls Ihnen kalt ist. Viel Vergnügen.«

Ohayon reihte sich in die Schlange ein und betrat den Kutter. Er fand es nett, dass Sekt ausgeschenkt wurde und dass man ihn ohne weitere Fragen akzeptierte. Reiche Leute, dachte er, aber gar nicht mal unangenehm. Seine gesamte Kleidung hatte vermutlich nur einen Bruchteil von dem gekostet, was die Handtasche der Frau, die ihm eben den Katalog überreicht hatte, wert war. Er wickelte sich in eine Decke und ging zum Bug des Kutters. Unterwegs schnappte er ein paar Zeilen Gespräch auf. Eine zweite, ebenfalls sehr gut gekleidete Frau kam auf ihn zu. Lächelte. Und das bei eisigem Wind.

»Den Katalog haben Sie schon, wie ich sehe.«

»Ja, danke.«

»Ich bin Silvia. Silvia Courbet.«

»Ah!«

»Sie können gerne zu uns nach hinten kommen.«

»Vielleicht später.«

»Wie Sie möchten.«

Die Frau ging wieder zum Heck. Er wollte jetzt erst mal wissen, wo er hier überhaupt reingeraten war. Das Wort Engel war ein paarmal gefallen. Er blätterte im Katalog. Oh! Ein Riesen-

engel, ganz schwarz, sieht aus wie ein russisches Denkmal...
Auf den nächsten Seiten war eine Zeichnung der Rampe zu sehen, auf der der Engel stehen würde. Zehn Meter hoch und dann noch mal acht Meter Engel. Danach ging es um Zahlen, vor allem um den Teil der Kosten, für den noch Sponsoren gesucht wurden. Ohayon blätterte weiter. Ach, noch ein Engel...!
Er las und begriff. Es ging um zwei Engel, die auf Rampen stehen würden. Einer am Rand von Bauge, einer an der englischen Küste. Außerdem ging es um eine Lichtinstallation, im Kopf der Engel. Die Strahlen würden sich über dem Meer treffen.

Ohayon schlug den Katalog zu, sah sich um und überlegte, worauf er sich hier eigentlich eingelassen hatte. Der Kutter war alt, und das Meer hieß hier schon Atlantik. Es war so ziemlich das hässlichste Schiff, das er sich überhaupt hätte vorstellen können, aus dicken, grau gestrichenen Stahlplatten zusammengeschweißt und vorne an der Spitze... er suchte, es gab da ein Fachwort... vorne an der Spitze war alles extrem fett und stabil. Hässlich. Im Hafen lagen noch andere Kutter, und die sahen aus wie richtige Kutter, die waren schön.

Er trank erst mal seinen Mousseux und redete sich ein, dass nichts passieren würde auf einem Schiff mit so vielen gut angezogenen Menschen. Zum Umkehren war es sowieso zu spät, denn der Diesel sprang an und der Rumpf begann zu vibrieren. Ihm fiel auf, dass die Frau, die ihm eben angeboten hatte, nach hinten zu kommen, ihn beobachtete.

Oh, Gott...!

Das Gefühl kam eindeutig aus der Gegend, wo Ohayon sein Zwerchfell vermutete. Dabei war das Meer spiegelglatt, und sie fuhren noch parallel zur Mole, die fast zweihundert Meter in die Bucht ragte. Die Menschen am Heck redeten heiter durcheinander. Der Kutter drosselte das Tempo, die Vibrationen, die dabei entstanden, waren enorm. Sie hatten jetzt das Ende der Mole erreicht, und Ohayon hörte eine Frauenstimme, die klang wie auf einem Bahnsteig: »Gleich wird es sich ein bisschen ungewohnt anfühlen. Machen Sie sich bitte keine Sorgen, die See ist heute relativ friedlich, und der Wind kommt von Norden.« Ohayon hielt einige Worte in diesem Satz für bedenklich, griff nach der Reling und konzentrierte sich in seinem Katalog auf den Lebenslauf des Künstlers, der die Engel entworfen hatte.

Die Frau löste sich aus der Gruppe und kam auf ihn zu. Linke Hand, rechte Hand, Flasche und Glas.

»Zum ersten Mal auf einem Schiff?«

Keine Antwort von Ohayon. Nur ein Schlucken. Er musste es einfach schaffen, dass es nicht hochkam. Als Kind auf dem Karussell hatte er immer gekotzt. Die Frau war attraktiv, das half ein bisschen.

»Dann schenke ich uns mal nach, oder? Ich nehme an, es würde Sie eher beunruhigen, wenn ich behaupte, dass wir auf diesem Schiff absolut sicher sind.«

»Hm.«

Sie stießen an, ihre Haare waren rot und leicht gewellt. Nachdem Ohayon das Glas geleert hatte, füllte die Frau es sofort wieder nach. Ohayon leerte das zweite Glas so schnell wie das letzte.

»Ging mir beim ersten Mal auch so. Na, kommen Sie...«

Für das dritte Glas nahm er sich mehr Zeit. Er konzentrierte sich ganz auf sie.

»Haben Sie vor, ein paar Tage in Bauge zu bleiben?«

»Hm.«

Früher oder später würde er längere Sätze bilden müssen, sonst würde sie gehen.

»Sie sollten sich wärmer anziehen. Stört es Sie, wenn ich weiter mit Ihnen rede?« Sie lächelte, sie kannte die Antwort. »Die Wellen hier in der Bucht sind ein bisschen unheimlich. Dabei sind es gar keine richtigen Wellen, wie man mir erklärt hat, sondern zwei Strömungen, die sich treffen.«

»Wie lange dauert die Fahrt?«

»Zwei Stunden.«

»Oh.«

»Wir fahren raus, weil heute die Laser ausprobiert werden. Es geht um ein Kunstprojekt, eine Kooperation zwischen Frankreich und England unter der finanziellen Schirmherrschaft von EDF und Renault. Électricité de France baut vor der Küste von Bauge ein Gezeitenkraftwerk. Ich hoffe, ich langweile Sie nicht.«

»Reden Sie. Reden Sie.«

»Das wird das größte Gezeitenkraftwerk der Welt. Saubere Energie.«

»Ah, deshalb die Engel! Kommen Sie von hier? Sie scheinen sich auf dem Kutter... Sie kommen klar.«

»Ich habe schon viele hier rausgefahren. Sponsoren, Kuratoren, Schulklassen. Es geht darum, dass Bauge ein neues Gesicht bekommt, und darum, dass das Kraftwerk als etwas Positives begriffen wird. Außerdem lerne ich so die Leute hier kennen. Mein Mann und ich sind erst vor zwei Jahren hergezogen. Mein Mann ist der in dem grünen Mantel.«

Es ging ihm jetzt besser. Was man Angst nennt, ist ja meistens nichts anderes als ein Gedanke. Und der war jetzt halbwegs weg.

»Das blonde Mädchen ist vermutlich Ihre Tochter.«

»Eva. Sie haben ein gutes Auge. Aber ich rede so viel über mich... Werde ich über Sie auch etwas erfahren?«

»Natürlich.«

Ohayon war die Tochter von Silvia Courbet sofort aufgefallen. Sie war groß, wirkte in ihrem langen Mantel schlank und hatte ein schmales, sehr helles Gesicht, bei dem Ohayon automatisch an die Aufnahmen der leicht magersüchtigen Fotomodelle in Ines' Modezeitschriften denken musste. Eine lange, sehr dünne Eva, dachte er, und schätzte sie auf Anfang zwanzig.

Eva unterhielt sich gerade mit einem Mann, der deutlich anders gekleidet war als die anderen Männer.

»Also. Wer sind Sie?«, hakte Silvia Courbet nach.

»Ich? Ohayon.«

»Klingt spanisch.«

»Aber ich sehe nicht aus wie ein Spanier, oder?«

Sie lachte, sie hatte Spaß an ihm. Einem Mann, der absolut nicht so aussah, als hätte er auch nur einen Cent für Kunst übrig. Andererseits ... seine Kleidung war so verschlissen, dass sie es für möglich hielt, dass er mehr war, als es schien. Als Galeristin war ihr schon öfter aufgefallen, dass wichtige Leute manchmal Freude daran hatten, sich ein bisschen zu tarnen. Zuerst hatte sie sogar gemeint, er wäre John B. Tuttle. Einer der einflussreichsten Kuratoren in Paris. Ein Mann mit einem riesigen Budget. Aber dieser Mann hier hatte nicht die rhetorische Brillanz von Tuttle. Andererseits war er mit einer derartigen Selbstverständlichkeit an Bord gegangen, dass er entweder ziemlich frech oder eben doch wer war. Sie würde das schon noch rauskriegen. Männer zum Reden zu bringen, war schließlich ihre Spezialität.

»Der Mann mit der auffälligen Hose ist John Duffet. Er hat einen Spitznamen. Und wenn ich Ihnen verrate, dass er bei Vernissagen immer sehr viel isst und trinkt, wissen Sie auch, wie der ...«

»Buffet?«

Sie lachte, sie hatte schöne Zähne.

»Ja, das ist amüsant«, gab er zu. »Und sehr ... geistreich.«

»Johns Engel ist fast fertig, es fehlt nur noch der zweite Flügel. Und leider auch etwas Geld. Deshalb fahren wir raus und hoffen, dass der Laser funktioniert und wir unsere Sponsoren begeistern. John Duffet werden Sie kennen. Oder setze ich da zu viel voraus?«

Ihre Augenbrauen gingen ein klein wenig hoch. Jetzt würde

sich ja zeigen, ob er wichtig war, oder ob sie sich seit zehn Minuten mit einem Touristen unterhielt.

»Ich weiß nur, dass er letztes Jahr in der Tate ausgestellt hat.«

»Ich sehe, Sie kennen sich aus.«

Ohayon wiegte den Kopf vielsagend hin und her, was ihr zu gefallen schien. Natürlich kannte er sich überhaupt nicht aus. Er hatte das mit der Ausstellung im Katalog gelesen.

»Und wer ist die Frau, die mir vorhin den Katalog gegeben hat?«

»Catherine ist eine Freundin von mir. Wir arbeiten zusammen, suchen nach Sponsoren. Wir betreiben eine Galerie.«

»Eine Galerie ist sicher etwas Besonderes, in so einer kleinen Stadt.«

Sie lachte hell auf. »Um Gottes Willen! Wir leben von unserem Beruf. Die Galerie ist in London.«

»Ach, und ich dachte, Sie leben hier.«

»Tue ich ja auch. Mein Mann und ich sind vor zwei Jahren nach Bauge gezogen.«

»Dann wohnen Sie aber weit weg von Ihrer Arbeitsstelle.«

»Es gibt eine gute Fährverbindung. Für meine Tochter ist es hier besser als in einer großen Stadt.«

»Na, ob sie das genauso sieht ...«

Und wieder ihr helles Lachen. Diesmal berührte sie ihn sogar am Arm.

»Ich hatte vorhin den Eindruck, dass es Ihrer Freundin nicht besonders gutgeht.«

»Stress. Heute sind zwei Damen von der EDF da, wenn die noch mal nachfinanzieren, steht unser Projekt. Außerdem ist Delphine mal wieder ausgerissen.«

»Delphine?«

»Catherines Tochter.«

»Ein schöner Name. Gerade hier am Meer.«

»Delphine leitet sich aber nicht von Delfin ab.«

»Ach ja?«

»Das wussten Sie. Sie haben sich einen Scherz erlaubt, oder?«

Sie hatte immer noch nicht rausgefunden, woran sie bei ihm war. Er verfügte sicher nicht über den Wortschatz eines John Tuttle, aber er verstand sich auf Smalltalk. Sie musste jetzt nur noch rausfinden, ob er ein Kritiker war oder doch über ein Budget verfügte. Offenbar mochte er es, über Privates zu reden. Sie setzte also wieder ihr Lachen ein.

»Sie haben Recht, für Mädchen in dem Alter ist Bauge nicht gerade das Gelbe vom Ei. Delphine ist auf einem Festival in London.«

»Na, wenn das mal stimmt…«

Sie war kurz irritiert, fing sich aber sofort wieder. »Delphine hat mit ihrem Vater telefoniert und ihm gesagt, dass sie dort ist. Helene hat auch so was erwähnt.«

»Delphine, Helene, Eva, das sind alles sehr schöne Namen. Sehr klassisch.«

»Die Mädchen haben im Sommer Abitur gemacht, sie verlassen das Nest. Wäre trotzdem nett gewesen, wenn Delphine gesagt hätte, wo sie hinfährt. Haben Sie Kinder?«

»Drei Mädchen.«

»Dann wissen Sie ja, wovon ich rede.«

»Vielleicht ist sie in London im Moment sogar besser aufgehoben als in Bauge«, sagte Ohayon und irritierte sie damit ein bisschen.

»Warum?«

»Na, weil es hier doch dieses Problem gab. Mit den Chinesen. Ich hab das im Fernsehen gesehen.«

»Die haben das dargestellt, als wäre Bauge eine Hochburg von…« Sie sah ihn sich noch mal genauer an. Für einen Kurator oder Kritiker wechselte er ein bisschen zu oft das Thema. »Warum glauben Sie, das sei ein Problem?«

»Ja, nein, ich… habe nur so meine zufälligen Gedanken.

Aber wo Sie gerade sagten, dass Sie hoffen, dass die Damen von der EDF ihr Projekt nachfinanzieren, fiel mir das ein.«

»Was?«

»Na, dieser Brandanschlag. Fremdenfeindlich. Das ist sicher nicht gut für einen Ort, der von Touristen lebt. Und das ist auch nicht schön für dieses großartige Projekt. Saubere Energie, Kunst, und dann so was ... Wenn EDF Ihre Engel nachfinanziert, ist das sicher für alle Seiten das Beste.«

»Wer sind Sie?«

»Ohayon.«

»Ich meinte Ihren Beruf.«

»Ich arbeite bei der Polizei.«

»Ach so! Wegen dem Überfall im Park.« Sie zögerte kurz. »Oder geht es um die drei ...« Sie zögerte erneut, überlegte. »Das verstehe ich nicht.«

»Was?«

»Diese Morde damals sind ja nie aufgeklärt worden, nicht wahr?«

»Hm.«

»Sieht man denn da einen Zusammenhang? Die Frauen wurden doch in Villons ermordet. In ihren Wohnungen, soweit ich weiß.«

»Sie sind ja gut informiert.«

»Catherines Mann ist Chefredakteur der *Gazette de Bauge*, der hat es uns damals erklärt. Die Leute hier haben zwar immer wild spekuliert und gemeint, der Mörder sei einer von den chinesischen ... Ich dachte immer, das wäre Unsinn. Führt denn jetzt doch eine Spur nach Bauge? Pascal meinte damals, der Täter hätte das Bein eher zufällig hier abgelegt.«

»Wer ist Pascal?«

»Na, Catherines Mann.«

»Der Chefredakteur der *Gazette de Bauge* ...«

»Richtig. Arbeiten Sie denn für eine Spezialeinheit?«

»Was für eine Spezialeinheit sollte das sein?«

»Sie haben Recht. Ich habe zwar mit schwarzen Engeln zu tun, aber nicht mit Todesengeln.«

Er hielt ihr sein Glas hin. Während sie es füllte, sah er kurz über die Reling. Vier Möwen flogen parallel zum Kutter, ohne auch nur einen Flügelschlag zu tun. Dann sah er noch etwas. Hinter den Möwen. Er musste sofort an einen James-Bond-Film denken.

»Ist das das Gezeitenkraftwerk?«

»Ja.«

»Na, kein Wunder, dass die Leute das als Bedrohung empfinden.«

»Es wird saubere Energie produzieren.«

»Und das Licht da über den Klippen?«

»Da leben die chinesischen Arbeiter, die die Anlage bauen.«

Als Ohayon gerade fragen wollte, wie viele das waren, kamen sie aus der Bucht raus. Die weibliche Blechstimme versicherte zwar noch einmal, dass zwei Meter hohe Wellen dem Schiff nichts anhaben könnten und ganz normal wären, aber selbst die Gruppe der Kunstkenner wurde still und hielt sich fest. Gläser gingen kaputt, eine Flasche schlug hart gegen Metall. Die Möwen blieben ruhig. Sie hingen in acht Meter Entfernung wie angenagelt in der Luft, als würden sie auf etwas warten.

Die Blechstimme behielt Recht. Das Schiff war nicht in Gefahr. Es gab einfach den Bewegungen der See nach, schmiegte sich an, sank, hob sich und sackte nach einer unbestimmten Verharrung wieder durch. Das Meer, wie es sich hier zeigte, ängstigt nicht durch Schaum und wilden Überschlag, sondern durch eine Gewalt, deren Charakteristikum es ist, alles zu verlangsamen, bis zum Stillstand zu dehnen und dann wieder zu beschleunigen. Es ist auch immer ein unerklärliches Drehen im Spiel, das stets von hinten zu kommen scheint. All das setzt unser Gefühl für Zeit und Raum außer Kraft. Das ist der

Schrecken, nicht die Gischt, nicht ein Toben und Wüten. Ohayon hob den Kopf. Die Frau am Ruder wirkte konzentriert, ihr Gesicht drückte eine herrische, beinahe grausame Haltung aus. Das immerhin war beruhigend. Ein Gesicht, das sich mit dem Meer auskennt, entschied Ohayon. Der Effekt wurde dadurch verstärkt, dass es von unten, vermutlich von der Instrumentenbeleuchtung, angestrahlt wurde.

*

Die Kerzen flackerten, als Helene Guitton das Tablett ins Wohnzimmer brachte. Ihre Mutter saß noch immer auf dem Sofa und starrte das Foto an. Ihr Bruder hielt sie im Arm und hatte es geschafft. Ihre Mutter hatte aufgehört zu weinen. Den Kuchen hatte Helene schon in der Küche aufgeschnitten, und es hatte eine Weile gedauert, bis die Kerzen auf dem Blech hielten. So hatte sie etwas Zeit gewonnen. Sie stellte das Tablett neben das Bild ihres Vaters. Die Aufnahme war auf einem Parkplatz gemacht worden. Sie hatten alle drei entschieden, dass es das beste Bild war, das sie von ihm hatten.

»Will jemand Kuchen?«, fragte Helene.

»Noch nicht, Mutter ist noch nicht so weit«, erklärte ihr Bruder Paul.

Helene nickte, setzte sich aufs Sofa und spürte, dass sie nicht dazugehörte.

»Dass auf dem schönsten Bild, das wir von ihm haben, das Auto mit drauf ist ...« Ihre Mutter sagte das jedes Mal.

An den Kerzen begannen Tropfen runterzulaufen, und zwar bei allen auf der gleichen Seite. Sie hätte die Tür zum Flur zumachen sollen. Paul fing an, ganz leise mit seiner Mutter zu reden. Helene konnte sich immer noch nicht vorstellen, wie er es geschafft hatte, Tag für Tag bei ihr zu sein. Vor allem das erste Jahr war ganz schlimm gewesen. Sechzehn war Paul damals und sie fünfzehn. Ihre Tante hatte sie schließlich zu sich geholt, weil sie nichts mehr gegessen hatte. Fast ein Jahr war sie weg gewesen. Als sie wiederkam, hatte Paul sich verändert. Er war erwachsen geworden.

Helene merkte, wie ihr Körper reagierte. Es fing immer an den Oberarmen an und ging dann über die Schultern in ihren Brustkorb und von da nach unten. Sie fühlte sich wie ein Stein mit einem Gehirn, das wegwollte. Aber sie war hier. Sie musste das aushalten. Es war heute besonders schlimm, weil ihr Vater heute Geburtstag gehabt hätte. Gleich würde ihre Mutter anfangen, über seinen Tod zu sprechen. Am Anfang hatte sie immer Delphines Vater die Schuld gegeben, jetzt redete sie meistens über das Auto.

Montag

Als Ohayon am Montagmorgen vor der Gendarmerie von Bauge stand, war er nervös, sah auf die Uhr. Fünf vor acht. Er wollte pünktlich sein und hatte sich vorgenommen, nicht zu lässig aufzutreten und schon gar nicht autoritär. Erstens hätte er das gar nicht gekonnt, und zweitens war er hier nicht mehr als eine Übergangslösung. Er musste es schaffen, dass die Leute ruhig blieben, und das Ruhige lag ihm ja. Ohayon strich sein Jackett glatt und sah an sich herab. Jetzt ärgerte er sich doch. Ines hatte ihm kurz vor der Abreise unbedingt noch den Knopf annähen wollen, und er hatte gesagt, dass er sich in Bauge ein neues kaufen würde. Leider machten die Läden hier im Winter erst um zehn Uhr auf. Ines war unglaublich stolz auf ihn. Sie sprach das Wort Lieutenant aus, als wäre das eine ganz besondere Position. Dabei ging es doch nur um 600 Euro mehr im Monat. Drei vor acht. Gleich war es so weit.

Nora Rose hatte Florence gebeten, die Akten und Protokolle der aktuellen Vorgänge zu einem Dossier zusammenzustellen, um den neuen Chef schnell einweisen zu können. Jetzt warteten sie.

»Wie spät?«, fragte Rousseau.

»Zwei vor acht.«

»Mal sehen, ob er pünktlich ist. Wie alt?«

»Keine Ahnung, ich hoffe nur, das ist nicht so ein überambitionierter Junge.«

Nora sah Rousseau an, aber der hatte nur genickt und dann weiter gelesen. Sie hatte befürchtet, dass ihn das Wort »überambitioniert« ärgern könnte. Aber das war nicht der Fall. Gendarm Rousseau war damit beschäftigt, das Dossier, das Florence zusammengestellt und bereits geordnet hatte, noch mal zu überprüfen. Rousseau studierte gerne Berichte. Vor allem, wenn sie fertig waren. Hin und wieder machte er sich dabei eine Notiz. Manchmal korrigierte er auch Rechtschreibfehler. Er saß stets aufrecht an seinem Schreibtisch und wirkte immer sehr konzentriert. Trotzdem wäre niemand auf der Gendarmerie von Bauge auf die Idee gekommen, Gendarm Philippe Rousseau als überambitioniert zu bezeichnen.

»Er ist da.« Nora Rose hatte mit einem Mann von anderer Statur gerechnet. Sie ging auf Ohayon zu. Gendarm Rousseau blieb sitzen. Früher oder später würden sie ja sicher zu ihm kommen.

»Sie sind Brigadier Ohayon?«

Er schätzte sie auf Mitte vierzig und machte sie damit fünf Jahre jünger. »Ohayon reicht«, erklärte er, »Sie sind Gendarmin Rose, nehme ich an.«

»Nora.«

Sie war groß, der Klang ihrer Stimme gefiel ihm, und von ihrem Gesicht kam er gar nicht mehr weg. Die Gesichtszüge hatten etwas Maskulines, aber auf eine Art, die Ohayon an spanische Frauen denken ließ.

»Kann es sein«, fragte er, »dass du in deiner Freizeit einen Kutter fährst? – Ich war gestern an Bord und meine, dass ich dich am Steuer gesehen habe.«

»Das ist der Kutter meines Vaters, ich fahre manchmal Touristen raus. Oder Leute wie die gestern.«

Sie hörte auf zu sprechen, er wollte aber ihre Stimme hören. Vor allem die Art, wie sie das R aussprach, gefiel ihm. »Sagt man bei einem Schiff überhaupt Steuer?«

»Ruder.«

»Das Meer war ja ganz schön wild.«

»Rau. Wenn, dann war es rau. Und das Meer war nicht rau. Vor allem kam der Wind von Norden, und dann gibt es nie Probleme. Kaffee?«

»Gerne.«

»Madame Clery, würden Sie so nett sein.«

Eine auffällig große Frau, Ende fünfzig, stand auf. »Nehmen Sie Milch in Ihren Kaffee?«

Ihre Stimme hatte etwas Schleppendes, klang, als würde sie beim Reden in die Ferne blicken oder an etwas anderes denken.

»Ja. Und zwei Löffel Zucker«, sagte er schnell, »Sie sind...?«

»Madame Clery. Ich bin die Sekretärin von Madame Giry. Möchten Sie vielleicht Kekse?«

»Wenn welche da sind. Sie backen bestimmt selber.«

»Sehe ich so aus?«

»Na, ich möchte in jedem Fall welche probieren. Wir können uns gerne duzen...«

»Wenn es Ihnen recht ist, bleibe ich beim Sie. Wenn man in der Anrede die Form wahrt, kann man sich ungezwungener unterhalten. Vielleicht sehen Sie das ja genauso.«

»Natürlich. Liegt Madame Giry eigentlich hier im Krankenhaus?«

»In Villons«, erklärte Nora.

»Depressionen...«, murmelte Ohayon und überlegte, wie

groß Madame Giry wohl war. »Mein Chef hat ein anderes Wort benutzt, aber...« Ohayon winkte ab, als sei es egal, welches Wort man benutzte. Bei Christine Clery stiftete er damit Verwirrung. Er machte dann auch gleich weiter damit, sie zu irritieren. »Dieser Raum hier... Das war mal ein Bunker, oder? Hat Madame Giry veranlasst, dass der Raum so dekoriert wurde?«

»Was ist mit dem Raum?« Die Sekretärin von Kommissarin Giry dehnte ihren kleinen Satz bis zum Äußersten und sah ihn dabei auf eine Weise an, als würde sie möglicherweise angreifen.

»Nun, die Kerzen auf den Tischen, die vielen Lampen, die schönen warmen Farben an den Wänden. Ich dachte nur, weil Madame Giry ja offenbar zu Depressionen neigt, hätte sie möglicherweise versucht, hier alles ein bisschen netter zu machen.«

»Ich bringe Ihnen jetzt Ihren Kaffee.«

Nora fand, dass genug Details des täglichen Lebens besprochen waren. Sie konnte nur hoffen, dass der Neue das mit der Depression von Nicole Giry nicht weiter vertiefte. Vor allem nicht vor ihrer Sekretärin.

»Du willst sicher Einsicht in die Akten. Ich habe Florence gebeten, ein Dossier zusammenzustellen, damit du dir ein Bild machen kannst...«

Ohayon begrüßte Florence und Gendarm Rousseau. Rousseau verzichtete darauf, deshalb aufzustehen.

Florence war Ende zwanzig, schätzte er, und sie sah auf den ersten Blick so aus, wie Blondinen aussehen, wenn sie gut aussehen. Der erste Blick... Sie war recht groß, fand er, und ihre Hände wirkten ausgesprochen kräftig. Sein Gefühl sagte ihm, dass Kraft und die Fähigkeit zuzupacken ein fester Bestandteil ihres Charakters waren. Genau wie Nora stand sie recht breitbeinig da, und immer im freien Raum. Niemals – nur eine Vermutung natürlich – niemals würde sie sich an eine Wand anlehnen. Sie würde sich auch nicht auf Tischen abstützen. Nora und Florence beanspruchten ausgesprochen viel Raum.

Vielleicht, dachte er, mussten sie mit ihren Vätern zum Fischen mit rausfahren, schon als Kinder, weil es keine Brüder gab...

Wie kommt er auf so was? Ist Ohayon ein Mann mit einer großen Begabung? Nun, er macht seit über zwanzig Jahren nichts anderes, als mit Menschen zu sprechen und dabei auf ihre Körper zu achten. Sein Gehirn ist daran gewöhnt, Assoziationsketten zu bilden. Manchmal sind sie falsch.

»Ich hatte dir die Unterlagen nach Fleurville gemailt«, erklärte Nora, und Ohayon dachte, dass ihre Stimme sicher so manchen Zeugen zum Sprechen verlockte. »Das ging ja alles sehr schnell. Du hattest vermutlich noch keine Zeit, dir das Dossier anzusehen.«

»Doch, im Bus!«, widersprach er knapp, beinahe keck, und lächelte sie dabei auf seine gewinnende Art von unten her an. »Vor zwei Jahren ein Bein neben einer Schule, vor zehn Tagen Knochen am Strand, dann Angriff auf eine Baustelle mit Unterkünften, am selben Abend Überfall auf eine Frau im Stadtpark. Möglicherweise durch den Hammermörder.«

»Und möglicherweise eine Falschaussage«, erklärte Rousseau lässig. Sein Lächeln wurde weder von Nora noch von Florence erwidert.

Christine Clery kam und brachte ihm seinen Kaffee und einen kleinen Teller, auf dem ein einzelner Keks lag, der, wie Ohayon fand, ziemlich dunkel war.

»Was ist mit dem Mädchen?« Ohayon biss von seinem Keks ab.

»Welches Mädchen?«

»Delphine. Die soll ausgerissen sein.« Der Keks war sehr hart.

»Woher weißt du das?«, fragte Nora.

69

Ohayon schluckte seinen Keks runter und spülte mit viel Kaffee nach. »Ich habe mich gestern auf dem Kutter mit einer Frau unterhalten. Die sagte mir, die Tochter ihrer Freundin sei weg.«

»Wie du schon sagtest, sie ist ausgerissen. Die Eltern waren am Samstag hier. Delphine ist siebzehn und war schon öfter auf Reisen, ohne Bescheid zu geben. Die Mutter war nur beunruhigt, weil sie Delphines Handy gefunden hat. Sie sagte, ihre Tochter würde normalerweise nie ohne das Ding weggehen. Am nächsten Tag hat sich Delphine dann gemeldet. Sie ist in London auf einem Festival.«

»Gemeldet ... Wie hat sie das gemacht? Angerufen?«

»Sie hat mit ihrem Vater gesprochen.«

»Du sagtest eben, sie hätte ihr Handy vergessen.«

»Sie wird sich eins geliehen haben.«

»Haben wir ein Foto von ihr?«

Florence holte es.

»Sieht aus, als ob sie irische Vorfahren hätte«, sagte er, »wie hieß noch diese Schauspielerin, die damals in diesem Titanicfilm mitgespielt hat?«

»Kate Winslet«, sagte Rousseau. »Darf ich mal sehen?«

Ohayon gab ihm das Foto.

»Stimmt, die hat was von der. Alles ein bisschen kräftig, aber ganz hübsch.«

Nora wurde ungeduldig. »Ich würde jetzt gerne über den Angriff im Stadtpark sprechen. Denn der bereitet uns Sorgen. In der Stadt wird überall darüber gesprochen, und wenn sich die Meinung durchsetzt, einer von den Chinesen ...«

»Könnte es wieder Ärger am Bauzaun geben. Was ist denn da im Stadtpark genau passiert?«

»Judith Jambet wurde angeblich von einem Mann mit einem Hammer angegriffen.«

»Angeblich?«

»In Villons hat sie ausgesagt, er hätte sie bis runter zum Hafen verfolgt. Hier klang es eher so, als sei sie ihm bereits im Stadtpark entkommen. Wir wurden deshalb noch mal von dem Vernehmungsbeamten kontaktiert. Jedenfalls hat der Täter sie nur an der Schulter erwischt. Es besteht natürlich die Möglichkeit, dass dieser Angriff mit den Morden zusammenhängt. Wir haben hier ja damals das Bein des ersten Opfers gefunden. Die Jambet wurde dann nach Villons gebracht und dort sicher gründlich vernommen. Man hat noch zweimal bei uns angerufen, die sind immer sehr genau mit allem.«

»Gründlich vernommen in Villons, aber zuerst kam Madame Jambet hierher wegen ihrer Anzeige«, stellte Ohayon fest.

»Genau«, sagte Nora. »Hier war an dem Morgen natürlich unglaublich viel los.«

»Mit wem hat sie gesprochen?«

»Mit mir«, sagte Rousseau.

»War ihre Aussage glaubwürdig?«

»Zuerst hat sie behauptet...«

»Sie hat nicht behauptet, sie hat ausgesagt«, korrigierte Nora ihn.

»... ausgesagt, er hätte sie auf der Straße angegriffen, dann sagte sie, nein, im Park, an einer Brücke, und in Villons hat sie dann be... ausgesagt, er sei hinter einem Gebüsch hervorgekommen. Davon abgesehen hat sie sich zweimal nach der Höhe der Belohnung erkundigt, die es für die Ergreifung des Hammermörders gibt. Und sie hat zwischendurch mit einem Journalisten gesprochen. Das hätte natürlich nicht passieren dürfen.«

»Was ich noch nicht verstanden habe... Warum wurde sie zweimal vernommen?«

»Na, weil die Vernehmung hier ja abgebrochen wurde«, erklärte Rousseau.

»Warum das?«

»Weil ich in Villons angerufen habe, als ich merkte, dass es möglicherweise um den Hammermörder geht.«

»Aber zu dem Zeitpunkt warst du doch schon der Meinung, ihre Aussage sei falsch.«

»Sie war falsch. Hundertprozentig.«

»Und dann wird die Vernehmung abgebrochen, und du gibst der Frau Gelegenheit, sich ihre Geschichte auf der Fahrt nach Villons noch mal zurechtzulegen?«

Nora sah Rousseau wieder an, und der litt ein bisschen.

»Na gut, was habt ihr damals in der Sache mit dem Bein ermittelt?«

»Den Fall haben wir seinerzeit an die Police Nationale in Villons abgegeben«, erklärte Rousseau.

»Auch abgegeben. Warum? Das Bein wurde doch hier gefunden.«

»Wir geben alle größeren Fälle nach Villons. Das ist so organisiert. Wir sind nur eine kleine Gendarmerie.«

»Kann ja sein, aber wie ich das verstanden habe, geht es im Moment darum zu überprüfen, ob diese Anzeige auf etwas beruht, oder ob sich die Zeugin nur wichtig gemacht hat.«

»Genau«, sagte Nora, »du solltest noch mal mit ihr sprechen. Leider habe ich sie vorhin nicht erreicht.«

»Dann muss das wohl erst mal warten«, stellte Rousseau fest.

Ohayon überlegte kurz und entschied: »Wir werden mal nach Villons fahren.«

»Wozu?«, fragte Nora.

»Na, ich muss doch alles über diese Morde wissen.«

Rousseau lachte, und Nora schüttelte den Kopf.

»Wie soll ich sonst den Angriff auf Madame Jambet einschätzen? Sind denn damals Spuren gesichert worden?«

»Wie ich schon sagte, Hinweise, Zeugen, Fakten, die im Zusammenhang mit Mordfällen stehen, bearbeitet die Police Nationale in Villons.«

»Das kann ja sein, aber ich bin hergeschickt worden, um dafür zu sorgen, dass es keine weiteren Angriffe auf das Lager der Chinesen gibt. Jetzt soll ein Asiate eine Frau mit einem Hammer quer durch den Park und dann bis runter zum Hafen verfolgt haben. Wollen wir warten, bis sich die Gerüchte so hochgeschaukelt haben, dass wieder was passiert?«

»Gut, dann ... melde ich uns an.« Nora ging zu ihrem Telefon.

Gendarm Rousseau stand auf und bewegte sich unauffällig in Richtung von Nicole Girys Büro.

»Wo willst du hin?«

»Mir einen Kaffee holen.«

»Wenn du den hast, ruf den Vater von Delphine an. Frag ihn, ob sich seine Tochter inzwischen noch mal gemeldet hat. Und lass dir die Nummer von dem Handy geben, von dem aus sie ihn angerufen hat. Die hat sein Gerät ja sicher gespeichert.«

»So viel Aufwand wegen einem Mädchen, das mal Lust hatte, nach London zu fahren? Wozu?«

»Na, um das richtig zu Ende zu bringen. Es gab eine Anzeige, also verfolgen wir die Sache, bis alles geklärt ist. Das ist der normale Ablauf. Sollte das Mädchen inzwischen zurück sein, dann erinnere den Vater bitte daran, dass er uns so was melden muss. Du, Florence, fährst zum Bauzaun und siehst nach, ob da alles in Ordnung ist. Wenn es in der Nähe irgendwelche Kneipen oder Treffpunkte gibt, dann geh rein und check, wie die Stimmung ist. Bist du so weit, Nora?«

»Kommissar Bary sagt, er hätte wenig Zeit, aber wir dürfen kommen.«

»Wir dürfen kommen, das ist ja nett.«

Nachdem Nora und Ohayon die Gendarmerie verlassen hatten, ging Rousseau, um sich seinen Kaffee zu holen. Vielleicht, dachte er, sind ja auch noch Kekse da. Nora tat ihm leid, die musste jetzt den ganzen Weg nach Villons fahren und dann auch noch Kommissar Bary nerven, was der bekanntlich überhaupt nicht mochte. Und Florence hatte der Neue auf eine Patrouille geschickt. Wozu das alles? Um ihnen zu zeigen, dass er ein energischer Typ ist? Man konnte über Nicole Giry sagen, was man wollte, aber die hatte nie solchen Stress gemacht. Außer ganz am Anfang vielleicht, aber das hatte dann ja glücklicherweise aufgehört.

*

Das Gebäude der Police Nationale in Villons stammte noch aus dem 19. Jahrhundert und hatte ein Stockwerk mehr als die Gendarmerie in Fleurville. Was damit zusammenhing, dass Villons schon immer für einen viel größeren Einzugsbereich zuständig war.

Während sie mit dem Fahrstuhl nach oben fuhren, erklärte Nora ihm, dass es hier eine größere Abteilung der Spurensicherung, zwei forensische Psychologen und sogar einen forensischen Soziologen gab. Sie bereitete ihn auch darauf vor, dass Kommissar Bary nicht immer besonders nett sei. Das alles prallte an Ohayon ab. Ob Bary nett war oder nicht, spielte für ihn erst mal keine Rolle. Nora ging zu einer Tür schräg gegenüber vom Fahrstuhl und klopfte.

»Tür ist auf!«

Der Raum war groß und hell, und Ohayon wusste sofort, wer von den vielen Männern Kommissar Bary war. Er sprach gerade mit jemandem und machte auf Ohayon keinen unsympathischen Eindruck.

»Das ist Monsieur Ohayon, er vertritt Madame Giry und hat ein paar Fragen.«

Bary sah Ohayon an, als wäre irgendwas nicht so, wie es sein sollte. Ohayon wiederum fand die Haare von Kommissar Bary interessant, sie waren blond mit einem Stich ins Rötliche und fein gelockt. Er hatte so eine Frisur schon mal gesehen. Vor langer Zeit. Auf einem Plattencover. Ein Duo, ganz berühmt, na sag schon ... Er kam nicht auf den Namen des Sängers.

Nora warf Ohayon einen kurzen Blick zu, und der trat zwei Schritte vor.

»Danke, dass Sie sich die Zeit nehmen ...«

»Worum geht's?«

»Bei uns wurde letzte Woche eine Frau angegriffen.«

»Ja, sie war verletzt.«

»Stark verletzt?«

»Eine Prellung an der Schulter. Die Frau wurde hier von einem Kollegen vernommen. Ich habe mir das Protokoll der Vernehmung angesehen. Die Geschichte, die Madame Jambet erzählt hat, ist äußerst widersprüchlich. Sie konnte sich zunächst nicht daran erinnern, wo sie überfallen worden war. Am Ende hat sie sich auf den Park festgelegt und gesagt, der Angreifer hätte hinter einem Gebüsch auf sie gelauert. Sie hat dann aber vor allem beschrieben, wie sie gerannt ist. Die Rue Jean Morel runter, bis zum Hafen. Der Hammermörder hat seine Opfer in ihren Wohnungen angegriffen, und zwar blitzartig, gleich im Flur. Nie in der Öffentlichkeit, nie wurde jemand verfolgt.«

»Wurde überprüft, ob sie jemanden erpressen wollte?«

»Wen? Den Mörder?«

»Die Chinesen zum Beispiel.«

Bary war kurz irritiert. »Nein, das haben wir nicht überprüft. Wir hatten in den beiden letzten Jahren über zweihundert Zeugen hier, die angeblich den Hammermörder kannten, von ihm angegriffen wurden oder ihm begegnet sind. In keinem dieser Fälle ist anschließend jemand erpresst worden. Vor allem kann ich mir nicht vorstellen, wie Madame Jambet, ich glaube, sie ist Putzfrau ... Wie sich so jemand mit der Konzernleitung in Peking, oder wo immer die sitzen, in Verbindung setzt.«

»Und die drei Mordfälle. Wie weit seid ihr damit?«

»Mit denen habt ihr nichts zu tun.«

Ohayon ging nicht darauf ein. Er sah sich um. In Fleurville hatte jeder sein eigenes Büro, die hier saßen alle in einem Raum. Wie in einer großen Versicherung, dachte Ohayon, und er fand das Licht sehr gut. Ständig klingelte irgendwo ein Telefon, und es liefen auch unentwegt Leute zwischen den Tischen herum. Er fand das interessant, denn es war so ganz anders, als er es kannte. Dann kam ein Mann Anfang dreißig zu Bary. Der Mann hielt einen Computerausdruck in der Hand und sagte, die Werte aus dem Labor seien da. Gleichzeitig rief eine Frau von hinten, dass jemand am Telefon sei. Kommissar Bary verlor die Geduld.

»Was genau wollen Sie?«

»Ich möchte wissen, wer ermordet wurde, wann das geschah, und was Sie bis jetzt herausgefunden haben. Damit ich auf dem Stand bin.«

Einen Moment lang sah es so aus, als würde Kommissar Bary wütend werden, aber dann sah er sich Ohayon etwas genauer an.

»An ihrem Jackett fehlt ein Knopf.«

»Ja, meine Frau wollte den noch annähen …«

Irgendwas an dem Knopf, an der ganzen äußeren Erscheinung von Ohayon schien Bary zu berühren.

»Es ist noch nie jemand aus Bauge freiwillig zu mir gekommen. Aber Sie haben heute angefangen, und da dachten Sie …«

»In Fleurville tauschen wir uns immer mit anderen Gendarmerien aus.«

Bary rieb sich mit seiner rechten Hand hart übers Gesicht. Ohayon kannte das von Roland. Der tat das immer, wenn er entweder wütend war oder aus irgendeinem Zustand herauskommen wollte.

»Sie möchten also eine Geschichte hören, die davon handelt, wie alles schiefgeht, obwohl viel ermittelt wurde und es eine Weile lang gut aussah?«

»Ich will wissen, welche Spuren Sie bis jetzt verfolgt haben.«
»Na gut. Ich hoffe, Sie haben ein gutes Gedächtnis. Alle drei Morde geschahen in einem Zeitraum von zwei Monaten. Zwischen Ende Oktober und Ende Dezember vorletzten Jahres. Genau konnten wir das nicht feststellen, da wir die Leichen erst viel später fanden und die Frauen allein lebten. Wir konnten keine ähnlichen Vortaten ermitteln. Es fing plötzlich an, es hörte plötzlich wieder auf. Opfer Nummer eins: eine Frau, die ein Fahrgeschäft auf einem Jahrmarkt betrieb, ein Karussell, um genau zu sein. Nummer zwei: Besitzerin eines Imbissstands, Nummer drei: Besitzerin eines Gemüseladens. Drei schöne Frauen, die Kontakt zu Hunderten von Kunden hatten. Zwei der Frauen waren einunddreißig Jahre alt, die dritte zweiunddreißig. Auffällig war das ähnliche Aussehen der Opfer. Sie wurden in ihren Wohnungen getötet. Und zwar durch zwei Hammerschläge auf den Kopf. Die Wohnungstüren wurden in allen drei Fällen nicht beschädigt. Der Angriff erfolgte im Flur. Vermutlich sofort, nachdem sie dem Täter die Tür geöffnet hatten. Die erste Tat war chaotisch, die beiden folgenden nicht. Der Täter hat an allen Orten seine DNA hinterlassen. Das Umfeld: Wir fanden zunächst keine Überschneidungen, die etwas gebracht hätten. Außer, dass die Frauen allein lebten und dass bei allen Geld gestohlen wurde. Ihre Geschäfte standen vor dem finanziellen Aus. Sie alle hatten kurz vor ihrem Tod wegen eines Kredits bei verschiedenen Banken nachgefragt. Und zwar nicht nur in Villons. Sie waren möglicherweise bereit, gegen Geld sexuelle Dienste zu leisten. Beim ersten Opfer sind wir da eigentlich sicher, bei den beiden anderen gibt es unklare Zeugenaussagen. Die Frauen waren verzweifelt, was das mit dem Kredit anging, das konnten wir ermitteln.«

»Sie meinen, der Täter hat bei einer Bank gearbeitet?«
»Genau das wollte ich sagen. Ich dachte, das wäre klar.«
»Bei einer Bank also …«

»Dort werden leider nicht alle Kundengespräche schriftlich festgehalten. Schon gar nicht von jemandem, der keine Spuren hinterlassen will. Wir haben uns Speichelproben von den Mitarbeitern der Kreditinstitute in einem Umkreis von hundertfünfzig Kilometern geben lassen. Das hat nichts gebracht. Danach haben wir diesen Ermittlungsansatz fallenlassen und uns auf Straftäter konzentriert, die besonders brutale Überfälle auf Frauen begangen hatten, vor allem solche, bei denen Geld entwendet wurde. Wieder ohne Erfolg.«

»Hm.«

»Vor drei Monaten stießen wir dann durch Routineabfragen darauf, dass ein Jahr nach unseren Morden in Nantes eine Frau verschwunden war. Auch bei ihr wurde Bargeld gestohlen. Und die Frau hatte in einer Bank gearbeitet. Die DNA eines Mannes, der dort als Kreditberater beschäftigt war, konnten wir nicht nur in der Wohnung der Frau aus Nantes nachweisen, sondern auch in der Wohnung unseres ersten Opfers hier in Villons. Der Mann sagte aus, er wäre ein paarmal in der Wohnung seiner Kollegin gewesen. Seine Spur in Villons erklärte er damit, dass er damals einen Freund besucht habe, und der hätte ihm die Frau für sexuelle Dienste empfohlen. Das hat der Freund auch bestätigt. Leider wurde die Frau aus Nantes bis heute nicht gefunden. Es ist noch nicht einmal bekannt, ob und wo sie getötet wurde. Die Körper der Opfer aus Villons wurden in den Wald gebracht. Wir fanden sie trotz intensiver Suche erst nach Monaten. Viel Aufwand beim Verstecken der Leichen also. Abgesehen natürlich von dem Bein des ersten Opfers. Das wurde einfach an einem Container abgestellt. Und zwar neben der Schule in Bauge. Drei Häuser weiter gibt es eine Filiale des *Credit Français*. Unser Verdächtiger hat dort vor zehn Jahren mal gearbeitet.«

»Da passt doch sehr viel.«

»Das Entscheidende passt nicht. Wir fanden keine DNA unseres Hauptverdächtigen an den Leichen.«

»Und jetzt?«

»Alles von vorne. Sexualstraftäter. Und Menschen, die Interesse an toten Tieren oder Ähnlichem gezeigt haben. Er hat die Leichen mehrfach aufgesucht. Allerdings erst vier bis fünf Wochen, nachdem er sie im Wald abgelegt hatte. Wir halten es inzwischen für wahrscheinlich, dass das sein eigentliches Interesse ist. Es würde das sorgfältige Verstecken erklären und auch die Tatsache, dass das Bein mindestens zwei Wochen in einer Salzlauge aufbewahrt wurde. Der Umgang mit den Leichen war ... beunruhigend.«

»Hat er sie verstümmelt?«

»Nein, aber er war noch ein paarmal an ihnen dran.«

»Organe entnommen oder so was in der Art?«

»Nein, was er da gemacht hat, würde ich eher als eine sehr reduzierte Form von Grabpflege bezeichnen. Er hat außerdem versucht, den Verwesungsprozess aufzuhalten. Mit Salz. Aber wie gesagt, im persönlichen Umfeld sind wir auf nichts gestoßen. Natürlich haben wir auch die chinesischen Ingenieure und Arbeiter überprüft. Damit sind wir noch nicht fertig, der Aufwand ist enorm. Viele der Arbeiter und Angestellten bleiben nur ein paar Monate und kehren dann in ihre Heimat zurück. Das ist ungefähr der Stand. Ich lasse Ihnen noch eine Akte zusammenstellen. Und jetzt entschuldigen Sie mich bitte, wir bearbeiten zurzeit eine Serie von Brandstiftungen, und das bedeutet immer viel Arbeit. Gute Fahrt.«

Kommissar Bary ging zusammen mit dem Mann, der noch immer seinen Computerausdruck in der Hand hielt, ein paar Meter von Ohayon weg und fing an, die Laborwerte zu diskutieren. Nora sagte, dass sie unten im Wagen warten würde.

Ohayon blieb genau da, wo er stand. Er fand, dass Kommissar Bary sehr schnell geredet hatte. Aber das war ja auch kein Wunder. Ständig wurde er von seinen Mitarbeitern angesprochen und musste sicher alle paar Minuten wichtige Entscheidungen treffen. Die große Behörde mit den vielen Menschen, die alle auf Hochdruck arbeiteten, das war schon was. Alle Mitarbeiter hatten nagelneue Bildschirme, man sah kaum Kabel. Das war eindeutig ein paar Nummern besser organisiert als in Fleurville. Aber was Ohayon am Ende dann doch am meisten beeindruckte, waren die Kugelschreiber. Denn auch hier wurde ja immer mal was auf Papier notiert. Das Tolle an diesen Kugelschreibern war, dass sie alle haargenau gleich aussahen. Edel. Ganz aus Metall. Die meisten Mitarbeiter waren noch jung, und man hatte immer Männer neben Frauen gesetzt. Ob das Absicht war? Und dann vergaß Ohayon das alles und sah das Bild des ersten Opfers vor seinem inneren Auge: eine Frau, die ein Karussell betrieb. Er stellte sich das Karussell vor, die Frau in ihrem Kassenhäuschen, Menschen, die Schlange standen. Es schneite in seinem Bild, es war schon dunkel... Dieses schöne Gemälde überblendete sich mit dem, was er sah. Dem Raum, den schicken Monitoren, den Menschen und den silbernen Kugelschreibern. Ja, von denen hätte er auch gerne ein paar gehabt...

»Sie sind ja immer noch hier.«

»Die Kugelschreiber...«

»Was ist damit?«

»Die sind alle aus Metall.«

»Ja, sie sind aus Metall, und sie schreiben sehr gut. Kommen Sie...« Kommissar Bary griff in einen Karton und hielt Ohayon drei Kugelschreiber hin. »Die dürfen Sie mitnehmen. Und dann würde ich Sie bitten zu gehen. Sie lenken meine Mitarbeiter ab.«

»Er musste es sehen«, sagte Ohayon.

»Was?«

»Er musste das Geld sehen.«

»Ich kann Ihnen nicht folgen.«

»Die Kasse im Kartenhäuschen neben dem Karussell. Die Kasse im Imbissstand. Die Kasse im Gemüseladen.«

Kommissar Bary sah Ohayon ein paar Sekunden lang an, dann drehte er sich weg und ließ die Kugelschreiber zurück in den Karton fallen. Er starrte in den Karton, den man mit etwas Phantasie für eine Art Geldkassette hätte halten können. Vielleicht dachte er so was, wer weiß. Schließlich machte er eine ruckartige Bewegung mit dem Kopf und blickte eine Weile gegen eine Wand. Ohayon machte auch eine Bewegung mit dem Kopf, aber in die andere Richtung. Dann blieben sie eine Weile so stehen, während die Mitarbeiter einer nach dem anderen aufhörten zu arbeiten und aufsahen. Das Ganze hatte eindeutig etwas Gesetztes, etwas künstlich Verlangsamtes. Ja, es war eine kleine Choreografie, eine unerwartete Unterbrechung im Fluss des Tages.

»Ist ihm mal Eine entkommen?«, fragte Ohayon.

»Wenn, dann hat sie sich nicht gemeldet.«

»Gut, schicken Sie mir die Unterlagen. Vor allem die Vernehmung von Madame Jambet interessiert mich natürlich. Und danke für den ausführlichen Bericht.«

»Ja, dann gute Fahrt, Monsieur... Wo, sagten Sie, haben Sie vorher gearbeitet?«

»In Fleurville.«

»Kenne ich nicht.«

»Ist auch nur eine kleine Stadt.«

»Und da hatten Sie mit Mordfällen zu tun?«

»Selten. Bei den richtig großen Sachen ging es um eine Fahrradhehlerbande.«

»Fahrräder.«

»Wir sehen uns sicher noch.«

»Bei welcher Gelegenheit könnte das sein?«

»Na, wenn ich weiter bin mit dieser Sache.«

*

»Was hat das jetzt gebracht?«, fragte Nora, als er wieder im Wagen saß.

»Bary macht einen vernünftigen Eindruck.«

»Kommissar Bary macht auf dich einen vernünftigen Eindruck.«

»Er ist nur stark überlastet.«

»Wir sind hergefahren, um Kommissar Bary zu inspizieren?«

»Ich muss doch wissen, ob ich den bisherigen Spuren selbst noch mal nachgehen muss oder nicht. Ich denke, wir können uns auf die Arbeit, die hier gemacht wird, verlassen.«

»Ah ja.«

»Außerdem konnte er mir die Frage beantworten, die mich eigentlich interessiert hat. Das heißt, wir haben unser nächstes Ziel.«

»Wen inspizieren wir diesmal?«

»Die Frau, die im Stadtpark überfallen wurde, soll verletzt gewesen sein, da wurde doch sicher eine ärztliche Untersuchung gemacht.«

»Sie war bei Dr. Poisson. Das heißt, wir müssen ins Krankenhaus.«

Der Besuch bei Dr. Poisson dauerte nicht lange, Nora musste wieder nichts sagen.

»Es steht doch alles in meinem Bericht.«

Ohayon nickte. »Den habe ich leider nicht.«

»Solche Berichte werden selbstverständlich nicht nach Bauge geschickt. Weil Sie den Fall nicht bearbeiten.«

»Sie haben Madame Jambet doch sicher gründlich vernommen.«

»Sie war nicht hier, um mit mir zu plaudern.«

»Die Verletzung an der Schulter ... Sie wissen ja, dass gegen einen speziellen Täter ermittelt wird.«

»Sie wollen wissen, ob es ein Hammer war.«

»Und?«

»Ein längliches Hämatom. Sie hat ausgesagt, dass er sie nicht richtig getroffen hätte. Es gab keine Fraktur, was sicher der Fall gewesen wäre, wenn er sie voll erwischt hätte.«

»An der Schulter.«

»Das Schulterblatt runter. Selbst wenn er sie mit dem Hammer nur gestreift hätte, würde so was anders aussehen.«

»Es könnte ein Knüppel oder etwas Ähnliches gewesen sein.«

»Sie denken an einen privaten Streit?«, fragte Poisson, wobei sich seine Augenbrauen nach oben bewegten. »So was dachten wir auch.«

»Wie wirkte die Frau auf Sie?«

»Nervös. Gegen Ende der Untersuchung wurde sie unverschämt.«

»Zweite Frage: Wie war ihr Allgemeinzustand? Was ist das für eine Frau?«

»Sie war Anfang dreißig. Recht attraktiv. Ihre Haut sah nicht gut aus.«

»Alkohol?«

»Nein. Ich würde eher sagen, sie geht zu wenig raus und... Mir fiel auf, dass sie stark nach Zigaretten roch. Weshalb interessiert sie ihr Allgemeinzustand?«

»Wenn Madame Jambet rennen müsste. Wäre sie dazu in der Lage?«

Dr. Poisson überlegte kurz. »Nun, sie würde laufen, aber... rennen... Wie ich schon sagte, sie raucht, ich glaube, das waren dreißig Zigaretten am Tag. Als Arzt würde ich ihr dringend raten, einiges an ihren Lebensgewohnheiten zu ändern.«

»Leicht gesagt.«

»Und was ist mit Ihnen passiert? Waren Sie krank? Sie scheinen Gewicht verloren zu haben.«

»Drei Töchter. Eine grundsätzliche Veränderung der Lebensgewohnheiten, genau wie Sie sagten.«

»Drei Kinder, das gibt es ja nicht mehr so oft. Und dann noch drei Töchter.«

»Florence, Sara und Sanna. Die letzten beiden sind Zwillinge, sechs Monate alt, Florence ist schon vier. Sara ist ein bisschen empfindlich mit den Windeln und...«

Nora senkte den Kopf und sagte sich, dass er ja nur einen Monat bleiben würde. Dr. Poisson dagegen zeigte sich plötzlich von einer anderen Seite. Er war zu sehr weit gefassten Gedanken fähig. Ohayon erfuhr, dass Poisson selbst drei Töchter hatte. Die waren natürlich längst aus dem Haus, aber er erinnerte sich noch gut an die Zeit, als sie klein waren. Seine Erinnerungen, die Anmerkungen, die Ohayon über seine Töchter machte, die Gemeinsamkeiten, auf die sie kamen, das alles dauerte nicht lange, höchstens zehn, fünfzehn Minuten. Nora meinte zu spüren, wie sich das Blut in ihren Füßen sammelte.

»Wer weiß, Monsieur Ohayon. Drei Töchter, da wurden Ihnen möglicherweise ein paar Jahre geschenkt.« Er gab ihm seine Karte. »Wenn Sie noch Fragen haben, rufen Sie einfach an.«

Ohayon nickte, und das war es dann. Nora war dankbar, dass die Männer mit ihren Kindergeschichten durch waren. Sie verabschiedeten sich und gingen zum Wagen. Auf dem Weg dorthin teilte Ohayon Nora seine Einschätzung mit.

»Freundlich und kompetent.«

»Na, dann wissen wir ja schon einiges über den Arzt. Wer ist jetzt dran?«

»Madame Jambet, wer denn sonst?«

Judith Jambet hatte als Adresse die Rue Bauge-Villons angegeben, eine Straße, die am Stadtrand von Bauge begann und im Zentrum von Villons endete. Das Haus, vor dem sie parkten, gehörte zu einem kleinen Ensemble. Es gab ein Hauptgebäude vorne an der Straße, um das man herumfuhr. Hinter diesem Haupthaus fädelten sich sechs dreigeschossige Gebäude an einem unbefestigten Weg auf. Jeweils drei links und drei rechts mit einem Abstand von zehn Metern. Die Bäume zwischen den Häusern waren alt.

Alle Gebäude machten einen stark heruntergekommenen Eindruck, obwohl sie in einer Art verwildertem Park standen. An dem mittleren Haus auf der rechten Seite war die Dachrinne abgesackt. Unter der Bruchstelle war die Wand nass.

»Da müsste mal jemand was machen«, erklärte Ohayon, »die Dachrinne befestigen oder wenigstens was drunterstellen. Eine lange Stange oder so. Irgendwann bricht die ganz durch. Schade, dass hier alles verfällt, das hatte mal Pracht.«

»Eine Kurklinik«, erklärte Nora, »sie wurde geschlossen, nachdem die Kurhotels oben in Roche eröffnet wurden. Danach stand das alles eine Weile leer.«

»Aber jetzt wohnen hier Leute.«

»Schon seit einigen Jahren. Es gab, glaube ich, den Plan, dass die Wohnungen luxuriös renoviert und dann verkauft werden sollten.«

»Ist offenbar nichts draus geworden.«

Judith Jambet wohnte im zweiten Haus auf der rechten Seite. Und zwar im zweiten Stock. Sie klingelten drei Mal – nichts.

»Hast du ihre Nummer? Die hat doch sicher ein Handy.«

Nora versuchte es, schüttelte nach einer Weile den Kopf.

Als sie gerade gehen wollten, bewegte sich die Tür zur Nachbarwohnung. Zuerst war nur ein dunkler Schlitz zu sehen. Dann wurde er etwas breiter, und eine Frau Mitte dreißig steckte den Kopf durch den Spalt. »Wer sind Sie?«

Nora zeigte ihren Ausweis. »Wir suchen Madame Jambet.«

Die Tür ging noch ein Stück auf, sie konnten sehen, dass die Frau einen Bademantel trug. »Die ist vor ein paar Tagen weggefahren.«

»Mit dem Auto?«, fragte Ohayon, »was für ein Wagen ist das?«

»Ein kleiner blauer, Marke weiß ich nicht.«

»Fährt Madame Jambet mit dem Auto, wenn sie in die Stadt will?«

Es gab eine Verzögerung, ehe sie sprach. »Das weiß ich nicht, ich sehe sie nur manchmal wegfahren.«

Sie wollten gehen, aber die Frau hatte noch eine Frage. »Warum suchen Sie Madame Jambet? Geht es um die Sache mit dem Bein?« Sie zog den Bademantel ein Stück weit vor ihrem Körper zusammen. »Es war einer von den Chinesen, oder?«

»Wir haben nur ein paar Fragen an Madame Jambet. Nichts Besonderes.«

»Ah ja ...«

»Was?«

»Nichts, nur ... nichts.«

»Sagen Sie uns doch bitte, was Sie sagen wollen«, bat Nora.

»Ich habe mal mit ihr über den Hammermörder gesprochen. Sie meinte, es wäre einer von den Chinesen. Kriegt sie jetzt die Belohnung?«

»Darüber dürfen wir nicht sprechen. Gibt es sonst noch was, das Sie uns sagen wollen?«

»Ja, dass hier eingebrochen wurde. Und dass es gebrannt hat.«

»Gebrannt? Wo?«

»Unten im Erdgeschoss wohnt einer, der trinkt, und einmal hat es bei ihm gebrannt. Frederic Théron heißt der. Vor dem haben wir Angst. Aber sagen Sie ihm nicht, dass ich Sie geschickt habe.«

Auf dem Weg nach unten entschied Ohayon: »Wir fahren morgen noch mal her.«

»Scheiße«, murmelte Nora, gab aber auf Ohayons Nachfrage nicht preis, worauf sich diese Feststellung bezog.

Im Erdgeschoss klopfte Ohayon, und nach einer Weile machte ein Mann auf. Anfang vierzig, Zigarette im Mund.

»Was gibt's?«

Ohayon zeigte ihm seinen Ausweis. »Dürfen wir kurz reinkommen?«

Der Mann überlegte eine Weile, trat dann einen Schritt zurück. Die Wohnung roch stark nach Zigarettenrauch, und in der Küche neben dem Mülleimer standen zwei leere Flaschen.

»Sie trinken gerne Ouzo?«

»Den hab ich von meiner letzten Fahrt mitgebracht. Griechenland.«

»Da wollte ich auch gerne mal hin. Leider habe ich eine empfindliche Haut.«

»Dann ist Griechenland falsch.«

Ohayon folgte dem Flur und ging ins Wohnzimmer. Der Raum war nur spärlich möbliert, sah aber ordentlich aus. Auffällig war der neue Teppich. Auch die Wände waren vor nicht allzu langer Zeit frisch gestrichen worden. Auf dem Sofa lag ein Haufen Wäsche.

Diebesgut konnte Ohayon nirgends entdecken. Dafür lagen auf einem Tisch zwei großformatige Atlanten und ein Buch, das eher für Jugendliche gedacht war. In dem Buch ging es um die Entstehung des Weltalls. Auf einem Brett standen weitere Bücher, die von Entdeckungsreisen, Raumfahrt und Planeten handelten. Es gab auch zwei DVDs zu dem Thema. Alles andere waren, soweit Ohayon das überblicken konnte, Thriller, die von Serienmördern handelten. Ein paar davon kannte er, weil Ines so was las.

»Interessiert Sie das Weltall?«

»Schon. Und wegen meinem Sohn.«

»Sie haben Kinder?«

»Nur den einen. Der lebt aber nicht bei mir.«

»Aber Sie dürfen ihn sehen.«

»Manchmal. Kommt auf die Laune seiner Mutter an.«

»Und von Ihren Reisen bringen Sie Ouzo mit. Fahren Sie oft in Urlaub?«

Der Mann verzog seinen Mund, wobei die Zigarette leicht nach unten kippte.

»Kein Urlaub, ich bin Stauer.«

»Und was ist ein Stauer?«

»Ich be- und entlade Schiffe. Stückgut. So was gibt's immer noch, nicht nur Container. Manchmal fahre ich auch mit. Kommt auf die Reederei an. Weshalb sind Sie hier?«

»Bei Ihnen hat es mal gebrannt.«

»Ich bin mit meiner Kippe in dem Sessel da eingeschlafen. Das war aber kein Brand, da hat nur der Teppich geschmort. Viel Rauch. Ich musste hinterher die ganze Bude renovieren.«

»Gefährlich.«

»Wer hat Sie geschickt? Die von oben?«

»Wen meinen Sie?«

»Na, die immer im Bademantel rumläuft. Ich hab keine Brandstiftung gemacht, ich bin einfach nur eingeschlafen. Könnte auch am Fernsehprogramm gelegen haben. Da sollten Sie mal ermitteln.«

»Waren Sie betrunken?«

»Nicht wirklich. Ich trinke abends höchstens ein, zwei Bier und manchmal noch ein paar Absacker. Aber ich passe jetzt auf mit den Zigaretten und leg sie immer richtig in den Aschenbecher. War ja ein ganz schöner Schreck. Und ich hab lange gehustet hinterher. Mein Arzt hat gesagt, solche Dämpfe wären krebserregend. Also benutze ich jetzt tiefe Aschenbecher.«

»Klingt vernünftig. Denken Sie dran, dass hier im Haus noch andere Menschen wohnen.«

Als sie die Wohnung gerade verlassen hatten, klingelte Noras Handy. Es war Florence.

»Und wo ist Rousseau? – Verstehe. – Ja, wir beeilen uns.« Nora steckte ihr Handy weg und ging Richtung Auto. »Komm, beeil dich!«

»Was Wichtiges?«

»Wir müssen in die Rue Blondel.«

»Ist es was Wichtiges?«

»So eine Scheiße, das ist schon das dritte Mal, dass er das macht. Die Fähre legt in einer Stunde ab, und die müssen ja erst mal rein und verstaut werden.«

»Es ist was Wichtiges, ja?«

»Die Leute sind so was von stur. In einer Stunde, das schaffen wir nicht.«

Nora fuhr sehr schnell, und als Ohayon zum vierten Mal fragte, was passiert sei, reichte es ihr. »Wenn die Rue Blondel verstopft ist, blockiert der Rückstau die Rue Watelet und die Leute kommen nicht zur Fähre! Die verpassen alle die Fähre! Weißt du, was das bedeutet?«

»Na, wie du sagst, sie verpassen die Fähre.«

»Schon mal was von Ebbe und Flut gehört und den Preisen für Diesel? Dieser Idiot!«

»Es geht um einen Verkehrsstau?«

»Nach Villons zu fahren! Nur um wegen einer Sache, mit der wir überhaupt nichts zu tun haben, mit Bary und dem Pathologen zu sprechen! Wir haben Wichtigeres zu tun als so was.«

Ohayon nahm ihren Ausbruch hin und hielt sich am Griff über der Tür fest. Es war eben anders hier. Er hatte keine Ahnung, was Schiffsdiesel kostete, er wusste nicht, wann Ebbe und Flut war, er war selten so schnell zu einem Einsatz gefahren.

»So eine Scheiße!«

Sie konnten nicht rein in die Rue Blondel, die Autos stauten sich zurück bis zur Abzweigung von der Rue Watelet. Nora stellte den Wagen quer und schaltete das Blaulicht an. Sie sagte kein Wort zu ihm, streifte sich ihre gelbe Weste über und lief zu Florence rüber, die gerade dabei war, Autos rückwärts aus einer engen Straße rauszulotsen. Was schwierig war, da von der Seite ständig neue Fahrzeuge kamen.

Ohayon ging an den hupenden Autos in der Rue Blondel vorbei, bis an die Spitze des Staus. Der Grund für das Chaos? Ein geschlossener Transporter mit Überlänge, der halb in einer Einfahrt feststeckte. Neben dem Laster ein Fahrer, der sich mit zwei Männern stritt.

»Was ist hier los?«, fragte Ohayon, der gerade festgestellt hatte, dass er in Hundescheiße getreten war.

»Na, hier, das sehen Sie doch! Er hat seinen Wagen wieder so an die Einfahrt geparkt, dass ich nicht reinkomme. Das ist schon das dritte Mal. Immer parkt er genau bis an den weißen Strich ran, und dann hänge ich fest. Ja?«

»Ja?«

»Na, und dann fangen die hinter mir alle an zu hupen, und es gibt einen Stau bis zurück an die Rue Watelet.«

»Und warum haben Sie versucht, trotzdem in die Einfahrt reinzufahren?«

»Weil ich auf meinen Hof muss. Aufladen.«

Ohayon erfuhr, dass der Fahrer gleichzeitig der Besitzer einer Firma für Gas- und Wasserinstallationen war und seinen Transporter auf dem Hof belud. Er funkte Nora an.

»Ist das hier als Gewerbegebiet ausgezeichnet?«

»Ja.«

»Der Mann darf hier also mit seinem ... Hallo?«

Sie hatte die Verbindung unterbrochen. Ohayon ging nach vorne zum Transporter und sah, dass der sich verkeilt hatte, weil ein weißer Kombi sehr nah an der Einfahrt geparkt war.

»Wissen Sie, wem der gehört?«

»Na, ihm da!« Um seine Auskunft zu präzisieren, zeigte er entschlossen auf den Wagen.

»Wenn Sie's nicht wissen, ich weiß es auch nicht.«

»Na, ihm, wem denn sonst?« Der Fahrer zeigte diesmal etwas unklar auf eine Boulangerie. Gleichzeitig starrte er den weißen Kombi an, als wollte er gleich in ihn reinbeißen.

Ohayon betrat die Boulangerie. Hinter dem Tresen stand eine Frau Mitte vierzig mit rot getönten Haaren. Sie hielt eine Tüte in der Hand, die sie gerade mit Gebäck befüllte. Die Zeit tickte langsam und dann noch langsamer, denn es roch so schön nach frischem Brot. An der Wand hinter ihr hing ein gerahmtes Dokument, das den Besitzer des Ladens als Bäcker auswies. Daneben eine ebenfalls gerahmte Fotografie, auf der ein kleiner Bunker zu sehen war, vor dem einige Leute standen. Einem Mann Anfang dreißig wurde gerade ein Orden überreicht. Alles war sehr bunt und festlich geschmückt. Der Kleidung nach war die Aufnahme mindestens zwanzig Jahre alt.

»Das ist mein Mann«, erklärte die Frau feierlich, »er nimmt die Auszeichnung im Namen seines Großvaters entgegen.«

Jetzt verstand Ohayon das Bild, denn am rechten Rand war ein Tisch zu sehen, auf dem sich Berge von belegten Baguettes stapelten. Eine Feierlichkeit der Bäckerinnung, sicher etwas, worauf man als Bäcker stolz sein konnte. Eben war Ohayon noch wütend gewesen, jetzt stimmte ihn die Tatsache, dass der Besitzer des Ladens irgendwann einmal für seine Backwaren oder für das Lebenswerk seiner Familie ausgezeichnet worden war, milde.

»Sie müssten bitte Ihren Wagen umparken, da steckt ein Transporter fest.«

»Und? Stauen sie sich wieder schön zurück bis in die Rue Watelet?«

»Allerdings.«

»Der Wagen gehört meinem Mann, und ich kann nicht fahren.«

»Wo ist Ihr Mann?«

»Zu Hause. Er schläft, weil er die ganze Nacht...«

»Weil er Bäcker ist.«

»Seit dreißig Jahren.«

»Holen Sie Ihren Mann, und zwar sofort.«

Sie rief an. »Er kommt. Er muss sich aber erst mal anziehen und bis er dann hier ist...«

»Wie lange?«

»Na, mit zehn, fünfzehn Minuten müssen Sie schon rechnen.«

»Warum steht der Wagen überhaupt so nahe an der Einfahrt? In der Straße ist doch genug Platz zum Parken. Das soll ja wohl schon öfter vorgekommen sein, dass hier so ein Chaos entsteht.«

»Dann fragen Sie doch mal Monsieur Debiens, warum er so einen Lärm macht.«

»Wer ist Monsieur Debiens?«

»Na, der mit dem Transporter. Er lädt hinten im Hof seine Rohre und Bleche ab, das hört man bis in unsere Wohnung. Und mein Mann braucht seinen Schlaf.«

»Wann lädt Monsieur Debiens seine Rohre ab?«

»Immer morgens um neun. Immer um Punkt neun. Mein Mann braucht aber seinen Schlaf.«

»Mal an Ohropax gedacht? Der Stau geht hoch bis zur Hauptstraße.«

»Sie wollen meinen Mann zwingen...?«

»Sobald er kommt, soll er sofort seinen Wagen wegfahren.«

Ohayon verließ die Bäckerei und konnte gerade noch einen Streit zwischen dem Fahrer und zwei anderen Männern schlichten. »Steigen Sie in Ihre Autos und warten Sie, bis Sie hier rausgewinkt werden.«

Ohayon sah auf seine Uhr, dachte kurz an die Fähre und an Schiffsdiesel und ließ sich dann vom Fahrer des Transporters den Hof zeigen. Es gab ein paar offene Unterstände, unter denen Rohre lagerten. »Sie sollen hier sehr viel Lärm machen.«

»Ich lade morgens die Rohre ein, die ich für den Tag brauche, und wenn der Lehrling mal wieder zu spät kommt, geht das nicht leise.« Er fing an, über den Mangel an guten Lehrlingen zu sprechen, aber Ohayon unterbrach ihn und ließ sich die Werkstatt zeigen.

Eine blaue Gasflamme. Ein Lehrling war gerade dabei, Rohre aus Kupfer zu biegen. Sein Mund stand ein Stück weit offen, und er folgte jeder von Ohayons Bewegungen im Raum mit dem Blick. Nachdem Ohayon sich umgesehen und die Feuerlöscher, Rauchmelder und Rauchabzugsklappen wenigstens mit einem Blick gecheckt hatte – der Reflex eines Gendarmen, dagegen konnte er gar nichts machen –, ging er wieder nach vorne. Der weiße Lieferwagen stand immer noch da. Also musste Ohayon wieder in die Boulangerie rein. Der Bäckermeister war fünfzig Jahre alt. Er war reizbar. Er trug die Kleidung eines Bäckers.

»Ich hatte gesagt...«

»Ich darf da parken. Bis zur Begrenzung, bis zu dem weißen Strich.«

»Und da fahren Sie auch immer schön ran. Bis auf den letzten Millimeter.«

»Immer um neun. Immer morgens um neun knallt der seine Rohre auf den Hof.«

Ja, und diese Geschichte war dann Tagesgespräch auf der Gendarmerie. Da wurde richtig debattiert. Es ging um die Fähre, um Ebbe und Flut, um Recht und Unrecht, und um Menschen mit einem guten und einem schlechten Charakter. Sogar Christine Clery mischte sich ein. Ohayon hatte den weißen Kombi nämlich abschleppen lassen.

»Das durfte er gar nicht«, erklärte Rousseau.

»Hat er aber gemacht«, sagte Florence.

»Der hat das Recht, bis an die weiße Linie ran zu parken. Dafür ist sie da.«

»Er hat ihn trotzdem abschleppen lassen. Und wir werden ihm auch noch ein Ordnungsgeld aufbrummen. 200 Euro.

Wegen vorsätzlicher Behinderung des Verkehrs. Der Klempner kriegt auch 200 Euro Strafe, weil er versucht hat, da reinzufahren, obwohl er genau wusste ...«

»Da wird er Widerspruch einlegen«, erklärte Rousseau gelassen.

Florence blieb dabei: »Der muss zahlen. Weil er seinen Wagen so hingestellt hat, dass der Transporter stecken geblieben ist und weil das schon ein paarmal passiert ist. Das hat was mit Sorgfaltspflicht und auch damit zu tun, dass die Gegend als Gewerbegebiet ausgeschrieben ist.«

An diesem Tag passierte noch etwas Wichtiges. Ohayon führte Gespräche, die keinen Aufschub duldeten. Es ging dabei um eine weiße Linie, die eine Behörde, aus Gründen, die nicht mehr nachvollziehbar waren, vor vier Jahren an der falschen Stelle hatte ziehen lassen. Die hatten sich vertan, die Umnutzung zum Gewerbegebiet nicht berücksichtigt. So was passiert, auch Behörden machen Fehler.

Als Ohayon auf die Gendarmerie zurückkehrte, waren Nora, Rousseau und Madame Clery bereits gegangen.

»Die Gendarmerie ist nachts nur von einer Person besetzt?«, fragte er Florence, die gerade in einem Buch las.

»Meistens macht Nora das. Kann auch mal vorkommen, dass gar keiner hier ist. Aber das ist dann die absolute Ausnahme. Wenn Anrufe kommen, werden die auf unsere Handys umgeleitet. Und es gibt am Eingang einen Knopf. Wenn man da draufdrückt, ist einer von uns in fünf Minuten da. Wir sind eben nur eine kleine Gendarmerie.«

Ohayon setzte sich an den Schreibtisch in Nicole Girys Büro und fing an, Formulare auszufüllen. Der Raum war überheizt. Während Ohayon arbeitete, stieg ihm ein sanfter, man möchte sagen wohltemperierter Geruch von Hundekot in die Nase. Das und das Schreiben der Berichte, das Ausfüllen der

Anträge taten ihm gut. Es gab ihm ein bisschen das Gefühl von Heimat.

*

Helene Guitton war froh, dass sie den Abend gestern überstanden hatte. Sie hatte solche Angst vor dieser Zeremonie gehabt, dass ihr ganzer Körper durcheinandergeraten war. Helene verstand inzwischen auch nicht mehr, warum ihre Mutter sich selbst und auch sie immer wieder damit quälte. Dafür, dass ihr Vater Depressionen hatte und mit seinem Auto absichtlich gegen den Pfeiler einer Autobahnbrücke gerast war, konnten weder ihre Mutter noch sie oder Paul etwas. Warum hatte sie wieder verlangt, dass sie alle mit diesen gruseligen Kerzen dasaßen und das Bild anstarrten? Der Einzige, der was davon hatte, war Paul. Der kam sich seit dem Selbstmord vor wie das neue Familienoberhaupt. Sie fand es total unnatürlich, wie er sich um ihre Mutter kümmerte. Auch das Mitleid mit ihrem Vater hielt sich inzwischen in Grenzen. Er hatte nur an sich gedacht, anstatt sich bessere Medikamente zu besorgen oder zu einem Psychiater zu gehen. Sie hatte schon seit langem richtig Angst, nach Hause zu kommen.

Und dann waren all die schlechten Gedanken weg. Einfach so. Sie hatten heute im BUCHCLUB wieder so toll diskutiert. Das war für sie jedes Mal ein Wunder, wie schnell sie die schreckliche Stimmung zu Hause vergaß, wenn sie im BUCHCLUB war. Komischerweise gerade auch deshalb, weil sie da nicht nur über nette Sachen sprachen oder so taten, als ginge es bei Büchern nur um das, was in der Schule besprochen wird. Dass man sie in den BUCHCLUB aufgenommen hatte, war das Beste, was ihr in Bauge je passiert war. Und gleich würde sie auch noch IHN treffen. Und so, wie er neulich geredet hatte, würde sie schon bald zu Hause ausziehen.

Helene Guitton stieg auf ihr Fahrrad und fuhr den Berg

hoch. Oben auf den Klippen von Roche, hatte er gesagt, da gäbe es eine tolle Stelle. Man stand da direkt über dem Meer.

*

Er hielt das Steuer so hart, dass ihm die Hände wehtaten. Wie immer beim Fahren, hatte er den Oberkörper weit nach vorne gebeugt. Und weil das so war, wurde sein Gesicht nicht beleuchtet. Der schwache Schein der Instrumentenbeleuchtung erwischte nur den Hals.

Er war ein extrem vorsichtiger Fahrer. Er durfte ja keinen Fehler machen, der Polizei keinen Grund geben, ihn anzuhalten. Wie hätte er erklären sollen, dass der ganze Raum auf der Beifahrerseite mit einem Gewirr aus Seilen und Umlenkrollen ausgefüllt war? Wie hätte er den Geruch erklären sollen, die vielen Packungen Salz? Der Gestank war kaum noch zu ertragen. Lavendel, gemischt mit Tanne und... Ein gelbes Licht ging an, er musste demnächst tanken. Er atmete weiter in der Dunkelheit. Immer durch die Nase, immer in Stößen. Man hörte dieses ruckartige Schnaufen ganz deutlich, über dem grünen Hals mit dem kräftigen Adamsapfel, der sich bewegte, wenn er schluckte. Ein grünes Auf und Ab. Er erreichte einen Wald. Ein paar Sekunden später war der Wagen in den Wald eingetaucht.

*

Als Ohayon in seinem Hotelzimmer ankam, fiel ihm auf, dass der Betreiber sich große Mühe mit der Beleuchtung gegeben hatte. Das Licht war so installiert, dass es indirekt strahlte und den Wänden etwas Gemütliches gab. Alles hier drin sah aus wie in Honig gebadet. Er wusste nicht, was er machen sollte, und warf einen Blick auf die Uhr. Erst halb acht.

Also rief er Ines an und ließ sich von ihr erzählen, was sie und die Kinder während des Tages erlebt hatten. Das Gespräch, die Gedanken an zu Hause verbesserten seine Stimmung.

Irgendwann meinte sie, dass sie jetzt müde wäre, und er sagte, dass es ihm genauso ging. Das war gelogen.

Er schloss sein Handy an das Ladegerät an, zog sich aus und nahm eine heiße Dusche. Das intensive Körpergefühl tat ihm gut. Nachdem er sich abgetrocknet und wieder angezogen hatte, sah er, dass es erst zehn nach neun war. Viel zu früh, um schlafen zu gehen. Also fuhr er mit dem Fahrstuhl runter, sprach kurz mit dem Portier und machte dann einen Spaziergang zum Hafen. Es war niemand mehr auf der Straße, zweimal kam ein Auto an ihm vorbei, das war alles.

Ohayon stand eine Weile an der Kaimauer und sah raus aufs Meer. Offenbar hatten sie gerade Flut, das Wasser stand hoch und war ganz schön in Bewegung. Draußen am Ende der Mole brachen sich die Wellen, und bei jeder fünften oder sechsten schoss eine Fontäne aus Gischt hoch. Nachdem er das Naturschauspiel eine Weile betrachtet hatte, fiel ihm eine Bewegung auf. Es sah so aus, als wären da Leute. Er wurde neugierig, ging hin. Es war ein ganz schöner Weg, und es war auch ein bisschen unheimlich. Links und rechts schwappte schwarzes Wasser. Als er hundertfünfzig Meter gegangen war, sah er, was los war. Eine Gruppe Jugendlicher amüsierte sich damit, dass sich immer einer von ihnen ans Ende der Mole stellte und auf die nächste große Welle wartete. Wenn die hochschoss, rannte er weg. Nicht ungefährlich, dachte Ohayon, was, wenn mal eine größere kommt? Aber andererseits, irgendwie musste man sich ja die Zeit vertreiben. Er sah den Jungen weiter zu und vergaß, wie einsam er sich eben gefühlt hatte.

Dann dachte er an seine Fahrt mit dem Kutter. War das wirklich erst gestern gewesen? Ihm fiel wieder die Frau ein, deren Tochter ausgerissen war. Delphine, mein Fischchen, bist du ein Fischchen…? Er wurde albern. Er sah das Wasser. Angeblich mal kurz in London. Festival. Warum, wenn alles erklärlich war, hatte die Mutter Angst? Stocksteif. Kleiner Trip nach London... Nicht Bescheid gesagt. Irgendwas stimmte da nicht. Er hatte doch eigentlich vorgehabt, sich darum zu kümmern. Ob es hier ein Kaufhaus gab? Der Hammermörder hatte seine Opfer im Flur angegriffen... Funkelndes Geld in den Kassen hatte ihn gelockt. Warum hatte er ihr nur ein Bein abgesägt? Ob es in Bauge ein Theater gab oder ein Kino? Es fing an zu nieseln, Ohayon ging zurück.

Unterwegs begegnete er wieder keinem einzigen Menschen. Als er auf seinem Zimmer war, schaltete er den Fernseher an und legte sich aufs Bett. Aber es kam nichts, was ihn interessierte. Also überlegte er, ob er noch einen Spaziergang machen sollte. Er schob die Gardine zurück und sah aus dem Fenster. Draußen regnete es. Er wurde unruhig, kam sich gefangen vor. Als er merkte, dass er dabei war, im Zimmer herumzugehen, kam ihm eine Idee. Er sah in der kleinen Zimmerbar nach, fand aber die Preise für die Getränke zu hoch. Also zog er sich sein Jackett über, fuhr mit dem Fahrstuhl nach unten und fragte den Portier nach einem Laden, der noch auf hatte. Es gab keinen.

»Sie müssten zur Tankstelle fahren.«

»Ich habe kein Auto. Wie weit ist das denn?«

»Drei Kilometer. Soll ich Ihnen ein Taxi rufen?«

»Ja, bitte.«

Eine schwachsinnige Idee. Wenn er die Kosten für das Taxi dazurechnete, hätte er sich auch aus der Zimmerbar bedienen können. Aber er hatte Lust, noch ein bisschen draußen zu sein. Als er im Taxi saß, erklärte der Fahrer: »Ich muss oben rum fahren, die Rue Jean Morel ist gesperrt.« Ohayon war einverstanden. Er fand es im Moment einfach nur schön, im Taxi neben jemandem zu sitzen und ein bisschen zu reden. Er wurde nicht enttäuscht. Als sie gerade mal zweihundert Meter gefahren waren, fragte der Fahrer, ob er hier Urlaub machen würde.

»Beruflich.«

»Und wo kommen Sie her?«

»Aus einer kleinen Stadt an der deutschen Grenze.«

»Ach, dann sind Sie der neue Lieutenant!«

»Wie kommen Sie darauf?«

»Stand in der Zeitung, dass ein Neuer kommt. Außerdem ist die Schwester meiner Frau mit Gendarm Rousseau verheiratet und der sagte, es käme jemand von da. Haben sie jetzt also doch einen Spezialisten geholt.«

Ohayon sah den Mann an. »Braucht man denn in Bauge einen Spezialisten?«

»Das müssen Sie doch besser wissen als ich.«

»Sie antworten mit einer Gegenfrage.«

»Macht mich das verdächtig?«

Der Gedanke, verdächtig zu sein, schien dem Taxifahrer zu gefallen. Er rückte dann auch gleich raus mit seiner Vermutung. »Er hat wieder eine ermordet, stimmt's?«

»Wer?«

»Der Hammermörder. Stand ja in der Zeitung, dass er im Stadtpark eine Frau angegriffen hat. Hat er jetzt richtig zugeschlagen?«

»Ich hoffe nicht.«

»Soll ich Ihnen mal sagen, was ich glaube?«

Der Taxifahrer kam erst mal nicht dazu, seinen Verdacht zu äußern, denn sie erreichten die Tankstelle.

»Warten Sie bitte, ich bin gleich wieder da.«

Auf einer Mauer saßen zwei Mädchen, die Bier tranken, vor ihnen drei Jungen, die ebenfalls Bierflaschen in der Hand hielten, die Beine der Mädchen hingen vor dem Beton, die Fußspitzen leicht nach innen gedreht. Einer der Jungen stand ein bisschen breitbeinig da, die beiden anderen nicht.

Die Tür ging von selbst auf, es waren Blumensträuße im Angebot.

Der Verkaufsraum war so hell, dass es fast schon blendete.

Ohayon fand im Regal mit den Weinflaschen, was er suchte, wobei er darauf achtete, dass sie einen Drehverschluss hatten.

»Macht genau zwölf Euro.«

»Nicht viel los.«

»Ist manchmal besser so.«

»Warum?«

»Weil manche einen Knall haben. Sehen Sie den Ständer mit den Zeitungen?«

Ohayon drehte sich zum Ständer um. Es gab eigentlich nichts zu sehen, außer dass die Zeitungen zerknittert und ein bisschen verschmutzt waren.

»Einfach dagegengetreten. Bums, alles im Dreck, nur weil die Waschstraße zu war. Es geht eben nicht immer alles nach dem Willen der Kunden«, erklärte der Mann, »um acht ist zu. Man kann ja auch ein bisschen vorausdenken, oder?«

Ohayon verstand nicht so ganz.

»So. Drei Euro zurück. Gute Fahrt.«

Ohayon steckte sein Wechselgeld ein und ging zum Taxi. Einer der Jungen stand jetzt hinter der Mauer und sah schräg nach unten. Er wirkte konzentriert, den Mädchen war das nicht peinlich.

»Zurück ins Hotel?«

»Bitte.«

Sie fuhren los. Nach einer Weile fragte Ohayon: »Gibt es in Bauge ein Kino?«

»Nein. Aber Sie können sich an der Tankstelle DVDs ausleihen. Die haben eine große Auswahl. Und es gibt ein Restaurant mit einer guten Bar. Das *Cash*. Das ist so eine Art Westernbar. Hamburger, Sachen vom Grill, Salatbar mit vielen Soßen. Und nicht teuer, die Chinesen gehen da gerne hin. Soll ich Ihnen mal sagen, was ich glaube?«

»Na?«

»Ich glaube, der Hammermörder ist einer von denen.«

»Von den Chinesen?«

»Die kamen vorletztes Jahr, und genau da fing es an. Wer weiß, vielleicht wurden noch mehr Frauen getötet. Die haben Taucher. Und Taucher haben immer Gewichte dabei.«

»Was ist das da vorne?«

»Na, die Absperrung. Die Rue Jean Morel ist doch zu.«

*

»Fahren Sie rein.«

»Aber ...«

»Fahren Sie rein.«

Der Taxifahrer umkurvte die Absperrung und fuhr die Rue Jean Morel runter, Richtung Hafen. In zweihundert Metern Entfernung erkannte Ohayon die Leuchtsignale eines Polizeifahrzeugs und eines Krankenwagens. Als sie sich einer zweiten Absperrung näherten, kam ihnen Gendarm Rousseau entgegen. Er wedelte mit den Armen. Ohayon stieg aus.

»Ach du! Wir haben dich vorhin nicht erreicht.«

»Was ist passiert?«

»Schwerer Unfall, ein Mädchen wurde überfahren.«

Gendarm Rousseau ging voraus, Ohayon folgte ihm. Aber nur ein paar Meter.

»Hallo! Ich kriege noch Geld!«

»Mach du das, Rousseau.«

»Wie?«

Ohayon ging weiter auf die Unfallstelle zu. Ein Auto sah er nicht. Ein Mädchen lag auf der Straße, daneben ein Fahrrad. Zwei Rettungssanitäter waren dabei, sie zu reanimieren. Die Situation war offenbar kritisch, denn unten vom Hafen her kam ein zweiter Krankenwagen, aus dem drei Männer mit noch mehr Gerät ausstiegen. Nora kam auf ihn zu.

»Fahrerflucht. Eine Zeugin hat gesehen, dass ein rotes Auto mit hoher Geschwindigkeit unten am Hafen entlanggefahren ist. Und zwar Richtung Westen, Richtung Colline. Es gibt noch eine zweite Zeugin, das ist die, die uns informiert hat.«

»Wisst ihr schon, wer das Mädchen ist?«

»Sie heißt Helene Guitton.«

»Kommt sie durch?«

»Du siehst doch, was los ist. Wenn die schon mit zwei Wagen anrücken... Florence war zuerst hier, hat kurz mit ihr geredet, bevor sie das Bewusstsein verlor.«

Ohayon rief Florence, die gerade versuchte, Neugierige von der Unfallstelle fernzuhalten.

»Du hast mit ihr gesprochen?«

»Sie hat was von einem Licht gesagt. Wahrscheinlich meinte sie die Scheinwerfer des Wagens. Dann war sie plötzlich weg. Es gibt zwei Frauen, die was gesehen haben. Die eine steht da vorne, die andere ist wieder in ihr Haus gegangen, Nora hat die Adresse.«

Florence lief zurück und befahl den Neugierigen zurückzutreten. Ohayon ging zu der Zeugin, auf die Florence gezeigt hatte.

»Entschuldigen Sie, Madame...« Er zeigte ihr seinen Ausweis. »Sie haben gesehen, was passiert ist?«

»Ein rotes Auto.«

»Wo?«

»Unten am Hafen. Der Wagen fuhr sehr schnell an mir vorbei, Richtung Colline. Ich war mit dem Hund draußen.«

»Was war das für ein Wagen?«

»Ein roter Sportwagen. So einer, wo vorne die Kühlerhaube länger ist.«

»Die Marke?«

»Ich kenne mich mit Autos nicht aus, und ich hab auch nicht drauf geachtet, weil ich meinen Hund von der Straße gezogen habe.«

»Und der Wagen kam aus der Rue Jean Morel?«

»Ja, er bog in die Rue Girardin ab und zwar so, dass man die Reifen hören konnte, da hab ich ja dann auch gleich meinen Hund weggezogen, der ist jung, will immer auf die Straße. Er fuhr dann sehr schnell an mir vorbei. Ich habe mir zuerst nichts dabei gedacht, außer dass er zu schnell war. Weil an der gleichen Stelle schon mal ein Hund überfahren wurde.«

»Was haben Sie dann gemacht?«

»Ich bin nach Hause und hab Snoop sein Essen hingestellt. Dann sah ich, wie Polizei und ein Krankenwagen vorbeifuhren. Also bin ich noch mal los und hierher.«

»Ich habe noch nicht ganz verstanden. Den Unfall selbst, haben Sie den gesehen?«

»Nein. Nur ein Auto, das sehr schnell war und in meine Straße einbog.«

»Welche Straße? Ich bin neu hier.«

»Na, die Rue Girardin, hab ich doch gerade gesagt. Die kommt drüben von Roche, führt am Stadtpark und am Hafen vorbei und geht dann weiter Richtung Colline.« Sie zeigte. »Ich meine die Straße da unten, vorm Hafen. Ich wohne ja in der Rue Girardin. Ein Stück links hoch. Aber von der Zeit her könnte das hinkommen, denn ich war noch nicht lange im Haus, als der Krankenwagen vorbeikam.«

»Auf die Uhr gesehen?«

»Nein. Wird sie denn durchkommen? Die behandeln sie immer noch, und das in dem Regen. Warum legen die sie nicht in den Krankenwagen?«

»Danke.«

Ohayon ging zu Nora. »Von wem wurden wir informiert?«

»Von der zweiten Zeugin. Das war die, die bis zu unserem Eintreffen die Unfallstelle gesichert hat. Zum Glück hat sie schnell geschaltet, sich auf die Straße gestellt und Autos an dem Mädchen vorbeigeleitet.«

»Mutig.«

»Sie wurde noch nicht vernommen. Die wohnt gleich da vorne in Nummer 14. Michelle Malinas. Ich würde jetzt gerne weiter die Personalien aufnehmen.«

»War denn schon jemand von denen da, als der Unfall passiert ist?«

»Genau das will ich gerade rausfinden.«

Ohayon sah noch mal zu der Stelle rüber, wo das Mädchen lag. Inzwischen war alles grell beleuchtet, Gendarm Rousseau war dabei, einen zweiten Scheinwerfer einzurichten, Florence hielt die Neugierigen von der Unfallstelle fern, Nora befragte die Zeugen. Offenbar waren sie bei Verkehrsunfällen ganz gut aufeinander eingespielt.

Vor der Treppe, die zur Haustür der Malinas' hochführte, lag eine Tüte mit Hausmüll. Sie war aufgeplatzt und der Wind hatte einen Teil des Inhalts im Garten verteilt. Ohayon klingelte, sie war schnell an der Tür.

»Madame Malinas? Ich hätte ein paar Fragen an Sie.«

»Kommen Sie rein. Vielleicht ziehen Sie erst mal Ihr Jackett aus. Soll ich Ihnen ein Handtuch bringen?«

Ohayon hatte es noch gar nicht gemerkt. Er war nass bis auf die Haut.

Während er sich abtrocknete, bewunderte er die große Eingangshalle des Hauses. Es war schön warm hier drinnen, und die modernen Bilder an den Wänden machten auf ihn den Eindruck von Reichtum. Das war schon immer so gewesen bei Ohayon. Wenn er alte Bilder an den Wänden von Häusern sah, dachte er sich nichts dabei. Bei modernen Bildern dagegen schloss er automatisch auf Reichtum. Dieser Eindruck verstärkte sich, als er das Wohnzimmer betrat.

Ein Mann Ende fünfzig kam ihm entgegen. Er trug Jeans und einen schwarzen Rollkragenpullover. »Guten Abend.«

Sein Händedruck war warm und sehr weich.

»Das ist mein Mann, Sie sind...?«

»Ohayon.«

»Und das alles bei dem Regen.« Die Stimme des Mannes passte zu seinem Händedruck.

»Es wird nicht lange dauern.«

»Meine Frau...« Monsieur Malinas brachte nicht die Kraft auf, den Satz zu vollenden. Ohayon half ihm.

»Sie war sehr mutig. Wenn sie sich nicht auf die Straße gestellt hätte, wäre das Mädchen vielleicht noch mal überfahren worden.«

Monsieur Malinas nickte. »Ich las gerade in einem Katalog. Eine Ausstellung, in der wir kürzlich waren. Monet.« Er zeigte zu einer Couch rüber. Vor der Couch stand ein Couchtisch und auf dem lag ein Katalog. Daneben eine Weinflasche und ein Glas.

»Sie möchten vielleicht etwas trinken?«, fragte Monsieur Malinas in einem Ton, als wäre Ohayon der erste Gast einer Party, »sicher nichts Alkoholisches, aber...«

»Sehr freundlich, es geht nur darum, dass Ihre Frau mir kurz schildert...«

»Dann will ich nicht stören«, unterbrach Malinas ihn, ging zu seiner Couch, setzte sich und fuhr damit fort, seinen Katalog zu studieren. Ohayon fand das merkwürdig. Aber er war nicht hier, um das Verhalten irgendeines Ehemanns zu interpretieren.

»Dann erzählen Sie mal, was passiert ist.«

»Ich war rausgegangen, um den Müll wegzubringen, als ich einen hellen Knall hörte...«

»Einen hellen Knall.«

»Ja, mehr so ein scharfes, kurzes Geräusch, und ich... Ich glaube, dass sie geschrien hat. Ganz kurz nur. Ich habe mich furchtbar erschrocken, und da habe ich wohl meine Mülltüte fallen lassen. Ich wusste erst gar nicht... Und dann sah ich ja auch, dass die Mülltüte kaputtgegangen war, und meinte, ich müsste das in Ordnung bringen. Ich weiß nicht, warum ich das gedacht habe.«

Ohayon wusste es zuerst auch nicht, sah dann kurz zu ihrem Mann rüber und ahnte, was hier los war. Aber er war ja nicht hier, um etwas über eine Ehe in Erfahrung zu bringen.

»Sie haben sich erschrocken, Madame. Da passiert so was.«

»Ich bin sehr ängstlich. Mein Mann sagt das auch immer. Aber dann bin ich doch zum Gartentor gelaufen. Ich habe zuerst ihr Fahrrad gesehen. Dann dachte ich, die wurde überfahren, und hab die Straße runtergesehen, und da sah ich gerade noch, wie unten ein Auto um die Ecke bog. Der Wagen fuhr sehr schnell, ich habe sogar die Reifen gehört.«

»In welche Richtung ist er abgebogen?«

»Nach links, Richtung Colline.«

»In die Rue Girardin.«

Sie nickte.

»Können Sie den Wagen genauer beschreiben? Lassen Sie sich Zeit.«

Sie überlegte eine Weile, sah dabei schräg nach unten. »Das verstehe ich jetzt nicht. Vorhin war ich noch ganz sicher, dass ich den Wagen genau gesehen habe. Aber jetzt, wo Sie fragen. Ich glaube, das war ein… der war flach und… so wie ein Sportwagen. Die Reifen haben gequietscht, als er um die Kurve rum ist.«

»Konnten Sie die Farbe erkennen?«

»Nein, die Straßenlaternen sind ja auf der Hafenseite. Und das ging auch alles so schnell, denn dann sah ich ja, dass jemand auf der Straße lag, und bin hin. Ich habe mich neben sie gekniet und versucht, mit ihr zu sprechen, aber sie hat nicht reagiert. Dann habe ich gesehen, dass ihr Kopf…«

Sie hörte auf zu sprechen, es sah aus, als würde sie gleich weinen.

»Monsieur!«, rief Ohayon.

»Ja, bitte?«

»Ihre Frau braucht was zu trinken. Ein Glas Wein.«

»Natürlich.«

Monsieur Malinas legte ein Lesezeichen in seinen Katalog und schlug ihn zu. Dann stand er auf, nahm seine Weinflasche und ging in die Küche. Noch ehe er zurückkam, fing sie wieder an zu sprechen.

»Ich habe mein Handy rausgeholt und die Polizei angerufen. Die Polizei und ... dann den Krankenwagen. Dann hörte ich das Mädchen hinter mir. Ich bin zu ihr und habe gefragt, ob ihr was wehtut. Aber sie hat nur gesagt: ›Licht.‹ Und dann noch mal: ›Licht.‹ Ich habe gar nicht verstanden, was sie damit meint. Dann konnte ich mich nicht mehr um sie kümmern, denn da kam ein Auto auf uns zu, von oben. Ich hab mich vor sie gestellt und meine Jacke ausgezogen und Zeichen gemacht. Der war sehr schnell. Aber zuletzt hat er mich dann doch gesehen und ist um uns rum.«

»Er hat nicht angehalten?«

»Nein.«

»Was war das für ein Auto?«

»Ein silberner oder grauer Kombi, könnte sein, ein Peugeot. Das ging so schnell ...«

Monsieur Malinas kam zurück und gab seiner Frau ein Glas Wein. Sie trank schnell. Ohayon sorgte dafür, dass der Mann seiner Frau noch mal nachschenkte, denn sie hatte angefangen zu zittern. Nachdem er das Glas seiner Frau noch mal gefüllt hatte, ging er zurück zu der Couch, öffnete seinen Katalog, legte das Lesezeichen auf den Couchtisch und fuhr damit fort, sich über die Bilder von Monet zu unterrichten.

»Besser?«, fragte Ohayon.

»Ja, das habe ich wohl gebraucht. Eigentlich habe ich Ihnen auch schon alles erzählt. Nach einer Weile kam noch ein Auto, ein weißer Smart, und da hab ich das Gleiche gemacht. Mit meiner Jacke Zeichen... damit er uns nicht überfährt. Dann kam die Polizei.«

Sie wirkte müde.

»Danke. Sie waren sehr mutig, Madame.«

»Finden Sie?«

Ohayon sah zu ihrem Mann rüber. Der saß noch immer auf der Couch und studierte den Katalog. Vor ihm auf dem Tisch standen die Flasche und ein Glas.

Als er aus dem Haus kam, dachte Ohayon noch an Monsieur Malinas, dann hörte das auf. Die beiden Krankenwagen waren weg, dafür hatten sich an der Unfallstelle inzwischen über hundert Menschen versammelt. Sie trampelten auf der Böschung herum, einige machten mit ihren Handys Fotos. Florence und Rousseau versuchten, die Gaffer von der Unfallstelle fernzuhalten, was ihnen nur mit Mühe gelang. Nora lief auf ihn zu.

»Wo kommen die alle her?«, fragte er.

»Keine Ahnung, aber ich weiß, warum die hier sind. Da vorne«, Nora zeigte die Böschung hoch, »das ist die Stelle, wo letzte Woche angeblich Madame Jambet angegriffen wurde.«

Ohayon hörte Rousseau schreien, dann fiel ein Schuss. Dann noch einer.

Die Menschen rannten auseinander, sammelten sich aber schnell wieder und bildeten einen Halbkreis. In der Mitte stand Florence. Zu ihren Füßen lag Rousseau und befühlte eine Wunde am Kopf. Florence hielt noch immer ihre Pistole in der Hand, die wies senkrecht nach oben. Ein paar Sekunden lang bewegte sich niemand. Als müsste man irgendwem Zeit für einen Schnappschuss geben. Dann senkte Florence die Waffe und starrte die Gaffer an. Plötzlich schnellte ihre Hand vor und zeigte auf einen Mann Anfang fünfzig. »Der da! Der hat Rousseau angegriffen!« Florence richtete ihre Waffe auf ihn, er hob die Hände. Dann ging sie zusammen mit Nora auf den Mann zu. Wie die beiden den Mann verhafteten und ihm die Handschellen anlegten, so was hatte Ohayon noch nie gesehen. Conrey hatte auch schon mal zugelangt, wenn es brenzlig wurde. Aber das hier war etwas anderes. Das grenzte schon an einen staatlichen Übergriff.

*

Lavendel, gemischt mit dem Duft von Fichtennadeln. Und über allem die unvergänglich süße Penetranz englischer Rosen. Er war jetzt auf dem Weg nach Hause und meinte, er würde seine Adern und sein Herz spüren. Es kam ihm vor, als wäre ein Teil von ihm versteinert. Arteriosklerose. Natürlich war das mit der Versteinerung Einbildung, man spürte diese Krankheit nicht.

Gott, war er früher lebendig gewesen. Und so voller Kraft. Da steckte diese Krankheit noch nicht in seinem Kopf, da wusste er noch nichts von seinem Herzen. Das mit seinem Herzen kam jetzt so stark, füllte seinen Kopf so vollständig aus, dass er bis halb über den Mittelstreifen fuhr. Wahnsinn! Bei seinem Auto funktionierte nur ein Licht, und die Jugendlichen hier auf dem Land fuhren wie die Irren. Er hatte das Licht noch immer nicht in Ordnung bringen lassen. Er erschrak. Er hatte sich auch damals erschrocken. Er hatte gerade kein Auto gehabt. Den Alten schon verkauft, und der Neue war noch nicht geliefert worden. Scheiß Autohändler, die logen, wenn sie nur ihr Maul aufmachten …! Er musste damals total den Verstand verloren haben! Warum sonst war ihm erst so spät eingefallen, dass sie ja ein Auto hatte. Er war an dem Tag auf dem Markt gewesen. Einfach so. Nichts hatte darauf hingedeutet, dass dieser Tag sein weiteres Leben bestimmen würde.

Inzwischen war das Auto auch mit reingezogen worden in seine verrückte Angstwelt. Wenn irgendwas an dem Wagen war, geriet er in Panik. Dass das linke Abblendlicht ausgefallen war, kam ihm vor wie eine Prophezeiung. Dabei war der Wagen doch erst zwei Jahre alt. Wie konnte so was passieren? Neulich hatte die Kupplung Geräusche gemacht. Der Wagen hatte ihm sowieso nur Pech gebracht. Er hatte ihn erst einen Monat, als er plötzlich spürte, dass mit seinem Körper etwas nicht in Ordnung war. Zwei Jahre war das her. Es ist was am Magen, hatte er gedacht und geahnt, dass der Arzt was finden würde. Aber da war nichts. Nicht am Magen. Die Lunge müsste untersucht werden, hatte der Arzt gesagt.

Er hatte sich so erschrocken. Dass es ihn auf diese Weise erwischen würde, hätte er niemals gedacht. Auch an der Lunge war am Ende nichts gewesen, aber es hatte ein volles Jahr gedauert, bis er sich endlich getraut hatte, das untersuchen zu lassen. Nun, diesmal war es wirklich ernst, denn diesmal war es sein Herz.

Natürlich hatte er auch Fehler gemacht.

Das Bein war ihm erst eingefallen, nachdem er sie schon weggebracht hatte. In ihrem Auto, weil er ja damals keins hatte. Warum war ihm das mit ihrem Auto so spät eingefallen? Da hatte er schon gesägt, weil er doch nur ein Fahrrad hatte. Das war so schrecklich gewesen. Zwei ganze Tage hatte er in ihrer Wohnung aushalten müssen, ehe er sich endlich getraut hatte. Und dann hatte er auch noch vergessen, das Bein auszuladen. Zusammen mit ihr. Aber da war die Angst schon so stark gewesen, dass er sich nicht getraut hatte, noch mal zurückzufahren. Und so hatte er es mit nach Hause genommen und zwei Wochen in der Badewanne aufbewahrt. Als der Geruch anfing, sich in der Wohnung auszubreiten, hatte er Salz gekauft und Duftbäumchen. Krank war das. Pervers.

Er hörte auf, daran zu denken, es war sowieso nichts mehr zu ändern. Es ging jetzt um sein Herz. Und um die Angst natürlich. Diese furchtbare Angst, womit hatte er die verdient? Es kam ihm manchmal vor, als ob es ein höheres Wesen gäbe, das Lust hatte, ihn zu bestrafen. Wenn die Angst kam, musste er fahren, da war er ein Tier, das einem Instinkt folgte. Er wollte aber kein Tier sein, er war doch ein Mensch. Sehr oft hatte er auch geweint.

Aber noch war es nicht zu spät, noch lebte er. Das fiel ihm plötzlich ein. Er würde alles, aber auch alles dafür tun, dass er am Leben blieb. Seit einem Jahr ernährte er sich jetzt schon gesund und hatte aufgehört zu trinken. Was man nicht alles schaffte, wenn die Angst einen antrieb. Tag für Tag. Der Körper hatte seine Chance bekommen, und er würde sie nutzen, daran glaubte er ganz fest. Nachdem er sich davon überzeugt hatte, dass noch nicht alles verloren war, wurde er ruhig und machte keinen Fahrfehler mehr. Und so setzte er, obwohl mitten in der Nacht weit und breit kein Fahrzeug zu sehen war, ordnungsgemäß den Blinker, als er in den Waldweg abbog.

Dienstag

Am nächsten Morgen machte die Geschichte von der Verhaftung eines Bäckers ohne Vorstrafen die Runde. Auf einem Schulhof in Crombourg brachte ein Siebzehnjähriger die Ereignisse auf den Punkt. »Eine krasse Aktion, ich dachte, die Blonde bricht ihm die Arme.« Auch die *Gazette de Bauge* berichtete ausführlich darüber. Und zwar ganz anders, als das in Fleurville der Fall gewesen wäre. Nora und Florence wurden für ihr beherztes Eingreifen gelobt. Den Neugierigen wurde vorgeworfen, die Polizei bei ihrer Arbeit behindert und die Suche nach dem Täter erschwert zu haben. Abgesehen von der lobenden Erwähnung der brutalen Verhaftung war der Artikel sachlich, und was die Arbeit der Polizei anging, sehr fair und informativ. Etwas weiter unten wurde die Bevölkerung aufgefordert, nach einem roten Auto, wahrscheinlich einem Sportwagen, Ausschau zu halten, der vorne Beschädigungen aufwies.

Nachdem er den Bäcker vernommen hatte, holte Ohayon alle zusammen, um zu klären, was da passiert war.

»Er hat Rousseau angegriffen«, verteidigte sich Florence.

»Mir hat er gesagt, er hätte nur fotografieren wollen und wäre geschoben worden.«

»Das stimmt nicht, er hat mich zur Seite geschubst«, sagte Rousseau, »der wollte näher ran ...«

»... und wenn der das geschafft hätte, wären die anderen ihm nach«, ergänzte Nora, »dann hätten die aus Villons überhaupt keine Spuren mehr sichern können.«

»Die Leute waren wie verrückt, weil genau da die Frau überfallen wurde«, sagte Rousseau.

»Ihr schießt in der Gegend rum und brecht einem Mann fast die Arme, weil eine Frau behauptet hat, sie wäre dort vom Hammermörder angegriffen worden? Eine Aussage, von der ihr selbst sagt, dass sie nicht stimmt?«

»Vielleicht ist da doch einer, im Park«, sagte Rousseau, »vielleicht hat er das Mädchen verfolgt, und sie ist deshalb auf die Straße gefahren.«

»Vielleicht, vielleicht, vielleicht.«

»Die Rue Jean Morel ist schnurgerade und gut beleuchtet. Es muss ja einen Grund dafür geben, dass der Fahrer sie nicht gesehen hat.«

So viele Schlussfolgerungen hatte Rousseau noch nie gezogen, seit Ohayon hier war.

»Und das Mädchen hat was von einem Licht gesagt«, ergänzte Florence, »der Park ist dunkel. Vielleicht benutzt der Hammermörder eine Taschenlampe.«

»Dieser Hammermörder scheint ja geradezu ein Wahrzeichen von Bauge zu sein. Ihr solltet ihm ein Denkmal errichten. Oder besser gleich drei! Eins für den Hammermörder, eins für die Chinesen und eins für das Bein. Wo kam Madame Jambet überhaupt her in der Nacht, als sie überfallen wurde?«

»Aus ihrer Stammkneipe«, erklärte Rousseau.

»Ist das überprüft worden?«

Rousseau schwieg und traute sich nicht, seinen Keks einzutunken. Nora kam ihm zu Hilfe. »Sie kam am Morgen nach dem Übergriff auf das Lager. Wir waren gerade dabei, Zeugen zu befragen.«

»Ich schätze, dass alle sehr aufgeregt waren.«

»Natürlich.«

»Und genau in dieser Situation taucht eine Frau auf, die behauptet, ein Chinese hätte sie angegriffen. Es wurde ja sicher viel über die Chinesen gesprochen an diesem aufregenden Morgen, als sie kam.«

»Sie hat Asiate gesagt, nicht Chinese«, berichtigte ihn Rousseau.

»Asiate! Wie vornehm! Und woran hast du in dem Moment gedacht? An einen Mongolen?«

»Jeder hätte Chinese gedacht«, verteidigte sich Rousseau.

»Sie nicht. Sie sagte Asiate. Warum? Hat sie eine Vorliebe für besondere Worte?«

»Sie kam aus dem *Cash* und wollte zum Bus. Das war eine ganz normale Vernehmung. Sie hat so einen Unsinn erzählt...«

»Aber jetzt wärst du bereit, ihr zu glauben. Wir passen aber die Fakten nicht an unsere Vorstellungen an.«

»Na, wenn fast an derselben Stelle noch mal was passiert? Offenbar hatte das Mädchen ja Panik.«

»Wir müssen mit Madame Jambet sprechen, vorher wissen wir gar nichts. Du, Florence, kümmerst dich um die Fahndung nach dem roten Sportwagen. Zeig mir mal die Fotos von dem Fahrrad... Die aus Villons sollen kommen. Wir müssen wissen, wie lang die Bremsspur ist.«

»Die waren schon da«, erklärte Nora, »sie sagen, es gab keine Bremsspur.«

»Konnten die denn überhaupt noch was erkennen, nach dem Tumult gestern Abend?«

»Ja, konnten sie«, sagte Florence, »weil wir es geschafft haben, die Gaffer da fernzuhalten.«

Ohayon überging das und sah sich die Fotos an. »Du hast Recht, Rousseau. So wie das Fahrrad aussieht, wurde sie seitlich getroffen und zwar links.«

»Also ist sie die rechte Böschung runtergefahren. Sie war in Panik, sag ich doch.«

»Haben die aus Villons sich die Böschungen angesehen?«

»Alles zertrampelt. Zurzeit durchsuchen sie den Park.«

»Wie? Und keiner von uns ist dabei?«

*

Nora hatte ihm die Schlüssel für eins der beiden fabrikneuen Einsatzfahrzeuge der Gendarmerie überlassen. Die Selbstverständlichkeit, mit der das geschah, die Tatsache, dass sie dabei weder Macht noch besondere Kenntnisse demonstrierte, hatte etwas Souveränes. Aber so hatte Ohayon sie ja vom ersten Moment an eingeschätzt. Er fand ohnehin, dass sie eine besondere Frau war. Das alles änderte nicht das Geringste daran, dass sie einander vollkommen fremd blieben.

Als Ohayon in den Stadtpark wollte, wurde er von einer bewaffneten Frau kontrolliert, die ausgesprochen höflich und jugendlich wirkte. Nachdem er sich ausgewiesen hatte, durfte er das Gelände betreten. Ein junger Mann, der im Nacken für Ohayons Geschmack zu stark ausrasiert war, führte ihn dreihundert Meter quer über eine Rasenfläche, die so nass war, dass Ohayon tief einsank. Jetzt zahlte sich aus, dass Roland Colbert ihm schon vor Jahren eingetrichtert hatte, dass vernünftige Schuhe in diesem Beruf extrem wichtig waren. Endlich kamen sie auf einen Weg, dem sie ein Stück folgten. Sie überquerten eine kleine Brücke, bogen noch einmal ab, gingen weiter. Als

Nächstes kamen sie an einer Hütte vorbei, an der ein laminiertes Plakat hing, auf dem die Vögel und Tiere abgebildet waren, die es hier gab. Ohayon überlegte, ob er kurz einen Blick auf das Plakat werfen sollte, doch dazu kam es nicht...

Eine Frau radelte in einiger Entfernung den Weg entlang. Plötzlich sprang ein Mann hinter einem Gebüsch hervor und rannte hinter ihr her. Der Mann hielt einen Hammer in der Hand. Er holte die Frau ein und erschlug sie. Die Frau fuhr zurück und nahm den gleichen Weg noch mal. Diesmal sprang ein Mann vor ihr auf den Weg. Die Frau wich aus und geriet auf die Rasenfläche. Die Räder sanken in den aufgeweichten Boden ein. Sie wurde langsamer, der Mann erreichte sie ohne Mühe. In der Nähe der Büsche stand Kommissar Bary und diktierte etwas in ein kleines Gerät.

»Guten Morgen, Monsieur Bary. Ist das die Stelle, an der Judith Jambet überfallen worden sein soll?«

»Hinter einem dieser Büsche soll er ihr aufgelauert haben. Wenn das Mädchen den Weg genommen hat, ist sie tatsächlich dort vorbeigekommen. Es sei denn, sie wäre quer über die Rasenflächen gefahren. Was unwahrscheinlich ist, bei dem aufgeweichten Boden.«

»Ich bin erstaunt, dass Sie hier so einen Aufwand treiben. Sie meinten doch, die bisherigen Opfer des Hammermörders wären Anfang dreißig gewesen. Helene Guitton ist siebzehn.«

»Wie ich Ihnen schon neulich sagte, nehmen wir Madame Jambet ihre Aussage nicht ab. Aber dass jetzt so was fast am gleichen Ort passiert, können wir natürlich nicht einfach ignorieren. Irgendwas muss dieses Mädchen ja so in Panik versetzt haben, dass sie da hinten die Böschung runtergefahren ist.«

»Na, sie fährt durch den Park, ihr fällt plötzlich ein, dass hier angeblich der Hammermörder einer Frau aufgelauert hat, sie kriegt Angst...«

»Ist mir alles klar, trotzdem.«

David Leroy kam zu ihnen. »Außer den Fahrradspuren nichts. Kein Hinweis darauf, dass sich jemand längere Zeit in der Nähe dieser Büsche oder auf dem Weg aufgehalten hat. Ich denke, wir ziehen ab.«

Kommissar Bary nickte, und David Leroy gab seinen Leuten die Anweisung einzupacken. Bary ging zu der kleinen Hütte und sah sich das laminierte Plakat an. Ohayon stand eine Weile neben ihm und sagte dann: »Es gibt hier im Park viele Schwarzdornbüsche. Ich denke, das ist die Erklärung.«

»Wofür?«

Ohayon tippte auf die Abbildung eines kleinen Vogels. »Ein Würger. Wahrscheinlich ist ein Neuntöter gemeint. Er spießt seine Opfer auf Dornen auf. Eine Art Vorratshaltung. Für gewöhnlich meiden Würger bewohnte Gebiete. Aber hier kommt er offenbar vor. Sehr ungewöhnlich.« Bary gab zu, dass er das nicht gewusst hatte.

»Woran denken Sie«, fragte Ohayon.

»Es gibt eine sehr unwahrscheinliche Möglichkeit. Wir haben auf dem Weg Spuren von zwei Fahrrädern gefunden.«

»Sie meinen, er hat das Mädchen auf einem Fahrrad verfolgt? Mit einem Hammer?«

»Deshalb sagte ich ›unwahrscheinlich‹.«

Ohayon kam eine Idee, die nichts mit den Gedanken von Kommissar Bary und auch nichts mit dem Hammermörder zu tun hatte. Er verabschiedete sich und ging zügig zu seinem Wagen.

*

Als Ohayon auf der Gendarmerie ankam, wirkten alle bis auf Nora äußerst hektisch. Er ging zu ihr. »Such bitte raus, wo die Eltern von Helene Guitton wohnen. Ich muss wissen, wo das Mädchen gestern Abend war.«

»Die Eltern sind vermutlich im Krankenhaus«, warf Florence ein.

»Dann ruf da an und check das. Wo ist dieses Krankenhaus?«

»In Villons.«

»Warum hab ich überhaupt gefragt!«

»Kannst du dich bitte ein bisschen beruhigen und mir zuhören?«, sagte Nora.

»Entschuldige.«

Sie schob einen Zettel über den Tisch, auf dem zwei Namen mit Adresse standen. »Diese beiden Zeugen haben eben angerufen. Die Männer haben einen Chinesen gesehen, der Werkzeuge in einen Transporter eingeladen hat.«

»Ja und?«

»Der Mann kam ihnen merkwürdig vor.«

»Haben die gesagt, was sie unter merkwürdig verstehen?«

»Er hätte mehrfach über seine Schulter gesehen.«

»Sind das zwei einzelne Beobachtungen oder eine, die von zwei Männern gemacht wurde?«

»Die Männer waren zusammen.«

»Ruf noch mal die Jambet an, irgendwann muss sie ja mal rangehen. Wie hoch wäre das Ordnungsgeld bei einer Falschaussage? 100 Euro? 300? 500?«

»Kommt auf den Aufwand an, der uns dadurch entsteht. Und natürlich darauf, ob sie vorsätzlich gehandelt hat.«

»Könnte das sein?«

»Was?«

»Na, ihre Geschichte stand in der Zeitung, sie hat sich willig mit einem Reporter unterhalten… Da könnte sie doch jetzt irgendwen, der sie geärgert hat, erpressen. Check mal, ob die mit den Leuten auf der Baustelle zu tun hatte. Sie soll Putzfrau sein, hat Bary gesagt. Vielleicht macht sie da sauber.«

»Okay, aber ich habe noch was. Der Bürgermeister hat angerufen und gefragt, ob wir einen Notfallplan vorbereitet hätten. Falls noch mal was am Bauzaun passiert.«

Ohayon holte sich das Dossier, das Bary ihm geschickt hatte und überflog die Vernehmung von Judith Jambet. Als er fertig war, schlug er den Ordner wütend zu. »Kam hinter einem Busch hervor, da, wo die kleine Hütte steht... Das ist alles viel zu ungenau. Sie wurde weder gefragt, wo sie herkam, noch, wo sie hinwollte. Das zielt alles nur auf die Identifizierung des Täters ab und darauf, sie von ihrer Anzeige abzubringen. Wer hat denn diesen Scheiß gemacht?«

»Na, die in Villons«, erklärte Rousseau.

»Aber bestimmt nicht Bary. Das ist absoluter Mist.«

»Madame Jambet geht nicht ans Telefon«, sagte Nora.

»Pass auf, Rousseau: Da wird sicher bald was in der Zeitung stehen, und die werden die gleichen Schlussfolgerungen ziehen wie alle und an Chinesen denken. Ehe wieder irgendwelche Schlaumeier auf die Idee kommen, zu diesem Lager zu marschieren, müssen wir die Aussage von Judith Jambet abklären. Du befragst den Wirt der Kneipe, in der sie war, bevor sie überfallen wurde. Ich will wissen, wann sie aufgebrochen ist und ob sie dort mit irgendwem Streit hatte. Dann vernimmst du die beiden Zeugen, die den verdächtigen Chinesen beobachtet haben. Du nimmst sie ernst und befragst sie einzeln. Warum sie da waren, wo genau sie ihre Beobachtungen gemacht haben, wo sie vorher waren, wo sie hinwollten. Und natürlich, ob sie sich das Kennzeichen dieses Transporters notiert haben. Einzelheiten. Du vollziehst ganz genau nach, was sie wann wo gesehen haben.«

»Helene Guittons Mutter ist im Krankenhaus«, rief Florence.

»Dann los, komm, Nora.«

»Moment...« Nora telefonierte gerade. Es dauerte fast zehn Minuten, bis sie damit fertig war.

»Mit wem hast du gesprochen?«, fragte Ohayon.

Nora sah ihn an. Nein, das würde keine Freundschaft mehr werden. »Du hast mich gerade beauftragt, mich zu erkundigen, ob Madame Jambet mal was mit den Chinesen zu tun hatte. Ich habe mit der Frau gesprochen, die da für die Küche und die Gebäude zuständig ist.«

»Und?«

»Madame Jambet hat sich dort um eine Stelle als Putzfrau beworben. Die stellen aber keine Franzosen ein.«

»Wann war das?«

»Vor vier Wochen.«

»Gut. Jetzt fahren wir erst mal ins Krankenhaus.«

In diesem Moment erschien Christine Clery in der Tür, und diesmal brachte sie keinen Kaffee. »Entschuldigt bitte, wenn ich störe, aber da kommen sehr viele Anrufe von Leuten, die einen roten Sportwagen gesehen haben.«

»Scheiße«, sagte Florence.

*

Sie fanden die Mutter von Helene Guitton sofort. Neben ihr saß ein Junge. Er hatte seinen Arm um sie gelegt und sprach leise auf sie ein.

»Entschuldigen Sie, wenn wir stören, sind Sie Helenes Mutter?«

Ihr Kopf kam langsam hoch. Sie hatte die Augen eines Menschen, den jeglicher Mut verlassen hat.

»Haben Sie ihn?«, fragte der Junge.

»Wer sind Sie?«

»Helene ist meine Schwester.«

Ohayon schätzte ihn auf höchstens achtzehn, sein Gesicht war das eines Erwachsenen.

»Wir haben ihn noch nicht.« Ohayon verzichtete darauf zu behaupten, dass sie ihn kriegen würden, denn das war alles andere als sicher. Eine Chance hatten sie nur, wenn der Fahrer hier aus der Gegend kam. »Ich würde gerne mit Ihnen allein sprechen, Madame, meine Kollegin wird sich mit Ihrem Sohn unterhalten. Gibt es hier eine Kantine?«

Christine Guitton stand auf, Ohayon folgte ihr.

Die Beleuchtung der Kantine war hell, der Raum konsequent in den Farben Weiß, Beige und Grün gehalten. Wobei das Grün frisch wirkte und allen Anwesenden ein Gefühl unbändiger Lebenskraft und Freude vermitteln sollte. Auch die Pflanzen waren unsterblich.

»Wie geht es Ihrer Tochter? Der Arzt durfte mir nichts sagen.«

»Sie wissen nicht, ob sie durchkommt.«

»Sie müssen bitte ein bisschen lauter sprechen.«

»Sie wissen es nicht.«

»Die erste Nacht ist immer am gefährlichsten, und die hat sie überstanden. Wir rekonstruieren gerade den Unfall. Es würde uns helfen, wenn wir wüssten, wo Ihre Tochter herkam.«

»Vielleicht war sie bei ihrer Freundin.«

»Ich bräuchte den ganzen Namen.«

»Claire Bredin.«

Ohayon holte seinen Block raus und notierte.

»Hatte Ihre Tochter in letzter Zeit Streit mit jemandem?«

»Das kann ich Ihnen nicht sagen.«

»War sie in einer Clique?«

»Sie sind immer in einer Clique in dem Alter.«

»Hat sie sich verändert? Hat sie irgendetwas beschäftigt?«

»Mein Mann ist gestorben.«

»Ist Ihre Tochter schwermütig? Nimmt sie sich Sachen sehr zu Herzen?«

»Sie ist nicht in der Lage, sich in die Empfindungen anderer Menschen hineinzuversetzen.«

»Wann ist Ihr Mann gestorben?«

»Vorletztes Jahr. Eine schwere Krankheit.«

Ohayon begann, sich unwohl zu fühlen.

»Haben Sie jemanden, der Ihnen hilft?«

»Meinen Sohn.«

»Ich meinte einen Erwachsenen.«

»Paul weiß, wie er mich trösten kann.« Zum ersten Mal sah sie ihn an, und da war sogar ein kleines Lächeln. »Paul weiß auch, wann er streng sein muss mit mir. Ohne ihn hätte ich das damals nicht durchgestanden.« Sie wurde lebhafter. »Er bereitet sich jetzt auf sein Fachabitur vor und wird später Bootsbau studieren. Damit verdient man hier viel Geld. Und Geld ist seit dem Tod meines Mannes natürlich das Wichtigste. Uns fehlt sein Einkommen. Mein Sohn hat das verstanden.«

Der Sohn mochte verstanden haben, Ohayon verstand gar nichts. Ihre Tochter kämpfte um ihr Leben, und sie sprach über ihren tollen Sohn und über Geld. Und sie hörte nicht auf damit.

»Ich arbeite jetzt wieder in Saint-Malo in einem Spielsalon. Das habe ich früher auch gemacht.«

»Aha.«

»Ich bin Teilhaberin. Ich habe die Lebensversicherung meines Mannes dafür benutzt, mich dort einzukaufen. Mein Sohn wollte das zuerst nicht, aber dann fand er es doch richtig.«

»Ihr Sohn hilft Ihnen, sich wieder zurechtzufinden.«

»Ich hole die Tageseinnahmen ab und bringe Hartgeld. Die Kunden brauchen ja Kleingeld für die Automaten. Manchmal helfe ich auch ein bisschen aus. Man hat mir empfohlen, für den Geldtransport eine professionelle Firma zu beauftragen, aber ...«

Geld schien ihr wichtig zu sein. Oder stand sie einfach nur unter Schock?

»Ist Ihre Tochter eine gute Radfahrerin?«

»Ja.«

»Kennt sie die Situation an der Rue Jean Morel? Die Straße liegt tiefer, es gibt da auf beiden Seiten steile Böschungen.«

»Ja.«

»Hat Helene Medikamente genommen?«

»Ich nehme Medikamente, seit mein Mann gestorben ist. Mein Sohn will, dass ich damit aufhöre, aber ich schaffe es nicht.«

»Es ist also in letzter Zeit nichts vorgefallen. Ihre Tochter hatte keine Ängste, sie fühlte sich von niemandem bedrängt oder verfolgt.«

»Eine ihrer Freundinnen ist wohl verschwunden.«

»Wie heißt die Freundin?«

»Delphine.«

Der Wechsel erfolgte im Bruchteil einer Sekunde. Sie wurde laut. »Ausgerechnet diese Familie... Diese dummen Leute.«

»Wie?«

»Ich rede wieder Unsinn. Können wir bitte aufhören? Ich möchte zurück zu meinem Sohn.«

Auf der Rückfahrt nach Bauge berichtete Nora ihm, was Helenes Bruder ausgesagt hatte.

»Er wusste nicht, wo seine Schwester an dem Abend hinwollte, und hat eigentlich nur über seine Mutter gesprochen.«

Plötzlich produzierte Ohayons Verstand eine Reihe von Bildern. Er sah eine teure Couchgarnitur, einen Couchtisch, einen Mann, der in einem Katalog blättert und dabei ein Glas Wein in der Hand hält. Entscheidend an dem Bild war das Weinglas. Ohayon wusste jetzt, was ihn gestern bei der Befragung von Madame Malinas irritiert hatte. Dann kam eine Gruppe von Gebäuden in Sicht, und etwas anderes wurde wichtiger.

»Da rechts. Fahr da rein.«

Nora verlangsamte das Tempo, und sie bogen auf einen Weg ein, der um ein großes Haus herumführte. In Ohayons Kopf lief noch immer eine Art Denkvorgang. Leider produzierte der nichts. Und so sah Ohayon nur das, was er sah. Ein dreigeschossiges Haus mit einer durchhängenden Regenrinne.

*

Sie standen wieder vor Judith Jambets Haustür, die Nachbarin war wieder da, und sie trug wieder ihren Bademantel.

»Gibt es hier jemanden, der einen Schlüssel hat?«

»Vielleicht einer von den Handwerkern.«

»Wo finden wir die?«

»Entweder in der Erdgeschosswohnung, letztes Haus links, oder bei den Garagen.«

Das hier war eindeutig nicht in Ordnung. Ein Fenster stand sperrangelweit auf, dort ragten Kupferrohrleitungen über die Brüstung. Der Regen fiel schräg durchs Fenster in die Wohnung, niemand war da.

»Hier wird offenbar renoviert«, erklärte Ohayon.

Nora sagte nichts dazu. Es war mehr als deutlich, dass renoviert wurde.

»Merkwürdig, oder? Ich meine, es regnet in die Wohnung.«

Als Ohayon seinen Kopf nach links drehte, sah er gerade noch, wie ein Mann dort seinen Kopf wegzog. Er ging hin. Rief. Niemand antwortete ihm. Ohayon ging zu den Kupferrohren, befühlte und drehte sie. »Debiens. Das war doch der Typ, dessen Transporter in der Einfahrt bei diesem Bäcker feststeckte.« Er sah durch das Fenster in den Raum. Die Tapeten hingen von den Wänden, ein Kachelofen war abgerissen worden, auf den fleckigen Dielen hatte sich bereits eine große Pfütze gebildet.

»Da«, sagte Nora und zeigte zu den Garagen rüber. »Der sieht auch nach Handwerker aus.«

Sie gingen zu den Garagen. Dort war gerade ein Mann dabei, Hölzer aufs Dach zu nageln.

»Was machen Sie da?«

»Na, das Dach fest, dass es heute Nacht nicht wegfliegt. Soll Sturm geben. Und wer sind Sie?«

»Gendarmerie Bauge. Haben Sie einen Schlüssel zur Wohnung von Madame Jambet?«

»Nein, aber ich weiß, wo sie sind. Moment.«

Er kam die Leiter vom Dach herunter, wischte sich die Hände ab und begrüßte sie mit Handschlag. »Die Jambet war in der Zeitung. Geht es um den Überfall im Park?«

»Darüber dürfen wir nicht sprechen.«

»Verstehe. Aber darf ich das denn? Ihnen den Schlüssel geben oder aufschließen? Brauchen Sie da nicht einen Durchsuchungsbeschluss?«

»Sie dürfen. Wir wollen nichts durchsuchen, sondern nur feststellen, ob Madame Jambet zu Hause ist und ob es ihr gutgeht.«

Der Mann nickte, ging zu dem offenen Fenster, griff über die Brüstung und hielt dann einen großen Ring in der Hand, an dem sehr viele Schlüssel hingen.

»Die Schlüssel zu den Wohnungen liegen da offen rum?«

»Weiß ja keiner, dass sie da sind. Debiens legt sie immer auf seine Farbeimer, dass ich sie mir holen kann, wenn ich sie brauche.«

»Farbeimer? Ich denke, er macht die Heizung.«

»Erst die und dann renoviert er. Ist ein guter Mann, was das angeht. Sehr sorgfältig.«

»Sie beide renovieren hier.«

»Nein, ich hab nichts mit Debiens zu tun, ich bin Dachdecker.«

»Warum steht das Fenster offen? Die Dielen werden sich verziehen, wenn es weiter reinregnet.«

»Ohayon, bitte, wir wollten zu Madame Jambet!«, sagte Nora. Ohayon überhörte das.

»Debiens ist bestimmt wieder mit seinem Transporter in der

Werkstatt«, erklärte der Dachdecker. »Der hat einen Knall, was das angeht. Zu viel Sorgfalt ist nicht gut.«

»Die Dielen gehen total kaputt.«

»Kann sein, dass die sowieso rausgerissen werden. Die Erdgeschosswohnungen sind alle fußkalt. Wo müssen wir hin?«

»Da, in das Haus, zweiter Stock rechts.«

»Haus zwei, das müsste hier sein.«

Sie gingen auf das Haus zu.

»Ganz schön runtergekommen das alles«, sagte Ohayon.

»Jetzt wird was gemacht.«

»Die Dachrinne. Wenn die Wand so nass ist, dann schimmelt es in den Wohnungen«, erklärte Ohayon.

Sie blieben stehen und sahen zur Dachrinne hoch. Der Dachdecker nickte. »Das ist oft so. Erst ist nur die Dachrinne kaputt, und wenn sich niemand drum kümmert, platzt im Winter der Putz ab, und es wird richtig teuer.«

»Und die Leute haben Schimmel. Manche nehmen das nicht ernst und atmen monatelang die Sporen ein.«

Nora stand neben ihnen und blickte genau vor ihre Füße. Sie konzentrierte sich auf ein paar Büschel Gras.

»Ich habe mir das mal erklären lassen«, sagte Ohayon. »Die Häuser sind so gebaut, dass der Punkt, wo der Wasserdampf aus der warmen Luft innen kondensiert, sich genau im Mauerwerk befindet. Da richtet er keinen Schaden an. Aber wenn außen eine Schicht fehlt, dann wird die Wand kalt. Das Wasser kondensiert innen und ... Schimmel.«

Der Dachdecker lachte. »Nett, dass Sie mir erklären, wie ein Haus bauphysikalisch funktioniert. Aber keine Sorge, die Dachrinne nehme ich mir gleich morgen oder übermorgen vor. Sonst noch Tipps?«

»Das Laub von den Bäumen vergammelt, das macht den Rasen kaputt.«

»Eilig scheinen Sie es ja nicht zu haben.«

»Na ja, so was ist wichtig. Was, wenn die Regenrinne jemandem auf den Kopf fällt?«

»Wir wollten in die Wohnung von Judith Jambet«, sagte Nora. Ihre Stimme war nicht mehr ganz so beherrscht.

Der Dachdecker probierte einen Schlüssel nach dem anderen, und nach einer Weile hatte er Glück. »Riecht komisch, oder?«, sagte der inzwischen überaus neugierige Mann und sah an ihnen vorbei in die Wohnung.

»Bleiben Sie bitte draußen.«

Es roch nach Farbe, und der Flur sah ordentlicher aus, als Ohayon angenommen hatte. Offenbar war hier vor kurzem gestrichen worden. Nora zog sich Gummihandschuhe an und reichte Ohayon ein zweites Paar.

»Madame Jambet! Sind Sie zu Hause?«

Der Dachdecker war ihnen in den Flur gefolgt. Ohayon schob ihn aus der Wohnung und schloss die Tür.

»Küche«, sagte Nora, die gerade eine Tür auf der linken Seite geöffnet hatte. »Sieht alles sehr ordentlich aus.«

»Guck mal im Kühlschrank nach.«

»Im Kühlschrank?«

»Ich will wissen, in was für einem Zustand die Lebensmittel sind.«

Nora öffnete den Kühlschrank. Er war fast leer. »Der Käse hier ist ziemlich eingetrocknet.«

Ohayon zeigte an die Wand über dem Fenster. »Feucht, da wird es bald schimmeln.«

»Es reicht!« Diesmal war Nora laut geworden.

Sie gingen weiter, nächste Tür.

»Badezimmer. Sie hat in ihrer Dusche Wäsche aufgehängt.« Nora zog ihren rechten Handschuh aus und befühlte die Wäsche. »Trocken.«

»Na gut, sie war also seit ein paar Tagen nicht mehr da.«

Im Schlafzimmer war auch niemand. Das Bett war ordentlich gemacht.

»Nächster Raum«, sagte Ohayon, »das ist ja dann wohl der letzte.«

Nachdem Nora die Tür zum Wohnzimmer geöffnet und sich kurz umgesehen hatte, zog sie ihre Handschuhe wieder aus. »Nichts.« Der Raum wirkte behaglich, an den Wänden hingen große, gerahmte Poster, mit Landschaften der Toskana. Eins davon kannte Ohayon, das gab es bei IKEA. Es war sehr romantisch, etwas zum Träumen. Nora war nicht der Typ, der oft an die Toskana dachte: »Auch hier wurde alles frisch gestrichen. Es wurde nur im Flur und im Wohnzimmer renoviert. Der Bodenbelag sieht auch neu aus. Sollen wir die Wohnung versiegeln und die aus Villons holen?«

»Die können nicht einfach in einer Wohnung spurentechnisch ermitteln, nur weil die Besitzerin ein paar Tage weg ist.«

»Und dass frisch gestrichen wurde?«

»Bedeutet wahrscheinlich, dass sie renoviert hat.«

»Wir unternehmen also nichts.«

»Natürlich unternehmen wir was. Wir fahren zurück nach Bauge und du findest raus, ob sie Geschwister hat, Eltern, Freunde. Irgendwer muss ja wissen, wo sie steckt.«

Als sie aus der Wohnung kamen, stand der Dachdecker immer noch da.

»Sie können abschließen. Wissen Sie zufällig, ob Madame Jambet Geschwister oder Freunde hat?«

»Nein, tut mir leid.«

»Gut, dann können Sie jetzt gehen.«

Man sah dem Mann an, dass er es nicht gerne tat, aber er ging. Ohayon klingelte an der Tür der Nachbarin.

*

Auf der Rückfahrt schwieg Nora, und Ohayon sah aus dem Seitenfenster. Es war ein Tag vollgestopft mit Wiederholungen. Und da es so viele Wiederholungen gab, kam es wieder. Der ganze Film lief noch mal ab. Sehr schnell und mit vielen Schnitten. Ohayon sah auf seine Uhr, es war kurz nach drei.

»Fahr bitte noch mal in die... Da, wo gestern das Mädchen überfahren wurde. Wie hieß denn die Straße? Irgendwas mit T, glaube ich...«

»Du meinst die Rue Jean Morel.« Sie sagte das ganz ruhig.

»Das ist die größte Straße in Bauge, oder? Die Wichtigste, die Prächtigste.«

»Ja, warum?«

»Weil ich versuche, mich zu orientieren. Ich hab Bauge am Abend vor meiner Abfahrt mit meiner Frau gegoogelt. Die Stadt war früher mal fast symmetrisch, und die Rue Jean Morel war sozusagen die Mittelachse.«

»Inzwischen ist viel gebaut worden.«

»Pensionen, ein paar Hotels...«

»Ist das wichtig?«

»Nein, überhaupt nicht, aber... wenn man an der Rue Jean Morel wohnt, dann ist das schon was, oder? Beste Wohnlage.«

»Ja. Ist das wichtig?«

»Nein. Es interessiert mich einfach. Halt bitte da vorne an.«

»Der Unfall war weiter unten.«

»Weiß ich, aber halt hier an.« Ohayon stieg aus. »Du brauchst nicht zu warten, ich gehe zu Fuß. Versuch inzwischen, was über Madame Jambet rauszufinden. Bei wem sie geputzt hat und so.«

Ohayon schlug die Tür zu, und Nora fuhr los. Er sah sich um. Das Haus der Malinas' lag drei Grundstücke weiter. Während er ging, zählte er seine Schritte und warf einen kurzen Blick auf die Klingelschilder. In den Häusern wohnte jeweils nur eine Partei. Er berechnete die ungefähren Grundstücksgrößen und fragte sich, was der Quadratmeter hier wohl kostete. Als er an der Gartenpforte klingeln wollte, fiel ihm ein paar Meter weiter ein großes Tor auf. Hier führte eine breite Auffahrt aufs Grundstück. Damit sie nicht zu steil war, hatte man die Böschung abgegraben. Offenbar gehörte Monsieur Malinas zu den Leuten, die ihr Auto so sehr lieben, dass sie ihre Garage hinten im Garten haben.

»Madame Malinas, entschuldigen Sie, wenn ich noch mal…«
»Kommen Sie rein, es ist windig.«
»Danke. Ist Ihr Mann zu Hause?«
»Der arbeitet immer bis sechs, aber ich kann Ihnen gerne die Adresse geben.«
»Nicht nötig, ich wollte mit Ihnen sprechen.«
»Sie sind viel zu dünn angezogen.«
»Ja, ich muss mir unbedingt was besorgen. Ich dachte an einen Daunenblouson.«
»Wäre eine Daunenjacke nicht besser?«

Ohayon nahm sich vor, sie ein bisschen hinzuhalten. Ihr Mann war Jurist, Ohayon wusste nicht, wie sie auf eine direkte Anschuldigung reagieren würde. Vielleicht würde sie nach einer Weile von allein draufkommen, das war sowieso immer besser.

»4000 Quadratmeter?«
»Wie?«
»Ihr Grundstück. Ist natürlich nur eine Schätzung.«
»Ach so, ja, fast 3800.«
»Dann lag ich also ganz gut.«
»Ja, das war ziemlich nah dran.«

Ohayon sah sich um, nickte anerkennend mit dem Kopf. Zeit verging, er wollte das so.

»Haben Sie Kinder?«
»Einen Jungen. Er studiert in Paris.«

Der Sohn war Ohayon egal. Es ging um sie.

»In Paris. Und was studiert er?«

»Jura. Er wird mal die Kanzlei meines Mannes übernehmen.«

»Stimmt, Ihr Mann ist Anwalt.«

»Notar.«

»Ist er auf etwas spezialisiert?«

»Grundstücke. Und Schiffe. Vor allem Segel- und Motorjachten. Es gibt in der Bucht hinter Colline eine Werft. Da werden Jachten gebaut, restauriert und natürlich verkauft.«

»Verstehe. Grundstücke, Jachten, teure Sachen. Da muss ja immer etwas beglaubigt und festgehalten werden. Sicher ein hochinteressanter Beruf.«

»Weshalb sind Sie denn hier?«

Ohayon sah sich noch mal im Raum um und wiederholte das mit dem Nicken. »So viele Bilder…«

»Mein Mann, es ist eher mein Mann.«

»Er sammelt?«

»Er hat eine kleine Kunstsammlung.«

»Wenn Sie ›klein‹ sagen, dann meinen Sie möglicherweise eine große.« Er lächelte, sie bemühte sich, das Lächeln zu erwidern.

»Eine Sammlung. Ankauf. Verkauf. Das ist eine spannende Sache. Man lernt bestimmt viele interessante Leute dabei kennen. Einflussreiche Leute.«

»Warum sind Sie hier?«

»Nun, ich bin hier, weil… Manchmal fällt Zeugen später noch was ein. Dass sie jemanden gesehen haben, zum Beispiel. Wenn wir eine Zeugin unmittelbar nach so einem schlimmen Ereignis wie dem gestern Abend befragen, dann… fällt ihr eben nicht immer gleich alles ein.«

»Wie geht es dem Mädchen?«

»Sie ist meines Wissens noch nicht bei Bewusstsein«, log Ohayon. Obwohl es nicht wirklich gelogen war, denn er hatte ja ›meines Wissens‹ eingefügt. Das war wichtig. Falls er zum

Staatsanwalt gehen und sie wegen wissentlicher Falschaussage anzeigen musste.

»Sie trinken doch Alkohol, nicht wahr?«

»Ja, schon. Aber nur so wie die meisten. Ein Glas pro Tag. Auch mal zwei, wenn wir ausgehen. Warum fragen Sie?«

»Weil Sie gestern Nacht etwas Erschütterndes erlebt haben. Aber da haben Sie nichts getrunken. Erst als ich Ihren Mann bat, Ihnen ein Glas Wein zu bringen, erst da. Und zwar gierig.«

»Ich hatte gerade etwas Schreckliches erlebt!«

»Genau. Sie brauchten zwei Gläser zur Beruhigung. Weil Sie vorher einfach nicht dazu kamen. Obwohl sogar eine Flasche Wein auf dem Tisch stand.«

»Was soll das? Hören Sie auf.«

»Sie kamen nicht dazu, weil Ihr Mann mit Ihnen gesprochen hat. Sehr intensiv gesprochen, denn sonst hätten Sie sich ja zwischendurch ein Glas geholt, oder?«

»Das ist doch Unsinn! Sie reimen sich da eine Geschichte zusammen von Wein und Gläsern...«

Jetzt war er sicher. Vorher war es nur eine Vermutung gewesen.

»Madame Malinas. Sie haben sich gestern sehr mutig verhalten. Hätten Sie das nicht, dann würde ich mir nicht so viel Zeit nehmen. Worüber hat Ihr Mann mit Ihnen gesprochen?«

»Das kann ich nicht sagen.«

»Er hat also mit Ihnen gesprochen.«

Sie antwortete nicht.

»Sie kamen rein, Sie haben ihm erzählt, was draußen passiert ist, was Sie gesehen haben... Machen Sie es mir doch nicht so schwer. Ich bin jetzt seit fast zehn Minuten hier, ich habe Ihnen keinen Vorwurf gemacht, warum werden Sie rot?«

»Es ist Ihre ganze Art.«

»Ich kann Ihnen ein Angebot machen. Wenn Sie jetzt Ihre Aussage ergänzen oder korrigieren, verspreche ich, dass ich das diskret handhabe. Mir geht es nur darum, diesen Fahrer zu finden.«

Sie zögerte noch mal, aber nur kurz. »Es war alles so, wie ich gesagt habe. Ich sah einen Wagen, der unten abbog. Und der hat sie auch überfahren, da bin ich mir ganz sicher.«

»Was ist dann passiert?«

»Es war nur ... Nachdem ich schon eine Weile bei ihr war, kam ein Wagen die Straße hoch und fuhr sehr schnell an uns vorbei. Also an mir und an dem Mädchen. Ich war gerade dabei, den Krankenwagen zu rufen.«

»Was für ein Wagen war das?«

»Ein alter Ford Mustang.«

»Farbe?«

»Rot.«

»Und das haben Sie Ihrem Mann gesagt.«

Sie nickte.

»Das heißt, Sie und Ihr Mann wissen, wem das Auto gehört.«

Sie ging ein paar Schritte und schrieb etwas auf einen Block, der neben der Ladestation ihres Telefons lag. Dann reichte sie Ohayon den Zettel. Ohayon las und war überrascht.

»Das ist der Fahrer?«

»Er wohnt noch bei seinen Eltern. Und er hat bestimmt nichts damit zu tun.«

»Tut Ihr Mann Ihnen Gewalt an? Schlägt er Sie? Verlangt er Dinge von Ihnen, die Sie nicht tun wollen?«

»Nein. Da haben Sie einen ganz falschen Eindruck. Mein Mann ist Jurist, er würde niemals jemanden schlagen.«

»Sehen Sie? So kann man sich irren. Bringen Sie mich noch raus?«

»Natürlich.«

Nachdem Ohayon gegangen war, ärgerte er sich, dass er Nora nicht gebeten hatte zu warten. Er fror, der Wind war richtig schlimm. Und irgendwann ist es dann ja auch mal gut mit der Sparsamkeit. Ohayon ging also in die Stadt, um sich endlich eine warme Jacke zu kaufen. Sein Jackett sah einfach unmöglich aus. Leider war die Auswahl vor allem, was die Farbe anging, begrenzt. Dafür war der Blouson – und ein Blouson hatte ihm ja ohnehin vorgeschwebt – unerwartet preiswert und das, obwohl das Material und die Zirkulationstechnik sich neuesten Erkenntnissen verdankten.

»Sehen Sie«, sagte der Verkäufer, »normalerweise werden in die Dinger Synthetikfasern reingestopft oder Federn. Die Federn verklumpen früher oder später und dann haben Sie gar nichts mehr davon. Dieser Blouson ist ebenfalls mit gutem Isolationsmaterial gefüllt, aber, und das ist das Besondere, er füllt sich, während Sie sich bewegen, mit Luft. Wenn Sie ihn in den Schrank hängen, entweicht die Luft wieder, und er nimmt wenig Platz weg. Er ist sehr leicht. Hier.«

Gott, war das ein Unterschied. Schön warm, viele Taschen. Der einzige Nachteil waren die Geräusche, das helle Rascheln. Ohayon stieg in ein Taxi und fuhr nach Colline. Es war derselbe Fahrer, der ihn neulich zur Tankstelle gebracht hatte, und er war wieder sehr neugierig.

»Warten Sie bitte.«

Ohayon ging zum Haus und klingelte. Er fühlte sich warm und sicher.

»Guten Abend, Madame...«

»Nein. Ich unterschreibe grundsätzlich nichts an der Haustür, und ich kaufe auch nichts.«

Ohayon zeigte ihr seinen Ausweis.

»Von der Polizei? Haben Sie meine Tochter gefunden? Ihr ist doch nichts passiert, oder?«

»Ich möchte mit Ihrem Sohn sprechen.«

»Daniel? Was ist mit ihm?«

»Fährt Daniel einen roten Ford Mustang?«

»Hatte er einen Unfall?«
»Wo steht der Wagen? In der Garage?«
»Daniel ist bei seiner Freundin.«
»Wie heißt die?«
»Claire.«
»Dann bräuchte ich die Adresse.«
»Was ist denn los?«
»Nur eine Überprüfung des Wagens. Geben Sie mir bitte die Adresse. Es wäre das Beste, Sie schreiben sie auf.«

*

Claires Vater, Jean Bredin, war Ende fünfzig und ein Koloss. Man sah ihm an, dass er sein Leben lang körperlich gearbeitet hatte. Offenbar war ihm das gut bekommen, denn er wirkte souverän, beinahe heiter. Und er hatte es zu Geld gebracht. Das war gut, denn in einen Anzug von der Stange hätte er kaum reingepasst.

»Von der Polizei?«

Da Jean Bredin Schiffe baute, konnte er nicht anders, als an ein Schlauchboot zu denken, als er den kleinen Mann vor sich stehen sah. Der rote Blouson wirkte zwar sonderbar aufgebläht, aber irgendwie auch mutig und modern. Der Mann, der da vor ihm stand, war garantiert kein Durchschnittsbulle. Aber er hatte ja in der Zeitung gelesen, dass ein Neuer kommen würde. Offenbar hatten sie einen Spezialisten angefordert.

»Ich suche den Freund Ihrer Tochter.«

»Daniel und Claire sind nach Bauge gefahren. Zigaretten holen. Sie sind bald zurück.«

»Ganz sicher?«

»Absolut sicher, das Essen steht in einer halben Stunde auf dem Tisch. Wenn Sie so lange warten wollen, Sie können gerne reinkommen.«

Ohayon überlegte, ob es besser wäre, Florence anzurufen, um eine Fahndung nach dem Wagen auszulösen. Er entschied, dass es schneller ginge, wenn er warten würde.

»Höchstens eine halbe Stunde?«

»Claire weiß, dass pünktlich gegessen wird. Soll ich Sie ein bisschen rumführen? Waren Sie schon mal auf einer Werft?«

»Rumführen? Ja, warum eigentlich nicht.«

Jean Bredin führte Ohayon zu der Halle, in der die Schiffe gebaut und repariert wurden. Das Gebäude bestand aus blau lackiertem Trapezblech, das Gelände, auf dem es stand, war zum Wasser hin leicht abschüssig, um den Sockel herum zog sich ein zwei Meter breiter Streifen aus weißem Kies. Der Kies faszinierte Ohayon.

»Wir mussten im Frühjahr die Drainage erneuern«, erklärte Bredin, »die Strömung vor der Küste hat sich verändert und der Grundwasserspiegel ist gestiegen. Uns wird zwar immer versichert, das hätte nichts mit dem Kraftwerk zu tun, aber… 40 000 Euro! Na, wen interessiert das?«

Abgesehen davon, dass sie sehr hoch war, sah die Halle nicht anders aus als jede x-beliebige Industriehalle. Interessanter wurde es am unteren Ende. Dort gab es ein Tor, das bis zum Dach reichte. Und von diesem Tor aus führten Schienen runter zum Wasser. Jean Bredin erklärte Ohayon, wie die Schiffe mit einem komplizierten Seilzugsystem hochgezogen wurden, ein riskanter Vorgang.

»Gehen wir rein?«

»Gerne.«

Als sie die Halle betraten, musste Ohayon die Augen zusammenkneifen, so hell war es. Alles hier drin wirkte extrem sauber und rational. Und auch bunter, als Ohayon gedacht hätte.

Ohayon hatte sich Werften archaischer und vor allem rostiger und öliger vorgestellt, aber er hatte ja auch noch nie eine von innen gesehen. Da alles so sauber und ordentlich war, wirkte der aufgeständerte Kutter mit seinem teilweise bearbeiteten Eisenrumpf wie ein großes, verwundetes Tier.

»Fast alle Boote hier haben Rümpfe aus Eisen. Gut für uns, da haben wir im Winter zu tun.«

»Verstehe.«

Als sie die Halle verließen, hörte Ohayon ein Geräusch.

»Da arbeitet noch jemand.«

»Aber keiner von der Werft. Das ist unser Künstler.«

»Der die Skulptur baut?«

»Mit seinen eigenen Händen, das kann man bei John wirklich sagen. Na, kommen Sie, das ist sehr beeindruckend.«

Sie gingen auf ein Gebäude zu, das niedriger und älter war.

»Hier habe ich angefangen. '82 war das. Ist inzwischen zu klein und nicht mehr rentabel. Die Wärmedämmung hat bei Industriehallen früher keine Rolle gespielt. Inzwischen haben sich die Auflagen verschärft. Der Arbeitsschutz spielt eine große Rolle. Natürlich nicht für die Chinesen. Die haben da draußen ständig Unfälle.«

Sie betraten die Halle. Bredin griff in eine Kiste und holte zwei Helme raus.

»Setzen Sie den bitte auf. Und geben Sie Acht, dass Sie nicht über irgendwas stolpern oder ausrutschen. Die Beleuchtung ist nicht mehr in Betrieb.«

Ohayon konnte tatsächlich nicht viel erkennen. Erst weiter hinten gab es eine Insel aus Licht. Dort stand ein Mann, der mit einem großen Hammer auf etwas einschlug, das eindeutig aus Metall war.

»John. John!«

Der Mann hörte auf zu arbeiten und sah sich um, als wäre er bei etwas ertappt worden.

»Ich hoffe, wir stören nicht, aber der Herr hier ist von der Polizei. Er wollte mal sehen, wie so was entsteht. Ein Engel.«

»Kein Problem.« John Duffet sprach nicht laut, er schrie.

»Ich hab dir schon hundertmal gesagt, dass du Ohrschützer tragen sollst. Du wirst taub, wenn du so arbeitest.«

»Ich wollte nur noch eine kleine Korrektur an der Feder machen.«

Es war keine Feder, es war ein riesiges Ding aus Eisen.

»Hauen Sie die Flügel aus einem Klumpen raus?«

»Nein, ich fange mit einem Arm an.«

»Mit einem Arm!«

»Kommen Sie.« John Duffet führte Ohayon durch die Halle und leuchtete etwas am Boden mit der Taschenlampe an. Da der Strahl immer nur einen Ausschnitt des Objekts erfasste, dauerte es eine Weile, bis Ohayon begriff, was da lag. Ein auf vier Meter vergrößerter, stark angewinkelter menschlicher Arm. Nur war er natürlich aus Eisen.

»Und daraus machen Sie den Flügel?«

»Es soll ja ein Engelsflügel werden und keiner von einem Vogel. Also nehme ich einen wie von einem Menschen. Der ist anatomisch vollkommen korrekt.«

»Woher wissen Sie das?«

»Weil ich Studien benutze. Skizzen.«

»Von echten Armen.«

»Genau. Der Rohling kommt zuerst auf die Presse da hinten, weil... Das würde ich mit dem Hammer nicht schaffen. Dann unter die Stanze, da schneide ich alles weg, was zu viel ist. Meistens sind sie hier oben zu lang.« Er deutete einen Schnitt auf Höhe seiner Schulter an.

»Was zu viel ist, muss weg.«

»Genau.«

»Aber Ihr Arm, der ist falschrum gebogen, oder? Ich meine, so könnte niemand seinen Arm halten, da würde das Gelenk brechen.«

»Sie haben ein gutes Auge.«

»Er ist von der Polizei, denen fällt so was auf«, sagte Bredin zufrieden.

»Es soll ja auch ein Engel werden«, erklärte Duffet, »und kein Mensch. Die Proportionen sind wichtig. Vielleicht nur für mich, aber wenn ich nicht dran glaube…«

»Es geht Ihnen um das Echte.«

»Siehst du, Jean, er versteht das sofort.«

»Denk du lieber an deine Ohrschützer.«

»Einen großen Teil der Arbeit machen Maschinen. Die Federn schmiede ich einzeln und befestige sie dann mit Nieten. Solchen, wie sie früher beim Schiffsbau verwendet wurden.«

»Na, da sind Sie ja in einer Werft genau richtig. Haben Sie denn selbst auch ein Boot?«

»Zu dieser Jahreszeit ist es natürlich nicht mehr im Wasser. Aber Sie haben Recht, hier passt alles. Die ganze Idee mit den Engeln ist überhaupt nur entstanden, weil ich zufällig diese Halle entdeckt habe. Das ist schon eine Ewigkeit her.«

»Was ist für Sie eine Ewigkeit?«

Duffet sah Jean Bredin an. »Seit wann kennen wir uns?«

»Ich weiß nicht, so zwei, drei Jahre werden das schon sein.«

»Da sehen Sie mal, wie lange manche Projekte dauern. Also im Kopf.«

»Leben Sie in Frankreich?«

»Ich bin Engländer und lebe in London. Meine Eltern sind Franzosen.«

»Ah, deshalb hört man nichts. Ich meine, Sie haben gar keinen Akzent.«

»Ich mache jetzt weiter, wenn's recht ist.«

»Danke für die schönen Erklärungen.«

»Denk an deine Ohren und setz das Ding auf.«

»Was?«

»Du sollst deine Ohrschützer tragen!«

John Duffet nickte und ging dann zurück zu seiner Feder.
»Wir müssen los, das Essen steht gleich auf dem Tisch.«

Als sie zum Haus kamen, blieb Ohayon wie angewurzelt stehen, denn er wusste alles darüber. Wenn auch nur aus Büchern. Vor dem Haus parkte ein wunderschöner knallroter Ford Mustang. Wahrscheinlich frühe siebziger Jahre, dachte er. Der Regen trommelte aufs Blech, was den Wagen noch kraftvoller erscheinen ließ, als er ohnehin war. Ohayon gab sich einen Ruck, kniete sich vor dem Traumauto in den Dreck und untersuchte die Front. Er nahm sich Zeit und entschied dann, dass der Wagen abgeholt werden musste.

»Gefällt Ihnen mein Auto?«

Daniel war ein gut aussehender Junge, fand Ohayon. Das war gerecht, denn als er auf ihn zukam, bemerkte er, dass er ein Krüppel war.

»Das hab ich seit meiner Geburt.«

»Entschuldige…«

»Macht nichts, dass Sie auf mein Bein glotzen, das tun alle. Das Auto ist umgebaut, ich fahre nicht schlechter als andere.«

»Wo warst du gestern Abend?«

»Rumgefahren. Ich war auch da, wo Helene überfahren wurde, ich hätte anhalten sollen. Ich weiß nicht, warum ich das nicht gemacht habe.«

»Wo bist du so überall rumgefahren?«

»Ich war oben in Roche, hab mich da auf die Felsen gestellt.«

»Was getrunken?«

»Nur geraucht. Zigaretten.«

»Und warum hast du dich auf die Felsen gestellt?«

»Weil man von da aus weit sehen kann. Ich mag die Stelle. Bevor sie die beschissenen Hotels gebaut haben, soll es da noch besser gewesen sein, sagt Claires Vater.«

»Und irgendwann bist du dann losgefahren.«

»Es war schon nach zehn, und meine Mutter macht sich in letzter Zeit immer Sorgen. Weil Delphine weg ist und weil da vielleicht ein Mörder im Park ist. Ich hatte sowieso nichts Bestimmtes mehr vor. Ich fuhr also die Straße runter, die von Roche zum Hafen führt.«

»Wie heißt die?«

»Rue Girardin, der Name hat was mit dem Park zu tun, mit dem, der ihn entworfen hat.«

»Weiter.«

»Als ich auf die Höhe kam, wo der Stadtpark anfängt, sah ich Helene. Sie radelte mit ihrem Fahrrad die Straße runter.«

»Fuhr sie schnell?«

»Geht so.«

»Du kennst Helene?«

»Wir sind befreundet. Deshalb fand ich es auch nicht gut, dass sie nachts da am Stadtpark vorbeiradelt. Andererseits fuhr sie bergab und ich konnte mir nicht vorstellen, dass jemand aus dem Park rauskommt und mit einem Hammer hinter ihr herläuft. Aber dann ist sie plötzlich nach links abgebogen und in den Park rein. Ich dachte: Spinnt die? Weil, ich fand das total leichtsinnig. Aber Helene ist manchmal in Gedanken. Sie driftet dann echt ab. Ich bin weitergefahren. Als ich schon fast zu Hause war, hab ich Helene angerufen, aber sie ist nicht rangegangen. Also bin ich wieder los. Als ich die Rue Jean Morel hochfuhr, stand eine Frau auf der Fahrbahn. Und Helenes Fahrrad lag da. Ich habe mich total erschrocken, weil ich die Geschichte mit dem Hammermörder bis dahin überhaupt nicht so richtig ernst genommen hatte. Ich weiß nicht, was mit mir los war und warum ich nicht angehalten habe. Vielleicht weil ich dachte, dass ich schuld bin.«

»Warum bist du schuld?«

»Weil wir uns gestritten hatten. Helene kann nicht besonders gut damit umgehen, wenn jemand ihr die Meinung sagt.«

»Worum ging der Streit?«

»Darum, dass ihr Bruder aufhören soll, schlecht über meinen Vater zu reden.«

»Was redet er denn?«

»Der Dad von Paul und Helene ist vor zwei Jahren mit seinem Auto mit voller Geschwindigkeit gegen einen Brückenpfeiler gefahren. Und Paul tut immer so, als wäre das die Schuld meines Vaters. Also die Depression, nicht der Unfall. Weil mein Vater ihn entlassen hat. Das erzählt Paul jedem, und die Leute denken dann schlecht über uns. Bauge ist eine kleine Stadt, und ich hatte keine Lust, dass mich jeder so ansieht, als wäre ich der Sohn von einem… Es reicht schon, wenn sie mich wegen meinem Bein anglotzen. Aber was ich zu Helene gesagt habe, war ungerecht, weil, dieser Schwachsinn kommt ja nicht von ihr, sondern von ihrem Bruder, der ist ein totaler Psycho, der in seine Mutter verknallt ist. Wissen Sie denn, wie es ihr geht?«

»Wir werden dein Auto nach Villons bringen. Die müssen das untersuchen.«

»Warum?«

»Weil du so schnell an der Unfallstelle vorbeigefahren bist, und weil vorne am Wagen ein paar Sachen nicht so sind, wie sie sein sollten.«

»Da bin ich vor einem Jahr gegen einen Stein gefahren, das ist alt.«

»Also, Daniel: Den Wagen lässt du da bitte stehen. Nicht mehr fahren, nicht waschen oder so. Das würden die von der Spurensicherung sofort rausfinden.«

»Okay.«

Als Ohayon gerade gehen wollte, kam ein Mädchen aus der Tür und sagte, dass das Essen auf dem Tisch stünde. »Du weißt, dass meine Mutter…«

»Ja, ist gut, Claire, ich komme gleich.«

Als er ihren Namen hörte, fiel Ohayon ein, was Helenes

Mutter ihm im Krankenhaus gesagt hatte. »Gehst du bitte rein, Daniel. Ich möchte mich kurz mit deiner Freundin unterhalten. Dürfen wir uns in dein Auto setzen? Es regnet.«

»Klar.«

»Sag ihren Eltern, dass sie gleich kommt.«

»Mach ich.«

Er stand im Regen, sie auch. Sie war groß für ihr Alter, fand er.

»Du bist Claire Bredin?«

»Ja?«

»Komm, wir setzen uns in den Wagen.«

Ohayon stieg auf der Fahrerseite ein, Claire setzte sich neben ihn. Für Außenstehende hätte es glatt so aussehen können, als würden sie eine Spritztour machen. Ohayon merkte, wie sich sein Körper auflud. Er war aufgeregt, spürte, wie sich sein Blut in den Adern bewegte. Dass er tatsächlich in einem Ford Mustang saß, einem aus der Zeit, als Autos noch real waren... Er riss sich zusammen und sah sie an. Ihre Haare waren ein bisschen nass, und alles an ihr war wie bei einer erwachsenen Frau. Außer natürlich der Haut und... Was war eigentlich der Unterschied zwischen einer, die siebzehn ist, und einer Erwachsenen? Doch nur die Haut. Oder? Er fragte sich, ob sie Rouge aufgelegt hatte. Oder sah Haut in dem Alter einfach so aus? Er konnte sich nicht daran erinnern, schon mal einer, die siebzehn war, so nahe gewesen zu sein.

»Wo fahren wir hin?«, fragte er. Sie lächelte. Sie trug einen engen, weißen Pullover aus Angorawolle, ein schmales Kettchen um den Hals und drei dünne Lederbänder am Handgelenk. Ihre Augen bewegten sich sehr schnell hin und her. Nur um winzige Millimeter. Sie musterte ihn.

»Man hat mir erzählt, dass Helene gestern Abend bei dir war.«

»Die war aber nicht bei mir.« Sie lächelte, sie behandelte seine Frage wie nichts.

»Wo könnte sie gewesen sein?«

»Vielleicht bei Eva. Das Auto gefällt Ihnen, nicht wahr?«

»Hast du gleich gemerkt, ja?«

Diesmal war es ein offenes Lachen, wenn auch ein stummes, sie bog den Kopf ein bisschen nach hinten dabei. »Weil Sie sich unbedingt hier drin mit mir unterhalten wollten, wir hätten auch reingehen können. Ist irgendwie was Besonderes für Sie, dass wir hier sitzen, oder? Als wären wir unterwegs.«

Er hob seine Hände. Zögerte. Warum? Sie hatte es doch schon ausgesprochen, sie hatte sicher nichts dagegen. Trotzdem traute er sich zuerst nicht. Aber dann war die Lust doch stärker als die Vernunft. Er fasste das Lenkrad mit beiden Händen an und hielt es sehr fest. Es war dünner als bei den heutigen Autos, es fühlte sich kühl an.

»Dürfen Sie das?«, fragte sie. »Sie haben das Lenkrad mit Ihren Händen angefasst. Ich meine, wenn die Spurensicherung das untersucht...«

»Du hast Recht.«

Er sah sie wieder an. Ihr Pullover wirkte unglaublich weich, die Angorawolle sah aus wie weißer Flaum. Ein sonderbarer Kontrast zu dem alten Parka, den sie darüber trug.

»Den Wagen hat Daniel von seinen Eltern bekommen. Zu seinem achtzehnten Geburtstag.«

Er hielt das Lenkrad noch immer, er sah vorne durch die Scheibe. Regen. Weiter hinten die blaue Halle, die jetzt grau war. »Hatte Helene in letzter Zeit mit irgendwem Streit?«

Sie überlegte eine Weile und schüttelte dann den Kopf. »Warum fragen Sie das?«

»Du kennst die Rue Jean Morel? Die liegt ein paar Meter tiefer als der Park. Das heißt links und rechts...«

»Ich weiß, wie es da aussieht.«

Jetzt erst sah er sie richtig an. Eine schnelle Bewegung. Sie wich nicht zurück. »Die Stelle kennt man, wenn man in Bauge lebt. Oder? Man würde da nicht aus Versehen die Böschung runterfahren.«

»Glauben Sie, Helene hat das absichtlich gemacht?«

Auf den Gedanken war er noch gar nicht gekommen. »Hätte sie denn einen Grund gehabt, so was zu tun?«

»Helene bestimmt nicht.«

»Wie ist sie so?«

»Ganz normal. Sie war immer die Lustige bei uns in der Schule.«

»Sie war?«

»Wir haben im Sommer Abitur gemacht. Warum fragen Sie so komisch?«

»Sie wird im Krankenhaus behandelt.«

»Dann fragen Sie sie doch, was passiert ist.«

»Sie kann noch nicht sprechen, sie schläft.«

»Sie meinen, sie liegt im Koma.«

»Ob man da träumt?«

»Sie reden so komisch. Ich bin siebzehn.«

»Wieso?«

»Weil Sie reden, als ob ich acht wäre. Sehe ich aus wie acht?«

»Helene war also die Lustige in der Klasse.«

Sie wurde plötzlich ein bisschen anders, sprach schneller, direkter. »Ich fand das toll, dass sie so ist, weil... Die lebt in einem echten Horrorhaus. Überall gibt es Bilder von ihrem toten Vater, und man muss immer so reden und rumlaufen, als wäre das Leben verboten. Ich glaube aber nicht, dass sie deshalb versucht hätte, Selbstmord zu machen. So ein Typ ist sie nicht. Sie können mal mit Delphines Vater reden, ich glaube, der weiß am besten über sie Bescheid.«

»Du sprichst jetzt von Daniels Vater.«

»Ja, der von Daniel und Delphine.«

»Warum weiß der über sie Bescheid?«

»Ich glaube, er und Helene waren befreundet. Also nicht

richtig befreundet, er ist ja schon fünfzig oder so. Aber sie mochte ihn.«

»Weißt du, wo Delphine ist?«

»In London, auf einem Festival.«

»Ah ja?«, sagte er und grinste sie dabei so breit an, dass sie lachen musste.

»Das hat sie jedenfalls ihren Eltern gesagt, aber das stimmt nicht, Delphine sucht einen Job.«

»Sie will hier weg? Warum?«

»Weil sie siebzehn ist?«, fragte sie frech zurück und veränderte dabei ganz leicht ihre Augenbrauen.

Ohayon nickte und ließ das Lenkrad los. »Ich glaube, du musst jetzt rein. Das Essen steht bestimmt schon auf dem Tisch und dein Vater scheint Wert darauf zu legen…«

Claire unterbrach ihn. »Meine Mutter. Es macht Spaß, mit Ihnen zu reden. Sie haben ein tolles Gesicht. Obwohl Sie merkwürdig sind.«

»Warum?«

»Weil Sie, glaube ich, wenn Ihnen was wichtig ist, immer gleichzeitig an was anderes denken. Ist das so?«

»Ja.«

»Das mache ich auch manchmal. Wissen Sie, wie Sie dann aussehen?«

»Wie ein Fragezeichen?«

»Nein, aber unglaublich naiv.«

Sie stieg aus. Er sah ihr nach, wie sie ins Haus ging. Ihr Gang? Nicht weiblich. Eher im Gegenteil. Schlurfend. Als er sah, wie sie ging, meinte Ohayon einen kurzen Moment lang zu wissen, wie es war, ein siebzehnjähriges Mädchen zu sein. Er blieb noch im Wagen sitzen. Der Regen prasselte aufs Blech. Er war in einer anderen Welt.

*

Auch die Haare von Florence waren nass.

»Und?«

»Bin gerade gekommen. Wir haben vierzig Anzeigen reingekriegt. Zwanzig hab ich schon überprüft. Zwei Wagen werden die aus Villons sich morgen ansehen.«

»Du siehst müde aus.«

»Hm.«

Christine Clery kam und legte Florence einen Zettel auf den Schreibtisch.

»Was ist das?«

»Während du unterwegs warst, haben noch einige Leute angerufen, die einen roten Wagen gesehen haben. Ich habe dir die Telefonnummern und Adressen aufgeschrieben.«

»Wie viele?«

»Zweiundzwanzig. Einer war betrunken, ich glaube, der wollte sich nur einen Spaß machen. Das ist der da. Da habe ich dir ein Fragezeichen an den Rand gemacht. Und einer hat mitten im Gespräch aufgelegt, da habe ich natürlich keine Adresse.«

»Einer hat aufgelegt, so ein Glück.«

»Ich habe auch noch einen«, sagte Ohayon, »einen Wagen, der kurz nach dem Unfall mit hoher Geschwindigkeit die Rue Jean Morel hochgefahren ist.«

»Wer sagt das?«

»Madame Malinas. Sie war gestern sehr aufgeregt, offenbar war es ihr entfallen.«

»Entfallen.«

»So stellte sich das für mich dar. Es geht um einen roten Ford Mustang. Ich habe eben mit dem Fahrer gesprochen. Ein bisschen komisch das Ganze, das ist nämlich der Bruder von dem Mädchen, das verschwunden ist. Er heißt Daniel.«

»Der Bruder von Delphine hat Helene überfahren? Das ist ein komischer Zufall, oder?«

»Wir wissen noch nicht, ob er sie überfahren hat. Bis jetzt habe ich nur die Aussage, dass er mit großer Geschwindigkeit an der Unfallstelle vorbeigebraust ist. Und er fährt einen roten Sportwagen.«

»Dann sollten die aus Villons wohl mit dem anfangen.«

»Sag denen Bescheid, dass ich im Wagen gesessen und das Lenkrad berührt habe.«

»Du warst im Wagen? Warum?«

»Ich wollte was überprüfen. Ich denke, Florence, du kannst für heute Schluss machen.«

Als Nächstes ging Ohayon zu Rousseau. »Bevor wir über die Jambet sprechen ... Hattest du das mit dem englischen Handy überprüft, von dem aus Delphine angerufen hat?«

»Ja, hab ich. Das Handy wurde gestohlen, der Besitzer hat den Vertrag gekündigt. Soll ich dranbleiben? Ich könnte in England anrufen, dass die den ermitteln.«

»Was war mit diesem verdächtigen Chinesen, der Werkzeuge in seinen Transporter geladen hat?«

»Der Mann hat keine Werkzeuge eingeladen, sondern Paletten mit Glutamat und Gewürzen. Das Ganze fand auf dem Hof einer Spedition statt. Aber was die Aussage von Madame Jambet angeht ...«

»Sofort, ich brauche erst mal einen Kaffee. Nora sollte auch dabei sein. Was sagst du eigentlich zu meinem Blouson?«

»Schick. Wo hast du den geholt?«

»In dem Minikaufhaus in der Fußgängerzone, die haben echt gute Preise.«

»Nicht, dass der am Ende aus China kommt.«

Ohayon zuckte mit den Schultern. Er freute sich, dass Rousseau inzwischen so lebhaft war. Offenbar besaß er sogar einen gewissen Sinn für Humor. Mit Conrey war er ja in fünfzehn Jahren nicht warm geworden, was das anging. Er holte sich bei Christine Clery einen Kaffee, sprach kurz mit ihr. Danach ging er zurück zu Rousseau. »Nora, kommst du bitte dazu, es geht noch mal um die Jambet.«

»Du verstehst dich inzwischen ganz gut mit Madame Clery«, sagte Rousseau, »was hattet ihr denn da wieder zu bequatschen?«

»Morgen ist 1. Advent, und wir haben hier nichts. Ich musste ihr das erst mal alles erklären, aber ... sie besorgt uns jetzt ein schönes Gesteck.«

»Sie besorgt was?«

Nora kam zu ihnen an den Tisch.

»Ein Adventsgesteck. Das ist so ein Brauch von den Deutschen. Man macht einen Kranz oder ein Gesteck aus Tannenzweigen, und da sind vier Kerzen drauf, und jede Woche im Dezember wird dann eine Kerze mehr angesteckt...«

Nora räusperte sich.

»... also erst eine, dann zwei, und wenn alle vier Kerzen brennen, dann ist es so weit, dann ist Weihnachten.«

»Jedenfalls bei den Deutschen«, sagte Rousseau. »Aber stimmt, du kommst ja da irgendwo von der Grenze.«

Nora räusperte sich erneut. Diesmal etwas kräftiger.

»Meine Mutter«, erklärte Ohayon weiter, »hat im Dezember immer so ein Gesteck hingestellt. Mit Nüssen, kleinen Pilzen, Glöckchen, einer Höhle oder einem Häuschen, vor dem jemand steht. Ich mag diese Landschaften, den Geruch der Tannenzweige und die Kerzen... Licht ist doch das Wichtigste im Winter. Und so wie man's früher hatte, will man's später eben auch haben. Das hat was mit Heimat zu tun. Sagt dir das was? Heimat.«

Nora rieb sich hart mit der Hand übers Gesicht.

»Komm, setz dich, Nora. Brauchst du einen Kaffee? Die Clery hat gerade frischen gemacht.«

»Nein, keinen Kaffee, ich würde einfach nur gerne anfangen.«

»Na, dann leg los, Rousseau!«

»Also: Der Wirt hat mir bestätigt, dass Madame Jambet an dem Abend dort war. Sie soll getrunken haben.«

»Viel?«

»Der Wirt meint, sie hätte zwei Bier gehabt. Um kurz vor Mitternacht ist sie los. Streit hatte sie mit niemandem. Hat mit einem Mann am Tisch gesessen und geredet. Ich hab auch gleich gefragt, ob das ein aufgeregtes Gespräch war oder so. Der Wirt sagt nein. Ich dachte, ich frag das, weil du bestimmt wissen willst...«

»Sehr gut, ist der Mann mit ihr zusammen gegangen?«

»Nein, erst eine Stunde später, so gegen eins. Sie hatte mir damals gesagt, sie hätte den Park durchquert, um zur Bushaltestelle zu gehen. Klingt logisch, denn sonst hätte sie ganz um den Park rum gemusst, und das hätte wenigstens eine halbe Stunde gedauert.«

»Wann fährt der letzte Bus?«

»Ja, das ist komisch, der letzte Bus fährt nämlich schon um 23 Uhr.«

»Du hast das überprüft?

»Ich habe sogar angerufen, weil ich dachte, vielleicht haben sie was am Fahrplan geändert.«

»Sehr gut.«

»Kann natürlich sein, dass die Jambet nicht wusste, wann er fährt.«

»Das hieße dann, sie bricht um kurz vor Mitternacht auf, um einen unbeleuchteten Park zu durchqueren, um einen Bus zu erreichen, der längst weg war.«

»Wie ich schon sagte, vielleicht kennt sie sich nicht aus mit den Busfahrplänen.«

»Obwohl sie hier lebt? Hätte sie nicht den Wirt gefragt? Ich meine, um Mitternacht in einer Kleinstadt noch einen Bus zu kriegen, wenn man so weit draußen wohnt...«

»Also doch betrunken.«

»Vielleicht musste sie gar nicht fragen. Sie hat ein Auto. Was spricht dagegen, dass sie mit dem Auto gekommen und auch wieder gefahren ist?«

»Dass sie im Park überfallen wurde. Es sei denn, sie wurde gar nicht überfallen«, sagte Rousseau zufrieden.

Nora mischte sich ein. »Ich habe ihre Schwester angerufen, bei der ist sie nicht.«

»Sonst irgendwas Auffälliges?«

»Sie reinigt Wohnungen und zahlt pünktlich Steuern.«

»Vorstrafen?«

»Nein.«

»Klingt alles nicht besonders aufregend.«

»Ich habe ihre Schwester wegen der Wohnung gefragt. Und die sagte mir, dass über eine Renovierung gesprochen wurde.«

»Ich denke, wir haben genug.« Er überlegte kurz und sah dann Rousseau an. »Die *Gazette de Bauge* schreibt doch eigentlich ganz vernünftig. Und bis jetzt haben sie der Bevölkerung ja auch noch keine wilden Spekulationen aufgetischt, was einen möglichen Zusammenhang zwischen dem angeblichen Überfall im Stadtpark und Helene Guittons Unfall angeht. Ruf die an und sag ihnen, dass starke Zweifel an der Aussage von Madame Jambet bestehen, dass die Polizei sie sucht und dass sie sich melden soll. Wer bleibt über Nacht?«

Nora Rose hob ihre rechte Hand ein Stück. Ohayon ging zusammen mit Florence. Bevor die ihn zum Hotel fuhr, kontrollierten sie noch mal die Situation am Bauzaun. Dort war es ruhig.

Gendarm Rousseau und Christine Clery verließen die Gendarmerie zehn Minuten später. Nora Rose schaltete die Beleuchtung aus, setzte sich an ihren PC und schob eine DVD ins Laufwerk.

Von außen wirkte die Gendarmerie, als sei niemand mehr da. Man sah keine Sterne am Himmel, und es fiel kein Regen mehr. Der Wind nahm weiter zu.

Als Ohayon in seinem Hotelzimmer ankam, fiel ihm sofort wieder die Decke auf den Kopf. Diesmal fackelte er nicht lange, holte sich drei von den kleinen Flaschen Wein aus dem Kühlschrank, setzte sich aufs Bett und begann zu trinken.

In Fleurville dachte er abends nie über seine Fälle nach. Sobald er nach Hause kam, waren da Ines und die Kinder, und alles war wie weggeblasen. Hier war das anders. Es kam ihm vor, als wäre er in der Zeit ein Stück zurückgegangen. Bevor er Ines kennengelernt hatte, war immer Alkohol im Haus gewesen. Da hatte er alleine getrunken. Er dachte an Claire, an den Ford Mustang und dann an den Chevrolet Camaro, den er früher gefahren war. Auch eine Kuriosität aus der Zeit vor Ines. War das Zufall, dass er hier in Bauge gleich am zweiten Tag mit einem Ford Mustang zu tun bekam? Einem Oldtimer, von dem er damals geträumt hatte. In seinem Camaro hatte nie so ein hübsches Mädchen wie Claire gesessen. Und dass er sich einen Blouson gekauft hatte! Vor seiner Zeit mit Ines hatte er immer Blousons getragen. War das alles Zufall?

Wenn er seine Fälle bearbeitete, hatte er oft mit Menschen zu tun, die aus irgendeinem Verhaltensmuster nicht rauskamen. Manche hatte das zu Verbrechern gemacht. Der Tag heute war ungemein hektisch gewesen, und doch hatte Ohayon das Gefühl, sie hätten nichts als hochgedrehten Leerlauf produziert. Der ganze Ort war von dieser Geschichte mit dem Bein und dem Hammermörder wie infiziert. Und so kam er noch mal auf Helene Guitton. Er stellte sie sich vor, wie sie auf ihrem Fahrrad durch den Park fuhr und... Ja, das war sein Gedanke gewesen, als Bary ihm im Park von den zwei Fahrradspuren erzählt hatte. Vielleicht hatte sich Helene Guitton nicht erst im Park erschrocken, sondern schon vorher. Wo war sie gewesen?

Die Flaschen waren leer. Ohayon ließ sich aufs Bett zurückfallen und schlief sofort ein. Er träumte davon, dass er vor einer Diskothek stand und nicht reingelassen wurde. Aber warum hatte er in dem Traum sein altes Fahrrad dabei? Warum war er alt? Warum schämte er sich?

*

Das Licht hinter ihm war so hell, dass man sein Gesicht nicht erkennen konnte. Was zuerst auffiel, waren seine Bewegungen. Er verlagerte sein Gewicht vom linken Bein aufs rechte, dann wieder aufs linke und so weiter. Nach einer Weile änderte er diesen Bewegungsablauf. Er klappte seinen rechten Unterschenkel an, so dass er sich fast mit dem Hacken in den Po trat. Das alles irritierte niemanden, denn es war erklärlich. Es war kalt, und Thomas Winslow Turner wartete vor dem Kino auf seine Frau. Wie so oft im Winter war er zu dünn angezogen. Er mochte keine Daunenjacken. Es war deswegen schon ein paarmal zum Streit mit Zoé gekommen.

»Du hustest wieder, Thomas. Eine Daunenjacke kriegst du für sechzig Euro! Was du wegen deiner ständigen Erkältungen in der Apotheke ausgibst...!«

Das stimmte. Thomas hustete seit Wochen. Er war schon zweimal beim Arzt gewesen deswegen. Der Arzt hatte seine Lunge durchleuchtet und ihm geraten, sich im Winter warm zu halten. Eine chronische Erkältung konnte aufs Herz gehen.

»Es hat nichts mit Geld zu tun, sondern mit dem Geruch. Bei Daunenjacken denke ich immer an Fleisch.«

»Dann kauf dir einen Wollmantel!«

Er blieb stur. Der Verzicht auf eine Daunenjacke war für Thomas der Unterschied zwischen Arbeit und Freizeit. Er hatte in letzter Zeit ein paarmal versucht, seiner Frau zu erklären, dass seine Arbeit, der Geruch von Fleisch, Blut und Knochen...

Sie hatte ihn unterbrochen. »Bei minus zwanzig Grad riecht Fleisch nicht, den Geruch gibt's nur in deinem Kopf.«

Als Thomas sich leicht trippelnd zu den Kästen mit der Kinoreklame umdrehte, wurde sein Gesicht von den Neonröhren beleuchtet. Und da sah man es. Thomas Winslow Turner war ein Chinese.

»Blödsinn!« Das Wort hatte er oft benutzt, wenn Freunde ihn auf dieses Chinese-Sein ansprachen. Und er hatte Recht. Er war keiner. Weder amtlich noch innerlich. Sein Vater war Chinese gewesen. Aber den kannte er nicht. Mit vier war er mit seiner Mutter nach Frankreich gezogen, weil man ihr dort einen Job angeboten hatte. Der Anfang war schwer, sie hatten nie Geld. Aber seine Mutter hatte sich hochgearbeitet. Sie war zäh, und einen Plan hatte sie auch. Leiterin einer Großküche wollte sie werden. Von seinem verschwundenen Vater hatte sie nicht viel zu berichten gehabt.

»Ein Chinese, was soll ich sagen?«

Er war 1979 nach England gekommen und nur kurz geblieben. Thomas hatte sich manchmal gefragt, was wohl aus seinem Vater geworden war. Als er noch klein war, dachte er dabei an Reisfelder. Sein Vater und ein neuer Sohn im Vordergrund. Im Hintergrund ein Reisfeld, in das eine Frau Reispflanzen steckte. Als er älter wurde, änderte sich das Bild. Da waren es keine Reisfelder mehr, sondern Soldaten. Massen von Soldaten in einem Lager. Frauen kamen in diesen Bildern nicht mehr vor. Er hatte inzwischen andere Filme gesehen.

Nach seinem Abitur spielte der verschwundene Vater noch mal kurz eine Rolle. Seine Mutter war nämlich der Meinung, ihr Sohn solle Maschinenbau studieren. Das hatte er dann auch versucht, war aber gescheitert. Offenbar hatte sich die Genetik nicht so ausgewirkt, wie seine Mutter gehofft hatte. Er fing an, in der Großküche zu arbeiten, die seine Mutter inzwischen leitete. Und da war er gut, dafür war er gemacht. Privat interessierte er sich ein bisschen für französische Geschichte und leidenschaftlich fürs Kino. Er mochte Filme, in denen Männer und Frauen sich missverstanden. Manchmal waren das Tragödien, manchmal Komödien, meistens beides. Sein Vater hatte sich zu diesem Zeitpunkt bereits vollständig aufgelöst, spielte keine Rolle mehr.

2003 hatte Thomas geheiratet. Eine Chinesin, die in Marseille zur Welt gekommen war und Zoé hieß. Mit ihr änderte sich alles. Zoé war in einer Familie aufgewachsen, in der chinesische Traditionen gepflegt wurden. Davon abgesehen war sie eine gute Organisatorin und vor allem... Sie konnte Leute bequatschen. Zwei Jahre nach der Hochzeit gründeten sie ihre eigene Firma und belieferten Betriebe mit Essen. 2012 erhielten sie den Zuschlag, die 400 Arbeiter der Großbaustelle zu versorgen. Dass sie sich gegen die anderen Cateringbetriebe durchsetzen konnten, verdankten sie natürlich ihrem kostengünstigen Angebot, aber die Tatsache, dass Zoé chinesisch und französisch sprach, spielte auch eine Rolle. Außerdem hatten sie ein Komplettpaket angeboten, das die Beschaffung der Lebensmittel und die Entsorgung mit einschloss. Zoé erwies sich zudem über die Belange der Großküche hinaus gerade in kleinen Dingen als gute Vermittlerin zwischen den Interessen des chinesischen Bauunternehmers und den französischen Behörden. Und da gab es oft was zu regeln. Thomas und Zoé hatten sich aus Kostengründen dafür entschieden, die Großküche innerhalb des Lagers einzurichten, aber die Verordnungen, die die Hygiene innerhalb der Küche, die Lagerung der Lebensmittel und die Entsorgung betreffen, waren streng und nicht immer penibel einzuhalten. Die Zusammenarbeit mit den Chinesen war trotzdem ein großer Schritt für die beiden gewesen, bedeutete vor allem mehr wirtschaftliche Sicherheit, da die Verträge über sechs Jahre liefen.

Die Schattenseiten? Nun, die Preise waren so niedrig kalkuliert, dass Thomas ständig mit dem Auto unterwegs war, um Lieferanten zu kontrollieren, mit ihnen immer niedrigere Preise auszuhandeln und bei manchem am Rande der Legalität zu operieren. Seit zwei Jahren betrieben sie jetzt die Großküche, und Zoé machte sich Sorgen. Thomas hatte sich in dieser Zeit stark verändert. Er redete schon seit Jahren ständig von Geld, inzwischen stand er so unter Druck, dass sein Körper es kaum noch aushielt. Sie hatte ihn immer wieder ermahnt, zum Arzt zu gehen, aber ...

»Da bist du ja endlich!« Thomas kam seiner Frau ungeduldig ein paar Schritte entgegen. »Ich warte schon mindestens zwanzig Minuten. Gab's Probleme mit dem Wagen?«

Das Auto war oft Thema. Für Thomas war der Wagen fast schon heilig. Aber er brauchte ihn ja auch, schließlich musste er seine Lieferanten kontrollieren.

Ist es nicht merkwürdig, dass man sich selbst so schlecht kennt?

Irgendwas hatte sich verändert zwischen ihnen, hatte sich eindeutig zugespitzt. Zoé war schon immer gerne ausgegangen, sie brauchte das. Da er an ihrem Freundeskreis kein besonderes Interesse hatte – er konnte sich nicht mal die Namen ihrer Freundinnen und Freunde merken –, blieb er meistens zu Hause. Zoé akzeptierte das. Sie hatte einen festen Kreis, meist Ehepaare, mit denen sie um kleine Beträge Karten spielte. Wenn er doch mal mitkam, wurde er stets sofort akzeptiert – er war ja der Mann von Zoé.

»Hallo, Thomas!«

»Du hast dir einen neuen Transporter gekauft, hat Zoé gesagt.«

»Dieser Überfall auf euer Lager! Meine Frau hat sofort nach dir gefragt ...«

Es war immer nett, die Leute mochten ihn, und ... er mochte die Freunde seiner Frau eigentlich auch ganz gerne. Trotzdem zog er sich mehr und mehr zurück und entwickelte einen sonderbaren Tick. Er machte sich Sorgen um die Zukunft. Vor allem, was seine Gesundheit und das Finanzielle anging.

Es kam vor, dass er sogar dann in seiner Welt der Berechnungen und Sorgen blieb, wenn er mit seiner Frau frühstückte. Auch da dachte er darüber nach, dass er bessere Lieferanten suchen oder die, bei denen er kaufte, häufiger und gründlicher kontrollieren musste. Es war wichtig, dass alles reibungslos klappte und die Chinesen zufrieden waren, denn er und Zoé verdienten ganz gut, und das sollte so bleiben. Er wollte unbedingt Geld zurücklegen, damit es später nicht irgendwann eng wurde. Davor, dass es eng wurde, hatte er furchtbare Angst. Darüber hätte er gerne mit ihr geredet, nicht über…

Zoé sprach gerne über ihre Freundinnen und Verwandten. Das mussten wenigstens fünfzig Leute sein, mit denen sie da Kontakt pflegte. Zoé nannte ihre Freunde und Verwandten immer bei deren Vornamen. Das ärgerte ihn. Er konnte sich so schon nicht merken, wer überhaupt wer war.

Ständig ging sie mit irgendwem zum Essen oder traf sich – »nur mal kurz« – auf einen Kaffee oder Tee. Was da an Geld wegging! Einmal hatte er sie bei so einem »nur mal kurz« zufällig getroffen. Er war an der großen Scheibe des Cafés vorbeigekommen, und Zoé hatte ihm Zeichen gemacht, er solle reinkommen. Das hatte er an dem Tag ausnahmsweise getan, weil es morgens Streit gegeben hatte. Angeblich sei er dabei… autistisch, hatte sie gesagt!

»Das ist Ingrid, ihr Mann arbeitet in Lambelle bei der Post, du erinnerst dich?«

»Ah ja, ihr habt euch letztes Jahr ein Haus gebaut. Damit der Hund rauskann, ohne dass ihr runtermüsst.«

»Nein, das war Ines.«

Die Frauen hatten gelacht, Zoé bestellte eine Kanne Tee und Kuchen. Ingrid das Gleiche. Er hatte nichts genommen, denn die Preise waren extrem überzogen. Dann wurde eine Stunde über so nebensächliches Zeug geredet, dass er total abgedriftet war. Schließlich hatten sich die Frauen noch eine Kanne Tee geteilt und auch noch ein zweites Stück Kuchen. Das alles hatte am Ende 26,70 Euro gekostet.

Zoé hatte sofort angeboten, die Rechnung zu bezahlen, was die Freundin, ohne dass ihr das auch nur einen Satz wert gewesen wäre, akzeptierte. Zoé hatte 30 Euro gegeben und weiter über die Tochter einer dritten Freundin gesprochen, die gerade ein Praktikum angefangen hatte und nach Berlin ziehen wollte. Die Kellnerin hatte unterdessen das Wechselgeld auf den Tisch gelegt. Als Zoé das bemerkte, hatte sie gesagt: »Nein, stimmt so.«

Die Kellnerin hatte etwas Unverständliches gemurmelt und das Wechselgeld mit einer Beiläufigkeit, als wären 3,30 Euro nichts, in ihre Börse geschoben. Da war er plötzlich unglaublich wütend geworden. Er hatte den Wunsch verspürt, auf sie einzuschlagen und seine Frau und deren Freundin anzuschreien. Natürlich hatte er das nicht getan, er war ja kein Psychopath.

Alles nicht schön, aber Thomas wirkte – reduziert auf den Aspekt des Geizes und seines sozialen Desinteresses – viel unangenehmer und dümmer, als er in Wirklichkeit war. Im Großen und Ganzen kamen er und Zoé nämlich gut miteinander klar. Fürs Kino konnte sie ihn immer begeistern. Da kam es sogar vor, dass er von sich aus Vorschläge machte. Dass man mal wütend wird und Lust hat, auf jemanden einzuschlagen oder jemanden am Kragen zu packen und aus seiner Fahrerkabine rauszuzerren, um ihn in einer Pfütze zu ertränken, das ist ja wohl jedem schon mal passiert. Wenn einem zum Beispiel ein Busfahrer mitten in der Nacht die Tür vor der Nase zumacht. Das kommt dann eben hoch, deshalb soll man ja auch nicht zu viel trinken, wenn man unterwegs ist. Oder ... Beispiel: wenn man sich wehren muss. An einem Bauzaun. Bei einer Demonstration. Irgendwelche Schweine zerstören die Welt und lassen dann ihre Söldner aufmarschieren. Ein Gefühl der Ohnmacht. Die anderen aus der Gruppe fangen an, Sachen zu werfen. Wut ist Wut, wir sind Menschen, keine Maschinen.

Das Leben ist nun mal chaotisch, da passt nicht alles wie Lego. Thomas war einfach ein bisschen introvertierter als Zoé, steigerte sich manchmal in Sachen rein. Aber er hätte doch niemals auf eine Kellnerin eingeschlagen. Das wäre ja auch lächerlich. Peinlich. Wenn schon, dann nach der Arbeit abpassen, wenn keiner dabei ist. Aber wer macht so was? Niemand. Und bestimmt nicht so ein vorsichtiger Typ wie Thomas Winslow Turner, jemand, der Filme von Woody Allen guckt. Heute, zum Beispiel, hatte er Zoé vor dem Film auf ein Glas Sekt eingeladen. 80 Cent Trinkgeld. Und die Kellnerin richtig nett angelächelt. Das macht auch nicht jeder.

Ist es nicht merkwürdig, dass man sich selbst so schlecht kennt?

Nach dem Kino fuhren sie zurück nach Bauge und gingen ins *Cash*.

»Dein Woody Allen ist nicht unbedingt mein Favorit«, sagte Zoé, »warum gehen wir nicht mal in einen richtigen Film?«

»Warum warst du so spät? Ist was im Lager passiert?«

»Es waren schon wieder Kontrolleure da. Kann sein, dass die Arbeiten gestoppt werden.«

»Noch ein Unfall?«

»Zwei Schwerverletzte.«

Sie hatten erst nach und nach rausgefunden, unter was für Bedingungen auf der Baustelle gearbeitet wurde und was für Löhne die Chinesen ihren Arbeitern zahlten. Das war nicht besser als irgendwo in Bangladesch. Zoé war inzwischen, dank ihrer Sprachkenntnisse, zur inoffiziellen Vermittlerin zwischen den Behörden und der Konzernleitung aufgestiegen und hatte damit auch Schuld daran, fand er, dass der Betrieb weiterlief.

»Vielleicht besser, wir hören da auf«, sagte Thomas.

»Das sagst ausgerechnet du?«

»Wir müssen an unsere Zukunft denken, daran, dass wir möglicherweise in etwas Illegales reingezogen werden. Ich verstehe nicht, warum nicht längst eine Behörde eingegriffen hat.«

Arbeitsunfälle. Immer ging es darum, die Kosten zu senken. Das war mit den Küchenabfällen genauso gewesen. Er hatte doch gewusst, dass die Firma, mit der er den Vertrag abgeschlossen hatte, die Küchenabfälle von diesem besoffenen Kapitän vor der Küste ins Meer werfen lassen würde. Überhaupt war die ganze Stimmung beschissen. Die Einwohner von Bauge hassten die Chinesen. Er hatte das anfangs für ein dummes Vorurteil gegen Fremde gehalten, inzwischen dachte er anders. Kurz vor dem Angriff auf den Bauzaun hatte es im *Cash* eine Schlägerei gegeben. Irgendwelche wütenden Leute hatten eine Gruppe von chinesischen Ingenieuren angepöbelt, und das war dann außer Kontrolle geraten. Damals hatten zufällig zwei Männer der Konzernleitung mit am Tisch gesessen, und einer von denen hatte ganz schön was abgekriegt. Das hatte Thomas richtig gut gefunden, da hätte er am liebsten mitgemacht. Auch beim Angriff auf den Bauzaun hatte er gehofft, dass jetzt endlich jemand kommen und untersuchen würde, was da im Lager los war, unter welchen Bedingungen die Menschen dort lebten. Aber das hatte sich dann in eine ganz andere Richtung entwickelt. Wenn er ehrlich war, dann hatte er inzwischen einen richtigen Hass auf die Chinesen. Er war jedenfalls froh, dass er keiner war.

»Du machst schon wieder dein böses Gesicht«, sagte Zoé, »lass uns über was anderes reden.«

Sie bestellten noch zwei Bier und unterhielten sich über Filme, in denen es um mysteriöse Begegnungen der dritten Art ging. Eben die Filme, die Zoé gefielen.

Eine Stunde später lag Thomas Winslow Turner im Krankenhaus von Villons. Ein Licht war in ihn eingeschlagen.

*

Rousseau lag schon im Bett und war gerade dabei, seiner Frau aus ihrem Buch vorzulesen.

Florence stand unter der Dusche.

»Zum *Cash*, ich fahre jetzt los«, hatte Nora gesagt.

Sie war als Erste da und hatte noch versucht, mit dem Opfer des Angriffs zu reden. Florence und Rousseau trafen ein paar Minuten später ein. Der Wind war schlimm, davon abgesehen war es diesmal besser gelaufen. Obwohl der Angriff einem Chinesen gegolten hatte, gab es Zeugen:

»Von da! Vom Park aus.«

Nora leuchtete auf den aufgeweichten Boden. Es war mehr als deutlich, dass hier jemand längere Zeit gestanden hatte.

Als Ohayon eintraf – Nora hatte den Eindruck, er sei betrunken –, war schon alles geregelt. Es ging nur noch um die Befragung der Zeugen.

»Ich glaube, die beiden da haben große Lust zu reden«, sagte Nora, »am besten du hältst dich an den Dünnen, der hat am meisten gesehen. Bist du klar im Kopf?«

»Ein bisschen getrunken, geht schon.«

Ohayon ging zu einem Mann Ende vierzig, der Kette rauchte.

»'n Abend. Sie wollen eine Aussage machen?«

»Ja klar. Er hätte ja auch mich treffen können, das Ding ist haarscharf an mir vorbei und hat dann den Chinesen erwischt. Zum Glück nicht die Frau, mit der er da war.«

»Er war mit einer Frau da?« Ohayon sah zu Nora rüber, die nickte: »Das Opfer heißt Thomas Winslow Turner. Seine Frau ist mit ins Krankenhaus gefahren.«

»Thomas Winslow Turner? Er hat gerade Chinese gesagt...«

»Er sieht so aus, ist aber französischer Staatsbürger.«

Der Mann nickte, als wäre er damit einverstanden, dass dieser englische Chinese Franzose war. »Ich war raus, um eine zu rauchen, ich meine, hier kommen die Chinesen ja gerne her, in letzter Zeit nicht mehr so, wegen der Sache am Zaun, aber es kommen immer noch welche. Die wollen ja auch nicht nur im Lager leben, ich frag mich sowieso, wie die das aushalten. Ja, und dann ist mir drüben auf der anderen Straßenseite ein Mann aufgefallen, der hinter den Büschen stand. Sein Gesicht hab ich aber nicht gesehen, er war so groß wie ich, aber dicker. Ich dachte, er pinkelt oder kotzt und hab mir nichts gedacht. Aber als dann der Chinese mit seiner Frau rauskam, hat er geschossen.«

»Mit einer Pistole?«

»Ja, schon, aber mit einer Leuchtpistole. Der hat den voll in die Brust getroffen. Ein Stück höher, dann wäre es das Gesicht gewesen, dann hätte er keins mehr.«

»Und Sie sind sicher, dass er nicht Sie treffen wollte, sondern den Chinesen?«

»Ich denke, er ist Franzose?«

»Sie wissen, was ich meine, oder?«

»Schon.«

»Hatten Sie in letzter Zeit Streit mit jemandem?«

»Ich hab immer Streit mit jemandem, aber der wollte den treffen. Den oder seine Frau. Ich stand hier ja schon eine ganze Weile. Und da hat er nicht geschossen.«

»Ist ziemlich windig hier draußen.«

»Mir macht das nichts. Ich war raus, um eine zu rauchen, und als ich fertig war, kam mein Freund ... das ist der da hinten in der grünen Jacke ... der kam raus und hatte zwei Bier dabei und wollte dann auch eine rauchen, und dann haben wir halt zusammen eine geraucht und getrunken und geredet, wie das eben so ist.«

»Wie lange standen Sie hier?«

»Weiß nicht, zehn, fünfzehn Minuten.«

Ohayon wollte den Zeugen gerade entlassen, als sich Rousseau einmischte.

»Sagen Sie... während der ganzen Zeit, als Sie hier standen, haben da noch andere Chinesen das Lokal verlassen?«

»Einige.«

»Wie viele ungefähr?«, fragte Rousseau weiter.

»Sechs oder sieben. Um die Zeit gehen die ja immer. Müssen wahrscheinlich um zwölf im Lager sein.«

»Aber auf die hat er nicht geschossen.«

»Nein.«

Rousseau zog Nora und Ohayon ein Stück zur Seite. »Wir haben doch vor zwei Wochen diese Knochen am Strand gefunden. Und da wurde am Ende dem Kapitän von dem Kutter sein Schifffahrtspatent entzogen. Wie hieß der, Nora, dein Vater kannte den doch?«

»Paul Chervel.«

»Chervel, richtig. Als ich anfing, die Firma zu ermitteln, die die Abfälle entsorgen sollte, da habe ich kurz mit einem Chinesen gesprochen, der sehr gut französisch sprach. Ganz ohne Akzent. Vielleicht war Chervel sauer, es hat ja auch nicht jeder eine Leuchtpistole. Du weißt doch bestimmt, wo der wohnt.«

»Er wohnt da, wo sein Schiff liegt«, erklärte Nora.

*

Als sie im Hafen ankamen, war Chervels Kutter weg. Nora funkte einen Fischer an, der noch draußen war.

»Beeil dich«, sagte Ohayon, »sonst ist er weg.«

»Chervels Kutter liegt quer«, sagte Nora, und Florence hatte sofort eine Idee, warum das so war. »Maschinenschaden.«

»Oder ihm ist einer eingestiegen.«

Florence nickte. »Ist ja auch ein kleines Ding, das der fährt.«

»Los, sonst ist er weg«, drängte Ohayon, der noch nicht klar war im Kopf.

»Du weißt überhaupt nichts«, sagte Nora sehr scharf. Auch Florence wurde ein bisschen laut: »Wir fahren nicht raus, um ihn zu verhaften, sondern um ihn zu retten. Außerdem riechst du nach Alkohol.«

Das Warum war Ohayon völlig egal. Ein Angriff mit einer Leuchtpistole, das ist so was von hinterhältig …! Der ganze Ohayon war in Aufruhr. Ein unbedingtes Wollen, ein Drängen, ein Übermaß an Mut.

Nora bekam die ungefähre Position von Chervels Kutter und ging an Bord ihres hässlichen Schiffs. Florence folgte ihr, nachdem sie Nora zweimal darauf hingewiesen hatte, dass der Wind scharf von Westen kam, was offenbar eine Bedeutung hatte. Ohayon betrachtete das Meer. Ach Gott …! Die Wellen waren längst nicht so hoch wie damals bei der Fahrt zu John Duffets Engel. Er ging an Bord.

»Du bleibst hier«, sagte Nora, »ich möchte nicht, dass du gegen die Scheibe knallst.«

»Doch, den holen wir uns!« Ohayon war richtig außer sich.

»Du hast schon mal gekotzt.«

»Da hatte ich Sekt getrunken. Komm, wir verlieren Zeit.«

»Ich habe dich gewarnt«, sagte Nora und schob ihn in die Kabine. »Siehst du die Stange? An der hältst du dich fest.«

»Okay«, sagte Ohayon. Man muss sich seiner Angst stellen! Das hatte Ines ja auch gesagt, als es mit den Prüfungen in Sachen Lieutenant losging.

Florence warf die Leinen los, Nora manövrierte den Kutter an der Mole entlang.

Als sie zum Ende kamen, machte Ohayon sich auf das Schlimmste gefasst. Und es gab auch Seegang. Aber längst nicht so schlimm wie damals. Ohayon erinnerte sich an eine Fernsehsendung, die er mal gesehen hatte. Wind bedeutet nicht automatisch hohe Wellen. Die kommen manchmal erst einen oder zwei Tage später.

Nora stand neben ihm und ließ sich über Funk Positionen durchgeben und Zahlen, die etwas mit dem Wetter zu tun hatten. Ohayon hatte sich inzwischen an das Geschaukel gewöhnt. Er stellte sich breitbeinig hin und ließ probeweise die Stange los. Es funktionierte gut, er spürte das Schiff und ging einfach mit dem Körper leicht dagegen. Es war letztlich alles eine Frage der Balance. Davon abgesehen war es hier drin eigentlich ganz gemütlich, die Kabine war sogar beheizt. Florence tat ihm leid. Sie war noch draußen und zurrte vorne an Deck Planen fest und überprüfte die Verschlüsse von zwei Luken. Schließlich kam sie in die Kabine und sagte, dass sie ein Stück steuerbord voraus das Leuchtfeuer gesehen hätte. Sie war ziemlich nass, fand Ohayon, und sie hatte eindeutig Freude daran.

»Was für ein Leuchtfeuer?«, fragte er.

»Halt dich an der Stange fest und pass auf deinen Kopf auf!«

»Wieso auf meinen Kopf?«

»Dass du nicht gegen die Scheibe knallst.«

»Gegen welche Scheibe?«

»Gegen die vor deinem Kopf, nicht, dass du am Ende dagegenknallst!«

»Was ist denn los?«

»Wir kommen jetzt raus.«

»Wo kommen wir raus?«

»Aus der Bucht.«

Aber dann passierte eigentlich gar nichts Aufregendes. Außer, dass Nora den Kutter hart nach Backbord steuerte und er ein Stück weiter vorne Schatten sah, die sich von links nach rechts bewegten.

»Halt dich fest. Und pass auf deinen Kopf auf!«, sagte Nora zum dritten Mal.

Und auch Florence fragte vorsichtshalber: »Hast du verstanden?«

»Ich soll mich festhalten. Ich halte mich doch schon fest.«

»Ja, aber pass auf, dass du nicht mit dem Kopf gegen die Scheibe knallst.«

Danach sagten die Frauen nichts mehr, sondern starrten nach vorne ins Schwarze. Und dann sagte Florence plötzlich: »Huuu, dicker Mann!«, und Nora gab ihr Recht, indem sie das mit dem »dicken Mann« wiederholte, und Ohayon wusste aber gar nicht, worauf sich das bezog, er sah ja auch nichts, weil die Scheibe spiegelte. Also ging er ein bisschen näher ran, aber da war absolut nichts zu sehen außer Schwarz, und dann meinte er aber, in dem Schwarz gäbe es eine Bewegung, die von unten nach oben ging, und dann wurde das Schiff plötzlich schneller und dann explodierte der ganze vordere Teil und alles flog in weißen Fetzen auseinander. Ja, und im selben Moment knallte Ohayon dann voll mit seinem Kopf gegen die Scheibe.

Als er zu sich kam, waren sie wieder im Hafen, und er steckte fest. Es dauerte eine Weile, bis er begriff, dass ihn die Frauen zwischen zwei Kisten eingeklemmt hatten.

*

Die ständige Wiederholung kam ihm vor, als würde er träumen. In seiner Vorstellung war er wieder gefahren. Eine Fahrt in eine neue Existenz. Hatte er nicht sogar die Beleuchtungsanlage seines Wagens in Ordnung gebracht? Davon abgesehen war sein Leben ruiniert. Er hatte sich falsch ernährt. Vielleicht war er nicht mal selbst schuld, und es lag daran, dass seine Mutter früher immer so viel Fleisch von der Arbeit mit nach Hause gebracht hatte. Er hatte alles darüber in dem kleinen Heftchen gelesen, das der Arzt ihm letztes Jahr mitgegeben hatte. Morgen würde er einen neuen Anfang machen. Er musste natürlich als Erstes einen Arzt suchen. Ja, er hatte von Ärzten geträumt. Und er hatte ein komisches Gefühl in der Brust. Er wusste, was das bedeutete. In dem Heftchen waren die Symptome ja genau beschrieben.

Wie immer in Notsituationen war er nach Nantes gefahren und hatte ohne Frage, ohne Diskussion die Schlüssel bekommen. Der Tag bei der Familie seines Bruders hatte ihm gutgetan. Bald war Weihnachten, darüber hatten sie gesprochen. Und zum ersten Mal auch über seine Krankheit. Sein Bruder und er hatten einen langen Spaziergang gemacht, und da hatte er etwas über seinen Großvater erfahren. Über den hatte er vorher überhaupt nichts Genaues gewusst. Fleischer war der gewesen, mit eigener Metzgerei. Mit zweiundfünfzig gestorben. Und zwar genau an seiner Krankheit. Und dann war aber etwas völlig Verrücktes passiert. Obwohl sein Bruder die Worte benutzte, vor denen er solche Angst hatte, war keine Angst gekommen. Weil sein Bruder ihn in den Arm genommen und ihm erklärt hatte, dass es heute wirksame Medikamente gab. Man musste an so was nicht sterben. Wichtig war nur, dass man zu einem Fachmann ging. Und so hatten sie gemeinsam einen Plan entwickelt. Diesmal würde er sich im Krankenhaus untersuchen lassen und nicht bei einem normalen Arzt, der nur Geld wollte. Das hatte er als Erstes gemacht. Sie hatten ihn vier Stunden lang untersucht, er war auf sechs Stationen gewesen. Morgen würde er alles über sich erfahren.

Seine neue Wohnung hatte ein schönes großes Zimmer mit Kochnische. Ein Bad gab es auch. Aber keine Badewanne. Das war schade, denn er badete gerne. Die Hitze weitete die Gefäße und machte ihn wieder beweglich. Nachdem er sich umgezogen hatte, ging er in die Stadt. Er kannte sich noch ein bisschen aus, von früher. Das Wetter hier in Marseille war angenehmer und der Himmel trotz der schweren Wolken nicht so drückend wie in Baugé oder Villons. Gegen Abend zergingen die großen Wolken, wurden zu Schäfchenwolken, die sich im Abendlicht in rötliche Streifen verwandelten. Dass er sich Zeit dafür nahm, sich den Himmel anzusehen ... Gott, war das lange her. Er erinnerte sich an einen großen Weihnachtsmarkt.

Da würde er jetzt hingehen, vielleicht fand er was für seine Neffen oder seine Schwägerin. Das waren doch alles gute Gedanken. Er war doch nicht anders als all die anderen auf dem Weihnachtsmarkt. All die Väter, die etwas suchten, weil sie jemanden liebten.

Mittwoch

Nora hatte Chervels Kutter tatsächlich erreicht, wie Ohayon nach seiner Rückkehr aus dem Krankenhaus erfuhr, und Florence hatte es fertiggebracht, eine Trosse rüberzuwerfen, wobei sie sehr nass geworden war und sich zwei Rippen an der Reling geprellt hatte.

»Weil wir quer zu den Wellen standen.«

Sie hatten es nicht geschafft, an Chervels Kutter festzumachen.

»Man kann niemanden retten, der nicht gerettet werden will«, sagte Nora, »und es wurde dann doch sehr unruhig.«

»Uns wäre auf der Rückfahrt fast einer von hinten eingestiegen!«, erklärte Florence. Mit Respekt. Und Nora sagte: »Das war ein ganz dicker Mann.« Die Frauen berichteten also auf eine Weise, die Ohayon nur eine ungefähre Vorstellung von dem vermittelte, was passiert war. Sie sprachen voller Ehrfurcht, als ginge es um ein Geheimnis, in das sie Ohayon nur ein Stück weit einweihen durften. Manchmal kippte etwas und ihre Stimmen bekamen einen freudigen Klang. Überhaupt wirkten sie heute sehr munter. Ohayon verzichtete darauf zu fragen, wer oder was ihnen fast hinten eingestiegen wäre. Er konnte es sich auch so ungefähr vorstellen.

»Jetzt sind die Hubschrauber draußen und suchen«, sagte Nora zum Abschluss ihrer Geschichte, »was macht dein Kopf?«

»Leichte Gehirnerschütterung, sagt der Arzt. Ich soll in Zukunft besser aufpassen, wenn ich bei starkem Seegang mit einem Kutter rausfahre.«

Und da geschah es. Zum ersten Mal, seit er hier war, lächelte Florence.

Eine Stunde später wurde Chervels Kutter gesichtet. Er trieb kieloben, weit draußen im Meer.

»Hoffentlich drückt ihn die Flut nicht in die Fahrrinne«, sagte Florence.

Gegen Mittag fuhren Ohayon und Rousseau zum Hafen und suchten in Chervels Haus nach der Leuchtpistole. Die Tür war nicht verschlossen. Es stank, und im Raum streunten wenigstens zehn Katzen herum, die erbärmlich schrien.

Ohayon betätigte einen Lichtschalter. Danach versuchte er es mit zwei anderen Lampen. »Strom abgestellt.«

»Schlimm so was.« Rousseau hustete. »Entschuldige.«

»Du hast gestern schon gehustet, wirst du krank?«

»Nein, das ist nur die Kälte.«

»Du bist ja auch völlig falsch angezogen. Guck mal, ob er Milch oder so was im Kühlschrank hat.«

»Willst du die Katzen füttern?«

»Jetzt guck schon!«

Rousseau öffnete den Kühlschrank, drehte seinen Kopf mit einer schnellen Bewegung weg und schloss ihn sofort wieder.

»Was …?«, fragte Ohayon, aber Rousseau antwortete nicht. Er ging ein paar Schritte vom Kühlschrank weg und eine Weile sah es so aus, als müsste er sich übergeben. Er bekam sich aber in den Griff.

»Geht's wieder?«

»Ja.«

»Was war drin?«

»Was zu essen.«

»Gut. Mach mal die Tür auf, dass die armen Viecher rauskönnen.«

Ohayon öffnete einen Schrank nach dem anderen.

»Was suchst du?«

»Seine Leuchtpistole, Schlüssel für den Schuppen und einen Hinweis darauf, warum er das gemacht hat.«

»Hass.«

»Ah, hier sind Schlüssel…« Ohayon hatte eine Schublade durchwühlt, in die Paul Chervel unglaublich viele alte Plastiktüten und Müllsäcke reingestopft hatte.

»Du weißt doch, wie das ist, Ohayon, manche Leute steigern sich rein, bis sie nicht mehr klar denken… Wir hatten mal einen, der hat seinem Nachbarn dreimal hintereinander die Reifen zerstochen und das nur, weil der ihm mal einen Sack Kartoffeln…«

»Kartoffeln, schön, kann ja sein, aber Chervel ist jahrzehntelang mit seinem Kutter rausgefahren. Der kannte sich aus mit dem Meer und dem Wetter. Warum sucht er sich einen Tag wie diesen aus, um auf jemanden zu schießen und dann bei Sturm mit seinem Kutter zu flüchten?«

»Wahrscheinlich hat er nicht klar gedacht. Verdient hat er ja wohl nichts mehr, nachdem sie ihm sein Patent weggenommen haben. Und so viele Flaschen, wie hier stehen…«

Ohayon sah sich das Schlüsselbund an, das er eben gefunden hatte. »Komm, vielleicht liegt die Leuchtpistole hinten im Schuppen.«

Der Schuppen stand zehn Meter hinter der Hütte, in der Paul Chervel gelebt hatte, und der dritte Schlüssel passte. »Vorsicht, Stufen.« Rousseau leuchtete ihm, und Ohayon schaffte die Stufen ohne Zwischenfall. Während Rousseau ziellos im Raum herumleuchtete, sog Ohayon die Luft durch die Nase ein. »Riecht komisch, oder?«

»Katzenpisse.«

»Aber alte Katzenpisse!«

»Wenn du das unterscheiden kannst.«

Der schmale, fensterlose Raum war etwa zwanzig Quadratmeter groß. Auf beiden Seiten standen raumhohe Regale aus Stahl, auf denen Gegenstände lagen. Einige davon waren in Zeitungspapier eingewickelt, andere in Müllsäcke. Rousseau leuchtete die unteren Regale ab, und Ohayon zog sich seine Handschuhe an. Dann begann er, eins der Pakete auszuwickeln.

»Sollten wir das nicht lieber die von der Spurensicherung machen lassen?«

»Du hast mehr Phantasie, als man erst mal denkt.«

»Ich hab keine Phantasie.«

»Das ist viel zu schwer, das ist nicht, was du denkst.«

»Und du weißt, was ich denke?«

»Wenn du dasselbe denkst wie ich, ja.«

Ohayon hatte den Gegenstand ausgewickelt und hielt ihn ins Licht von Rousseaus Lampe.

»Was meinst du, was das ist?«

Rousseau zuckte mit den Schultern. »Ein Teil, das zu einem Motor gehört. Aber warum hat er so viele davon?«

»War vielleicht sein Ersatzteillager. Und damit die Sachen nicht rosten, hat er sie eingewickelt.«

»Und warum einige in Zeitungspapier und andere in Müllbeutel?«

»Vielleicht hatte er irgendwann keine Müllbeutel mehr.«

»Willst du die Sachen jetzt alle auswickeln?«

»Ein paar schon.«

»Du hast es auf irgendwas abgesehen, oder? Das sind Teile von Motoren, das wissen wir doch schon. Also warum alles auswickeln?«

»Weiß nicht. Manchmal mache ich das so, dass ich einfach weitermache. So lange, bis mir eine Idee kommt. Liegt da irgendwo eine Zange? Das Paket hier hat er mit Draht umwickelt.«

»Da hinten ist eine Werkbank.« Rousseau ging und ließ Ohayon im Dunkeln zurück. »Große Zange oder kleine Zange?«

»Mittelgroß.«

Rousseau kam mit der Zange zurück. Als er sie ihm reichte, sah Ohayon, dass er zitterte.

»Hast du Angst?«

»Mir ist arschkalt.«

Ohayon kniff den Draht durch und begann ihn abzuwickeln.

»Wie lange bist du schon bei der Polizei?«, fragte Rousseau.

»Bald zwanzig Jahre. Ich krieg das nicht ab.« Ohayon schnüffelte an dem Paket und legte es ins Regal zurück.

»Gib mal den Stuhl rüber.«

Ohayon kletterte auf den Stuhl. »Taschenlampe.« Rousseau reichte sie ihm, und Ohayon sah auf den oberen Regalen nach. Plötzlich lachte er und sah dann Rousseau mit ernstem Gesicht an. »Vielleicht sollten wir doch lieber die aus Villons holen.«

»Warum?«

Ohayon zog Werkzeuge oben vom rostigen Blech und reichte sie Rousseau runter.

»Wow. Meinst du, das ist der Hammer? – Noch einer …?«

»Vorsicht, der ist schwer.«

»Wie viele hat der denn davon?«

»Vorsicht! Pass auf, dass du dich nicht schneidest.«

»Oh scheiße.«

»Da liegen noch zwei. Wir lassen das mal so.«

»Du meinst, das könnte die Säge sein?«

Ohayon grinste und stieg von seinem Stuhl runter. »Leuchte mal da hinten hin.«

Am Ende des Raums, neben der Werkbank, war eine Tür, die mit einem Vorhängeschloss gesichert war. Ohayon fing an, die Schlüssel durchzuprobieren. Diesmal ging er zuerst rein.

Der zweite Raum war völlig anders als der erste. Er war fast leer. Am hinteren Ende stand ein stabiler Holztisch, der mit einer um drei Zentimeter aufgeständerten geriffelten Stahlplatte abgedeckt war. Diese Stahlplatte war um ein paar Grad nach rechts geneigt und stand am unteren Ende etwa zehn Zentimeter über. Die Funktion der Konstruktion erklärte sich durch den großen Behälter aus Steingut, der unter dem überstehenden Blechende stand.

»So was haben viele hier«, erklärte Rousseau.

Ohayon hatte etwas Ähnliches auch schon gesehen. Und zwar in dem Laden, in dem seine Mutter früher Fisch gekauft hatte. Nur war der Tisch in dem Laden in Fleurville viel kleiner gewesen. »Wahrscheinlich hat er die Viecher hier ausgenommen.«

Rousseau schüttelte den Kopf. »Die Fische nehmen sie schon an Bord aus. Wenn sie überhaupt mal welche fangen.«

Außer dem Tisch standen vor der rechten Längsseite des Raums zwei alte Badewannen.

»Verstehe«, sagte Ohayon. »Und in den Wannen da vorne hat er vielleicht Austern gewässert.«

»Hab ich nie gehört, dass die ihre Austern in Badewannen tun.«

»Das wäre doch logisch«, sagte Ohayon, »die Austern sollen ja nicht eingehen. Also füllt man Salzwasser in die Wannen und tut sie in eine rein. Dann holt man sich immer ein paar raus, putzt sie und legt sie in die andere Wanne, in der auch Salzwasser ist. Und da bleiben sie, bis sie abgeholt werden oder man sie auf den Markt bringt.«

»Das denkst du dir so, ja? Weißt du überhaupt, um was für Mengen es geht, wenn hier von Austern geredet wird? Nein, weißt du nicht.«

»Also für mich wäre das absolut logisch.«

»Für mich, Ohayon, für mich klingt das, wie wenn jemand, der von was keine Ahnung hat, sich was ausdenkt. Aber dass da mal Salzwasser in den Wannen war, könnte sein. Ich glaube, wir sollten hier nichts mehr anfassen und die aus Villons holen. Und zwar mit vollem Programm.«

*

Sie schlossen alles sorgfältig ab und Rousseau brachte sogar noch zwei Siegel an. Dann informierte er Kommissar Bary.

»In Villons haben sie Eisregen, die brauchen mindestens eine Stunde. Warten wir so lange?«

»Darauf, dass du eine Lungenentzündung kriegst? Warum trägst du immer diese idiotisch dünne Uniformjacke?«

»Weil ich nicht so viel draußen war, bevor du hier angefangen hast.«

Ohayon sah auf die Uhr. »Komm, so geht das nicht. Falsch angezogen zu sein, ist unprofessionell.«

Sie fuhren los. Nach einer Weile fragte Rousseau: »Wo willst du hin?«

Ohayon stellte den Wagen ab. Alles Weitere dauerte kaum zehn Minuten und kostete 35 Euro.

»Ist dir jetzt warm?«

»Superwarm.«

»Du hast Glück, dass du eine normale Größe hast. Du hattest viel mehr Auswahl als ich.«

»Aber ist das nicht komisch, wenn wir genau gleich rumlaufen?«

»Wir laufen nicht gleich rum, dein Blouson ist blau.«

»Schon, aber findest du nicht, dass das Blau zu hell ist?«

»Das Blau ist nicht zu hell, das ist jetzt Mode.«

»Bei Männern auch?«

»Also, ist dir jetzt warm oder nicht?«

»Doch.«

»Dann hör auf damit. Du würdest eine Frau, die Jeans trägt, ja auch nicht unnormal finden.« Ohayon sah Rousseau an, und da war kein Funke Humor in seinem Blick. »Wir haben eine

Arbeit zu machen, Rousseau, und wir sind hier auf dem Land. Ich möchte, dass du morgen andere Schuhe trägst. Lange Unterhose. Und dicke Socken. Ist das angekommen?«

»Ist angekommen.«

Als sie die Gendarmerie betraten, gingen sie nebeneinander. Florence öffnete ein wenig den Mund. Man sah ihr an, dass etwas in der Welt nicht mehr so war wie bisher. Es hätte ein guter Moment sein können, mit sehr viel Text zwischen den Zeilen. Wenn das Bild doch nur stehen geblieben wäre. Aber es blieb nicht stehen. Rousseau ging zu seinem Schreibtisch, Ohayon kratzte sich an der Nase und erkundigte sich nach dem roten Sportwagen.

Florence schloss ihren Mund und machte Ohayon ein Zeichen, dass er sich setzen solle. Dann beugte sie sich ein Stück weit über den Tisch und sprach leise.

»Den Ford Mustang von Daniel Meur haben sie heute Morgen nach Villons abgeschleppt. Und Chervels Kutter ist immer noch nicht untergegangen und treibt auf die Fahrrinne zu. Die können ihn nicht reinschleppen, weil es noch ziemlich rau ist da draußen. Der muss gesprengt werden.«

»Okay, und warum flüsterst du?«

Florence machte eine kleine Bewegung mit dem Kopf in Richtung von Noras Schreibtisch. »Sie hat geweint. Ziemlich schlimm.«

Ohayon ging rüber zu Nora, wo Delphines Mutter gerade eine Aussage machte.

»Ist etwas mit Ihrer Tochter passiert?«

Irgendwas an seiner Frage war falsch, denn Catherine Meur ballte ihre Hände zu Fäusten.

»Sie hat vorgestern noch mal ihren Vater angerufen«, erklärte Nora knapp, »es geht ihr gut, sie ist in London.«

Da Catherine Meur offenbar nicht mit ihm reden wollte, sah er Nora an, die schüttelte ganz sachte den Kopf.

Ohayon verstand zwar nicht, was hier los war, begriff aber die Situation. Er ging zu Rousseau, und der erklärte: »Die aus Villons sind unterwegs, die brauchen aber noch ein Weilchen wegen dem Eisregen. Möchtest du einen Kaffee?«

»Lass uns rausgehen.«

»Warum?«

Ohayon schob Rousseau vor sich her, Richtung Ausgang. Als sie am Schreibtisch von Florence vorbeikamen, sah die Ohayon an, als wäre er ein ganz toller Kerl.

Der Wagen wurde schnell warm und Rousseau fuhr dreißig. In Kurven langsamer. Das war richtig, wie sich zweimal zeigte.

»Wir hätten dableiben sollen«, sagte Rousseau, der angespannt wirkte.

»Das ist erstens kein Tatort, sondern nur eine Vermutung. Außerdem war dir kalt.«

»Und was, wenn sich rausstellt, dass er sie da auf dem Tisch zersägt hat?«

»Dann wissen wir, dass es kein Chinese war.« Ohayon überlegte, ob er Rousseau fragen sollte, was der reifenstechende Nachbar denn eigentlich mit dem Sack Kartoffeln gemacht hatte. Das war möglicherweise eine überaus spannende Geschichte. Oder eine lustige. Er fragte nicht. Im Wagen wurde es gerade so schön warm, und es war ohnehin besser, wenn Rousseau sich auf die Straße konzentrierte.

»Siehst du, sie sind noch nicht da«, erklärte Ohayon, als sie ankamen.

Rousseau stieg aus, kontrollierte die Siegel und stellte sich vor dem Schuppen auf wie zur Bewachung. Ohayon inspizierte unterdessen das Grundstück. Aber da war nichts Besonderes. Es gab ein paar sehr lange, vollkommen verzogene Vierkanthölzer, die mit einer Plane abgedeckt waren, und das halbfertige, leicht angewitterte Gerüst eines Schuppens, den Chervel offenbar vor langer Zeit hatte bauen wollen.

Zehn Minuten später kamen drei Wagen. Bary gab Ohayon die Hand, sah kurz zu Rousseau rüber, nickte knapp und sagte: »Scheißwetter, wo müssen wir hin?«

»Der Schuppen.«

Rousseau schloss ihnen auf. Ohayon und Bary gingen rein.

»Hier vorne hat er Ersatzteile für seinen Kutter gelagert«, erklärte Ohayon, »sieht aber so aus, als wäre seit langem nichts mehr dazugekommen.«

Bary nahm es zur Kenntnis.

»Es gibt noch einen Raum.«

»Gehen Sie vor.«

Ohayon und Bary betraten den zweiten Raum. Bary ging ein paar Schritte auf den Tisch mit dem Blech zu, blieb stehen.

»Ich hoffe, wir haben euch nicht umsonst geholt.«

Bary ging zu einer der Badewannen. »Wer lebt hier?«

»Paul Chervel. Der ist gestern Nacht draußen vor der Bucht mit seinem Kutter gekentert. Unwahrscheinlich, dass er das überlebt hat.«

»Wie seid ihr auf ihn gekommen?«

Ohayon erklärte Bary, was passiert war. Der sah ihn an, während er zuhörte. Kein Ausdruck in seinem Gesicht. So was hatte er nicht nötig. »Er hat auf einen Menschen geschossen«, stellte Bary sachlich fest, als Ohayon fertig war.

»Vielleicht wollte er ja sie treffen. Ihm wurde sein Kapitänspatent entzogen und... offenbar hat er dafür die Leitung der Großküche verantwortlich gemacht.«

»Ist das ein Grund, auf einen Menschen zu schießen?« Auch das ruhig vorgetragen, keine Hebung der Stimme, keine Dramatik. Der Effekt so einer Haltung beim Sprechen ist enorm, man hört zu.

Ohayon überlegte, mit wem er es heute zu tun hatte. Er war Bary ja schon zweimal begegnet. Der hatte auf ihn zwar immer den Eindruck gemacht, als sei er mit seinen Gedanken ein bisschen woanders, aber unfreundlich war er nicht gewesen. Jetzt schien Bary verändert. Ohayon sah ihn sich von der Seite an, um ein bisschen mehr rauszufinden. Barys Haare mit diesem Stich ins Rötliche, fein gelockt ... Art Garfunkel! Natürlich! Art Garfunkel, von Simon and Garfunkel ...! Die Haare hatten Ohayon doch neulich schon an irgendwen erinnert.

Das Gesicht unter Art Garfunkels Haaren hatte möglicherweise mal etwas Jungenhaftes gehabt. Davon war nicht viel übrig geblieben. Bary erinnerte Ohayon ein bisschen an seinen Chef in Fleurville. Roland Colbert hatte früher so ausgesehen, wenn er ein Mordopfer betrachtet oder sich an einem Ort aufgehalten hatte, an dem einem Menschen Gewalt angetan worden war. Natürlich, das war es. Kommissar Bary sah traurig aus. Aber nur, wenn man sehr genau hinsah. Denn unter oder in dieser Trauer lag eine zweite Schicht. Wenn Ohayon diese andere Schicht früher gesehen hätte, dann hätte er an Clint Eastwood gedacht, und niemals an Art Garfunkel.

Bary ging zu einer der Badewannen, leckte die Spitze seines rechten Mittelfingers an, bückte sich und strich dann ein Stück über den Boden der Wanne. Der Finger, die Zungenspitze.

»Salz?«

Bary sagte nichts. Er nahm einen Filzstift aus der Innentasche seiner schwarzen Daunenjacke und markierte die Stelle, an der er eben die Probe genommen hatte.

»Jetzt zeigen Sie mir bitte das Haus.«

*

Liebste Helene,
Du bist die Einzige, mit der ich über so etwas reden kann.
Und deshalb erzähle ich Dir jetzt, was mir in den letzten

Tagen passiert ist. Ich habe nämlich ein Buch gelesen. Das Buch haben sie in Amerika über eine Million Mal verkauft, obwohl es total traurig ist und von einer Toten geschrieben wurde. Das Mädchen hat am Ende nämlich Selbstmord gemacht. Ich hab mich erschrocken, als ich das gelesen habe, weil sie genauso gedacht und gefühlt hat wie ich. Die war von ihrem Vater missbraucht worden, und das ist das Schlimmste, was in einer Familie passieren kann. Das Leben selbst zu Ende bringen, hat sie das genannt. Bei ihr fing es auch wegen ihrem Vater an, und die war auch in einer Gruppe, so wie unser BUCHCLUB. Aber da war etwas, das ich unlogisch fand. Das Mädchen konnte nämlich alles so gut und genau beschreiben, dass ich immer dachte: Hey, wenn dir so was wirklich passiert wäre, dann könntest du nicht so darüber schreiben, dann würdest du ganz anders drauf sein. Ich hab auch nicht verstanden, warum sie am Ende Selbstmord gemacht hat. Das würde ich nie tun, denn dann hätte er mich ja endgültig besiegt. Das verstehst Du, oder? Ich finde, Selbstmord ist einfach nur extrem dumm, und weißt Du, was ich denke? Es ist schade, dass wir nicht mehr so befreundet sind wie früher. Dabei liegt das alles nur an unseren Brüdern, und an meinem Vater. Vielleicht stimmt es, dass Männer Frauen kaputt machen wollen, das erklärt sie sehr gut in dem Buch. Als ich das las, musste ich jedenfalls die ganze Zeit an uns denken, weil wir ja oft über den Sinn von allem und über Freiheit und Selbstmord geredet haben.
Verrückt. Jetzt schreibe ich Dir, was für Gedanken ich habe, und dabei wirst Du den Brief nie lesen. Aber wenn ich Dir schreibe, dann ist es für mich so, als hätten wir über das alles gesprochen, dann ist die ganze Wut und Angst weg. Du warst schon immer viel weiter als ich. Mutiger. Konsequenter. Habe ich Dir das mal gesagt? Ich überlege jetzt, ob ich mit meinem Vater reden und ihm sagen soll, dass ich von jetzt

an tun kann, was ich will. Ist das richtig, was meinst Du?
Wie wird er darauf reagieren?
Ich schreibe Dir das alles, obwohl ich gar nicht weiß, ob
Dich das überhaupt interessiert hätte. Ach ja, das mit dem
Selbstmord war natürlich gelogen.
   Kuss, Delphine

Ohayon legte den Brief auf den Schreibtisch zurück und kratzte sich rechts an der Nase.

»Den hat Delphines Mutter gefunden«, sagte Nora.

»Wo?«

»Sie hat das Zimmer ihrer Tochter durchsucht, weil sie hoffte, einen Hinweis darauf zu finden, bei wem sie sein könnte.«

»Hat sie schon mit ihrem Mann über den Brief gesprochen?«

»Nein.«

»Hat sie gesagt, warum nicht?«

»Sie weiß nicht, wie sie damit umgehen soll. Ihre Tochter macht ja ziemlich beunruhigende Andeutungen.«

»Sie schreibt aber auch, dass alles gelogen ist. Wie gut war der Brief versteckt? Wo hat Madame Meur ihn gefunden?«

»In Delphines Schreibtischschublade.«

»Vielleicht sollte er gefunden werden.«

»Das dachte ich zuerst auch.«

»Was dachtest du dann?«

»Wo ist das Mädchen?«

»Und?«

»Dass Delphine sich in London aufhält, geht nur aus ihren Anrufen hervor«, sagte Nora, »beide Gespräche hat sie angeblich mit ihrem Vater geführt. Warum nicht mit ihrer Mutter?«

»Ich werde morgen mal mit dem Vater sprechen.«

Ohayon informierte Nora darüber, was in den letzten Stunden passiert war. Auch sie hatte eine Neuigkeit für ihn. »Chervels Kutter ist gesprengt worden.«

»Musste das sein? Die aus Villons werden sich darüber nicht freuen. Wenn die DNA von Kapitän Chervel sich mit der dieses Hammermörders deckt, wäre sein Kutter sicher noch wichtig gewesen.«

»Er trieb genau in der Fahrrinne. Und wenn ein Schiff gekentert ist, sieht man nicht mehr viel. Die Fähre aus England musste ziemlich kompliziert navigieren, um in unseren Hafen zu kommen.«

»Du meinst, sie musste um ihn rumfahren.«

»Die Fähre ist 120 Meter lang und hat einen Tiefgang von fünf Metern, die fährt nicht einfach um etwas herum.«

»Ich brauche jetzt erst mal einen Kaffee. Schon gesehen? Ich war mit Rousseau einkaufen.«

»Ja, Florence und ich haben darüber gesprochen.«

*

Ohayon ging ins Büro von Nicole Giry. Ihre Sekretärin war gerade damit beschäftigt, sauber zu machen. Sie hatte Akten und viele Stapel Papier aus den Schränken geräumt und wischte die Fächer aus.

»Madame Clery...«

Sie erschrak.

»Verzeihung, ich wollte nur fragen, ob Sie noch Kaffee haben.«

»Ich habe bereits alles abgespült, es ist gleich sechs. Aber ich mache Ihnen gerne einen frischen.«

»Danke.«

Christine Clery setzte Wasser auf und stellte Tasse, Milch und Zucker auf ein Tablett. Sie warteten.

»Ich wollte Ihnen übrigens mal sagen, dass Ihr Kaffee sehr gut ist.«

Sie sah ihn an.

»Und sauber gemacht haben Sie.«

»Es soll alles in Ordnung sein, wenn Madame Giry zurückkommt.«

»Da wird sie sich freuen.«

»Sie war die netteste Vorgesetzte, die ich je hatte. Der Lieutenant vor ihr ...«

Sie hörte auf zu sprechen, goss den Kaffee auf.

»Ich hätte das nicht sagen sollen«, erklärte sie, »der Lieutenant vor Madame Giry hat seine Arbeit vernünftig gemacht. Am Anfang war er auch gar nicht so unfreundlich. Ich glaube, das Wetter hat ihn verändert. Sie haben sich was Warmes zum Anziehen besorgt, wie ich sehe.«

»Der ist doch in Ordnung, oder?«

»Hat Ihr Blouson denn eine Kapuze?«

»Ja.«

»Das ist wichtig.«

»Kommen Sie eigentlich hier aus der Gegend?«

»Ja. Ich war ein paar Jahre in Paris und habe auf einem großen Kommissariat gearbeitet. Aber da habe ich mich nicht wohlgefühlt.«

»Hier ist es besser.«

»Oh ja! Ich gehe morgens immer ans Wasser. Es ist schön, wenn einem der Wind den Regen ins Gesicht bläst. Entschuldigen Sie, das gehört nicht hierher.«

»Diese ganzen Papiere, die Sie da rausgeholt haben ... sind das die Akten der letzten Jahre?«

»Ein Teil davon. Es gibt im Keller einen Raum, da liegen die alten Sachen, das geht zurück bis in die vierziger Jahre. Da habe ich sogar noch den Vorgang mit den Deutschen gefunden.«

»Was für einen Vorgang?«

»Es gab hier im Krieg eine Station der Deutschen. Die meisten von denen sind abgezogen worden, nachdem die Amerikaner und Engländer in der Normandie gelandet waren. Aber in dem kleinen Bunker waren noch welche drin. Sechs junge Männer mit Maschinengewehren.«

»Und warum lagern diese Akten in einer Gendarmerie?«

»Es wurde wohl damals gegen einige Leute aus Bauge ermittelt. Wegen der Art, wie sie mit den Gefangenen umgegangen sind.«

»Das ist ja eine Geschichte. Wurde denn jemand angeklagt?«

»So, Ihr Kaffee ist fertig.«

»Lesen Sie öfter in alten Akten?«

»Das meiste ist uninteressant. Das mit den Deutschen war das Spannendste, was ich gefunden habe. Außer natürlich die Sache mit dem Bein. Ich glaube, davon wird man noch in zwanzig Jahren reden. Wenn ich an der Schule vorbeikomme, muss ich immer daran denken. Und ich gucke auch jedes Mal zu den Containern hin. Da hat die kleine Monique es ja damals gefunden.«

»Danke für den Kaffee. Jedenfalls weiß ich jetzt, wo ich die Unterlagen finde, wenn ich mal was brauche.«

»Also wenn der Vorgang nicht zu alt ist, können Sie auch mich fragen. Ich habe das ja alles getippt und ein gutes Gedächtnis.«

»Noch besser. Vielen Dank.«

»Wissen Sie denn, wann Madame Giry zurückkommen wird? Sie fehlt uns.«

»Nein, das tut mir leid, das... kann ich Ihnen nicht sagen. Aber ich glaube, Sie können jetzt Schluss machen, es ist schon nach sechs.«

»Ich mache nur noch das Regal sauber, einräumen werde ich morgen.«

Ohayon schrieb seinen Tagesbericht, verabschiedete sich von Nora und versprach ihr, morgen als Erstes mit Delphines Vater zu sprechen.

Es passierte nichts Besonderes mehr an diesem Abend. Er

telefonierte lange mit Ines und begann dann, den Roman zu lesen, den sie ihm zum Geburtstag geschenkt hatte. In dem Buch ging es um eine Frau, die sich an etwas schuldig fühlte, für das sie nichts konnte. Sie tat Dinge, die kaum zu glauben waren, und machte sich schuldig. Trotzdem las er bis nach Mitternacht. Später träumte er von einem Fahrrad, für das er ein Ersatzteil besorgen musste, das nirgends aufzutreiben war.

Donnerstag

Die Redaktion der *Gazette de Bauge* befand sich in zwei zusammengelegten Wohnungen und belegte den gesamten ersten Stock eines auffällig horizontal gegliederten Hauses, das hier seit 1924 stand. Eine Messingplatte neben dem Eingang wies darauf hin, dass ein damals bedeutender belgischer Architekt es entworfen hatte. Im Erdgeschoss hatte das kleine Kaufhaus von Bauge seine Räumlichkeiten. Auch heute staunte Ohayon wieder über die günstigen Preise.

Das Haus stand in der Fußgängerzone, die sich hier zu einem kleinen Platz erweiterte. Auf der anderen Seite teilten sich eine Bank und die Post ein Gebäude, das Mitte der siebziger Jahre errichtet worden war und nicht zu den anderen Häusern passte. Vor der Bank stand eine Skulptur aus Bronze. Ein Kutter, an Bord zwei Fischer, die gerade ein Netz voller Fische an Bord hievten. Ein Teil der polierten Bronzefische hatte sich vor dem Netz über den Boden verteilt. Ohayon stellte sich vor, dass es bestimmt schön aussah, wenn im Sommer das Wasser des Brunnens über die Fische floss und in der Sonne glitzerte. Rechts neben der Bank gab es ein schmales Haus, in dem Kerzen verkauft wurden, das Schaufenster funkelte.

Ohayon fehlte leider die Zeit, sich das alles in Ruhe anzusehen, denn er hatte ja einen Termin mit Delphines Vater ausgemacht.

Er wurde von einer Frau Mitte dreißig an der Tür abgeholt, die ihn an eine berühmte Filmschauspielerin erinnerte, auf deren Namen er nicht kam. Aus ihrem Auftreten ließ sich nicht darauf schließen, ob sie sich ihres außergewöhnlichen Aussehens bewusst war. Sie führte ihn zum Büro des Chefredakteurs. Sie ging vor ihm. Die Art, wie sie das tat, war nicht weiter bemerkenswert. Sie öffnete eine Tür, er trat ein, sie schloss die Tür. So einfach und gut war das geregelt.

»Nehmen Sie Platz.«

Pascal Meur war zur Begrüßung aufgestanden, jetzt setzte er sich. Auf seinem Schreibtisch gab es eine Arbeitsunterlage aus durchsichtigem Plastik, unter der ein Foto lag, das Ohayon irritierte. Davon abgesehen war der Schreibtisch nicht anders als andere.

»Bevor wir anfangen«, sagte Ohayon, »hat sich Ihre Tochter inzwischen noch mal mit Ihnen in Verbindung gesetzt?«

»Nein. Ich habe das letzte Mal am Montag mit ihr gesprochen.«

»Das ist drei Tage her.«

»Und nicht ungewöhnlich.«

»Ah ja.«

»Wirklich nicht ungewöhnlich. Das gehört für sie mit dazu. Also zu diesem Abnabelungsprozess.«

Ohayon war sich nicht sicher, wie er diese lässige Haltung von Delphines Vater einordnen sollte, entschied dann, dass die Eltern ihr Kind besser kannten als er.

»Sie untersuchen den Wagen meines Sohns. Warum?«

»Weil er sehr schnell an der Stelle vorbeigefahren ist, an der ein Mädchen überfahren wurde. Und sein Wagen ist vorne beschädigt.«

»Er ist vor einem Jahr gegen einen Stein gefahren.«

»Sie machen sich sicher Sorgen, aber...«

»Nein, es ist völlig in Ordnung, dass Sie das überprüfen.«

»Gut, dass Sie es so sehen. So vernünftig. Ganz schön groß, Ihre Redaktion, wenn man bedenkt, dass Bauge nur 14 000 Einwohner hat.«

»Wir produzieren nicht nur unsere Zeitung, sondern auch die Beilagen für andere Blätter. Werbung. Schließlich müssen wir ja auch Geld verdienen.«

»Verstehe.«

»Hat sich denn etwas Neues ergeben, wegen Delphine? Ich hoffe, Sie haben keine schlechten Nachrichten.«

So, wie er das gesagt hatte, klang es nicht, als ob er damit rechnete.

»Nein, keine neuen Nachrichten. Außer dass bei dem ersten Telefonat, das Sie mit ihr geführt haben, vermutlich ein gestohlenes Handy benutzt wurde. Wem das Gerät gehört, wissen wir nicht, da müssten wir aufwendige Anträge stellen und englische Behörden einschalten. Datenschutz.«

»Die Polizei muss sich natürlich an das Gesetz halten.«

Ohayon lächelte schwach. »Ich verstehe schon, wie Sie das meinen, Monsieur Meur... aber wir müssen uns tatsächlich an Gesetze halten. Ihre Frau sagte, es gab noch einen zweiten Anruf.«

»Da war leider die Rufnummer unterdrückt, sonst hätte ich natürlich versucht, meine Tochter zu erreichen.«

»Wie würden Sie das Verhältnis zwischen Ihnen und Ihrer Tochter beschreiben?«

»Als normal.«

»Und das Verhältnis zwischen Mutter und Tochter?«

»Auch gut. Delphine ist natürlich in einem schwierigen Alter.«

»Warum betonen Sie das?«

»Um Ihrer eigentlichen Frage zuvorzukommen, warum meine Tochter weggefahren ist. Wir hatten in letzter Zeit ein paarmal Streit. Delphine mag Bauge nicht. Aber es geht eben nicht immer nach ihr. Unser Sohn hat eine Behinderung. Daniel macht jetzt in Lambelle eine Lehre als Kfz-Schlosser. Er wird dort akzeptiert. Wir haben vorher in Villons gewohnt, da war er für seine Mitschüler ein Krüppel.«

»Er fährt ein tolles Auto.«

»Den Wagen hat er zu seinem 18. Geburtstag bekommen. Eine Idee meiner Frau. Sie hatte die Hoffnung, dass ihm das hilft, in der Schule. Und natürlich auch bei den Mädchen.«

»Ist die Rechnung denn aufgegangen?«

»Ja. Ich hatte zuerst befürchtet, dass seine Klassenkameraden eifersüchtig sein würden, aber... Es hat geklappt. Was den Grund für Delphines Verschwinden angeht, kann ich Ihnen leider nichts Erhellendes sagen, außer natürlich, dass sie siebzehn ist. Manche Mädchen reden in dem Alter ja schon davon, zu Hause auszuziehen. Wenn sie also mal wegfährt, ohne uns Bescheid zu sagen, ist das nicht so bemerkenswert. Wir waren nur etwas besorgt, weil sie ihren Mantel und ihr Handy nicht mitgenommen hat. Meine Frau und ich halten unsere Tochter sonst nicht an der kurzen Leine.«

Pascal Meur öffnete eine Flasche Mineralwasser und schenkte sich ein.

»Sie auch?«

»Gerne.«

»Ich will ehrlich sein. Das mit der freien Erziehung war nicht unbedingt ein Konzept, obwohl... Ein bisschen schon, meine Frau und ich kommen beide aus sehr konservativen Elternhäusern, wir wurden sehr streng erzogen. Interessiert Sie das überhaupt?«

»Warum nicht?«

»Na, Sie hören in Ihrem Beruf sicher viele langweilige Lebensgeschichten.«

»Viele Geschichten, ja, aber ich finde sie nicht langweilig. Im

Gegenteil. Sie sind doch Journalist, finden Sie Lebensgeschichten langweilig?«

Beide Männer schenkten sich ein offenes Lächeln.

»Mein Vater war Jurist«, erklärte Pascal Meur, »ein Mann, der an den Staat glaubte und der Meinung war, der Einzelne müsse sich unterordnen. Dagegen habe ich natürlich rebelliert. Wenn Sie bei mir genau recherchieren, werden Sie darauf stoßen, dass ich als junger Mensch ein paarmal mit dem Gesetz in Konflikt geraten bin.«

»Weil Sie alles anders gemacht haben.«

»Genau. Ich war damals politisch interessiert...« Pascal Meur lachte ein kleines Lachen, für das eigentlich kein Anlass bestand. »Ich habe sogar zusammen mit einigen Freunden eine politische Zeitschrift herausgegeben. Nur drei Ausgaben, aber... Gut, das hat natürlich nichts damit zu tun, dass Delphine nach London gefahren ist. Ich habe Ihnen das erzählt, um klarzumachen, dass mein beruflicher Start sehr verzögert war. Ich musste mich danach umso mehr anstrengen, um die verlorene Zeit wieder aufzuholen. Das ist bis heute so, mir fehlen die Jahre. Das heißt, ich arbeite viel und konnte mich nicht so um Delphine kümmern, wie ich es hätte tun sollen. Ich bin immer noch damit befasst, dieses Blatt umzubauen. Die Auflage ist vor ein paar Jahren stark zurückgegangen, und der neue Besitzer wollte, dass wir uns aggressiver und plakativer aufstellen.«

»Verdient denn Ihre Frau auch etwas dazu?«

Pascal Meur hob einen Stift von seiner Schreibtischunterlage, betrachtete ihn ein paar Sekunden lang und legte ihn dann wieder ab. »Sie verdient mehr als ich.«

Ohayon fand, dass das alles sehr normal klang. Sein Gegenüber sprach offenbar gerne über sich selbst, aber solche Männer waren ihm ja schon öfter begegnet. Pascal Meur schien das bemerkt zu haben.

»Sehen Sie, Monsieur Ohayon, jetzt habe ich schon wieder über meine Arbeit gesprochen, dabei geht es um meine Tochter. Also, ich bin sicher, dass Delphine in London ist, und das ist für mich gar kein schlechtes Zeichen. Selbst wenn sie uns nicht Bescheid gegeben hat. Delphine ist seit zwei Jahren mit der Tochter von Silvia Courbet befreundet...«

»Die heißt Eva, nicht wahr?«

»Genau. Die beiden haben im Sommer Abitur gemacht. Evas Mutter hat in London eine Galerie, bei der ihre älteste und beste Freundin, nämlich meine Frau, Teilhaberin ist. Und seit einem Jahr ist ja auch dieser Künstler oft hier.«

»John Duffet. Der immer die Buffets abräumt.«

»Mit dem haben sich die Mädchen angefreundet. Sie sprachen plötzlich davon, dass sie Kunst studieren wollen oder in einer Galerie arbeiten. Natürlich nicht in der ihrer Mütter. Um Gottes willen! Was ich sagen will... Delphine hat sich verändert, seit sie mit Eva befreundet ist. Diese Eva hat zwei Seiten. Einerseits hat sie Pläne, und die haben sich auf Delphine übertragen. Das ist natürlich gut...«

»Haben Sie etwas gegen Eva?«

Pascal Meur ließ sich nichts anmerken. Abgesehen davon, dass sein Gesicht sich leicht rötete.

»Wie kommen Sie darauf, dass ich...?«

»Weil Sie das Mädchen so abfällig bezeichnet haben.« Ohayons Stimme war nicht schärfer geworden, er hatte den Satz nur etwas schneller ausgesprochen.

»Was habe ich denn gesagt?«

»Sie nannten die Tochter der besten Freundin Ihrer Frau ›diese Eva‹.«

»Da habe ich mich nur ungeschickt ausgedrückt.«

Pascal Meur hörte auf zu sprechen, Ohayon wartete. Er saß auf seinem Stuhl und sah ihn einfach nur an. Lange dauerte es nicht.

»Gut, Sie... haben mich ertappt. Eva ist sehr manipulativ, und das stört mich.«

Und gleich wieder eine Pause. Genau der gleiche Vorgang wie eben. Pascal Meur wurde unruhig.

»Ja, gut! Gut. Sie hat ein paar kleine Versuche gemacht, mich zu verführen und... Nein, verführen ist ein zu starkes Wort. Sie hat mir das Gefühl gegeben... Das hat sie vermutlich von ihrer Mutter, die ist auch nicht ganz ohne.«

»Kennen Sie Helene Guitton?«

»Das war was ganz anderes. Etwas, das Sie vermutlich gar nicht verstehen. Helene und ich, wir sind... befreundet. Ich sage es einfach so, wie es ist. Sie ist siebzehn, ich bin siebenundvierzig. Trotzdem. Ihr Vater hat sich vor zwei Jahren das Leben genommen. Helenes Bruder, Paul, hat deshalb meinen Sohn in der Schule zweimal verprügelt. Ich habe versucht, mit seiner Mutter zu sprechen, um das Missverständnis aufzuklären.«

»Und?«

»Ich kam gar nicht erst an sie ran. Paul bewacht sie.«

»Aber mit Helene sind Sie befreundet.«

»Delphine brachte sie ein paarmal mit. Mir fiel auf, dass Helene nie mit ins Haus kam, und ich ahnte natürlich, warum. Aber eines Abends kam Helene zu uns und... Delphine, Daniel und meine Frau waren nicht da. Das habe ich ihr gesagt und gedacht, sie würde gehen. Aber an dem Abend war es anders. ›Darf ich reinkommen?‹ So einfach war das. Sie ist ins Wohnzimmer gegangen, hat sich auf die Couch gesetzt... Ich wusste zuerst gar nicht, was ich machen sollte. Also habe ich mich zu ihr gesetzt. Sie hat mich angesehen, als ob sie mein Gesicht erforschen wollte. Ich weiß heute noch, wie das war. Mein Herz hat so geschlagen, dass ich es richtig in meinem Brustkorb gespürt habe. Das wurde noch schlimmer, als ich sah, dass sie anfing rot zu werden. Nicht rot aus Scham, nur ein bisschen wie eben ein Mensch, der aufgeregt ist. Und dann fragte sie: ›Was war mit meinem Vater?‹ Damit fing unsere Freundschaft an. Ich sage Ihnen das, damit Sie einen Eindruck von der Welt bekommen, in der meine Tochter lebt. Mädchen in diesem Alter sind schwer einzuschätzen. Ich hoffe, ich war nicht zu ehrlich.«

»Nein, das ist gut. Das erspart mir, Eva noch mal zu befragen.«

»Hören Sie bitte auf mit diesen Spielchen. Ich bin siebenundvierzig Jahre alt, meinen Sie, ich lasse mich mit einer Siebzehnjährigen ein?«

Der erste Widerstand, dachte Ohayon. Er hatte angenommen, dass ein Chefredakteur sehr viel vorsichtiger sein würde, wenn es darum ging, Informationen preiszugeben. Dieser Mann hatte sich vom ersten Moment an auf eine andere Strategie verlegt. Er rückte sofort mit allem raus, sogar mit Informationen, die ihn verdächtig machten. Ohayon fand das klug und beschloss, in keinem Fall zu insistieren oder nachzuhaken. Er hatte noch nie viel von regelrechten Verhören gehalten. Seine Aufgabe bestand nur darin, das Gespräch am Laufen zu halten und zuzuhören.

»Wissen Ihre Frau, Ihr Sohn oder Ihre Tochter von dieser Begegnung mit Helene?«

»Nein, das war eine Sache zwischen ihr und mir. Ich wollte auch auf etwas ganz anderes raus, denn es geht ja um meine Tochter.« Er überlegte kurz, bevor er weitersprach. »Wenn Evas manipulative Art bei Delphine in den Wunsch mündet, nach London zu fahren, um sich dort ein bisschen in der Kunstszene zu bewegen, dann ist das aus meiner Sicht erst mal gut. Menschen sind nur dann stark, wenn sie ein Ziel haben. Trotzdem weiß ich nicht, ob mir das gefällt. Ich weiß ja nicht mal, ob meine Tochter künstlerisch begabt ist. Wenn es nach mir ginge, würde sie erst mal Jura studieren. Mein Vater war Jurist, ich glaube, ich erwähnte das, und ich muss sagen, er hatte es im Leben sehr viel leichter als ich, und er hat auch mehr erreicht.

Verstehen Sie? Ich möchte einfach nicht, dass Delphine genauso blauäugig ins Leben stolpert wie ich.«

Die nächste Frage kam Ohayon, ohne dass er gewusst hätte, warum.

»Sie haben vorgestern, nach der unglücklichen Verhaftung dieses Bäckers, einen sehr fairen Artikel über die Arbeit der Polizei geschrieben, Sie haben sich bis jetzt auch nicht auf die Seite der Bürger geschlagen, die den Bauzaun angegriffen haben. Glauben Sie, dass es einen weiteren Angriff dieser Art geben wird?«

»Nein. Die Randalierer, denn nichts anderes als Randale war das ... diese Leute wurden hart bestraft. Das war sehr klug. Denn das hat sicher gereicht, um weitere Übergriffe zu verhindern. Dieses Kraftwerk muss gebaut werden. Es geht dabei ja auch um einen Technologietransfer. Und wir wollen doch nicht, dass die Deutschen oder womöglich sogar die Engländer uns auf dem Sektor vorführen, woher der Wind weht. Frankreich war immer ein Land, das der Moderne gegenüber aufgeschlossen war. Das gehört sozusagen zu unserem Selbstverständnis. Davon abgesehen wurde das Projekt von unserer Regierung beschlossen. Natürlich ist nicht für alle angenehm, was hier passiert. Aber wenn wir anfangen, die Entscheidungen von Leuten in Frage zu stellen, die sicher weiter in die Zukunft sehen können als Sie, ich oder irgendwelche Bewohner einer Kleinstadt, dann endet das im Chaos. In fünf Jahren würden sich die gleichen Leute, die jetzt randalieren, darüber beschweren, dass die Energiepreise steigen.«

»Und deshalb soll Ihre Tochter Jura studieren. Entschuldigen Sie, wenn ich noch mal ...«

»Nein, völlig richtig. Ich möchte einfach, dass mein Kind in der Lage ist, Dinge zu durchschauen und richtig einzuschätzen. Und zwar auf der Grundlage unserer politischen Realität, nicht auf Grund irgendeines Wollens oder Glaubens. Ich möchte nicht, dass sie als Träumerin ihre Zeit verschwendet, so wie ich das getan habe. Jetzt ist sie in London und tobt sich ein bisschen aus, mein Gott, welche Siebzehnjährige träumt nicht von London?«

Pascal Meur lehnte sich zurück. »Haben Sie sonst noch Fragen?«

»Na ja, schon. Sie haben vorhin diese spannende Geschichte angefangen. Sie und Helene Guitton auf dem Sofa. Das Mädchen errötet, Sie spüren Ihr Herz. Das Mädchen fragt nach seinem Vater und danach waren Sie… befreundet. Da fehlt noch was. Wie ist die Geschichte auf dem Sofa denn weitergegangen?«

»Helenes Vater war vor mir Chefredakteur der *Gazette de Bauge*. Seine Entlassung wurde in Paris beschlossen, ich musste ihm nur die Nachricht überbringen. Monsieur Guitton war siebenundfünfzig Jahre alt, die Zeitung war dabei, den Bach runterzugehen. Er hat eine gute Abfindung bekommen. Das habe ich Helene damals gesagt, und das hat sie sehr erleichtert. Wir kamen ins Gespräch und haben uns danach ein paarmal getroffen und geredet. Meistens ging es darum, was sie studieren sollte. Manchmal haben wir über Politik gesprochen oder darüber, warum die meisten Menschen so sein wollen wie andere. Alles, was mit Konventionen und Zwängen zu tun hat, das… hat sie beschäftigt.« Er lächelte. »So oft haben wir uns ja auch gar nicht gesehen. Mich haben unsere Diskussionen an die Zeit erinnert, als ich selbst siebzehn war. Ich habe damals eine Frau kennengelernt, die war Mitte vierzig, so wie ich jetzt. Und mit der habe ich ganz ähnliche Gespräche geführt. Ohne diese Frau wäre ich kein Linker geworden, ich könnte nicht Gitarre spielen und hätte keine Zeitschrift gegründet. Alles Irrwege, wie sich dann rausstellte. Aber nicht wegzudenken aus meinem Leben. Die beste Zeit, so sagt man doch.«

Pascal Meur sah Ohayon an. Wieder lächelte er, wieder galt das Lächeln mehr ihm selbst.

»Nur, weil ich ein Konservativer bin, muss ich nicht immer und in jeder Situation so sein. Ich habe mich mit Helene unterhalten, wie ich es gerne mit meiner Tochter getan hätte. Und sie vielleicht mit ihrem Vater. Über manches kann man eben nur reden, wenn man weit voneinander entfernt ist. Vom Alter her, von der Einstellung. Nur da ist diese Nähe möglich. Sie können Helene natürlich zu unserer Beziehung befragen, aber wenn es keinen zwingenden Grund dafür gibt, würde ich Sie bitten, das nicht zu tun.«

»Warum nicht?«

»Weil das sehr intime Gespräche waren, die niemanden etwas angehen.«

»Gut. Ich glaube, ich habe keine weiteren Fragen, und... danke, dass Sie mich wegen der Übergriffe am Bauzaun beruhigt haben.«

»Strafe ist manchmal das Beste!«, sagte Pascal Meur und verwandelte sich wieder in einen Chefredakteur. »Wir haben ein Gesetz, an das haben wir uns zu halten, so einfach macht man es uns.« Als er das sagte, breitete er seine Arme aus, als wolle er Ohayon in eine heilige Handlung mit einbeziehen.

Nachdem er die Redaktion verlassen hatte, ging Ohayon zu dem Kerzenladen neben der Bank. Im Schaufenster war eine Landschaft aufgebaut. Das Märchen von der Goldmarie und der Pechmarie. Der Besitzer hatte überall kleine Spiegel aufgestellt, so dass sich alles von allen Seiten zeigte. Was einen irritierenden, fast schon zauberischen Effekt hatte. Nach einer Weile stellte sich eine Frau neben ihn, die zwei kleine Kinder dabeihatte. Und so starrten sie am Ende zu viert in das märchenhafte Geflacker.

*

Als Ohayon wieder auf der Gendarmerie eintraf, hatte Florence Neuigkeiten.

»Die in Villons haben sich den Ford Mustang von Daniel Meur angesehen. Der Junge hat das Mädchen nicht überfahren.«

»Gut. Ruf bitte sofort die Eltern an.«

»Es muss übrigens wirklich ein roter Wagen gewesen sein, die aus Villons haben Lackspuren an Helenes Fahrrad gesichert. Sie sind gerade dabei zu checken, bei welchen Automarken so ein Lack verwendet wird.«

»Wie viele Wagen hast du noch auf deiner Liste?«

»Einunddreißig.«

Nora rief ihn zu sich.

»Ja?«

»Madame Malinas war vorhin hier, um ihre korrigierte Zeugenaussage abzugeben.«

»Das ist ja sehr ordentlich.«

»Offenbar hielt ihr Mann es so für das Beste.«

»Er wollte ganz sichergehen.«

»Ja, aber das war nicht das Interessanteste. Ich kam ein bisschen mit ihr ins Gespräch. Sie wollte wissen, ob wir Madame Jambet ihre Aussage abkaufen.«

»Ach.«

»Judith Jambet hat bei den Malinas' als Putzfrau gearbeitet.«

»Hat? Sie arbeitet nicht mehr dort?«

»Sie hat vor zwei Wochen gekündigt. Angeblich hat Monsieur Malinas ihr das nahegelegt. Er war wohl der Meinung, seine Frau hätte ohnehin nichts zu tun und könne sich selbst um diese Arbeiten kümmern. Ach ja, die Tochter von Paul Chervel war auch hier, sie fragte, ob wir die Leiche schon gefunden hätten. Sie möchte ihn natürlich beerdigen.«

»Wo ist Chervels Tochter?«

»Sie kann im Moment nicht ins Haus ihres Vaters, weil da alles von Bary und seinen Leuten untersucht wird. Ich habe sie in der Pension einer Freundin von mir untergebracht. *Pension Miriam*. Willst du mit ihr reden?«

»Der Schuppen war sehr unheimlich. Wenn die da was finden, lautet die nächste Frage, was für ein Leben hat Paul Chervel geführt?«

»Sollte das nicht Kommissar Bary machen?«

»Wegen dieser Kündigung von Madame Jambet... Ich habe vorhin mit Delphines Vater gesprochen, und der erwähnte, dass er mal mit dem Gesetz in Konflikt geraten ist. Wahrscheinlich was Politisches. Das muss ungefähr dreißig Jahre her sein. Überprüf doch mal, ob da noch andere Straftaten begangen wurden.«

»Vor dreißig Jahren? Diese Daten...«

»Versuch es trotzdem.«

»Warum?«

»Weil ich immer noch nicht verstehe, warum Monsieur Malinas unbedingt verhindern wollte, dass Daniel mit Helene Guittons Unfall in Verbindung gebracht wird.«

*

Als Ohayon in der Pension von Miriam Marchand ankam, war Paul Chervels Tochter nicht da.

»Sie geht am Strand spazieren«, erklärte Miriam.

»Bei dem Wetter?«

»Sie kommt bestimmt bald zurück. Ich habe das damals auch gemacht, als mein Mann gestorben ist. Zwei Jahre ist das jetzt her.«

»Das tut mir leid.«

»Mein Mann hatte einen ganz wunderbaren Humor. Er konnte so gut Geschichten erzählen. Und immer mit einer Pointe, die saß.«

»Eine ganz besondere Begabung.«

»Unsere Gäste liebten ihn. Kurz nach Jeans Tod habe ich dann einen Serben eingestellt, der macht seine Sache sehr gut, aber er hat eben nicht diesen Humor. Wie sollte er auch. Er hat mir erzählt, was er als junger Mann alles erlebt hat im Krieg. Und jetzt Paul. Wir haben bei Paul früher immer unseren Fisch geholt.«

»Entschuldigung, wie lange ist Ihr Mann tot?«

»Seit zwei Jahren. Er hat diesen Wintergarten gebaut, und das war zu viel für sein Herz. Wir hatten damals ja noch den alten Hund. Der Neue ist wilder, er hört auch nicht so gut. Aber er hat den Knochen gefunden, das war ja eine ziemliche Aufregung. Und dann stellt sich auch noch raus, dass Paul die Knochen ins Meer geworfen hat. Ich verstehe das nicht, er hätte die doch auch irgendwo vergraben können, dann wären sie weg gewesen und niemandem wäre geschadet worden. Ich bin nur froh, dass mein Mann das nicht mehr miterleben musste. Er und Paul waren ja doch sehr gut befreundet, die sind oft zusammen rausgefahren.«

»Um Fische zu fangen.«

»Ja, oder um die Körbe runterzulassen. Paul wollte ja Austern und Hummer züchten. Aber das hat er nie ernsthaft verfolgt. Schade um die schönen Körbe, die sind wahrscheinlich immer noch da unten. Na, da ist jetzt Sand drüber. Die Austern versanden ja alle, seit die Chinesen da sind.«

Ohayon sah ein paar eigenwillige Bilder vor seinem inneren Auge. Unterwasserbilder, in denen die Körbe eine Rolle spielten. Es waren nicht seine Bilder. Er und Ines guckten ja manchmal Horrorfilme. Ohayon wurde aus seinen Gedanken gerissen, als eine stark übergewichtige Frau den Raum betrat.

»Da bist du ja. Jemand von der Gendarmerie möchte mit dir sprechen.«

»Sie sind Paul Chervels Tochter?«

»Ja?«

»Können wir uns irgendwo hinsetzen, wo wir ungestört sind?«

Miriam Marchand führte sie zu einem Tisch auf der verglasten Veranda und gab ihnen zwei Decken. »Da wird euch niemand stören, meinen anderen Gästen ist es hier im Winter zu kalt.«

Ohayon waren die anderen Gäste schon aufgefallen. Zwei ältere Ehepaare. Gut situierte Rentner, der Kleidung nach zu urteilen. Ihn hatte nur irritiert, dass sie Gummistiefel trugen.

»Madame Chervel ... Mein herzliches Beileid.«

»Ich heiße nicht mehr Chervel, ich bin verheiratet.«

»Ich weiß nicht, wie weit Sie über die Umstände informiert sind ... also wie Ihr Vater ums Leben kam.«

»Nora hat mir das mit der Leuchtpistole und wie sein Schiff gekentert ist, schon alles erzählt. Furchtbar, dass es so geendet hat.«

»Wie war ihr Vater so?«

»Wie alle. Er war Fischer. Aber dann fingen sie immer weniger und ... Da gibt es nicht viel zu erzählen. Er hat angefangen zu trinken. Er hat schon immer getrunken, aber es gab früher eine Grenze für ihn. Meine Mutter hat ihn verlassen, nachdem er sie zweimal sehr heftig geschlagen hat. Sie ist dann zu mir und meinem Mann nach Lambelle gezogen. Was danach mit meinem Vater passiert ist, weiß ich nicht. Aber als ich ein Kind war ...«

Ohayon musste warten, sie war nicht mehr in der Lage zu sprechen. Nachdem sie eine Weile erfolglos in ihren Taschen gesucht hatte, gab er ihr eine Packung Taschentücher. Sie schnäuzte sich kräftig.

»Ist Ihr Mann mitgekommen?«

»Der ist im Rathaus. Wir wollten auch noch zum Bestatter, aber ...«

»Es wird nach Ihrem Vater gesucht. Ich muss Ihnen noch ein paar Fragen stellen.«

»Ja?«

»Wissen Sie, mit welchen Personen Ihr Vater in den letzten Jahren Umgang hatte? Freunde, Leute, mit denen er Geschäfte gemacht hat.«

»Ich war lange nicht mehr hier. Er war früher mit einigen der anderen Fischer befreundet, aber sonst ...«

»Wir haben im Schuppen zwei Wannen gefunden und eingewickelte Maschinenteile. Wissen Sie etwas darüber?«

Und dann brach es doch noch so richtig aus ihr heraus. Ohayon musste zu ihr gehen und sie festhalten. Das war nicht einfach, denn sie hatte wirklich einen enorm großen Körper. Als sie sich einigermaßen beruhigt hatte, erfuhr Ohayon, was der Auslöser für den Ausbruch war.

»Diese Maschinenteile… Das waren alles Ersatzteile für seinen Kutter. Der war ja sehr alt und… als ich noch klein war… Ich habe viele dieser Sachen zusammen mit ihm eingewickelt. Er hat mir immer genau erklärt, wofür sie da sind. Mein Vater war sich ganz sicher, dass ich mal seinen Kutter übernehmen würde. Er war so sorgfältig mit allem. Aber dann fingen sie immer weniger Fische. Immer weniger Fische… Sonst würde ich vielleicht anders aussehen, verstehen Sie? Dann hätte ich den Kutter übernommen, und alles wäre anders gekommen. Nur wegen der Fische.«

»Das tut mir leid.«

»Er hat dann versucht, auf Austern umzustellen, aber das hat er, glaube ich, nie richtig gemacht, das war auch alles zu eng da, in seinem Schuppen.«

Sie hörte auf zu sprechen und sah raus aufs Meer. Ohayon ließ sie ein Weilchen in Ruhe, ehe er nachhakte.

»Ich habe im Garten einen halbfertigen Schuppen gesehen.«

»Er wollte einen größeren bauen, für seine Austern und die Körbe. Aber den hat er nie fertig gekriegt.«

»Gut, Madame. Mehr Fragen habe ich nicht. Und wie ich schon sagte, wir suchen nach ihm.«

»Das ist gut. Ich möchte meinen Vater in Lambelle beerdigen. Meine Mutter liegt auch da.«

*

Als Ohayon wieder im Auto saß, war er noch immer bewegt. Die traurige Geschichte von den Ersatzteilen und den ausgebliebenen Fischen hatte ihn richtig getroffen. Er stellte sich Paul Chervel und seine Tochter im Schuppen vor, wie sie vor langer Zeit – sie noch ein Kind, das Bild wurde in Ohayons Kopf sehr plastisch ... wie Vater und Tochter zusammen die Ersatzteile verpackt hatten. Weil die Tochter sie später mal brauchen würde. Er selbst meinte ja auch, dass er die Zukunft seiner Kinder sichern musste. Ines war da noch viel strikter. Sonst wäre er ja gar nicht hier. Ohayon lehnte Schicksal zwar nicht ab, aber ... dass es am Ende die Fische waren, die Chervels Pläne vereitelt hatten, das hatte doch etwas sehr Fieses.

Doch Ohayon gehörte nicht zu den Menschen, die sich endlos mit einem Gedanken aufhielten. Conrey, sein ewiger Konkurrent in Fleurville, behauptete immer, es gäbe Gründe dafür, die etwas mit dem Konzentrationsvermögen zu tun hätten. Was auch immer Conrey damit sagen wollte, Ohayon vergaß die Fische und ärgerte sich stattdessen über die Moderne – besonders im Autobau. Conrey lag nämlich falsch, er hatte Ohayon nie begriffen. Dieser Sprung von den Fischen zur Moderne ist kein Witz, sondern eine Begabung. Die Kunst zu vergessen, vor allem das schlagartige Vergessen, ist immer ein untrügliches Zeichen für Intelligenz.

Die Moderne im Autobau. Ohayon hatte den Renault Megane vom ersten Moment an nicht gemocht. Das lag vor allem daran, dass der Wagen noch nicht mal ein Jahr alt war. Man hörte nichts außer einem Summen, wenn man fuhr. Auch die Sitze waren schrecklich. Er fühlte sich so geführt. Ohayon dachte an seinen 69er Chevrolet Camaro. Den hatte er verkauft, nachdem er Ines kennengelernt hatte. Das waren Zeiten gewesen, die Zeiten vor Ines. Da war er noch ein ganz anderer als heute. Obwohl er Kinder ja schon damals gemocht hatte. Er hatte ihnen gerne zugesehen – daran dachte er jetzt, wurde weich in den Schultern ... zugesehen beim Spiel, wenn er sich nach Dienstschluss mit einer schönen Flasche Cognac auf die Bank im Park gesetzt hatte. Die Sonne. Die Bäume. Er hatte mit ihnen gesprochen, und die Kleinen hatten ihn gemocht. Was die Mütter beunruhigt hatte. Jetzt, wo er selbst Vater war, verstand er das. Ja, er war damals ein richtiger Außenseiter gewesen, ohne es überhaupt zu merken. Das alles hatte sich mit Ines geändert. Ihre Begegnung war eine Fügung des Schicksals gewesen. Sie waren sich an einem Fischstand begegnet. Verrückt, dass ihm heute so viele Fische über den Weg liefen. Wie war er da jetzt drauf gekommen? Ach ja, wegen des Autos.

Die Autos von heute waren total infantil geworden, fand Ohayon. Die Heizung immerhin! Die war gut. Bei der Heizung waren Fortschritte gemacht worden. Und natürlich beim Verbrauch. Darum drehte sich ja inzwischen alles. Sparen. Ressourcen. Alternative Energie. Sonst wären ja die Chinesen auch nicht da. Die ganze Welt kam ihm manchmal vor wie ein verheddertes Knäuel Wolle. Ein einziges Durcheinander. Und dann, wenn man das Chaos schon akzeptiert hatte, stellte sich raus, dass alles zusammenhing. Als er an diesem Punkt angekommen war, fiel ihm wieder das Foto ein, das unter Pascal Meurs Schreibtischunterlage gelegen hatte. Der kleine Bunker. Und da meinte er einen kurzen Moment lang zu wissen ... Es blieb beim Gefühl, es entstand kein Gedanke.

Das Haus, in dem Delphine Meur mit ihren Eltern lebte, lag in Colline, einem Vorort westlich von Bauge. Die Grundstücke in diesem Stadtteil waren groß, die Bauart der Häuser modern und individuell. Da Colline an einem Hügel lag, der sanft bis auf etwa hundertfünfzig Meter über Meeresniveau anstieg, lagen alle Häuser am Hang und waren zum Meer hin ausgerichtet. Ohayon fuhr eine steile Auffahrt hoch und parkte direkt vor einer großen Doppelgarage.

Er blieb noch eine Weile sitzen, so, als stünde ihm etwas bevor. Leider gehörte er nicht zu den Menschen, die sich ins Leere hinein konzentrieren konnten.

Der Brief, Delphines merkwürdiger Brief...

Catherine Meur schien heute nichts dagegen zu haben, dass ein Mann sie in dieser Angelegenheit befragte. Überhaupt wirkte sie gestrafft, so als wäre sie innerlich auf irgendetwas vorbereitet. Sie führte ihn ins Wohnzimmer, das zwar nicht so groß war wie das der Malinas', aber ganz ähnlich proportioniert. Auch hier hing zeitgenössische Malerei an der Wand.

»Möchten Sie etwas trinken? Kaffee? Tee?«

»Kaffee, danke. Hat Ihre Tochter sich inzwischen noch mal bei Ihnen oder Ihrem Mann gemeldet?«

»Nein. Sie ist in London, auf einem Festival. Das hatte ich Ihrer Kollegin doch mitgeteilt.«

»Hm.«

Sie bat ihn, Platz zu nehmen, und ging in die Küche.

Während sie darauf wartete, dass die Maschine heiß wurde, suchte Ohayon nach einer möglichen Verbindung zwischen ihr, ihrem Mann und den Malinas'. Beide Ehepaare interessierten sich für moderne Kunst. Während Ohayon sich noch fragte, warum Monsieur Malinas versucht hatte, Daniel zu decken, sah er sich die Bilder an und ging schließlich zu einem Schreibtisch, auf dem ein getipptes Schreiben und ein aufgerissener Briefumschlag lagen. Er studierte den Briefkopf und wusste danach, dass Catherine Meur schon weiter war, als er angenommen hatte. Als Ohayon aus der Küche Geklapper von Geschirr hörte, ging er zur Sitzgruppe zurück, die auch hier aus einem schwarzen Ledersofa und zwei dazu passenden Sesseln bestand, und nahm in einem dieser Sessel Platz.

»Ich weiß nicht, wie stark Sie Ihren Kaffee mögen... Soll ich einschenken, oder machen Sie das selbst?«

»Lassen Sie mir ein bisschen Platz für die Milch.«

»Mein Mann trinkt ihn auch immer mit Milch.«

»Das war ja schon fast eine Einleitung.«

Catherine Meur lächelte ihn auf ihre straffe Art an und nahm dann auf dem Sofa Platz. Ohayon holte Delphines Brief aus seiner Innentasche und legte ihn auf den Tisch.

»Wenn es Ihnen recht ist, fangen wir sofort an.«

Sie schlug die Beine übereinander.

»Wir haben vermutlich eine andere Reihenfolge als Sie.«

Ohayon ließ den Satz erst mal so stehen, damit sie ihn verdauen konnte, aber da gab es für sie nichts zu verdauen.

»Was meinen Sie mit Reihenfolge?«

Ohayon musste nach dem Wort suchen, offenbar legte sie Wert auf Genauigkeit.

»Priorität. Das meinte ich. Für uns ist es wichtiger, dass Ihrer Tochter nichts passiert ist, als Ihren Mann wegen möglicher Übergriffe zu vernehmen. Und alles spricht dafür, dass sie sich in London aufhält. Sobald Delphine zurück ist, wird sie sich zu diesem Brief äußern müssen. So lange möchte ich Ihren Mann noch nicht vernehmen. Also nicht im Sinne eines Verhörs. Möglicherweise hat dieser Text überhaupt nichts zu bedeuten, und dann würde man sich ärgern. Denn wir wissen ja nicht, wie Ihr Mann auf die Vorwürfe seiner Tochter reagiert.«

»Das ist ja der Grund, warum ich bis jetzt nicht mit ihm darüber gesprochen habe. Mir kommt das Ganze so unsinnig vor.«

»Ich habe ihn vorhin in der Redaktion besucht...«

Sie erschrak.

»Nein, wie ich schon sagte, ich habe ihm nichts von dem Brief erzählt.«

»Als ich ihn fand, war ich natürlich schockiert. Nicht nur wegen dem, was da steht, sondern weil ich meinte, ich hätte doch etwas merken müssen. Ich habe unser gemeinsames Leben Revue passieren lassen. Da war nichts. Nicht der geringste Hinweis darauf, dass mein Mann unserer Tochter so etwas angetan hat. Und wissen Sie, was das Schlimmste war?«

»Dass auch das Ihren Mann verdächtig machte.«

»Ich wusste nicht mehr, was ich tun sollte. Erst wollte ich Silvia anrufen und mit ihr darüber sprechen, aber dann dachte ich, dass das nie wieder aus der Welt käme, selbst dann nicht, wenn mein Mann gar nichts gemacht hat. Also habe ich unseren Anwalt angerufen und mir eine Adresse geben lassen.«

Sie stand auf, ging zum Schreibtisch und legte Ohayon den Brief ihres Anwalts hin.

Ohayon las: *Bauge, den*... *An Catherine Meur*... *Anschreiben* und so weiter... *Bezugnahme* und so weiter... *wie in unserem Gespräch*... und so weiter und so weiter... *möchte ich Ihnen raten, sich mit dem Brief direkt an die Polizei zu wenden, ehe Sie weitere Schritte einleiten*.... *verbleibe ich* und so weiter, *Hochachtungsvoll* und so weiter... Zwei Doktortitel, offenbar ein Mann mit Kenntnissen.

»Da muss ich sagen, scheint man Ihnen einen guten Anwalt empfohlen zu haben. Es gibt welche, die nehmen jeden Fall an, denn es geht ja sicher um viel Geld, falls es dazu kommt, dass Sie sich scheiden lassen. Sie sollten vorläufig mit keiner Freundin und keinem Bekannten über diese Sache sprechen. Wollen Sie sich denn scheiden lassen?«

»Wie interpretieren Sie Delphines Brief?«

»Der Satz, der Sie am meisten schockiert hat, ist sicher der, in dem es um Missbrauch geht.«

»Und?«

»Der Brief ist ziemlich verschachtelt. Ihre Tochter berichtet über ein Buch, das angeblich eine Tote geschrieben hat... Schon das verstehe ich nicht.«

»Es gibt Bücher, die aus so einer Perspektive geschrieben werden.«

»Aus der Sicht einer Toten?«

»Das ist ein Kunstgriff.«

»Sie meinen Vampirgeschichten.«

»Nicht nur.«

»Ihre Tochter schreibt, dass das Mädchen ›missbraucht wurde‹, sie hat nicht geschrieben ›auch missbraucht wurde‹.«

»Sie haben Recht, der Brief enthält keinen direkten Vorwurf, Delphine klagt ihren Vater nicht an, sie sagt nichts Eindeutiges. Aber sie vergleicht ihre Gefühle und Erfahrungen mit denen des Mädchens, das dieses Buch geschrieben hat, und die ist missbraucht worden.«

Ohayon nahm sein rechtes Ohrläppchen zwischen Daumen und Zeigefinger und zog einmal daran, dann hörte er damit auf, faltete seine Hände und legte den Kopf etwas zur Seite. »Ist Ihre Tochter so raffiniert?«

»Wie?«

»Na, dass sie es bei Andeutungen belässt. Mir kommt dieser Brief so vor, als würde ...« Er zögerte, überlegte, ob sie wohl etwas für anschauliche Vergleiche übrighatte. »Als würde jemand mit einem Stock in einem Wespennest rumstochern und dann wegrennen. Die Wespen kommen raus, schwirren und brummen wie wild rum, und in einiger Entfernung steht ein Mädchen mit einem Stock und sagt: ›Ich? Aber nein, das habt ihr falsch verstanden.‹«

»Sie meinen, mein Mann und ich, wir sind die Wespen?«

»Der Gedanke gefällt mir nicht. Diese Spielerei bei so einem brisanten Thema. Also, noch mal die Frage: Ist Ihre Tochter raffiniert?«

»Delphine würde niemals so kompliziert denken. Sie ist energisch, manchmal auch rücksichtslos. Delphine würde, wenn sie wütend ist, aus dem Haus rennen und dabei über die Stiefmütterchen im Vorgarten trampeln. Aber das würde sie in blinder Wut machen, nicht vorsätzlich.« Sie zögerte und griff sich ebenfalls an ihr Ohrläppchen. »Ich hoffe, mein Bild mit den zertrampelten Stiefmütterchen war nicht zu weit hergeholt.«

»Ich denke, wir haben uns verstanden. Noch was: In dem Brief ihrer Tochter steht sehr viel über Selbstmord. Und drei Zeilen vor dem Schluss schreibt sie: ›Ich überlege, ob ich mit meinem Vater reden und ihm sagen soll, dass ich von jetzt an tun kann, was ich will‹.«

»Im ersten Moment liest sich das so, als ob sie meinen Mann mit etwas erpressen will. Und nachdem in ihrem Brief vorher von Missbrauch die Rede war, ist das beängstigend. Aber so, wie ich meine Tochter kenne, könnte das auch einfach nur bedeuten: Ich werde ihm mal klarmachen, dass ich sowieso mache, was ich will. Diese ganzen indirekten Andeutungen, das passt alles überhaupt nicht zu Delphine.«

»Wir versuchen also, einen sehr widersprüchlichen Brief zu deuten, der im Grunde genommen nicht zu Ihrer Tochter passt. Sie haben den Brief in Delphines Schreibtischschublade gefunden. Und soweit ich weiß, war die Schublade nicht abgeschlossen.«

»Nein.«

»Ihr Mann sagte mir vorhin, dass Ihre Tochter nach London ziehen und dort Kunst studieren will. Er sagte mir auch, dass weder er noch Sie das möchten. Könnte es sein, dass der Brief eine Drohung ist?«

»Das kann ich mir nicht vorstellen. Das mit dem Kunststudium sagt Delphine nur, weil ihre Freundin Eva das vorhat. Und weil die Mädchen ganz begeistert von John Duffet sind. John ist der Künstler...«

»Die Engel, ich habe bereits mit ihm gesprochen.«

»Das mit dem Kunststudium ist ein Spleen. Ich arbeite ja selbst in diesem Bereich. Delphine hat überhaupt keine Vorstellung, wie schwer es ist, sich da durchzusetzen. Mein Mann hat vorgeschlagen, dass sie erst mal Jura studiert. Mit diesen

Grundkenntnissen kann sie immer noch im Kulturbereich tätig werden.«

»Sehen Sie das auch so?«

»Ich weiß, dass man Heranwachsenden Freiräume lassen muss, aber das bedeutet für mich und meinen Mann nicht, dass wir jeder Marotte nachgeben.«

Ohayon erinnerte sich an seinen Wunsch, Förster zu werden, das hatte seine Mutter auch nicht zugelassen. ›Wenn ich dir das erlaube, wirst du irgendwann anfangen, mit den Tieren zu reden‹, hatte sie damals gesagt.

»Wo ist eigentlich dieser BUCHCLUB, von dem Ihre Tochter da schreibt?«

»Das weiß ich nicht.«

»Gefällt es Ihnen in Bauge?«

»Mir persönlich nicht so sehr, aber... die Zeit in Villons war schlimm. Unser Sohn hat eine Behinderung, und seine Klassenkameraden, besonders die Mädchen, waren sehr gemein zu ihm. Das hat ihn so verletzt, dass er am Ende die Klasse nicht geschafft hat. Das war der Grund für den Umzug. Jetzt macht er eine Lehre, und man hat ihn Gott sei Dank akzeptiert. Delphine hat das nie verstanden.«

Als sie das sagte, begriff Ohayon endlich das Bild, das hinter ihr hing. Er hatte die Perspektive bis jetzt genau falsch herum gedeutet. Was vorne zu sein schien, war hinten und umgekehrt.

»Kennen Sie Monsieur oder Madame Malinas?«

»Ja, natürlich. Sie kauft oft Bilder in unserer Galerie.«

»Sie? Ich dachte, das im Haus wäre seine Sammlung.«

»Es kann ja sein, dass er das so sieht, wahrscheinlich bezahlt er. Aussuchen tut sie die Bilder.«

»Sind Madame oder Monsieur Malinas Ihnen oder Ihrem Mann wegen irgendwas verpflichtet?«

»Nein, wie kommen Sie darauf? Wenn, dann ist es andersrum. Monsieur Malinas hat meinem Mann den Job hier in

Bauge vermittelt. Die beiden kennen sich noch aus Studentenzeiten. Warum fragen Sie?«

»Weil man mir dort erst auf mehrfache Nachfrage gesagt hat, dass Ihr Sohn an der Unfallstelle vorbeigefahren ist. Monsieur Malinas wollte unter keinen Umständen, dass die Polizei etwas davon erfährt.«

»Das hätte ich nicht anders von ihm erwartet. Monsieur Malinas unterscheidet Freund und Feind sehr genau. Und meinen Mann zählt er zu seinen Freunden.«

»Es geht immerhin um einen möglichen Fall von Fahrerflucht.«

»Monsieur Malinas wollte uns vermutlich Scherereien ersparen. Nicht jeder hat den Drang, alles gleich der Polizei zu erzählen.«

»Ihr Mann hält sehr viel von unserem Staat und von Gesetzen. Ist Monsieur Malinas da anders?«

»Er ist Jurist.«

Ohayon sah wieder auf das Bild, wieder hatte sich die Perspektive in ihr Gegenteil verdreht.

»Waren die beiden mal im Gefängnis?«

»Wie bitte?«

»Waren Ihr Mann und Monsieur Malinas mal im Gefängnis?«

»Natürlich nicht, wie kommen Sie auf so was?«

»Ich kann das auch ermitteln.«

»Sie sind mal angeklagt worden, weil sie auf einer Demonstration ein Auto angezündet haben. Dafür mussten sie damals eine hohe Geldstrafe zahlen. Aber das ist fast dreißig Jahre her, die beiden sind inzwischen ganz andere Menschen. Mit neunzehn hat man eben noch eine klare Vorstellung davon, was richtig und falsch ist. Die beiden waren ja nicht die Einzigen, die in dieser Nacht so was gemacht haben, da wurden noch andere Autos angezündet.«

»Wenn Sie Demonstration sagen... Waren Ihr Mann und Monsieur Malinas früher... ich weiß gar nicht, ob man das noch so sagt... Waren sie Linke? Oder standen sie auf der anderen Seite?«

»Natürlich waren sie Linke. Was denken Sie denn? Mein Mann ist doch kein Randalierer. Ich finde, Sie gehen jetzt ein bisschen zu weit. Sie sind hergekommen, um mit mir über einen Brief meiner Tochter zu sprechen. Haben Sie meinem Mann auch so direkte Fragen gestellt?«

»Was für Fragen?«

»Na, zum Beispiel ob er unsere Tochter missbraucht hat oder sich für andere Mädchen in ihrem Alter interessiert.«

»So direkt würde ich nie fragen. Nicht bei so einer heiklen Sache wie diesem Brief.«

»Sie finden ihn also doch gefährlich.«

»Ja, aber in erster Linie deshalb, weil er Ihre Familie zerstören kann. Ich habe vorhin schon gesagt, dass ich nicht glaube, dass sich darin Hinweise auf einen Missbrauch befinden. Sie haben mir dann erläutert, dass dieser Brief eigentlich überhaupt nicht zu Ihrer Tochter passt. Und doch lässt Sie der Gedanke nicht los. Sobald Delphine zurück ist, werde ich Sie fragen, warum sie das geschrieben hat. Ich fürchte nur, dass der Gedanke auch dann nicht aus Ihrem Kopf verschwinden wird, nicht wahr?«

»Was ist denn plötzlich los mit Ihnen? Sie wissen doch gar nicht, was für ein Mensch ich bin. Außerdem haben Sie meine Frage nicht beantwortet. Interessiert sich mein Mann für Mädchen in Delphines Alter? Sagen Sie es mir!« Sie war laut geworden. Und als ob das noch nicht gereicht hätte, wiederholte sie die Aufforderung: »Sagen Sie es mir!« Und dann noch ein drittes Mal: »Sagen Sie es mir! Wie tickt er, wie ist er wirklich?«

»Er ist Ihnen sehr ähnlich.«

»Ach ja? Und wie bin ich?«

Ohayon stand auf, sie folgte ihm zur Tür.

Als er sich verabschiedete, war sie freundlich. Das hatte Ohayon auch nicht anders erwartet. Catherine Meur gehörte nicht zu den Frauen, die sich gehen ließen. Dann fiel ihm noch etwas ein. »Ihr Mann hat ein Foto auf seinem Schreibtisch...«

»Der kleine Bunker.«

»Interessiert sich Ihr Mann für Bunker?«

»Nur für diesen. ›Damit ich nicht vergesse, wo wir hier sind.‹«

»Ein bisschen genauer bitte.«

»Wenn mein Mann bei einer neuen Zeitung anfängt, geht er als Erstes ins Archiv und informiert sich darüber, was in dem Ort so alles passiert ist. Hier in Bauge stieß er auf eine Geschichte mit sechs deutschen Soldaten. Die waren in dem kleinen Bunker stationiert. Nachdem die Deutschen abgezogen waren, blieben sie dort. Diese Soldaten wurden ein paar Wochen später gefangen genommen und ermordet. Man hat sie im Meer verschwinden lassen.«

»Ermordet ist ein bisschen hart ausgedrückt, oder? Ich meine, das waren Soldaten. Feinde. Nazis.«

»Genau das hat meinen Mann ja so aufgeregt. Wenn man den Zeitungsartikeln von damals glauben darf, haben sich die Einwohner von Bauge eigentlich sehr gut mit den deutschen Besatzern verstanden.«

»Sie meinen kollaboriert?«

»Mein Mann ist davon überzeugt, dass die Besatzung des Bunkers ermordet wurde, damit das nicht rauskommt. Das ist der Grund für das Foto.«

»Verstehe. Und die Leichen wurden dann im Meer versenkt.«

»Das ist siebzig Jahre her. Niemand kann die Kinder und Enkel, die heute hier leben, dafür verantwortlich machen.«

»Natürlich nicht, aber... Ja, das ergibt Sinn.«

»Was?«

»Der Angriff auf das Lager der Chinesen fand einen Tag nach der Verhaftung eines Kutterbesitzers statt, der Knochen und Küchenabfälle vor der Küste ins Meer geworfen hat. Die Knochen wurden angeschwemmt. Ich hatte diese überstarke Reaktion nicht verstanden ...«

»Ich glaube, da geht jetzt die Phantasie ein bisschen mit Ihnen durch. Die Wut richtete sich doch eindeutig gegen die Chinesen und nicht gegen den Kapitän dieses Kutters.«

»Hören Sie mir überhaupt zu?«

»Sie sind ein durch und durch unverschämter Mensch«, erklärte sie entschlossen, und Ohayon sah sofort diese Mischung aus Feindschaft und Erwartung in ihrem Gesicht. Das war ein schöner Moment, fand er. Ohayon hatte nämlich schon vor Jahren erkannt: ohne Widerstand kein Gespräch. – Schade, er hätte sich zu gerne weiter mit ihr unterhalten.

Als Ohayon wieder im Wagen saß, meinte er einen kurzen Moment lang zu wissen, wovon Catherine Meur sich bedrängen ließ. Die Verdächtigungen gegen ihren Mann hatten möglicherweise nichts mit dem Brief zu tun. Sie hatte sich in ihrem Hin und Her so verirrt, dass sie gar nicht mehr in der Lage war, einen klaren Verdacht auszusprechen und ihren Mann wirkungsvoll anzugreifen. Aber genau das wäre doch nötig gewesen, wenn sie ihre Tochter hätte schützen wollen. Ohayon erschütterte dieses Durcheinander, denn Catherine Meur war offenbar eine sehr lebenserfahrene, sensible Frau. Trotzdem hatte sich dieser Gedanke an Missbrauch in ihrem Kopf festgesetzt. Wie lange war dieser Gedanke schon da? Wie alt war Catherine Meur gewesen, als sie es zum ersten Mal mit diesem Thema zu tun bekam? Väter und Töchter ...

Die Überlegungen lösten sich so plötzlich auf, wie sie gekommen waren, Ohayon beschäftigte bereits etwas anderes: Er wollte mehr über das Verhältnis der Mädchen zu ihren Müttern wissen und über das Verhältnis der Mädchen untereinander. Er hätte nicht genau sagen können, was ihn da eigentlich interessierte. Er fuhr also nach Roche, um mit Delphines Freundin Eva zu sprechen. Die Frage war nur, wie er das machen sollte, ohne dabei den Brief zu erwähnen.

*

Das Problem löste sich von selbst, Eva war gar nicht zu Hause. Silvia Courbet freute sich trotzdem über seinen Besuch.
»Setzen Sie sich, möchten Sie einen Kaffee?«
»Einen mit viel Milch, wenn's möglich ist.«
»Einen Café Latte. Gerne.«
Vom Wohnzimmer der Courbets aus hatte man einen tollen Blick über die Bucht. Ohayon konnte sogar die gigantischen Röhren des Gezeitenkraftwerks erahnen. Von hier oben sah das Ganze so aus, als hätte jemand versucht, einen riesigen Tunnel zu errichten, wobei er mehrfach neu angesetzt und sich ein bisschen vertan hatte. Wieder gab es eine Couchgarnitur – diesmal aus weißem Leder – und riesige Bilder an den Wänden. Offenbar hatten alle Mitglieder der Oberschicht von Bauge einen ähnlichen Geschmack.

Während Silvia Courbet hinter ihrer Kochinsel beschäftigt war, überlegte er, wie viele Räume mit modernen Bildern und Couchgarnituren aus Leder er in Fleurville gesehen hatte. Nach einer Weile kam er dann doch auf einige. Reiche Menschen in Kleinstädten hatten offenbar einen ähnlichen Geschmack. Er selbst mochte ja Sitzmöbel aus Leder überhaupt nicht. Er hatte sich mit Ines viel gemütlicher eingerichtet. Zwei schöne Ohrensessel, dazu eine passende Schlafcouch und ein Couchtisch für Bier und Nüsse, der mit Fotos von Lauren Bacall und Humphrey Bogart bedruckt war. Fotos, die ihn und Ines immer an tolle alte Filme erinnerten. Von Bogart und Jean Gabin hingen auch noch ein paar gerahmte Bilder im Flur, weil die in

Krimis mitgespielt hatten und er bei der Polizei war. Das hatte schon alles seinen Grund. Vor allem waren bei ihnen zu Hause alle Möbel mit modernen, farbenfrohen Stoffen bezogen, und so teuer wie diese spießigen Lederdinger waren sie bestimmt nicht gewesen.

»Vorsicht, sehr heiß. Ich sehe, Sie haben sich einen schönen warmen Blouson besorgt.«

»Hier ist man ja doch viel draußen, und der Wind... Wie läuft Ihr Projekt mit den Engeln?«

»Das ist, was meine Arbeit angeht, abgeschlossen. EDF hat nachfinanziert. Was wollen Sie denn von meiner Tochter wissen, vielleicht kann ich Ihnen helfen?«

»Es geht um Delphine Meur. Die ist mit Ihrer Tochter befreundet?«

Sie lachte, es war ein schönes Lachen, sie war auch sehr gut gekleidet, fand Ohayon. Jugendlich.

»Und wie die befreundet sind!«

»Was heißt das?«

»Sie haben doch Kinder, waren das nicht auch Mädchen?«

»Ja, aber die sind noch klein.«

»Befreundet heißt in dem Alter: Ich liebe dich, ich hasse dich.«

»Hass... warum?«

»Ich meinte keinen Hass, ich meinte ein emotionales Auf und Ab.«

»Pubertät.«

»Da fängt es an. Die Phase ist ja Gott sei Dank bald vorbei.«

Sie griffen genau gleichzeitig nach ihren Gläsern, ein Umstand, den Silvia Courbet amüsant fand. Offenbar fiel der Besuch eines Polizeibeamten für sie in die Kategorie des Amüsements. Dachte er jedenfalls. Aber sie war dann doch nicht ganz so, wie er meinte. Denn auf einmal verschwand etwas aus ihrem Gesicht, und sie sah ihn an, wie Frauen Männer ansehen, wenn sie sie taxieren oder sich mit ihnen anlegen wollen.

»Das macht Ihnen Spaß, nicht wahr?«

»Was?«

»Dass Sie sich dümmer stellen, als Sie sind. Also, weshalb sind Sie hier? Warum bleiben Sie, wo meine Tochter doch gar nicht da ist?«

Sie schlug die Beine übereinander. Auch das hatte absolut nichts zu bedeuten, es war nicht mal ein Spiel. In dieser Frau, das wusste Ohayon, würde er, was das Körperliche anging, nichts lesen können.

»Nun, Delphine ist seit einer Woche verschwunden.«

»Ich weiß. Ihre Kollegin war schon da. Eva hat damals gesagt, dass sie nicht weiß, wo Delphine sich aufhält. Aber was meine Tochter sagt, hat nicht viel zu bedeuten. Vielleicht haben sie und Delphine das untereinander so abgemacht. Dass eben nichts verraten wird. Lügen gehen ihnen sehr leicht über die Lippen in dem Alter.«

Ein Schuss ins Blaue: »Ich erspare mir die Einleitung«, sagte Ohayon, »ich schätze, das ist nicht nötig bei Ihnen...«

»Wir werden sehen.«

»Wir haben einen Hinweis darauf, dass Delphine Meur möglicherweise Drogen nimmt oder sogar damit handelt.«

»Sie meinen diese kleinen Pillen?«

»Offenbar eine Art Aufputschmittel.«

»Lieber Gott, ja. Das machen die alle. Wir haben uns bei einem Arzt erkundigt, und der hat uns gesagt, welche Inhaltsstoffe gefährlich sind und welche nicht.«

»Das Problem ist, dass man nicht immer weiß, welche Stoffe da drin sind.«

»Deshalb habe ich auch mit Eva darüber gesprochen. Was Delphine macht, weiß ich nicht. Aber Eva nimmt die nicht mehr. Sie will Kunst studieren. Vielleicht auch Literatur. Sie kennen meine Tochter nicht, aber wenn die sich mal was in den Kopf gesetzt hat, dann macht sie es auch. Diese dummen Pillen waren nur eine... Episode. War bei mir genauso. Man will eben manchmal, dass die Blüten sich öffnen, also stellt man sie ein bisschen ins Warme.«

Sie sprach sehr anschaulich, fand er.

»Sie sind mit den Meurs befreundet?«

»Ich bin mit Catherine befreundet. Schon als Jugendliche. Wir haben zusammen Kunstgeschichte studiert und eine kaufmännische Ausbildung gemacht. Davon abgesehen arbeiten wir seit fünfzehn Jahren zusammen. Unsere Männer hängen da nur so mit dran.«

Noch ein großartiges Bild. Männer, die dranhängen. Sie lieferte ihm lauter großartige Bilder. Davon abgesehen war sie toll gekleidet, hatte perfekte Fingernägel, alles an ihr war symbolisch.

»Hängen mit dran, das haben Sie schön gesagt. Was halten Sie von Monsieur Meur?«

»Es ist nicht die Maske, die uns jemanden fremd macht, es ist der Moment, wo sie abgesetzt wird.«

»Wow!«

Ohayon überlegte, wie es wohl war, die Tochter einer gebildeten Frau zu sein. Seine Mutter hatte im Rathaus von Fleurville sauber gemacht. Vielleicht hatte er einfach Glück gehabt. Sie gefiel sich, sie glühte, es war der richtige Moment, etwas Benzin zu verschütten.

»Die Meurs haben ein schönes Haus«, sagte er, »groß, herrliche Bilder. Offenbar ist Monsieur Meur sehr erfolgreich in seinem Beruf.«

»Das Haus haben sie vom Geld seines Vaters gekauft, der vor drei Jahren gestorben ist. Aber Sie haben Recht, es ist sehr schön, sie haben einen phantastischen Blick.«

»Geerbtes Geld also. Aber ich nehme doch an, dass ein Chefredakteur ganz gut verdient.«

»Chefredakteur... Ja, Pascal gibt sich tatsächlich immer

als Chefredakteur aus und ... nominell ist er das ja auch. Er schreibt die wenigen inhaltlichen Artikel, die in diesem Käseblatt stehen, und die sind auch ganz gut. Sein Fall ist trotzdem ein bisschen tragisch, denn im Grunde besteht seine Aufgabe darin, Verträge aufzulösen, niedrige Abfindungen auszuhandeln und die Kosten zu senken. Er saniert Zeitungen, um sie wieder in die Gewinnzone zu bringen. Das heißt, er kündigt langjährigen Mitarbeitern und stellt Leute unter Tarif ein.«

»Das ist natürlich nicht schön, aber auch so eine Arbeit muss gemacht werden. Ich hatte den Eindruck, dass er ein sehr gebildeter Mensch ist und natürlich auch ein auffällig attraktiver Mann. Aber das können Sie besser beurteilen als ich.«

»Ja, er sieht gut aus. Er ist mir nur ein bisschen zu unklar in seinen ... Jetzt fehlt mir das Wort ...«

»Ach, wirklich!«

Sie lachte. »Zu unklar in seinen Ansichten.«

»Das war mir jetzt ein bisschen unklar. Was meinen Sie damit?«

»Dass er einerseits extrem konservativ ist und gleichzeitig sehr freizügig im Umgang mit den Freundinnen seiner Tochter. Catherine behauptet jedenfalls, Eva hätte versucht, Pascal zu verführen.«

»Sie glauben, er interessiert sich für so junge Frauen?«

»So habe ich das nicht gemeint. Ich kenne Eva. Ich kann mir gut vorstellen, dass sie so was versucht hat. Sie ist sehr manipulativ.«

Sie schlug die Beine andersherum übereinander.

»Ist er darauf eingegangen?«

»Ich gehe mal davon aus, dass er das nicht getan hat. Eva war damals sechzehn, er fünfundvierzig. Aber wo wollen Sie da die Grenze ziehen? Die Mädchen flirten. Gleichzeitig sind sie noch Kinder. Unsicher, manchmal ängstlich. In Evas Zimmer muss nachts immer ein kleines Licht brennen. Als ob sie noch fünf wäre. Aber wenn sie dann morgens runterkommt, geschminkt, schick zurechtgemacht... Das werden Sie mit Ihren Töchtern alles noch erleben. Mich hat nur gewundert, dass Catherine damit zu mir gekommen ist.«

»Na ja, wenn Ihre Tochter...«

»Das ist ganz normal, dass Mädchen sich ein bisschen ausprobieren. So was bespricht man nicht. Catherine hatte aber das Bedürfnis, mit mir darüber zu reden.«

»Hat Ihre Tochter denn ein Faible für ältere Männer?«

»Bestimmt nicht. Ich vermute, dass es bei Catherines Befürchtungen gar nicht um meine Tochter ging. Ich weiß nämlich von Eva, dass Pascal sich, wenn da überhaupt etwas vorgefallen ist, nicht für sie, sondern für Helene interessiert hat. Das ist auch ein Mädchen aus Evas und Delphines Freundeskreis. Von der werden Sie ja schon gehört haben, die hatte doch diesen schrecklichen Unfall. Aber wie ich schon sagte, es ging um kleine Spielchen. Nicht, dass Sie da einen falschen Eindruck bekommen. Wie Sie ja selbst sagten, Pascal ist ein gut aussehender Mann und Chefredakteur... So was hat eine Wirkung. Daraus kann man ihm nun wirklich keinen Vorwurf machen.«

Ohayon trank einen Schluck, stellte das Glas wieder ab und sah es eine Weile an.

»Was überlegen Sie?«

»Eigentlich gar nichts. Ich bin einfach verblüfft von dem, was Sie eben erzählt haben. Vielleicht liegt es daran, dass ich sehr wenig weiß von dieser Übergangsphase. Das klingt alles so... Wie soll ich sagen? So präzise, so raffiniert. Ich hatte sogar kurz den Gedanken, ob Ihre Tochter auf Helene eifersüchtig gewesen ist, weil die offenbar mehr Erfolg bei Monsieur Meur hatte. Aber das ist Unsinn, oder?«

»Natürlich ist das Unsinn. Aus der Sicht der Mädchen ist er ein alter Mann.«

»Ein Spiel.«

»Genau.«

»Verrückt, oder? Das ist alles so fein austariert. Es kommt mir vor, als stünden alle... die Väter, die Töchter, die Freundinnen... als würden die sich alle auf der Schneide eines Messers bewegen und da sogar noch Pirouetten drehen.«

»Genau darum geht es. Pirouetten. Ein schönes Bild.«

»Danke. Ich kam darauf, weil Sie vorhin von einer Maske sprachen.«

»Dabei spielt sicher auch eine Rolle, dass Bauge, gerade für Jugendliche, eine ungeheuer langweilige Stadt ist. Die Jungs stellen sich auf die Mole und riskieren, ins Meer gespült zu werden, und die Mädchen...«

»Da habe ich jetzt wirklich was gelernt. Noch eine Frage. Möglicherweise sind Delphine und Ihre Tochter Mitglied in einem BUCHCLUB. Sagt Ihnen das was?«

»BUCHCLUB? Was sollte das sein? Klingt altmodisch. Das würde weder zu Eva noch zu Delphine passen.«

Da war die Lücke, der Traum, die Gewalt. Ohayon wusste alles und vergaß es im gleichen Moment.

»Ja, ich glaube, das war's. Vielen Dank für den... Kaffee.«

»Wenn Ihnen abends mal die Decke auf den Kopf fällt, mein Haus steht immer offen für Gäste.«

»Vielleicht komme ich darauf zurück. Dann würde ich ja sicher auch mal Ihren Mann kennenlernen.«

»Sie sagen das so komisch. Warum?«

»Eine Pirouette.«

»Was für eine schöne Vorstellung. Würden Sie dabei Ihren roten Blouson tragen?«

Sie war so geistreich, so verspielt, dass Ohayon etwas tat, das sonst nicht seine Art war. Er zwinkerte ihr zu. Nur ganz fein, nicht übertrieben.

Als er das Grundstück verließ, war es schon dunkel. Er stieg in sein Auto, fuhr die Rue Girardin runter und fragte sich, wie

Monsieur Courbet es geschafft hatte, seine Frau in dieses Nest zu schleppen.

Die Straße führte von Roche nach Bauge und hatte ein ziemliches Gefälle. Als Ohayon rechts aus dem Fenster sah, erkannte er weiter draußen die Fähre, die auf den Hafen von Bauge zusteuerte. Nachdem er ein Stück weitergefahren war, begann zu seiner Linken der Stadtpark. Er fragte sich, warum es nicht wenigstens an seinem Rand ein paar Straßenlaternen gab. Dann machte die Straße eine scharfe Linkskurve, und als er aus der rauskam, sah er unten Bauge liegen. Er erkannte den alten Hafen mit der langen Mole und weiter hinten den neuen für die Fähre. Und da war ihm endlich klar, wo er war. Hier war Daniel Helene gefolgt. Angeblich um sie vor einem möglichen Angriff des Hammermörders zu beschützen. Sie war schnell gewesen und irgendwo links in den Park abgebogen. Ohayon fuhr weiter und erkannte nach zweihundert Metern einen Weg, der in den Park hineinführte. Hatte sie den genommen? Woher kam sie? Von ihrer Freundin Eva? Von den Courbets ohne Eva, so wie er?

Es war schon erstaunlich, auf was für verrückte Ideen er kam, nur weil eine Frau schlecht über den Mann ihrer besten Freundin geredet hatte.

*

Als er auf der Gendarmerie ankam, rief Nora ihn zu sich. Sie wirkte unnatürlich gefasst, beinahe feierlich. »Jemand von Delphines Schule war da. Sie haben das hier in Delphine Meurs Fach gefunden.«

Liebste,
ich schreibe Dir, obwohl ich weiß, dass Du tot bist. Du hast damals gesagt, dass Du leise und unauffällig gehen würdest, aber ich glaube, das schafft niemand. Erinnerst Du Dich?

Wir haben uns geschworen, dass wir immer in Verbindung bleiben, egal was passiert. Wenn eine geht, hast Du gesagt, ist es die Aufgabe der anderen, ihr zu folgen. Deshalb erzähle ich Dir jetzt, was geschehen ist, in der Nacht, als ich gestorben bin. Das Licht war falsch, meine Gedanken auch, und ich wusste nicht, wo ich war. Als ich aufwachte, fühlte ich mich ganz in mir selbst eingeschlossen. Ich konnte mich keinen Millimeter bewegen, obwohl ich mir sicher war, dass er gleich in mein Zimmer kommt. Meine Gedanken und Gefühle hatten sich total nach innen zurückgezogen, weil das der letzte Ort war, wo sie noch hinkonnten. Plötzlich wurde mein Gesicht von tausend winzigen Nadeln getroffen. Die Stiche konnte ich mir erst gar nicht erklären, aber dann spürte ich, dass es keine Stiche waren, sondern winzige, eiskalte Tröpfchen. Außerdem hatte ich meine Haare im Mund und mir war total kalt. Ich lag draußen, im Regen. Und dann hörte ich ihn. Er hatte mich gefunden. Von da an ging alles total durcheinander. Ich wusste, dass ich es schaffen musste aufzustehen, denn da lag ja mein Fahrrad. Er kam näher, und ich krümmte mich zusammen. Wir haben doch mal darüber gesprochen, wie man es schafft, sich aufzulösen. Ich kann das inzwischen so gut, dass ich am Ende das Gefühl habe, mein Körper würde gar nicht mehr zu mir gehören. Dann war da plötzlich ein Licht. Erst war es wahnsinnig hell, dann wurde es wieder dunkel. Der Übergang war ganz langsam. Plötzlich saß ich auf meinem Fahrrad, und dann weiß ich nur noch, dass ich sehr schnell gefahren bin. Es war wahnsinnig anstrengend, obwohl es die ganze Zeit bergab ging. Und doch habe ich so doll in die Pedale getreten wie noch nie in meinem Leben, denn ich war mir sicher, dass Du irgendwo unten an der Straße auf mich warten und mich vor ihm beschützen würdest. Aber dann lag ich plötzlich wieder in meinem Bett und war gar nicht tot.

Und jetzt sage ich Dir noch etwas: Ich bin froh, dass ich nicht gestorben bin.

Ohayon legte das Blatt zurück auf den Tisch.

»Klingt ein bisschen wie der Erste«, sagte Nora.

»Der war mit der Hand geschrieben, der hier nicht.«

»Wer verfolgt sie, vor wem hat sie Angst? Wieder ein Vater?«

»Und wieder ist jemand gestorben.«

»Du glaubst nicht, dass da was dran ist?«, fragte sie.

»Weißt du, was mich an diesen Briefen stört? Sie deuten furchtbare Ereignisse an, und dann zieht sich die Schreiberin wieder zurück, und es kommt ein Ton rein, der so klingt wie: ›Ach kommt, das ist alles nur Spaß!‹ In diesem Brief geht es um Freundschaft, Treue, den Tod. Und natürlich um Angst. Aber ich werde das Gefühl nicht los, dass damit nur gespielt wird. Ich lese den Brief eher so, als ginge es um Freundschaft. Welches Mädchen auch immer das geschrieben hat, sie bezieht sich sehr auf ihre Freundin. Delphines Brief war viel egoistischer. Vielleicht ist das einfach nur ein Brief an eine Freundin. Die Beschwörung einer Freundschaft über den Tod und allen Schrecken der Welt hinaus? Oder übersehe ich da was? Hilf mir doch mal! Ich weiß nicht, wie Mädchen mit siebzehn sind.« Ohayon sah Nora an, er konnte ihren Blick nicht deuten. War sie traurig? Mitfühlend? Dann kam ihm eine Idee: »Kann es sein, dass das Schulaufsätze sind?«

»Wer würde denn Schülerinnen dazu ermuntern, so was zu schreiben?«

»Auf welche Schule geht Delphine?«

»Es gibt hier nur eine für Mädchen.«

»Die, neben der ihr damals das Bein gefunden habt?«

»Ja. Es wäre das Beste, du fährst gleich hin. Die Direktorin wollte sowieso mit dir über den Brief sprechen.«

»Okay.« Ohayon stand auf.

»Warte. Ich will das nicht zwischen Tür und Angel abhandeln.«

Ohayon blieb stehen, und es dauerte noch ein paar Sekunden, ehe Nora sprach.

»Helene Guitton ist vor zwei Stunden gestorben.«

Ohayon setzte sich langsam hin und schwieg. Es war heute das erste Mal, dass Nora Sympathie für diesen sonst eher unsensiblen Menschen empfand. Dieser Moment einseitiger Nähe dauerte etwa eine Minute. Dann veränderte sich etwas in Ohayons Gesicht, etwas, das sich schließlich auf seinen Körper übertrug. Aber er wurde nicht wütend. Einen kurzen Moment lang hatte Nora das gedacht, weil sein Gesicht sich gerötet hatte. Nein, er wirkte nicht mal besonders entschlossen. Und das hätte Nora doch erwartet. Der Lieutenant, der vor Nicole Giry ihre Station geleitet hatte, der wäre explodiert und hätte vermutlich so etwas gesagt wie: »Den kriegen wir!« Nein, der kleine Mann in seiner lächerlichen roten Jacke wurde nicht wütend. Ganz im Gegenteil. Man konnte richtig sehen, wie sich sein Körper entspannte.

*

Die Schule von Bauge sah aus, wie alte Schulen aussehen. Hier stimmte noch alles. So hätte man zum Beispiel die Frau, die Ohayon empfing, ohne weiteres für eine Lehrerin halten können.

»Dieser Brief ist für Sie sicher schockierend.«

»Sind Sie Delphines Klassenlehrerin?«

»Ich bin die Direktorin der Schule. Ich habe der Gendarmerie den Brief zukommen lassen, möchte aber mit Ihnen sprechen, ehe Sie etwas unternehmen. Delphine hat im Sommer Abitur gemacht, und wir bieten unseren Absolventinnen ein paar Monate später, wenn sie sich von den Prüfungen erholt haben, eine Beratung an, die auch genutzt wird. Viele Mädchen wissen nämlich nach dem Abitur überhaupt nicht, was sie mal werden wollen.«

»Klingt sehr gut.«

»Ich habe das nur erwähnt, weil auch Delphine an dieser Studienberatung teilgenommen hat, und da hat sie dann offenbar ihre Mappe liegen gelassen, und ich habe diesen Brief gefunden. Die Mappe war nicht beschriftet, ich musste also reinsehen.«

»Und gleich Bescheid gesagt, das ist gut.« Ohayon war klar, was hier gerade passierte. Sie wollte auf irgendwas Wichtiges raus, hatte sich aber ein bisschen in der Einleitung verfangen. Das hatte seine Lehrerin ihm auch immer vorgeworfen. Dass er in seinen Aufsätzen zu sehr auf die Einzelheiten einging und so der eigentlichen Mitteilung die Kraft nahm.

»Nun, Monsieur Ohayon, ich habe Sie nicht hergebeten, um gelobt zu werden, sondern um Ihnen zu sagen, dass Sie diesem Brief nicht zu viel Bedeutung beimessen sollten. Ernst nehmen, ja, aber seien Sie ein bisschen vorsichtig mit Ihrem Urteil. Mädchen in dem Alter sind nicht ganz ohne. Glauben Sie mir. Und ich möchte Ihnen etwas verraten. Falls Sie an meiner beruflichen und persönlichen Einschätzung interessiert sind...«

»Selbstverständlich.«

Sie sah ihn an. Ihre Augen waren klein und wach. Es war richtig gewesen, ihr Zeit zu lassen.

»Ich mache diesen Beruf seit fünfunddreißig Jahren. Und ich habe nie herausgefunden, was bei den Mädchen ernst gemeint ist und was nicht. Da ich selbst eine Frau bin, habe ich natürlich versucht, mich an meine Zeit zu erinnern. Ich meine damit die Phase, als ich sechzehn oder siebzehn war.«

»Ja...?« Er war neugierig.

»Jungs. Da gibt es natürlich sehr viele Erinnerungen. An einen starken Wunsch nach Gerechtigkeit und Freundschaft erinnere ich mich. Aber ich weiß nicht, was ich damals gewollt habe. Ich sehe mich in meinen Erinnerungen in Situationen. Aber ob ich raffiniert war, berechnend oder einfach naiv und von meinen Gefühlen getrieben ...? Verstehen Sie, was ich meine?«

»Ich denke, ja, aber warum halten Sie das für wichtig?«

»Weil Sie von der Polizei sind. Weil es da früher oder später um die Frage der Schuld geht. Dieser Brief enthält einige Aussagen, die beunruhigend sind. Wer ist dieser geheimnisvolle ER, vor dem sie Angst hat? Ich weiß nicht, wie man Schuld heutzutage strafrechtlich definiert, das ändert sich ja auch ständig, folgt gewissen Moden ...«

Sie sprach nicht weiter. Bei dem Wort ›Moden‹ hatte sie eine leicht kreisende Bewegung mit ihrem rechten Finger gemacht und eine Spirale neben ihrem Kopf angedeutet.

»Für mich ist jemand nur dann schuldig, wenn er Kontrolle über sein Wollen hatte. Wenn er sich entscheiden konnte. So? Oder so? Aber Mädchen, in dem Alter ... Wie frei sind die?«

Sie machte eine Pause und Ohayon nickte. Nicht so sehr, weil er ihre Definition von Schuld in allen Punkten unterschrieben hätte, sondern weil sie offenbar einen Standpunkt hatte.

»Trotzdem würde ich Sie natürlich bitten, dem nachzugehen und mit den Eltern des Mädchens zu sprechen. Ich denke, ihr Klassenlehrer wird wissen, wer das geschrieben hat.«

»Wie sollte er? Das ist ein Computerausdruck.«

Sie lächelte und legte ihre Hände ruhig, aber mit einigem Druck flach auf den Tisch. »Fragen Sie ihn.«

Delphines Klassenlehrer war ein durchtrainierter Mann Ende vierzig, bekleidet mit einem dunkelblauen Trainingsanzug, der leicht schimmerte. Er begann mit dem Faktischen: »Ich hatte sie in Französisch, Geschichte und Sport.«

Ohayon stellte sich vor, wie er den Mädchen beim Sport zusah.

»Nun, ich bin hier...«

»Ich habe den Brief gelesen«, erklärte der Lehrer. »Keine Unterschrift, aber ich denke, dass Claire ihn geschrieben hat. Claire Bredin.«

»Woher wollen Sie das wissen?«

»Ihr Stil... Sie bemüht sich zwar um eine fiktive Form, aber dieser starke Bezug auf ihre Freundin... Claire war von all meinen Schülerinnen diejenige, die sich am meisten für andere interessiert hat. Und zwar auf eine sehr selbstlose Art. Wenn sie sich nicht plötzlich ändert, was natürlich vorkommt, wird sie hoffentlich mal einen Beruf ergreifen, in dem sie positiv auf andere einwirken kann.«

»Psychologin oder so was in die Richtung?«

»Ich dachte eher daran, dass sie mal Lehrerin wird. Ich weiß nicht, ob Claire für ein so anspruchsvolles Studium wie das der Psychologie geeignet ist. Ihre Stärken liegen nicht in der Theorie.«

»Hat sie denn ihr Abitur geschafft?«

»Ja, wir... sie hat es geschafft.«

»Was wurde im letzten Jahr im Unterricht durchgenommen?«

»Camus. Wegen des Jubiläums.«

»Noch etwas anderes?«

»Houellebecq natürlich und die Bücher von Simone de Beauvoir. Das hier ist ein Mädchengymnasium, und ich stelle gerne unterschiedliche Positionen gegeneinander.«

»Ich hörte von einem Roman, einem amerikanischen Bestseller, in dem eine junge Frau davon berichtet, dass sie von ihrem Vater missbraucht wurde...«

»Wir lesen hier keine amerikanischen Bestseller. Vielleicht sollten wir es tun. Ich verstehe natürlich Ihren Gedanken, denn dieser indirekte Vorwurf, den Claire in dem Brief äußert... der richtet sich möglicherweise gegen ihren Vater. Das könnte sie natürlich aus so einem Buch haben. Ich halte den Brief jedenfalls für etwas Ausgedachtes. Wir haben das nicht durchgenommen, ich glaube eher, dass sie das Buch von Eva hat.«

»Aber warum sollte die Claire so was zu lesen geben?«

»Eva ist mit Sicherheit überdurchschnittlich intelligent. Sie interessiert sich für Kunst und hat auch sonst viele gute Eigenschaften und Begabungen. Sie war einerseits eine meiner unscheinbarsten und schüchternsten Schülerinnen, hatte aber auch etwas Manipulatives. Sie war immer die, die viel nachdenkt und im Hintergrund die Fäden zieht. Das ist in dem Alter bei Mädchen nicht ungewöhnlich. Man kann ohnehin nie mit Sicherheit sagen, wohin sich eine Schülerin entwickeln wird. Wir hatten hier mal eine, die war hochaggressiv. Körperlich aggressiv. Heute arbeitet sie auf unserer Gendarmerie und sorgt dafür, dass sich Autofahrer an die Verkehrsregeln halten.«

»Helene Guitton. Ging die auch hier zur Schule?«

»Sie hatte einen schweren Unfall, wie geht es ihr denn?«

»Wie war Helene so?«

»War?«

»Na, als Schülerin, wie ist sie da?«

»Ein bisschen der Klassenclown. Sehr anhänglich. Helene hat vor zwei Jahren ihren Vater verloren. Ich habe damals mit ihr über seinen Tod gesprochen, und ich muss sagen, was ich da gehört und gesehen habe... Aber das hat nichts mit dem Brief zu tun.«

»Es wäre gut, wenn Sie mir alles erzählen. Helene ist vor ein paar Stunden ihren Verletzungen erlegen, und es sind noch Fragen offen, was ihren Unfall betrifft. Fragen, die mit ihrem persönlichen Umfeld zu tun haben.«

Es dauerte eine Weile, bis sie weitersprechen konnten. Der Lehrer war aufgestanden und hatte den Raum verlassen. Erst nach fünf Minuten war er zurückgekehrt. »Verzeihung. Ich bin nicht so gut darin... Ich hatte sie seit der sechsten Klasse.«

»Ich kann etwas essen gehen und in einer Stunde wiederkommen.«

»Nein, lieber jetzt. Lieber jetzt gleich. Wo waren wir?«

»Sie sprachen gerade über den Tod von Helenes Vater, über ihr Elternhaus.«

»Ich hatte das Gefühl, dass sich Helene zu Hause unwohl fühlte. Die Mutter hat sich mit ihrer Trauer sehr auf die Kinder gestützt, besonders auf Helenes Bruder. Ich vermute, er hat versucht, seinen Vater zu ersetzen. Paul war damals aber erst sechzehn. Die Fürsorge, mit der sich dieser Junge um seine Mutter gekümmert hat, das... hat mich richtig aufgewühlt. Man hat ja ein Bild davon, wie Menschen in welchem Alter sind. Aber dieser Junge hatte ein Feingefühl und eine Reife, was den Umgang mit seiner Mutter anging, das war ungeheuerlich. Mir wurde damals klar, dass wir eine völlig falsche Vorstellung davon haben, was Reife bedeutet und wann sie einsetzt. Bei uns stellt man sich einen Jungen, der sechzehn Jahre alt ist, ja in erster Linie als jemanden vor, der Musik hört, sich für Mädchen interessiert, in Clubs geht. Helene war anders als ihr Bruder. Sie hatte nicht den Drang, ihr Leben der Mutter zu widmen. Und so wurde sie von ihrem Bruder, sicher ohne Absicht oder bösen Willen, mehr und mehr aus der Familie verdrängt. Ich fand das damals verantwortungslos von der Mutter, dass sie sich in dieser Weise auf ihren Sohn gestützt hat, aber Madame Guitton war so in ihrer Trauer gefangen, dass ich nicht an sie herankam.«

»Wäre es möglich, dass Helene sich das Leben nehmen wollte?«

»Nein, unter keinen Umständen. Es gibt ja viele, teils sehr erschütternde Studien darüber, wie sich Mädchen entwickeln, die ohne Vater aufwachsen. Ein Hang zu älteren Männern, all das... Helene hat sich einfach an ihre Clique gehalten, und das war sicher das Klügste, was sie tun konnte, denn...«

Ja, und in diesem Moment war das Gespräch beendet. Der Lehrer verließ den Raum, ohne sich zu verabschieden.

Ohayon fuhr hoch nach Colline. Als er sein Ziel fast erreicht hatte, hielt er seinen Wagen in einer Parkbucht an und sah raus aufs Meer... Nein, das stimmt nicht, er starrte auf einen Ausschnitt der kunstledernen Einfassung des Armaturenbretts. Er fühlte sich sonderbar unbeteiligt, offenbar hatte ihn die Trauer des Lehrers aller Kraft beraubt. Es dauerte fast zehn Minuten, bis Ohayon es schaffte, den Kopf nach rechts zu drehen, um nun endlich aufs Meer rauszublicken. Es war grau, es gemahnte an die Kraft der Natur, es erweckte eine unbestimmte Sehnsucht. Das Meer sagte ihm überhaupt nichts. Er drehte den Zündschlüssel, der Wagen sprang sofort an.

Die Befragung von Claire bestätigte die Vermutung ihres Lehrers. Sie lachte über den Brief und sagte, sie hätte sich das nur ausgedacht, nachdem sie ein Buch gelesen hatte, in dem es um Missbrauch ging.

»Ich verstehe gar nicht, wie der Brief da hingekommen ist. Ich dachte, den gibt es schon längst nicht mehr. Sie sagen doch meinen Eltern nichts davon, oder?«

»Du bist doch mit Helene, Eva und Delphine befreundet?«

»Ja. Wir sind alle im BUCHCLUB.«

»Und wo ist dieser BUCHCLUB?«

Sie zögerte so lange, dass Ohayon damit rechnete, dass sie ihn belügen würde.

»Der BUCHCLUB? Nirgends, wir nennen uns nur so.«

»Und was macht ihr da?«

»Wir lesen Bücher und reden über Literatur und Kunst. Die meisten aus unserer Klasse fahren nach Villons und gehen da in die beiden Clubs. Wir sind anders. Anfangs hatten wir sogar ein Verbot von Handys und Computern eingeführt, aber das hat nicht funktioniert.«

»Also, ein Club, da stelle ich mir vor, dass man da auch mal was trinkt…«

»Nein, das ist auch eine von unseren Regeln. Kein Alkohol und keine Drogen. Wir wollen ja anders sein. Deshalb haben wir auch diesen altmodischen Namen.«

»Du findest, BUCHCLUB klingt altmodisch?«

»Natürlich, sonst hätten wir uns ja nicht so genannt. Ganz am Anfang haben wir manchmal ein paar Teile eingeworfen, weil man dann besser reden kann, aber damit haben wir schnell wieder aufgehört. Wir wollten keine Zombiegespräche, wo alle irgendwelchen Schwachsinn reden. Delphine hat da mal richtig Ärger mit Eva gekriegt. Wir hatten eben unsere Regeln. Wenn ich zum Beispiel im BUCHCLUB so ein Wort wie Zombiegespräche benutzt hätte… Wir wollten keine Ausdrücke. Wie geht es denn Helene? Ich durfte gestern nicht zu ihr.«

Ohayon schaffte es nicht, sie zu belügen. »Helene ist vor ein paar Stunden gestorben.«

Nach dieser Auskunft waren andere Dinge wichtiger als die Befragung von Claires Eltern wegen eines möglichen Missbrauchsverdachts.

Freitag

Als Ohayon am nächsten Morgen in die Gendarmerie kam, herrschte große Aufregung.

»Daniel Meur, der mit dem Ford Mustang…«

»Ich weiß, wer Daniel ist.«

»Der wurde draußen auf der Mole von einer Welle ans Geländer geschleudert und hat dabei sein Bewusstsein verloren. Ein paar Jungen haben ihn gefunden, in Sicherheit gebracht und uns alarmiert. Er hatte unglaubliches Glück, dass ihn das Geländer zurückgehalten hat. Die Jungen sagten, die Wellen hatten ihn schon halb unter der unteren Stange durchgedrückt, als sie ihn fanden.«

»Konntest du mit ihm sprechen?«

»Nein. Der Notarzt meinte, er sei unterkühlt und hätte sicher eine Gehirnerschütterung. Sie haben ihn über Nacht im Krankenhaus behalten. Ach ja, Kommissar Bary hat sich angekündigt. Ich denke, wenn der extra herkommt, haben die bei Chervel was gefunden.«

»Wo ist Rousseau?«

»Der ist mit Florence zum Besitzer dieser Firma gefahren, die damals die Tierreste, also die Küchenabfälle, entsorgen sollte.«

*

Bary begrüßte ihn freundlich und kam gleich zur Sache. »Im Schuppen ist niemand zersägt worden, es lag auch nie eine Frau oder ein Bein in der Badewanne. Wir haben dort nur DNA von Paul Chervel, seiner Tochter und einer dritten Verwandten, vermutlich seiner Frau, nachweisen können.«

»Sie sind sicher nicht gekommen, um mir zu sagen, was Sie nicht gefunden haben.«

»Wir konnten Täter-DNA an mehreren anderen Stellen im Haus sichern. Der Täter muss vor nicht allzu langer Zeit dort gewesen sein. Aber das ist nicht die von Paul Chervel.«

»Er kannte ihn«, schloss Ohayon.

»Inwieweit Chervel an der Ermordung oder der Beseitigung der Leichen beteiligt war, müssen wir noch rausfinden. Wir haben weder im Haus noch im Schuppen irgendwelche Hinweise darauf gefunden, dass dort jemand getötet oder zersägt wurde. Schade, dass ihr seinen Kutter versenkt habt.«

»Er trieb in der Fahrrinne.«

»Unser nächster Schritt wird darin bestehen, die Menschen zu ermitteln, mit denen Chervel in der letzten Zeit Kontakt hatte, und deshalb bin ich hier. Ich wollte mich mit euch abstimmen...« Er sah Nora an. »Sie kommen doch aus Bauge.«

»Wir können meinen Vater fragen oder den von Florence. Wir können überhaupt alle Fischer und Austernzüchter fragen.«

Nora rief ihren Vater an, Ohayon und Bary warteten, bis sie fertig war.

»Mein Vater sagt, dass Chervel in letzter Zeit ein paarmal Besuch hatte. Leute, die er nicht kannte. Er fragt gleich mal rum, ob irgendwer weiß, wer das war.«

Bary zerrieb etwas Unsichtbares zwischen Daumen und Zeigefinger. Eine schnelle Bewegung ohne jeden Bezug zur Sache. »Hier wurden doch im September Knochen angespült. Und Paul Chervel war damals an dieser Sache beteiligt. Das heißt, wir sollten die Entsorgungsfirma überprüfen...«

»Das habe ich schon veranlasst«, sagte Ohayon, »Rousseau und Florence sind gerade da.«

Noras Telefon klingelte, das Handy von Bary ebenfalls. Nora war zuerst fertig. »Rousseau ist im Krankenhaus. Er wurde angeschossen.«

Bary bestätigte die Meldung.

*

»Dass ihr alle gleich gekommen seid...« Rousseau saß auf einem Stuhl in der Notaufnahme und lächelte. Sein Lächeln wirkte nicht überzeugend. Dafür war sein Gesicht zu weiß.

»Was ist denn passiert?«, fragte Ohayon.

»Das kam ganz überraschend. Wir waren im Büro dieses Entsorgungsunternehmens, das bei dieser Sache mit den angeschwemmten Knochen Chervels Kutter gechartert hatte. Wir sprachen mit einem Mann, und... Wir wollten einige Schuppen untersuchen, in denen offenbar Menschen untergebracht sind. Plötzlich ergriff der Mann die Flucht, und wir sind hinterher. Ja, und da hat er sich auf einmal umgedreht und auf uns geschossen. Dann ist er mit dem Auto weg. Ich habe zwar geblutet, aber als ich nachsah, war mir klar, dass es nur ein Streifschuss war. Ich habe Florence gesagt, dass ich alleine klarkomme, und den Krankenwagen gerufen. Florence ist dann mit unserem Auto hinter dem Schützen her. Ich sag dir, die war so was von wütend... Hat sie ihn erwischt?«

Noras Handy klingelte, sie hielt das Gespräch kurz. »Das war mein Vater. Er hat mit den anderen Fischern gesprochen, und einer hat ihm gesagt, dass die Besucher von Paul Chervel... dass das Leute von dem Entsorgungsunternehmen waren. Meinem Vater war der gleiche Job angeboten worden wie Chervel, er hat abgelehnt. Er sagte noch, dass nur einer seiner Besucher richtig Französisch sprach.«

»Du meinst, der Hammermörder ist einer von denen? Ich hatte mich schon gefragt, warum jemand auf mich schießt«, sagte Rousseau, »wo es doch nur um illegal entsorgte Tierknochen ging.«

Ohayon zuckte mit den Schultern. »Das alles rauszufinden ist Barys Sache.«

Dann kam Rousseaus Frau. Sie setzte sich neben ihn, nahm seine Hand und küsste sie. Die Tränen, die ihr kamen, wurden weder durch Worte noch durch ein Schluchzen unterbrochen. Sie flossen einfach gleichmäßig und tropften auf das Hosenbein ihres Mannes.

Ohayon und Nora verließen den Raum und verlangten nach dem Arzt.

»Ihr Kollege hat großes Glück gehabt, die Kugel ist gerade noch so an seinem Brustkorb vorbeigegangen und hat nur die Haut und ein paar kleinere Gefäße verletzt. Eine Rippe ist am äußeren Bogen leicht tangiert worden. Zum Glück sind keine Splitter in die Lunge eingedrungen. Wie gesagt, großes Glück.«

»Er wird wieder vollständig gesund?«, fragte Ohayon.

»Sie können ihn gleich mitnehmen. Wichtig ist jetzt nur noch die Versorgung der Wunde. Ich gebe ihm was zur Beruhigung mit.«

»Sagen Sie, hier ist doch heute Morgen ein Junge mit Unterkühlung eingeliefert worden ...«

»Der wurde bereits entlassen.«

»War nicht so schlimm? Nichts am Kopf?«

»Eine Beule. Aber die stammt bestimmt nicht von einem Hammer.«

»Hatte er Prellungen, die sich nicht durch den Aufprall am Geländer erklären ließen?«

»Prellungen am ganzen Körper, zwei Rippen sind gebrochen. Er muss sich jetzt ein paar Wochen ruhig verhalten, bei Rippenbrüchen kann man nichts anderes machen.«

Nachdem sie das Krankenhaus verlassen hatten, versuchte Nora noch mal, Florence zu erreichen, aber die ging nicht ran. Dafür kam Bary in seinem weißen Megane vorgefahren. Er wirkte ziemlich ungehalten, als er ausstieg. »Wir haben den Schützen. Besser gesagt, eure Kollegin hat ihn.«

Ohayon sah Bilder vor seinem inneren Auge. Bilder von der Verhaftung eines Bäckers. »Ist der Mann noch vernehmungsfähig?«

»Nein.«

Nora nickte zufrieden.

»Während der ... Festnahme durch Ihre Gendarmin«, erklärte Bary, »hat der Mann zwei Namen genannt. Man könnte sich natürlich fragen, warum er das getan hat. Man könnte sich auch fragen, warum Sie, Monsieur Ohayon, jemanden losgeschickt haben, um in einer Sache zu ermitteln, die wir in Villons bearbeiten.«

»Wir geben diese Geschichte gerne an euch ab. Können wir sonst noch was tun?«

»Jetzt fühlen Sie sich doch nicht gleich so auf den Schlips getreten. Ich kann fünfzig Leute auf die Ermittlung dieser Personen ansetzen, Sie haben nur drei.«

»Von denen einer angeschossen wurde.«

»Angeschossen. Richtig. Und das ist ja nicht das Einzige, was hier in der letzten Woche passiert ist. Madame Giry war während ihres ganzen Jahres nicht ein einziges Mal in Villons. Warum auch? Es war ja alles friedlich in Bauge. Dann kommen Sie, und es wird gefahren und ermittelt und geschossen. Sogar Hubschrauber waren im Einsatz. Ach ja, ein Kutter wurde gesprengt. Was ist da los, frage ich mich?«

»Na, da ist offenbar was in Gang gekommen.«

»Den Eindruck habe ich auch. Nur was? Und warum genau in dem Augenblick, wo Sie hier auftauchen? Ich verstehe das nicht, Sie machen auf den ersten Blick so einen ruhigen Eindruck.«

»Ich bin ruhig. Außerdem bearbeite ich gerade meinen eigenen Fall.«

»Was für ein Fall?«

»Ein Mädchen ist weggefahren, ohne ihren Eltern Bescheid zu sagen. Oder möchten Sie das auch übernehmen?«

»Wir fahnden nicht nach Ausreißerinnen.«

»Das wäre ja auch unsinnig. Ihr bearbeitet die großen Sachen, und wir kümmern uns um das, was vor unserer Haustür passiert. So hatte ich die Aufteilung verstanden.«

Nora unterbrach die Männer und klärte Bary über die neuesten Erkenntnisse auf. »Mein Vater hat vorhin angerufen. Er sagt, die Männer, die bei Chervel waren, gehörten zu dieser Entsorgungsfirma. Die meisten sprachen kein Französisch.«

»Dann hat sich das also bestätigt.«

»Sie glauben, die DNA, die Sie gefunden haben, stammt von einem dieser Männer?«, fragte Ohayon.

»Nicht jeder eröffnet wegen einer Ordnungswidrigkeit gleich

das Feuer. Einer der Namen, den Ihre Gendarmin bei der Festnahme aus dem Mann raus... dem Mann entlockt hat, ist uns bekannt. Dahinter steckt eine Organisation, die Arbeitskräfte aus Rumänien und Litauen vermittelt. Diese eingeschleusten Arbeiter kommen und gehen. Das könnte natürlich erklären, warum die Morde so plötzlich anfingen und genauso plötzlich wieder aufhörten. Gendarm Rousseau hat übrigens großes Glück gehabt, dass er nur angeschossen wurde. Diese Leute sind hochgefährlich und äußerst brutal. Wie Ihre Gendarmin es geschafft hat, diesen Mann derart... Sie wirkt so zierlich.«

»Haben Sie sich mal ihre Hände angesehen?«

»Nein. Möchten Sie noch etwas beitragen?«

In Ohayons Kopf entstanden – in einer Dimension, die bisher weder neuronal noch linguistisch oder psychologisch in ganzer Tiefe erfasst werden konnte – vierundzwanzig bildhafte Vorstellungen, die miteinander in Beziehung gesetzt und, größtenteils auf rein emotionaler Basis, ausgewertet wurden. Als Bestandteile dieses Vorgangs können genannt werden: Regen, Wind, Bild eines verzweifelten Mörders vor einer bizarren Landschaft, Holz, aus dem mal ein Schuppen gebaut werden sollte, Fleisch, Schuhwerk, ein Schiff auf See, Gefühl beim Anfassen von Gegenständen, insbesondere eines Hammers, Harndrang, phantastische Imagination der Hauptstadt Litauens, Bilder aus einem Film mit Graf Dracula, Bilder von gebündelten Knoblauchknollen, Gläser, gefüllt mit Bier, erneut Harndrang, erneut Wind und Wetter. Und das war längst nicht alles. Dieser Prozess nahm einige Sekunden in Anspruch. Ohayon machte also wieder mal einen leicht dümmlichen Eindruck. ›Naiv‹ hatte Claire das genannt. Da dieser hochkomplexe Vorgang für das System eine gewisse Belastung darstellte, kratzte er sich, nachdem das Ergebnis vorlag, seitlich an der Nase.

»Unglaublich«, sagte er, »da fängt etwas so klein an und wird dann so groß.«

»Ich habe nicht viel übrig für Ironie.«

»Das war nicht ironisch gemeint, Monsieur Bary. Ich wollte damit sagen, dass Sie möglicherweise der falschen Spur folgen.«

Nora verabschiedete sich. Was die beiden Männer da miteinander auszumachen hatten, interessierte sie nicht.

»Sie meinen, ich liege falsch?«, fragte Bary.

»Ob Sie falsch liegen, weiß ich nicht, ich glaube, Sie denken anders als ich. Vorschlag: Sie suchen Ihren Täter unter diesen Leiharbeitern. Und wir halten hier weiter Augen und Ohren auf. Wir sind näher dran. Denn es könnte ja sein, dass der Mann doch aus dem privaten Umfeld von Chervel kommt. Wollen wir so verfahren?«

Bary überlegte eine Weile und nickte dann. »Gut. Aber wenn eine Verhaftung ansteht...«

»Informiere ich Sie. Das passiert mir nicht noch mal, dass einer meiner Leute angeschossen wird.«

Bary sah Ohayon ein paar Sekunden lang an und gab ihm zum Abschied die Hand. Ohayon hatte sich nicht getäuscht. Bary war längst nicht so furchteinflößend und engstirnig, wie Nora ihn dargestellt hatte.

Nachdem Bary abgefahren war, kamen Rousseau und seine Frau aus dem Krankenhaus.

»Wie kommt ihr nach Hause?«

Rousseaus Frau zeigte auf einen Ford Fiesta.

»Dann gute Fahrt. Geben Sie Ihrem Mann was zu trinken, er hat sicher einen Schock.«

»Ich habe keinen Schock!«

»Morgen wieder, Rousseau. Bary ist jetzt mit seiner ganzen Maschinerie an diesen Leuten dran. Und die sind viel besser ausgerüstet und geschult als wir. Offenbar dehnt sich die Sache bis nach Rumänien und Litauen aus.«

»Das heißt, es war alles umsonst?«, fragte Rousseaus Frau.

»Mein Mann wird angeschossen, und es kommt nichts dabei raus?«

»Es ist schon etwas dabei herausgekommen. Florence hat den gefasst, der auf Ihren Mann geschossen hat, und der hat zwei Namen ausgespuckt. Hoffentlich nur die.«

»Ich hab dir ja gesagt, dass Florence wütend war«, erklärte Rousseau.

»Und es sieht so aus, als hätte sie sich nicht wieder beruhigt. Wie gesagt, die Spur führt jetzt nach Rumänien und Litauen.«

Rousseaus Frau war immer noch nicht einverstanden. »Mein Mann ist morgen wieder dienstfähig. Was macht er dann? Parkplätze kontrollieren?«

»Ich kann Sie beruhigen, Madame, Ihr Mann wird keine Parkplätze kontrollieren. In einem Ort, in dem Teile der Bevölkerung bereits durchdrehen, wenn ein paar Schweineknochen angespült werden, kann nicht geduldet werden, dass jemand so dreist ist, ein Bein neben einer Schule zu deponieren. Aber Sie müssen verstehen, Madame, ich bin noch nicht lange in Bauge. Ich habe die Bedeutung dieses Beins anfangs falsch eingeschätzt. Es gibt hier Empfindlichkeiten, alte Ängste, von denen ich nichts wusste.«

»Sie halten uns für empfindlich?«, fragte sie. »Die meisten Einwohner von Bauge sind Nachfahren von Bauern und Fischern.«

»Ja, und da glaubt man natürlich, solche Leute seien ruhig und an Schicksalsschläge gewöhnt. Aber das ist nicht so. Die Herzen der Menschen hier schlagen viel schneller, als man erst mal glaubt.«

»Beine, Knochen, Herzen, alles sehr schön gesagt, aber wir sind raus aus dem Spiel, Bary ist jetzt an der Sache dran.«

»Das ist er, Rousseau, und ich glaube, ihn hat ein bisschen das Jagdfieber gepackt. Aber Kommissar Bary gehört zum Glück nicht zu den Leuten, die alles an sich reißen. Für Bauge sind immer noch wir zuständig. Das heißt, du sprichst morgen mit dem Besitzer des *Cash*. Offenbar wussten Chervel und seine Leuchtpistole, dass dieser französische Chinese da verkehrt. Das heißt, er war sicher öfter mal dort. Frag den Wirt, mit wem Chervel Umgang hatte, und dann fragst du weiter und weiter. Du bohrst dich da durch wie eine Made durch vergammelten Speck, verstehst du?«

Madame Rousseau nickte zufrieden.

»Und die Leute immer schön reden lassen. Nicht zu viele Fragen stellen.«

»Ob das was bringt?«

»Warum soll das nichts bringen?«

»Weil Noras Vater gesagt hat, dass die Typen von dem Entsorgungsunternehmen bei Chervel waren, und jetzt sagst du auch noch, die kommen wahrscheinlich aus Litauen oder...«

»Ist gut, Rousseau, ich verstehe ja den Gedanken. Da ist ein Hammermörder, und da ist ein Trupp von Fremden, die Straftaten begehen oder jedenfalls für solche eingesetzt werden. Leute, die mit ekligen Sachen zu tun haben, die vielleicht mit Sägen, Hämmern und Messern ihre Kadaver klein machen.«

»Genau.«

»Deshalb geht Bary der Sache ja auch nach. Mit fünfzig Mann, Rousseau! Alles Profis. Und wahrscheinlich wird er Erfolg haben. Aber weißt du, ich denke das immer andersrum. Interessiert dich das überhaupt?«

Rousseau zuckte mit den Schultern.

»Mich interessiert es«, sagte seine Frau.

»Also gut, Madame, es ist so... Ich stelle mir den Täter vor, versuche mich in ihn reinzudenken.«

»Das macht Bary bestimmt auch«, mischte sich Rousseau wieder ein.

»Ja, aber er springt dann sehr schnell auf Strukturen und Beziehungsgeflechte an. Ich habe ein bisschen den Verdacht, dass es daran liegt, dass er so viele Leute und so viel Gerät zur Verfügung hat.«

»Er ist ein Ermittler und stellt Beziehungen her. So steht es in jedem Polizeihandbuch. Ich glaube, auf Seite eins.«

»Der Mann, den er sucht, hat drei Frauen ermordet und wurde nicht erwischt. Das heißt, er hatte entweder unglaubliches Glück, oder er ist nicht dumm. Dann hat er aufgehört zu morden. Auch nicht dumm, denn sonst würden sie ihn früher oder später doch noch kriegen. Aber er wird natürlich immer noch gesucht. Ich stelle mir vor, dass er große Angst hat, dass sie ihn doch noch erwischen.«

»Das ist ja eine ganz tolle Feststellung.«

»Ich glaube, Rousseau, es ist die wichtigste Feststellung. Der Mann hat Angst, erwischt zu werden, aber man weiß nicht, wer er ist, weil seine DNA noch nie gespeichert wurde.«

»Vielleicht lebt er in Rumänien. Er kommt her, tötet drei Frauen, kehrt dann in seine Heimat zurück.«

»Und dann? Dann kommt dieser Mann, der viel zu verlieren hat, der wahrscheinlich nicht dumm ist, zwei Jahre später erneut nach Frankreich? Und auch noch an denselben Ort? Dort arbeitet er für eine Truppe, die einen Haufen Knochen und Küchenabfälle direkt vor der Küste ins Meer wirft? Und gleich mehrfach hintereinander? Ein Trupp von Vollidioten. Wird nicht lange dauern, bis sie die haben. Er wird also früher oder später gefasst und erkennungsdienstlich behandelt. Gut, vielleicht ist er so triebgesteuert, dass ihm das alles egal ist. Vielleicht sieht Bary da seine Chance.«

»Hast du ihm das gesagt?«

»Ich habe ihm erklärt, dass er möglicherweise die falsche Spur verfolgt. Aber wer weiß, vielleicht ist sie ja auch richtig. Also läuft es jetzt genau so, wie es laufen sollte. Bary macht das, was er kann, wir machen den Teil vor unserer Haustür.«

»Weil wir die Gendarmerie sind.«

»So sehe ich das.«

»Gut, dann fahre ich also ins *Cash*. Ich könnte Florence mitnehmen.«

»Auf keinen Fall.«

Rousseau sah Ohayon an. Er verzichtete darauf zu grinsen oder sonst irgendwas mit seinem Gesicht zu machen. Ohayon fand das richtig. Sie waren ja nicht hier, um Faxen zu machen oder Freunde zu werden.

Nachdem Rousseau und seine Frau gegangen waren, merkte Ohayon, dass sich in seinem Kopf ein Druck aufgebaut hatte, und er befürchtete, dass der sich in Kopfschmerzen verwandeln würde. Er hatte Schwierigkeiten, sich zu konzentrieren, und brauchte fast zehn Minuten, bis er wieder alle Fakten zusammen hatte. Nein, das stimmt nicht. Er hatte keine Fakten zusammen, er hatte wieder ein Gefühl für die Menschen, mit denen er in der Sache gesprochen hatte, die ihn inzwischen wirklich gepackt hatte. Das Vergegenwärtigen der Gesichter, der Aussagen, der Bekenntnisse von Freundschaft und Abneigung kostete ihn so viel Kraft, dass er den Kopf, ohne es zu merken, leicht zur Seite und auch ein Stück nach hinten gekippt hatte, wobei er irgendwohin ins Graue starrte. Er bot das Bild eines Clowns, den irgendwer in einen lächerlich aufgeblähten roten Blouson gesteckt hatte, nur um ihn dann im Regen auf einem Parkplatz zu vergessen.

*

Wenn man sich verkühlt hat, braucht man Vitamine. Bananen, Apfelsinen. Paprika enthalten auch sehr viel Vitamin C. Daniel Meur lag auf der Couch. Auf dem Tisch standen Orangensaft und eine Schale mit Bananen und Äpfeln, seine Mutter hatte ihn in warme Decken gewickelt. Es gibt solche Momente, wo das Bild einfach stimmt.

»Ist dir noch kalt?«

»Nein. Aber sie will das mit den Decken.«

»Du bist also gestern Abend auf die Mole gegangen?«

»Weil Helene gestorben ist. Ich wollte allein sein.«

»Konntest du denn da überhaupt nachdenken? Man hat mir erzählt, dass es hohe Wellen gab.«

»Daran hab ich nicht gedacht. Ist ja auch schiefgegangen.«

»Warst du schon öfter auf der Mole?«

»Manchmal.«

»Ich will ehrlich sein, Daniel. Ich glaube dir kein Wort.«

»Es war aber so!«

»Ich habe mal ein paar Jungen beobachtet, die auf der Mole dieses Spiel gespielt haben. Auf Wellen warten und dann weglaufen. Aber erstens waren die Wellen da nur so hoch, dass sie vor der Gischt weggelaufen sind, und zweitens sind sie gerannt. Du kannst aber mit deinem Bein nicht rennen.«

»Ich habe an Helene gedacht und nicht an Gischt oder Wellen.«

»Du bist nicht angegriffen worden?«

»Nein.«

»Guck mich mal an.«

»Ich bin nicht angegriffen worden, mich hat eine Welle erwischt und gegen das Geländer geschleudert.«

»Und da bist du dann hängen geblieben. So gerade noch. Sonst könnten wir nicht miteinander reden. Also wenn dich jemand angegriffen und dann da liegen gelassen hat, würden wir von einem versuchten Tötungsdelikt sprechen. Hätte dich das Gitter nicht aufgehalten, ginge es um eine noch schlimmere Straftat.«

»Es hat mich aber niemand angegriffen.«

»Wenn du keine Anzeige machst, können wir nichts unternehmen, das ist dir doch klar.«

»Es gibt nichts zu unternehmen.«

»Solltest du, nur mal ganz theoretisch, den Gedanken haben, das selbst zu regeln, und jemand kommt dabei zu Schaden, dann wäre das eine Straftat.«

»Weiß ich.«

Als Nächstes fuhr Ohayon zum Haus der Guittons, um mit Helenes Bruder zu sprechen. Es war niemand da. Ohayon nahm an, dass die beiden beim Bestatter waren. Er hatte im Moment nicht die Kraft, sie zu stören, um eine Befragung durchzuführen.

*

Der Druck in seinem Kopf ließ langsam nach. Er hatte sich nicht in Kopfschmerz verwandelt, sondern in ein allgemeines Gefühl von Enttäuschung. Ohayon fühlte sich schwach und meinte auf einmal, er hätte viel falsch gemacht. Vielleicht lag das am Wetter, an den hässlichen, nassen Häusern, der ganzen Stimmung. Wie auch immer, so konnte er nicht arbeiten. Also ging er in eine Apotheke.

»Was kann ich für Sie tun?«

»Ich fühle mich schlapp und...«

»Verstimmt.«

»Genau.«

»Ist es denn akut?«

»Akut? Ich weiß nicht... ich finde alles so negativ und habe keine Lust, was zu machen. Wahrscheinlich liegt es daran, dass es hier immer so dunkel ist.«

»Antriebsarm. Ich könnte Ihnen Johanniskraut verkaufen. Wenn Sie das regelmäßig nehmen, werden Sie sich wahrscheinlich in drei bis vier Wochen etwas besser fühlen. Garantieren kann man natürlich nichts. Pflanzliche Präparate wirken bei jedem anders.«

»Das dauert mir zu lange. Ich muss arbeiten, verstehen Sie? Ich muss fit sein. Vielleicht fehlen mir einfach Vitamine. Ich hatte in den letzten Tagen auch ein paarmal so einen Druck im Kopf.«

»Dann sollten Sie unbedingt einen Arzt aufsuchen. Mit Bluthochdruck ist nicht zu spaßen.«

»Gibt es hier einen, der so was behandeln kann? Ich bin neu in der Stadt.«

»Ich gebe Ihnen eine Adresse. Da kann man Ihren Blutdruck messen und vielleicht auch etwas gegen Ihr schlechtes Gefühl verschreiben.«

Nachdem Ohayon die Apotheke verlassen hatte, rief er Nora an und erklärte ihr, was los war.

Ohayon hatte Glück. Er kam sofort dran. Vor allem machte der Arzt – Mitte sechzig, ruhige Stimme – auf ihn einen kompetenten Eindruck. Er verstand Ohayons Idee mit den Vitaminen und erklärte, dass es ein gutes Kombinationspräparat gebe, das auf mehreren Ebenen gleichzeitig wirke. Ohayon nickte und fühlte sich verstanden. Der gute Eindruck verstärkte sich, als der Arzt ihm mitteilte, dass sein Blutdruck völlig in Ordnung sei. Danach führten sie ein zehnminütiges Gespräch über Ohayons seelischen Zustand. Der gestand, dass er zu faul wäre, Obst zu schälen, dass er überhaupt viel zu selten an Obst dächte, was der Arzt vollkommen verstand. Fünf Minuten später stand Ohayon wieder in der Apotheke und bekam sein Medikament.

»Sie sollten das nicht auf leeren Magen nehmen.«

»Danke.«

Ohayon merkte, dass er tatsächlich hungrig war. Also ging er etwas essen. Er trank auch zwei Bier. Nach dieser Selbstmedikation ging es ihm deutlich besser. Und so tat Ohayon etwas, das typisch war für ihn. Er nahm das Medikament nicht ein. Es reichte ihm, die Tabletten für den Notfall bei sich zu haben.

*

Als Ohayon auf der Gendarmerie ankam, war es bereits halb sieben.

»Irgendwas vorgefallen?«

»Rousseau hat angerufen und gesagt, dass es ihm gutgeht. Florence ist weiter auf der Suche nach dem roten Sportwagen. Du kannst dir nicht vorstellen, was die Leute so alles als Sportwagen bezeichnen.«

»Wie viele hat sie bis jetzt überprüft?«

»Dreißig, vielleicht ein paar mehr. Viele Hinweise beziehen sich auf Halter außerhalb von Bauge.«

»So werden wir wohl nicht ans Ziel kommen.«

»Florence ist zäh.«

»Dreh dir doch die Lampe ein bisschen ran.«

»Du siehst müde aus.«

»Ich hatte Kopfschmerzen.«

»Bary hat mit meinem Vater gesprochen«, sagte Nora, »und der hat dann auch gleich eine Speichelprobe abgegeben. Die anderen Fischer, die mit Chervel Kontakt hatten, haben sich ebenfalls zur Verfügung gestellt, aber... da ist noch was...« Nora machte eine Pause, sah ihn sich sehr genau an. So, als wäre heute etwas Entscheidendes anders an ihm. »Ich habe ein Schreiben von der Stadtverwaltung bekommen. Die werden die Parkmarkierungen in der Rue Blondel versetzen, damit die Leute mit ihren Transportern vernünftig in die Toreinfahrten reinkommen. Ich hatte da auch schon ein paarmal nachgefragt, leider ohne Erfolg. Mit wem hast du gesprochen?«

»Mit einer Dame von der Verwaltung.«

»Madame Vicieux?«

»Hat Wasser in den Beinen. Die ist ganz nett, oder?«

Nora zog ihren Kopf ein Stück zurück. »Nett? Madame Vicieux legt uns Steine in den Weg, wo sie nur kann.«

»Wie ich schon sagte, Wasser in den Beinen. Jetzt hat sie eine neue Behandlung angefangen, die wohl gut anschlägt. Und man hat ihr eine Kur zugebilligt. Drei Jahre hat das gedauert. Drei Jahre mit Wasser in den Beinen! Ich meine, warum muss eine Frau, die Tag für Tag gute Arbeit leistet, drei Jahre warten?«

Nora Rose sah ihn noch immer an, in ihrem Blick lag etwas Zärtliches. Natürlich fand Ohayon das nett, aber als es dann doch zu lange dauerte, als etwas Spontanes kurz davorstand, ins Prätentiöse abzurutschen, schloss er die Sache ab. »Wie es eben so ist. Ich habe eben mit Daniel gesprochen, der sagt, das auf der Mole wäre ein Unfall gewesen.«

»Du glaubst ihm nicht?«

»Ich denke, er wurde da hinbestellt und überfallen, nachdem bekannt wurde, dass Helene gestorben ist. Aber ich kann da im Moment nichts unternehmen.«

»Warum?«

»Weil ich müde bin, weil Madame Guitton gerade ihre Tochter verloren hat und weil Daniel Paul Guitton deckt. Hast du Lust, mir zwei Minuten zuzuhören? Ich muss laut nachdenken.«

Nora legte ihren Stift weg und verstellte die Schreibtischlampe.

»Ich frage mich die ganze Zeit«, begann Ohayon, »warum ist Helene Guitton eigentlich in den Stadtpark gefahren?«

»Ja?«

»Daniel hat mir erzählt, dass er gesehen hat, wie sie die Rue Girardin runtergeradelt ist. Die Rue Girardin führt, wie du weißt, entlang der Küste von Roche runter nach Bauge. Dann geht es am Hafen vorbei, und wenn man weiterfährt, geht es wieder hoch Richtung Colline. Also genau dahin, wo Helene wohnt. Es ist spät. Dunkel. Keine Straßenleuchten in diesem Bereich. Um nach Hause zu fahren, hätte sie einfach nur auf der Rue Girardin bleiben müssen. Warum biegt sie in einen Park ein, vor dem seit dem Überfall auf Madame Jambet alle Angst haben? Sie fährt. Schnell. Noch schneller. Sie ist am Ende so schnell, dass sie die Böschung zur Rue Jean Morel runterrast und dort vor ein Auto gerät. Bevor sie das Bewusstsein verliert, spricht sie von einem Licht.«

»Vielleicht hat Daniel sie verfolgt, und sie hatte Angst vor ihm.«

»Das würde erklären, warum er kurze Zeit später an der Unfallstelle vorbeifuhr, ohne anzuhalten. Er hatte ein schlechtes Gewissen.«

»Was sagt er?«

»Sie hätten sich gestritten, weil Helenes Bruder schlecht über Daniels Vater redet.«

»Also?«

»Ich war heute Nachmittag bei Silvia Courbet, und die hat ziemlich schlecht über den Mann ihrer Freundin Catherine Meur gesprochen. Sie sagte, Pascal Meur hätte sich für Schülerinnen interessiert. Vor allem für Helene Guitton. Es gab keinen Grund, das zu erwähnen. Ich hatte ihr gar nichts von dem Brief und erst recht nichts von einem möglichen Verdacht auf Missbrauch gesagt. Aber sie redete so, als wüsste sie, unter welchem Verdacht Pascal Meur steht. Alles sehr indirekt, alles sehr um die Ecke, aber genau darauf wollte sie raus.«

»Du meinst, Delphine hat ihr den Brief gezeigt?«

»Vielleicht hat sie ihn Eva gezeigt. Das ist eine ganze Kette von Ereignissen und bis jetzt ist ein Mädchen tot, eins ist verschwunden und ein Junge wäre fast ums Leben gekommen.«

»Normalerweise sagt man immer, das erste Ereignis sei das entscheidende.«

»Das wäre in unserem Fall die plötzliche Abreise von Delphine Meur nach London.«

*

Sie saß auf dem Sofa, die Knie fest zusammengedrückt, ihre Hände lagen parallel ausgerichtet auf den Knien. Ihr gegenüber der Kamin. Eingelassen in die einzige Wand, an der keine Bilder hingen. Sie wartete, sie kannte seine Gewohnheiten. Die rechte Wand bestand fast vollständig aus Glas. Man hatte tagsüber einen schönen Blick auf den Garten und die hohen Bäume des Parks. Links war die Tür zum Flur, da sah sie jetzt hin. Am Ende des Flurs die Eingangshalle und die Haustür.

Der Grundriss spielte eine große Rolle in ihrem gemeinsamen Spiel. Er würde Eingangshalle und Flur durchqueren, ohne seinen Mantel abzulegen. Dann würde er durch diese Tür das Wohnzimmer betreten. Sie hielt die Tür immer geschlossen.

Er würde sie ansehen, aber nichts sagen. Er machte das immer so. Sie mit diesem Blick festnageln. Und sie ließ das zu. Er würde das Telefon nehmen und nach oben gehen. Später würde er wieder runterkommen, um in einem seiner Kataloge zu lesen. Dann würde sie seine Schritte auf der Treppe im Flur hören.

Er kam immer später. Vor ein paar Jahren hatte das angefangen. Sie hätte mehr darauf achten sollen, das warf sie sich manchmal vor. Sie hatte Verdacht geschöpft, ein Gedanke hatte sie wie eine Krankheit infiziert. Aber war es eine Krankheit? War es nicht eher die Lust am Schmerz? Ein Zittern, das ihr durch und durch ging. Es war dann ganz einfach gewesen, sie hatte den Kilometerstand seines Wagens kontrolliert. Sie hatte nur einen Satz gesagt, und alles war ins Gegenteil umgeschlagen. Er war für sie zu einem Objekt geworden, das sie nach Belieben quälen und manipulieren konnte. Was für eine Befreiung, was für eine Entwicklung zum Guten.

Sie war ein Opfer seiner Grausamkeiten gewesen, daran bestand kein Zweifel. Als junge Frau hätte sie sich niemals vorstellen können, dass sie einmal so sein würde wie in den letzten Jahren. Aber dann die Idee, den Kilometerstand zu kontrollieren. Von da an war sie nicht mehr hilflos. Im Gegenteil. Zuerst hatte sie ihn nur indirekt spüren lassen, dass sie wusste, was los war. Schon darunter hatte er gelitten. Zuletzt hatte sie nur einen einzigen Satz sagen müssen.

»Ich weiß, was du getan hast.«

Keine weitere Erklärung, keine Fragen von ihm. Seine Taten hatten alles verändert. Nie hätte sie gedacht, dass sie so schnell Macht über ihn haben würde. Sie hatte mit vielem gerechnet, als sie anfing, ihn ihre Verachtung spüren zu lassen, auch mit dem Schlimmsten.

Es war nichts passiert, und sie hatte bald rausgefunden, was hinter dem steckte, wovor sie sich so viele Jahre gefürchtet hatte: ein ängstlicher Mensch.

Früher hatte er sie kontrolliert, wie man nicht mal einen Hund kontrollieren kann. Das war bisweilen immer noch so. Wenn sie es zuließ, wenn sie Lust darauf hatte, dass er sie so behandelte. Was war das für eine Lust? Sich demütigen zu lassen, nur um anschließend den Spieß umzudrehen. Ein Spiel, hatte sie entschieden.

Früher war sie zusammengezuckt, wenn sie seinen Schlüssel in der Haustür hörte. Inzwischen konnte sie es kaum erwarten, dass er die Eingangshalle und den kleinen Flur durchquerte und ins Wohnzimmer kam. Stets zögerte er, bevor er die Tür zum Wohnzimmer öffnete. Das konnte sie genau hören. Sie hatte dann nichts weiter zu tun, als auf der Couch zu sitzen, die Hände auf den Knien, und auf ihn zu warten. Sie fühlte seine Angst förmlich. Die Angst lag in diesem Zögern, bevor er die Tür öffnete, das Wohnzimmer betrat und ihren Blick auf sich spürte.

Die Haustür, die Eingangshalle, der Flur, die Tür zum Wohnzimmer. Es wurde ihr immer klarer.

Das also war ihre Geschichte. Sie war wieder die Alte, eine Frau, die Vergnügen an ängstlichen Männern hatte. Empfand sie anders als die Frauen, die sie kannte? Frauen, die sie traf, wenn sie zum Beispiel eine Vernissage besuchte, zu einem Empfang im Rathaus eingeladen war, ein teures Bild kaufte. Kunstinteressierte Frauen, die in kleinen Städten lebten. Vor ein paar Tagen erst war ihr aufgefallen, wie ähnlich sie und ihre Freundinnen sich eingerichtet hatten. All die lederbezogenen Sofas hatte sie vorher nie so deutlich, so vielsagend wahrgenommen. Diese Art von Konformismus gefiel ihr. Sie war mit den Jahren bürgerlich, ja sogar spießig geworden, wofür sie sich aber niemals schämte. Ganz im Gegenteil. Sie hatte sich einen Kern von dem bewahrt, was schon immer ihr Wesen ausgemacht hatte.

Nur eins beunruhigte sie. Sie konnte sich nicht mehr vorstellen, ohne ihren Mann zu leben. Ob ihm das auch so ging? Offenbar ja. Hätte er sonst jeden Abend vor der Tür zum Wohnzimmer gezögert? Nein, sie waren nicht anders als die Ehepaare, die sie kannten. Sich nicht von ihresgleichen zu unterscheiden, das genoss sie. Es war am Ende also doch alles gut ausgegangen. Ihre Ehe war stabil wie… Wie sagt man? Wie ein Fels in der Brandung.

*

Es war mächtig was los, die Wellen entluden gewaltige Wassermassen, schlugen hart auf, und hin und wieder schossen welche flach und schnell über die Mole. Die See hatte sich nicht beruhigt, denn der Wind hatte von ganz unten was hochgewühlt und die Wellen mit Energie aufgeladen, die irgendwohin musste.

Ohayon sah die phosphoreszierenden Wellenkämme und ihm kam die Vorstellung, dass das Meer die Zeit taktete und mit seiner Geduld dem irdischen Dasein… Er zog den Reißverschluss seines Blousons ein Stück weiter hoch und schüttelte entschlossen den Kopf. Der Einfall mit der Taktung der Zeit war Unsinn. Das Meer und die Wellen waren viel älter als die Zeit. Nachdem er sich eine Weile mit solchen Gedanken vergnügt hatte, verschwanden sie, ohne eine Spur zu hinterlassen.

Er meinte plötzlich zu wissen, wie es war, hier geboren und

aufgewachsen zu sein. Nicht für alle war Bauge ein Scheißnest. Er ging zurück zum Hotel.

»Guten Abend.«

»Guten Abend, Monsieur.«

Der Portier war aufgestanden, und Ohayon verspürte plötzlich den Wunsch, ihm die Hand zu schütteln, was er auch tat. »Wie macht man das eigentlich? Die ganze Nacht durchzuhalten.«

»Ich bringe mir einfach ein Buch mit.«

»Und was lesen Sie? Krimis?«

Der Portier lächelte verlegen. »Geschichten von Frauen, die in schönen Häusern leben.«

»Was ist denn mit den Zeitungen passiert, die sind ja ganz zerknittert?«

»Der Wind. Jemand kam rein, und da hat der Wind den Ständer umgeworfen. Normalerweise legen wir unten immer eine Steinplatte drauf, aber der Portier hat das heute Morgen wohl vergessen.«

»Ich finde übrigens das Licht hier im Hotel sehr schön. Das dunkle Holz...«

»Danke.«

»Trotzdem wollte ich fragen, ob Sie in meinem Zimmer ein paar stärkere Birnen einschrauben könnten. Ich bin ja noch eine Weile hier.«

»Ich werde mich darum kümmern.«

»Vielleicht ist das eine gute Idee.«

»Was?«

»Liebesromane. Gibt's denn hier eine Buchhandlung?«

»Die hat im Winter zu, aber an der Tankstelle haben sie welche. Die Tankstelle, an der Sie neulich Ihren Wein gekauft haben.«

»Ja, nur habe ich den Wein dann im Taxi vergessen. Ein schwerer Unfall in der Rue Jean Morel. Wer war eigentlich Jean Morel?«

»Er hat den Park angelegt«, erklärte der Portier. »Das mit dem Mädchen ist furchtbar. Fahrerflucht, stand in der Zeitung. Kriegen Sie den?«

»Wenn er nicht hier aus der Gegend kommt, wird's schwierig. Na, ich geh erst mal duschen.«

»Gute Nacht.«

»Gute Nacht? Es ist erst halb sieben!«

»Vielleicht kaufen Sie sich später ja doch noch ein Buch.«

Ohayon nickte. »Es ist immer schön, wenn man sich auf was freuen kann.«

Ohayon ging zum Fahrstuhl. Während er wartete, schwappte ihm diffuses Zeug durch den Kopf. Er stellte sich vor, wie so ein Leben als Portier war. Immer die Zeit totschlagen und trotzdem an alles denken. Es gab so viele Details, von denen die Gäste überhaupt nichts mitbekamen. Ohayon fragte sich, wo der Mann die Steinplatte versteckte, mit der er seinen Zeitungsständer beschwerte, damit er bei Wind nicht umfiel. Die Fahrstuhltür öffnete sich. Er betrat die Kabine, drückte auf den Knopf und wartete geduldig. Der Fahrstuhl ruckte an und bewegte sich langsam nach oben. Ohayon überlegte, ob er nicht doch zur Tankstelle fahren sollte, um sich ein Buch zu kaufen. Der Fahrstuhl hielt mit einem Ruck, Ohayon stieg aus, zog den Schlüssel aus der Tasche und ging auf die Tür seines Zimmers zu. Dann drehte er um und ging zum Fahrstuhl zurück. Unten stieg er aus und ging zum Portier.

»Ich brauche ein Taxi.«

»Also doch ein Buch«, sagte der Mann, während er auf die Tasten seines Telefons drückte.

»Ach, der Herr von der Gendarmerie. Wo soll's denn diesmal hingehen?«

»Tankstelle.«

Der Taxifahrer war enttäuscht. Vor einigen Tagen hatten sie

sich so nett unterhalten und heute ... Na ja, jeder hat mal einen schlechten Tag.

Ohayon stieg aus.

»Soll ich warten?«

»Ja.«

Er betrat die Tankstelle, ging direkt zur Kasse. Der Mann war derselbe. Ohayon hatte gar nicht mit der Möglichkeit gerechnet, dass es ein anderer sein könnte.

»Haben Sie getankt?«

Ohayon hielt ihm seine Marke hin.

»Polizei? Hier ist nichts passiert.«

»Ich war Montagabend hier.«

»Da kommen so viele ...«

»Ich habe zwei Flaschen Wein gekauft, und da haben Sie mir den Zeitungsständer gezeigt. Die waren alle verknittert. Und dann haben Sie gesagt: ›Um acht ist zu.‹ Es war aber halb zehn.«

»Ach, den Abend meinen Sie, da hat dieser Idiot den Zeitungsständer umgeschmissen. Der war wütend, weil schon zu war.«

»Sie haben damals irgendwas von der Waschstraße gesagt.«

»Ja, natürlich. Die mache ich spätestens um acht zu. Weil ich nachts die Kasse nicht alleinlassen darf. Und an der Waschstraße ist ja immer mal was.«

»Wissen Sie, mit was für einem Auto dieser wütende Kunde kam?«

»Na, mit seinem. Wie immer.«

»Mit seinem was ...?«

»Mazda. Alex hat nur ein Auto.«

»Welche Farbe hat der Wagen?«

»Rot.«

»Und diesen roten Mazda wollte er unbedingt waschen.«

»Ist das ein Grund, den Zeitungsständer umzuwerfen und rumzubrüllen?«

»Wenn man sehr aufgeregt ist. Hat Alex auch einen Nachnamen?«

»Alex Farin. Der ist Türsteher im *Ox*. Das ist eine Bar in Lambelle.«

»*Ox* passt gut.«

»Warum?

»Weil ich drei Tage gebraucht habe, um darauf zu kommen.«

Ohayon rief Nora an. »Ich glaube, ich weiß, wer Helene Guitton überfahren hat.«

»Ich bin gerade auf dem Weg zu der Werkstatt, in der sein Wagen steht«, erklärte ihm Nora, »Florence ist schon da.«

»Wieso ist sie schon da?«

»Der Halter heißt Alex Farin, wohnt in Lambelle.«

Eine halbe Stunde später standen Nora, Florence und Ohayon zusammen mit dem Besitzer einer Reparaturwerkstatt unter dem Mazda.

»Da«, erklärte Florence, »da und da. Hinten ist auch noch was. Er hat alles gewaschen, aber eben nicht gut genug.«

»Wie kamen Sie drauf?«, fragte Ohayon den Besitzer der Werkstatt.

»Der Wagen steht schon seit Dienstag hier. Ich hab ihn aber erst heute rangenommen. Wir hatten doch neulich Eisregen, da kommen dann immer sehr viele. Sie sehen ja, dass wir noch arbeiten, und es ist schon nach neun. Als ich vorne die Schürze abmachen wollte, dachte ich, komisch. Ja, und als dann Ihre Kollegin anrief und fragte... Wird der Wagen abgeholt?«

»Gleich morgen früh«, erklärte Florence.

Als sie gingen, fragte Ohayon sie: »Der Wievielte war das?«

»Auf meiner Liste? Nummer 48.«

»Gut gemacht.«

*

Warum war er darauf nicht früher gekommen? Dieses Schwein! Sie hatten ihn im Krankenhaus untersucht. Jetzt hatte er sein Ergebnis. Er war kerngesund. Er würde leben. Alles nur eingebildet... Das war ihm vor zwei Jahren schon mal passiert. Damals hatte er geglaubt, mit seiner Lunge sei etwas nicht in Ordnung. Das war so weit gegangen, dass er am Ende Schwierigkeiten hatte, Luft zu bekommen. Als er sich nach einem Jahr endlich getraut hatte, sich untersuchen zu lassen, hatten sie festgestellt, dass seine Lunge völlig in Ordnung war. Er hatte sich damals verflucht, so ein Hypochonder zu sein. Jetzt war ihm das Gleiche wieder passiert. Diesmal hatte er gemeint: das Herz.

Dieses Schwein in Villons hatte ihn fast ein ganzes Jahr lang wegen etwas behandelt, das er gar nicht hatte. Gut, sein Cholesterinspiegel war zu hoch, aber die Stiche in der Brust und das taube Gefühl im Bein hatten nichts mit dem Herzen zu tun. Die im Krankenhaus hatten ihm Krankengymnastik verschrieben. Massagen und Dehnungsübungen, mehr war nicht nötig.

Zuerst war er fest entschlossen gewesen, sofort nach Villons zu fahren, um seinen alten Arzt umzubringen. Natürlich tat er das nicht. Wer bringt schon seinen Arzt um? Dann hatte er nachgedacht und war auf etwas gestoßen, das so unheimlich war, dass er erst mal was trinken musste.

Was hatte der Arzt ihm damals gesagt? Was war Realität und was nicht? Er war wegen seiner Leber hingegangen, um die checken zu lassen, und die Leberwerte waren nicht gut gewesen, aber auch nicht schlimm. Und dann? Ja, dann hatte er dem Arzt von den Stichen in der Brust erzählt, und der hatte gesagt, dass sein Cholesterinwert zu hoch sei. Mehr war doch gar nicht gewesen.

Der Arzt hatte ihm ein kleines Heftchen mitgegeben, in dem beschrieben wurde, wie man sich vernünftig ernährt. Und ihm geraten, regelmäßig zur Untersuchung zu kommen. Und er? Er hatte sich zu Tode erschrocken. Er hatte sich an das Heftchen mit den Ernährungstipps gehalten und ein gesundes Leben voller Angst geführt. Was war denn los mit ihm, dass er da immer wieder reinrutschte? In diese kranke Welt.

Nun wurde er belohnt. Seine Lebenskraft, die Lust zu existieren und in einer Welt herumzulaufen, die wunderschön war, das alles war innerhalb von Minuten zurückgekehrt.

Marseille gefiel ihm viel besser als Villons. In Bauge war es am schlimmsten gewesen. Da hatte er sich einsam gefühlt und diesen furchtbaren Drang gehabt, sich interessant zu machen. Dagegen hatte er nicht angekonnt.

Er wanderte durch die Stadt, und nach einer Weile kam er in einen Bezirk, der für ihn schon immer etwas ganz Besonderes gewesen war: der Hafen. Hier gingen Schiffe auf große Fahrt. Eins wurde gerade beladen. Noch auf die altmodische Art, ohne Container. Stückgut nannte man das.

Er schlenderte weiter, wusste genau, wo er hinwollte. Zum Weihnachtsmarkt mit seinen bunten Lichtern und Gerüchen. Wieder unter Menschen sein. Er liebte doch die Menschen. Manchmal stand er eine Weile einfach nur da und nahm sich Zeit, sie zu beobachten. Es gab die Schnellen, die Langsamen, die Staunenden und natürlich die Unzufriedenen. Am schönsten waren die Familien, wobei für ihn auch Frauen mit Kindern zu den Familien zählten. Das alles drang wieder zu ihm durch und machte ihn glücklich. Er spürte richtig, wie sein Körper sich vollsog mit diesem ... Leben. Vor allem durfte er ja auch wieder trinken. Seine Leber hatte sich nach der Idiotenkur vollkommen erholt. Also ging er zu einer blinkenden Bude, setzte sich an die Bar und bestellte ein großes Bier und zwei Schnäpse, später mehr.

Nach einer Stunde war er ein bisschen betrunken. Er zahlte, gab der Frau fünfzig Euro. Sie öffnete ihre Kasse und suchte das Wechselgeld zusammen. Leider war die Frau nicht sein Typ. Schon gar nicht mit ihrer albernen Weihnachtsmannmütze.

Aber das Geld, der Anblick ihrer Finger, die die Münzen zählten... Das Glücksgefühl kam wie eine elektrische Welle und füllte ihn aus, bis in die Haut. Und da endlich glaubte er es: Das schreckliche Jahr war vorbei. Das Leben hatte ihn wieder.

Samstag

Der nächste Tag verlief anders, als Ohayon gedacht hatte. Alex Farin war gleich zur Vernehmung nach Villons gebracht worden. Florence hatte bei der Festnahme nur kurz mit ihm gesprochen.

»Farin sagt«, erklärte sie Ohayon, »das Mädchen wäre die Böschung runtergekommen. Er hätte sie überhaupt nicht sehen können, da es heftig geregnet hat und stockdunkel war. Mit der Beleuchtungsanlage seines Wagens war angeblich irgendwas nicht in Ordnung. Ich glaube, der ist ganz froh, dass wir ihn erwischt haben.«

Dann rief das Hotel an, in dem Ohayon wohnte, und sagte, ein älteres Ehepaar sei in der Nacht nicht zurückgekommen. Er fuhr mit Nora hin.

»Wann haben Sie die beiden zum letzten Mal gesehen?«, fragte Ohayon den Portier.

»Gestern Morgen, so gegen halb sieben.«

»Wie waren sie angezogen?«, fragte Nora.

»So wie die meisten, die im Winter kommen. Warm und Stiefel.«

»Wissen Sie, was die beiden von Beruf waren?«, mischte sich Ohayon wieder ein.

»Beruf? Das weiß ich nicht. Die meisten Leute tragen ja ihre Berufe nicht mehr ein. Er musste immer ein bisschen auf sie aufpassen, weil sie manchmal Sachen durcheinanderkriegte. Moment, jetzt erinnere ich mich, er hat zweimal gesagt, dass unser Vorbau schlecht gedämmt ist und dass wir irgendwann Probleme mit der Abdichtung am Haus kriegen. Vielleicht ist er Architekt. Da steht die Adresse.«

»Telefonnummer?«

»Da.«

Nora rief an. Ohne Erfolg.

»Komm«, sagte sie, »der Beruf ist in diesem Fall nicht so wichtig, ich weiß schon, wo wir die finden, das wird ein langer Tag.«

Ablandiger Wind, kein Horizont, die Farben verschmolzen zu einer unbestimmten Trübung. Ein seltsam friedlicher Tag. Selbst die Wellen schienen heute keine Lust auf den Strand zu haben, sie tänzelten nur ein bisschen herum.

»Ist das richtig, dass die Kutter so weit draußen suchen?«, fragte Ohayon.

»Die wollen nicht auf Grund laufen.«

»Und warum hast du niemanden zu den Klippen im Osten geschickt?«

»Weil sie immer bei den Klippen von Colline hängen bleiben«, erklärte Nora.

»›Immer‹ klingt schrecklich.«

»Jedes Jahr drei oder vier. Meistens im Herbst oder im Winter. Die alten Leute gehen raus, wenn Ebbe ist und ... In jeder Pension und jedem Hotel liegen Zettel aus, die auf die Gefahr hinweisen.«

»Immer alte Leute.«

»Wir müssen uns beeilen, sonst suchen sie morgen nach uns.«

Nora teilte den Suchtrupp ein. Das Meer hatte tiefe Höhlen und Schlitze in die Felsen gefressen, und in einer der Höhlen fanden sie die Frau, und kurze Zeit später auch die Leiche von Paul Chervel. Die Bergung der Körper wurde zu einem riskanten Unternehmen, da die Flut kam. Langsam, noch immer verspielt, aber sie kam.

Eine halbe Stunde später meldete sich jemand von einem der Kutter. Sie hatten den Mann gefunden. Ziemlich weit westlich. Ein Umstand, der Nora mehr beunruhigte als der Tod.

»Die Strömung muss sich verändert haben.«

»Vielleicht das Gezeitenkraftwerk.«

»Hoffentlich bleibt das nicht so.«

»Dass die Toten so weit abgetrieben werden?«

»Ich meinte die Austern. Wenn das Wasser den ganzen Sand da reinspült ... Du bist übrigens ziemlich rot im Gesicht.«

Es war bereits 21 Uhr, als der Sohn des Ehepaars zusammen mit seiner Frau kam. Nachdem er seine Eltern identifiziert hatte, bat Ohayon die beiden zu einem kurzen Gespräch. Der Mann war Anfang vierzig. Ohayon fiel nichts Besonderes an ihm auf. Außer dass er gepflegt wirkte und gut gekleidet war.

»Mein herzliches Beileid.«

Er hatte nicht geweint, die Frau hielt während des Gesprächs seine Hand.

»Ich will Sie nicht lange aufhalten, Sie möchten sicher ins Hotel. Oder fahren Sie noch zurück nach Paris?«

»Mein Mann möchte hierbleiben, wo seine Eltern sind.«

»Haben Sie ein Zimmer?«

»Sie hatten bestimmt nicht die Absicht, sich das Leben zu nehmen«, erklärte sie, ohne dass jemand danach gefragt hatte. »Meine Schwiegereltern sind vor zwei Tagen hierhergefahren. Am Abend vorher waren sie noch bei uns zum Essen. Eigentlich sind sie im Winter immer nach Thailand oder Indien gefahren, aber mein Schwiegervater hatte noch mit einem Entwurf zu tun.«

»Er war Architekt?«

»Ein guter. Aber weil das ja sicher Ihre wichtigste Frage ist:

Meine Schwiegereltern waren ein bisschen niedergeschlagen, sie wegen ihrer Krankheit und er ... das Alter. Aber es war nicht so schlimm, dass sie sich das Leben genommen hätten.« Es war das zweite Mal in kaum zwei Minuten, dass sie erklärte, es sei keine Absicht gewesen. Dabei hatte das niemand behauptet. Offenbar war Präzision für sie wichtig in dieser Sache. Er saß einfach nur neben ihr und schwieg.

»Gut, dann habe ich keine Fragen mehr.«

Sie standen auf, Ohayon brachte sie zum Ausgang. Als ihr Mann schon draußen war, blieb sie noch einen Moment stehen.

»Möchten Sie mir etwas sagen?«

»Sie sehen sehr müde aus.«

»Ich war den ganzen Tag draußen.«

»Danke für alles.«

Sie folgte ihrem Mann und hakte ihn unter. Ohayon sah ihnen nach, bis sie beim Auto waren. Sie schaltete die Scheinwerfer an, und es dauerte fast zwei Minuten, bis sie den Motor startete. Der Strahl ging weit, bis runter zum Meer.

*

Lichterketten, Sterne und natürlich Weihnachtsbäume. Diesmal in den französischen Farben. Eine großartige Idee. Aber die Dekorateure ließen sich ja jedes Jahr etwas Neues einfallen. Er bewunderte das. Sich schöne Sachen und gutes Essen zu kaufen, machte ihm wieder Spaß. Er schlenderte von einem Geschäft zum nächsten. Er verdiente gut bei seiner neuen Arbeit, und er hatte während des letzten Jahres nicht viel ausgegeben. Also musste er nicht aufs Geld achten. Räucherlachs, Meerrettich, grüner Spargel aus Südafrika und frische Kartoffeln aus Argentinien. Dazu eine Flasche Cognac und ein paar Bier. Auf Butter verzichtete er seit seiner letzten Krankheit. Er kaufte nie viel ein. Lieber öfter und dafür frisch. Und er stellte sich immer an der Kasse an, an der eine Frau saß. Er fand, die waren einfach angenehmer. Eine altmodische Vorstellung, na und? Jeder hat seine Marotten, sonst wären ja alle Menschen gleich. Er legte die Einkäufe aufs Band und wartete, bis er an der Reihe war. Er grüßte sie, als sie kurz zu ihm aufblickte. Er sah den Frauen dabei immer richtig in die Augen, das kam meistens gut an.

Er ließ die Kassiererin ihre Arbeit machen, ohne sie zu unterbrechen oder mit Fragen zu stören. Sie waren nicht alle gleich, oh nein! Obwohl sie die Waren nur noch über den Scanner ziehen mussten, sah er sofort, ob eine es konnte oder nicht. Manche sahen ihre Kunden gar nicht richtig an, stellten keinen Kontakt her. So eine fiel bei ihm gleich durchs Raster.

»44,52 Euro bitte.«

Er hielt ihr das Geld hin, er zahlte immer mit 50-Euro-Scheinen. Sie hatte rote Haare, war höchstens fünfundzwanzig. Die Kasse sprang auf. Sie suchte das Wechselgeld zusammen. Er sah ihre Hände, die Scheine und Münzen. Und das machte etwas mit ihm. Immer. Er hatte nie begriffen, warum das so war, aber es turnte ihn unheimlich an. Wahrscheinlich war er ein Fetischist, dachte er. Aber ein harmloser. Er würde nie von einer Frau verlangen, dass sie sich merkwürdig anzog oder komische Sachen machte. Wozu auch? Ihm reichte völlig aus, wenn sie mit ihren Händen im Geld rumhantierten. Manchmal waren die Münzen alle. Dann nahmen die Frauen eine oder zwei Rollen und brachen sie durch.

Er hatte sofort erkannt, dass ihre Haare gefärbt waren. Schade. Aber auch egal, ihn interessierten ja die Münzen und ihre Hände, und an die kam er nicht ran. Das mit den Münzen war natürlich total albern. Wenn er Münzen gewollt hätte, wäre er in eine Bank gegangen und hätte sich dort ein paar Stangen besorgt. So wie damals in Nantes. Da hatte er das ein paarmal gemacht.

Bei jungen Frauen verstand er das nicht. Warum färbten die

sich die Haare? Das sah total künstlich aus. Am Ende der Einkaufspassage, in dem großen Elektronikmarkt, saß eine an der Kasse, die gefiel ihm. Frauen um die dreißig waren sowieso eher sein Typ, die hier war viel zu jung.

Er steckte das Wechselgeld ein, bedankte sich und verließ den Laden. Er war bester Laune, kein Hauch von Angst, kein Gedanke an Krankheit. Eine Sache allerdings, die machte ihn fertig. Aber das ging vielen so, er hatte schon mit einigen Leuten darüber gesprochen. Olympique Marseille hatte schon wieder einen Spieler verkauft. Für den hatten sie zwar so viel Geld kassiert, dass sie sich dafür drei neue kaufen konnten, aber wegen ihrer Gier hatten sie in den letzten fünf Monaten zwei ihrer besten Spieler weggegeben. Und das würde sich bitter rächen. Denn es gab eben einen entscheidenden Unterschied zwischen diesen 90-Prozent-Spielern und solchen, die 95 Prozent brachten. 100 schaffte keiner, das war klar. Aber diese 5 Prozent, die machten es eben.

Ach ja, der Wagen musste nächste Woche zur Kontrolle, das durfte er bei der ganzen Aufregung nicht vergessen...

Trotzdem! Das Management war einfach zu gierig gewesen. In der Wirtschaft war das ja auch so. Er verstand einfach nicht, warum Menschen andere ausbeuteten, nur um zwanzig Millionen zu haben statt drei. Seiner Meinung nach waren diese Leute krank. Sie hatten sich nicht unter Kontrolle und wurden dafür von manchen sogar noch bewundert. Pervers war das. Dass OM zwei seiner besten Spieler verkauft hatte, war einfach Schwachsinn. Das nahm einem die Lust.

Ja, die Lust... Die Frauen hatten ihn immer gemocht. Nicht alle, aber die, mit denen er zusammenkam, schon. Dabei war er ein absoluter Durchschnittstyp. Er hatte mal die Theorie entwickelt, dass Frauen gar nicht so besonders auf extravagante Männer standen. Ein Mann musste halbwegs gut aussehen, durfte nicht fett sein, aber alles andere, das waren für die nur Kinoträume. Frauen waren ja ziemlich klar im Kopf, die wussten viel genauer, was sie wollten, als Männer. Er trug heute Jeans und ein hellblaues Hemd. Dazu einen dunklen Mantel aus Wolle. Er war schlank, größer als der Durchschnitt und gut gebaut. Ihm stand eigentlich alles, was er anzog. Manche Frauen hatten seine Hände gemocht, andere seine Haare. Die waren dunkelbraun und drahtig. Haarausfall war echt nicht sein Problem.

Er mochte Einkaufspassagen. Manchmal wurde etwas verlost oder es gab – so wie heute – Livemusik. Da blieb er dann stehen und hörte eine Weile zu. Seine Einkaufstüten wurden ihm nie zu schwer. Er hatte ja Kraft. Jetzt, kurz vor Weihnachten, war es natürlich ziemlich voll. Und es gab immer Leute, die plötzlich stehen blieben, oder wieder andere, die es besonders eilig hatten. Auf diese Weise entstanden dann kleine Staus. Ihn störte das nicht. Er hatte sein Leben lang zu den Geduldigen gehört. Nein, er musste nichts wollen oder sich durchsetzen. Im Gegenteil. Er reihte sich einfach in den Strom der Menschen ein und ließ sich mittreiben. Als Nächstes würde er in den Elektronikmarkt gehen, sich noch mal in Ruhe die Fernseher erklären lassen und ein paar Batterien kaufen. Ach, das durfte er nicht vergessen! Ein Segelflugzeug für seine Neffen. Er wusste genau, an welcher Kasse er sich anstellen würde.

Montag

Als Ohayon am Montagmorgen aufwachte, spürte er wieder diesen merkwürdigen Druck im Kopf, so als hätte sich da über Nacht etwas ausgedehnt. Offenbar wirkte der Druck von hinten auf die Augen, denn es fühlte sich an, als müsste er gleich weinen. Er schob die Vorhänge zurück. Grau. Unter dem gleichmäßigen Grau erkannte er Wolken. Die waren noch dunkler.

Und es regnete. Aber nicht so stark wie gestern. Oder doch? War das möglich? Dass es hier jeden Tag gleich war? Er nahm nun doch zwei von seinen Tabletten, und nachdem er geduscht hatte, ging es ihm besser.

Im Frühstücksraum stand er eine Weile vor dem Buffet, sah sich alles an. Die Anordnung der Wurst- und Käsescheiben, der Marmeladentöpfchen und Butterschälchen, das alles kam ihm wie ein leicht verschwommenes Gemälde vor. Er war ganz über die Maßen glücklich, hatte aber keinen Appetit. Also nahm er sich nur eine Tasse Kaffee und setzte sich damit in eine Ecke des Raums. Nachdem er ein paar Schlucke getrunken hatte, erkannte er, wie überaus positiv doch die ganze Entwicklung war. Es hatte keinen weiteren Angriff auf das Lager gegeben, und das zu gewährleisten, war schließlich sein Auftrag. In ein paar Wochen würde er zurück in Fleurville sein und als Belohnung für sein Ausharren zum Lieutenant befördert werden. In was für negative Gedanken hatte er sich da in den letzten Tagen nur reingesteigert? Er hatte Bary ins Handwerk gepfuscht, obwohl Roland ihm vor seiner Abreise geraten hatte, dem nicht in die Quere zu kommen. Davon abgesehen interessierten ihn ein paar Teenager, die etwas überdreht waren. Das alles würde er nun sortieren. Den Fall mit dem Hammermörder hatte Bary übernommen. Das mit dem angeblichen Überfall im Stadtpark spielte keine Rolle mehr, und was die Teenager anging, mussten sie erst Delphines Rückkehr abwarten. Ja, so würde er es machen, es einfach ein bisschen gelassener angehen. Worum es hier wirklich ging, war, dass er seine Zeit absaß und Lieutenant wurde. Ines würde zufrieden sein, und das war schließlich das Wichtigste. Als er gerade an diesem Punkt angekommen war, klingelte sein Handy. Es war Rousseau. Er sagte, dass er ihn gleich abholen würde, er hätte was Wichtiges rausgefunden. Ohayon zog seinen Blouson an und wartete vor dem Hotel auf ihn.

»Wie geht's?«, fragte Rousseau.

»Gut. Und dir?«

»Ich habe gestern Abend mit dem Wirt des *Cash* gesprochen!«

»Allmählich gewöhne ich mich an eure Stadt.«

»Erst mal eine gute Nachricht«, erklärte Rousseau, »wir wurden in der Zeitung gelobt, weil wir den Fahrerfluchttypen gefasst haben.«

Stimmt, dachte Ohayon, das hatte er vorhin ganz vergessen. Noch ein Pluspunkt.

»Jetzt kommt's!«, sagte Rousseau. »Der Wirt meinte, dass Chervel in letzter Zeit ein paarmal da war. Hat mit vielen Gästen gesprochen und seine Sachen angeboten. Fernseher, Schmuck seiner Eltern, all so Zeug. Dann kam noch raus, dass es im *Cash* in der Nacht, bevor die Leute am Lager der Chinesen randaliert haben, eine Schlägerei gab.« Rousseau hörte auf zu sprechen, damit Ohayon sich zu dieser überraschenden Wendung äußern konnte. Aber der sagte nichts, sondern sah zu ein paar Geschäften rüber, wo sie gerade damit anfingen, weihnachtlich zu dekorieren.

»Der Wirt sagte, die Schlägerei sei der Auslöser für den Angriff am Bauzaun gewesen. Verstehst du, was das bedeutet? Das hat da angefangen, wir können die identifizieren, die für diese Randale verantwortlich waren.«

Ohayon schwieg. Er blickte nach schräg vorne und zeigte auf einen Lastwagen, von dem gerade ein großer Weihnachtsmann abgeladen wurde.

»Irgendwer hat die Chinesen, die da gegessen haben, beschimpft und gesagt, dass sie abhauen sollten. Dann ging's rund. Saalschlacht, volles Programm, und jetzt pass auf: Judith Jambet war auch da und hat eine Flasche abgekriegt. Eine volle, und zwar auf die Schulter! Angeblich war das einer von den Chinesen. Was sagst du dazu?«

»Wunderbar.«

»›Wunderbar‹. Okay. Ich finde, du solltest den Wirt noch mal vernehmen. Dann haben wir genug, um Judith Jambet dazu zu bringen, dass sie ihre Anzeige zurückzieht.«

Rousseaus Handy klingelte, und er sprach kurz.

»Das war Nora, wir sollen sofort zum Lager der Chinesen fahren.«

*

Als sie ankamen, sah Ohayon etwas, das er – in dem Ausnahmezustand, in dem er war – sehr amüsant fand. Vor dem Zaun, genau vor der Einfahrt, lag eine tote Kuh. Hinter dem Zaun standen zwei Chinesen in olivgrünen Regenjacken. Vermutlich zwei Männer vom Wachschutz. Kurz nach ihnen traf Florence ein. Außerdem hatten sich inzwischen einige Neugierige versammelt.

Rousseau blickte Florence an, die nickte. »Ich werde mal sehen, ob ich einen Traktor oder einen Jeep auftreibe, dass wir sie da wegziehen.«

»Wir sollten mit irgendwem sprechen und uns entschuldigen«, sagte Rousseau. »Was meinst du?«

Ohayon nickte. Nur hörte er dann gar nicht mehr auf damit.

Rousseau ging zum Zaun, der war hoch und mit Natodraht bewehrt. Die beiden Männer vom Wachschutz kamen auf sie zu und bauten sich auf. Rousseau holte seine Polizeimarke raus. »Können Sie mich verstehen?«, fragte er, obwohl es eigentlich Ohayons Aufgabe gewesen wäre, das zu tun.

Die beiden Männer sahen sich an, wobei einer lächelte. »Natürlich können wir Sie verstehen.«

Rousseau sah wieder zu Ohayon rüber, warum sagte der nichts? Gut, dann musste er das wohl machen. »Wir möchten mit jemandem sprechen, der dieses... der hier zuständig ist.«

Einer der Männer zog ein Funkgerät aus dem Gürtel und

sprach mit jemandem auf Französisch. Das dauerte ein Weilchen. Dann steckte er das Funkgerät wieder weg und öffnete das Tor.

Sie gingen an einer langen Reihe von Containern vorbei, die offenbar miteinander verbunden waren. In einem dieser Container war eine Tür. Der Mann vom Wachschutz öffnete sie, und Rousseau trat ein. Ohayon folgte ihm. Stille, die beiden Wachmänner waren nicht mit reingekommen. An beiden Stirnseiten gab es Türen, die in die angrenzenden Container führten. An den Seitenwänden hingen Pläne, wie Rousseau sie von Architekten oder Ingenieuren kannte.

»Hallo, ich bin Zoé Turner.«

Ihr Name klang exotisch, fand Ohayon.

»Ich bin Gendarm Rousseau, das ist Brigardier Ohayon.«

»Ohayon?«, fragte sie.

Sein Name hatte gut geklungen, fand Ohayon, weil sie eine schöne helle Stimme hatte und ihn schneller aussprach als andere. Und weil es so schön war, wiederholte er seinen Namen, und zwar auf die gleiche Weise, wie sie ihn ausgesprochen hatte. Exotisch.

Rousseau sah sofort, dass Ohayons kleine Nummer nicht gut bei ihr ankam. Um die peinliche Situation zu überbrücken, bedankte er sich dafür, dass sie sich Zeit für sie nahm, und sagte auch noch, dass gerade dafür gesorgt würde, dass die Kuh entfernt wurde. Sie redete von nun an nur noch mit ihm. Rousseau schätzte sie auf Anfang dreißig. Sie trug Jeans und braune Lederstiefel, die fast hoch bis zum Knie gingen. Was sie obenrum anhatte, konnte er nicht sehen, denn sie steckte in der gleichen olivgrünen Regenjacke wie die beiden Wachmänner am Tor.

»Kommen Sie«, sagte Zoé und ging voraus. Aus der Art, wie sie das gesagt hatte, schloss Rousseau, dass sie es gewöhnt war, Anweisungen zu geben.

Sie gingen durch zwei Container, im dritten gab es an einer der Längswände eine Tür. Sie betraten einen großen rechteckigen Platz, der von all diesen zusammenmontierten Containern umstellt war. In der Mitte eine große Industriehalle, die etwa hundertfünfzig Meter lang war. Zoé steuerte auf eine Tür am äußeren rechten Ende zu. Auf dem Weg dahin kamen ihnen einige Männer in olivfarbenen Regenjacken entgegen, die Zoé fast militärisch grüßten. Sie führte ihn und Ohayon durch einen kleinen Raum in einen größeren. Dort angekommen, zog sie ihre Regenjacke aus. Unter der Regenjacke trug sie eine weiße Bluse. Rousseau zog ebenfalls seinen Blouson aus, und sie hängte ihn auf. Danach machte sie Ohayon ein Zeichen, das der offenbar nicht verstand.

Rousseau half Ohayon, seinen Blouson auszuziehen, und reichte ihn ihr.

»Das ist ein Scheißwetter, oder?«, sagte sie. »Immer nur Regen. Und dieser Wind!«

Rousseau gab ihr Recht, sie setzten sich.

»Aber dass uns jetzt einer eine tote Kuh vors Tor legt, ist schon krass, oder?«

Wie sie da saß und redete, kam sie Rousseau inzwischen gar nicht mehr so richtig chinesisch vor. »Wir werden uns darum kümmern«, versprach er, »ich kann nur sagen, dass nicht alle in Bauge so sind.«

»Das ist nicht der erste Übergriff«, sagte sie streng.

Ein kurzer Blick zu Ohayon, der starrte irgendwo hin. Rousseau verstand nicht, warum er die ganze Zeit lächelte. Gut, dann musste er eben versuchen, so zu tun, als wäre er Ohayon. Er hatte sich ja ohnehin schon ein bisschen daran gewöhnt, in seinem Sinne zu denken. »Ich habe gehört, dass es im *Cash* eine Schlägerei gab. Und zwar einen Tag, bevor dann Ihr Lager hier angegriffen wurde.«

»Zwei Typen kamen an unseren Tisch und fragten, warum

wir nicht im Lager essen würden. Sie nennen die Baustelle hier immer Lager. Ich weiß nicht, was die Leute für eine Vorstellung haben. Offenbar denken sie, dass Chinesen militärisch organisiert sind und Lager bauen.«

»Ich kenne China nur aus dem Fernsehen, aber ... ist das da nicht alles ein bisschen militärisch?«, fragte Rousseau.

»In China? Kann sein, ich war noch nie da. Aber wir sind hier nicht in China, oder? Die meisten unserer Ingenieure leben seit Jahren in Frankreich. Das Geld kommt aus China. Und unsere Arbeiter. Aber das ist kein Grund, so was zu machen, stimmt's?«

Rousseau wusste nicht, was er sagen sollte. Was würde Ohayon jetzt machen? Wahrscheinlich einfach das sagen, was er gerade dachte. Gut, dann würde er das eben auch so machen: »Wissen Sie, die Baustelle wird von den Menschen in Bauge als etwas Bedrohliches empfunden. Und deshalb würde ich gerne mal mit dem Leiter dieses ... dieser Baustelle sprechen.«

»Was sollte das bringen?«

»Ich möchte vorschlagen, dass man von hier aus mal den Versuch macht, mit den Einwohnern von Bauge in Kontakt zu treten und wenigstens einen Teil des täglichen Bedarfs bei uns einkauft.«

»Wir beziehen all unsere Nahrungsmittel aus Frankreich, und Sie sehen ja, was dabei rauskommt. Jetzt liegt eine tote Kuh vor dem Tor. Die Küchenabfälle, die eine ebenfalls französische Firma entsorgen sollte, wurden direkt vor der Küste ins Meer geworfen.«

»Ich dachte das viel kleiner. Dass einfach mal in Bauge eingekauft wird. Damit die Einwohner das Gefühl haben, dass das nicht alles an ihnen vorbeigeht.« Rousseau war endgültig am Ende mit seinem Latein. »Oder ... oder Sie machen mal einen Tag der offenen Tür. Laden die Kinder ein. Kinder mögen Laternen.«

»Ach so, und da dachten Sie, Laternen und Chinesen...«

Rousseau war nicht nur am Ende mit seinem Latein, er war auch extrem sauer auf Ohayon. Der saß zufrieden auf seinem Stuhl und tat so, als ginge ihn das alles nichts an. Jetzt hatte er sich mit seinem blöden Vorschlag lächerlich gemacht, und ihm würde am Ende nichts anderes übrig bleiben, als sich auch dafür zu entschuldigen.

»Ja, vielleicht wäre das möglich«, sagte sie. »Die Firma, die das hier baut, ist vor allem daran interessiert, dass alles reibungslos läuft. Laternen, ein paar Einkäufe... Ja, das ist eine gute Idee.«

»Ah ja?... Danke. Das war eigentlich schon alles. Wir wollten Ihnen eigentlich nur sagen, dass wir uns darum kümmern. Und dass uns das mit der Kuh leidtut.«

»Das mit der Kuh ist lächerlich.«

»Ganz schrecklich und... sehr primitiv.«

Nachdem die Kuh sozusagen vom Eis war, ließ sich Rousseau erklären, wie die Großküche funktionierte. Er erfuhr viel über Zulieferbetriebe, Hygieneverordnungen und natürlich auch über die Entsorgung der Küchenabfälle. Am Ende hatte Rousseau begriffen, dass die Versorgung von vierhundert Menschen ein stark arbeitsteiliger Prozess war. Und es geschah noch etwas: Rousseau wurde während dieser Unterhaltung mit Zoé Turner Ohayon immer ähnlicher. Er entwickelte Interesse an der Komplexität dieser Vorgänge.

Schließlich stand er auf und hoffte, dass er es schaffen würde, Ohayon seinen Blouson anzuziehen. Aber dann hatte er doch noch eine Frage. Und die kam jetzt original von ihm.

»Ist zu Ihnen mal eine Madame Jambet gekommen und hat versucht, Sie zu erpressen?«

»Womit sollte sie uns erpressen?«

»Sie hat eine Anzeige gegen Unbekannt erstattet, in der sie behauptet hat, im Stadtpark von einem Asiaten angegriffen worden zu sein. Hat sie Ihnen angeboten, diese Anzeige nach Zahlung eines gewissen Betrags zurückzuziehen?«

Sie schwieg.

»Sie war nicht hier?«

»Wir zahlen kein Geld an Erpresser.«

Das war für Rousseaus Gefühl nicht gerade überzeugend.

*

Die Kuh war weg, Gott sei Dank. Rousseau bugsierte Ohayon ins Auto und fuhr ihn zurück ins Hotel. Dort brachte er ihn aufs Zimmer. Als Ohayon ihm dann noch erzählen wollte, wie gut alles geklappt hatte, ließ er ihn, so wie er war, auf seinem Bett sitzen.

Als Rousseau in die Gendarmerie kam, war er noch immer wütend. Er fragte Nora nach Judith Jambets Adresse, fuhr hin. Da sie wieder nicht zu Hause war, rief Rousseau einen Schlüsseldienst und ließ sich die Tür öffnen. Er kontrollierte die Räume, ging ins Wohnzimmer und fing an, ihre persönlichen Sachen zu durchsuchen. In einer Schublade fand er Reiseunterlagen mit einem Stempel des Reisebüros. Er rief dort an, machte es dringlich und erfuhr, dass Judith Jambet einen Tag nach ihrer Anzeige ein Ticket gebucht und bereits am nächsten Tag in die Dominikanische Republik abgereist war. Ohne zu zögern oder Rücksprache zu halten, erzeugte Gendarm Rousseau weitere Kosten, rief in der Dominikanischen Republik an, kramte sein Schulenglisch hervor, gelangte ans Ziel und konfrontierte Judith Jambet mit den Vorwürfen. Danach forderte er sie auf, sofort nach Frankreich zurückzukehren.

Sie bestritt die Erpressung, gab aber zu, dass sie sich inzwischen nicht mehr so sicher sei, ob der Angreifer wirklich Asiate war. Nach diesem Gespräch rief Rousseau – immer noch von ihrer Wohnung aus, er benutzte weiter ihr Telefon, weil er nicht einsah... – rief Rousseau also Kommissar Bary an, und der erklärte ihm, dass es sich nicht lohne, wegen dieser Geschichte ein Team in die Dominikanische Republik zu schicken. Punkt.

An diesem Abend las Gendarm Philippe Rousseau seiner Frau nicht aus ihrem Buch vor. Stattdessen erzählte er ihr davon, was er an diesem Tag alles gemacht hatte.

Ohayon schlief, während all das geschah.

Dienstag

Am nächsten Morgen entschuldigte sich Ohayon bei Rousseau und erzählte ihm von seinen Kopfschmerzen. Rousseau ließ die Erklärung gelten und berichtete, wie er das mit der Falschanzeige von Judith Jambet aufgeklärt hatte.

»Ich bin mir sicher, dass die Jambet die Chinesen erpresst hat oder es zumindest vorhatte.«

»Du meinst, sie hat angeboten, die Anzeige gegen Zahlung einer gewissen Summe zurückzuziehen?«

»Sie war sauer, und mit Zoé Turner hatte sie ja zu tun, als sie sich dort erfolglos um einen Job als Putzfrau beworben hat.«

»Gut gedacht, Rousseau, eine schöne Kette.«

»Machst du dich über mich lustig?«

»Nein, aber... ich habe Madame Jambet noch nie gesehen. Ich weiß nicht, was für ein Typ sie ist. Jetzt mal was anderes... Als ich gestern so weggetreten war, da hast du mir im Auto irgendwas vom *Cash* erzählt. Was ist denn bei der Befragung des Wirts rausgekommen?«

»Der meinte, dass Paul Chervel ein paarmal da war und den Gästen seine Wertsachen angeboten hat. Fernseher, den Schmuck seiner Mutter, altes Bauholz, Ersatzteile für Kutter. Der war total pleite.«

»Ist er was losgeworden?«

»Wer kauft denn heute noch einen alten Fernseher? Zwei

von den Fischern haben ihm ein paar Ersatzteile abgekauft, sein Holz und ...«

»Das ganze Holz?«

»Wie, ›das ganze Holz‹?«

»Na, ob die Fischer ihm das ganze ... Alles?«

»Er hat gesagt: Bauholz. Dass sie ihm sein Bauholz abgekauft haben. Und ›sein Bauholz‹ heißt für mich ›sein Bauholz‹.«

»Das muss aber eine Menge gewesen sein. Ich meine, bei Chervel stand doch hinten dieser halbfertige Schuppen ...«

»Du gehst mir heute total auf die Nerven!«

»Wie? Nur weil ich wegen dem Bauholz ...?«

»Du hackst auf diesem Bauholz rum, das ist nicht normal. Wie gesagt, zwei von den Fischern haben Chervel das Zeug abgekauft, und die hat Bary bereits abgeglichen. Von denen ist keiner der Hammermörder.«

»Was ist mit dem Schmuck seiner Mutter? Hat den jemand gekauft?«

»Da sagen alle was anderes ...«

Sie kamen nicht mehr dazu, über den Schmuck zu sprechen, da Paul Guitton die Gendarmerie betrat.

»Wie kann ich Ihnen helfen?«, fragte Ohayon.

»Ich möchte eine Anzeige machen. Sie können mich duzen.«

»Und wen möchtest du anzeigen?«

»Mich selbst. Wegen dem, was ich mit Daniel gemacht habe, auf der Mole.«

»Wir gehen in mein Büro, da sind wir ungestört.«

Als Christine Clery den Jungen sah, begriff sie sofort. Obwohl es um das Büro ihrer geliebten Chefin ging, auf deren Rückkehr sie noch immer hoffte, gab sie den Raum frei. »Kaffee ist fertig, Kekse sind da im Schrank.«

»Haben wir Orangensaft oder Vitamintabletten?«

»Auch im Schrank. Aber das ist eigentlich meiner.«

»Danke.« Ohayon schloss die Tür. »Einen Kaffee?«
»Ja. Keine Milch, keinen Zucker.«
»Kekse?«
»Nein.«

Ohayon trank fast eine ganze Packung Orangensaft leer, danach fühlte er sich besser. Also stellte er Paul seinen Kaffee hin, zündete eine Kerze an, nahm Platz und legte sich Block und Stift bereit.

»Bevor wir anfangen. Wenn du eine Straftat gestehst, muss ich die Sache verfolgen. Das ist nicht aus der Welt, nur weil wir beide miteinander reden. Wäre es da nicht besser, wenn du vorher mit einem Anwalt sprichst?«

»Nein.«

»Gut. Wie alt bist du?«

»Achtzehn.«

»Komm, lass uns deine Mutter anrufen.«

»Die schafft das nicht. Ich möchte jetzt reden. Bevor meine Schwester begraben wird.«

»Gut, aber wenn du eine Aussage machen willst, dann muss jemand dabei sein.«

»Okay.«

»Was wäre dir lieber? Ein Mann oder eine Frau?«

»Ein Mann.«

Paul sagte das, ohne auch nur einen Moment zu zögern. Ohayon war sich sicher gewesen, dass er nach einer Frau fragen würde, er war ja fast noch ein Kind. Das notierte er auf seinem Block. ›Verlangt nach einem Mann.‹ Es blieb die einzige Notiz, die Ohayon sich machte. Er rief Rousseau und Christine Clery und stellte sie vor. Paul war auch durch diese offiziellen Vorgänge nicht davon abzubringen, seine Aussage zu machen.

»Ich möchte, dass Sie die Vernehmung protokollieren, Madame Clery. Wenn wir zu schnell sind, sagen Sie Bescheid.«

Paul stellte eine Frage, die dann doch eine Absicherung darstellte. »Sie haben den, der meine Schwester überfahren hat, oder?«

»Ja.«

»Ich habe es in der Zeitung gelesen, aber zu spät.«

»Du hast Daniel angegriffen, weil du glaubtest, dass er deine Schwester überfahren hat?«

»Er hat mich angerufen und gesagt, dass wir reden müssen. Ich habe mich dann mit ihm getroffen, weil ich ihn überreden wollte, dass er sich stellt.«

»Wie kamst du überhaupt darauf, dass er was damit zu tun hat?«

»Das habe ich von Claire. Sie hat mir gesagt, dass Daniels Auto von der Polizei abgeholt wurde.«

»Du hast also Daniel zur Mole bestellt.«

»Ja.«

Rousseau nickte, Christine Clery arbeitete an der Tastatur.

»Warum ausgerechnet dahin?«

»Weiß ich nicht, mir fiel kein anderer Ort ein.«

»Und er ist gekommen. Nachts. Wie spät war es genau?«

»Kurz nach zehn. Er stand auf halber Höhe der Mole, weil am Ende Wellen rübergingen. Er sagte, dass ihm das mit meiner Schwester leidtut. Ich sah sofort, dass er sich schuldig fühlte, ich glaube, er hat sogar gezittert. Seine Stimme, die hat auch gezittert. Sie verstehen, wie ich das meine?«

Ohayon sagte weder ja noch zuckte er mit den Schultern.

»Da habe ich angefangen, ihn zu boxen. Es war nicht so, dass ich das gewollt hätte, es ist einfach passiert. Ich glaube, es lag an seiner Stimme. Er ist dann weggelaufen, aber ich habe ihn am Ende der Mole erwischt. Und da habe ich ihn dann weiter geboxt.«

»Auch, als er schon am Boden lag?«

»Kann sein.«

»Geboxt oder auch getreten?«

»Geboxt. Dann bin ich weg.«
»Wohin?«
»Nach Hause.«

»Warum hast du ihn erst am Ende der Mole eingeholt? Er ist doch bestimmt nicht sehr schnell mit seinem Bein, oder?«

Paul zuckte mit den Schultern, und es dauerte eine Weile, bis er weitersprach. »Meine Mutter war im Wohnzimmer. Ich habe mich zu ihr gesetzt, und wir haben über Helene gesprochen. Über die Beerdigung. Ich war froh, dass ich das an der Mole gemacht hatte, ich fand es gerecht. Aber es war falsch, er hat sie ja gar nicht überfahren.«

Ohayon versuchte, das, was Paul gesagt hatte, in seinem Kopf zu sortieren. Sein Blick fiel auf den Block. ›Verlangt nach einem Mann.‹

»Du hast vor zwei Jahren deinen Vater verloren.«

Paul nickte.

»Hat man dir damals gesagt, wie er gestorben ist?«

»Er hat Selbstmord gemacht. Er ist mit seinem Auto auf der Autobahn gegen einen Pfeiler gefahren.«

»Das war kein Unfall?«

»Nein.«

»Wer hat das gesagt?«

»Meine Mutter. Mein Vater hatte Depressionen. Der Wagen war in Ordnung, und er hatte Schlaftabletten genommen. Die haben ihn ja untersucht nach dem Unfall.«

»Lag es am Wetter? Das mit den Depressionen.«

»An seiner Entlassung.«

»Das hat dir deine Mutter erzählt?«

»Ja. Er hat früher bei der *Gazette de Bauge* gearbeitet, er war da Chefredakteur. Der Vater von Delphine hat ihn entlassen.«

»Du sagst, Delphines Vater, aber Monsieur Meur ist auch Daniels Vater, nicht wahr?«

»Ja, aber deshalb habe ich Daniel nicht verprügelt, das habe ich wegen meiner Schwester gemacht. Weil ich da noch nicht wusste, dass ein anderer sie überfahren hat.«

»Deine Schwester war mit Delphine befreundet.«

»Das habe ich nie verstanden. Daniel gehörte ja auch zu dieser Clique und Eva und Claire. Vier Mädchen und ein Junge, ich fand das komisch.«

»Hast du mal was von einem BUCHCLUB gehört?«

»Meine Schwester wollte, dass ich da auch mitmache, aber ich musste mich um meine Mutter kümmern. Und ich will ein gutes Abitur schaffen, weil wir sonst unser Haus verkaufen müssen.«

»Verstehe.« Ohayon gingen einige Sachen durch den Kopf, die alarmierend waren. Vor allem hoffte er, dass Delphine Meur wirklich in London war.

»Was passiert jetzt?«

»Du hast großes Glück gehabt, dass Daniel in dem Geländer hängen geblieben ist und noch lebt.«

Paul nickte.

»Du wirst trotzdem einen Brief vom Staatsanwalt kriegen.«

»Klar.« Paul stand auf.

»Setz dich, wir sind noch nicht fertig.«

Paul setzte sich wieder, die Kerze brannte ruhig.

»Wie alt warst du, als dein Vater starb? Sechzehn?«

»Ja.«

»Und seitdem kümmerst du dich um deine Mutter.«

»Sie braucht mich. Warum fragen Sie das?«

»Weil ich nicht verstehe, wie jemand, der sich so toll um seine Mutter kümmert, wie so jemand gleichzeitig einen Menschen, der behindert ist und sich nicht gut wehren kann, zusammenschlägt und ihn dann auf einer Mole zurücklässt. Auf die Gefahr hin, dass er ins Meer gespült wird und ertrinkt.«

»Ich war wütend, ich wollte Helenes Tod rächen, bevor sie beerdigt wird.«

»Weil du alles regelst. Du hast dich daran gewöhnt, weil deine Mutter ohne dich hilflos ist.«

»Vielleicht.«

»Ich glaube dir kein Wort.«

Paul ballte seine Hände zu Fäusten, Rousseau presste seine Lippen zusammen, Christine Clery bearbeitete weiter ihre Tastatur.

»Ist das wichtig, was Sie glauben?«, fragte Paul.

»Natürlich. Deine Selbstanzeige wird nicht nur protokolliert, ich werde auch noch etwas dazu schreiben. Meine persönliche Einschätzung.«

»Sie mögen mich nicht.«

»Ich glaube dir nicht.«

»Und was glauben Sie?«

»Ich denke, dass du dabei bist, ein sehr gefährlicher Junge zu werden. Ob das mit dem Tod deines Vaters zusammenhängt, kann ich nicht beurteilen.«

Paul wurde laut. »Ich habe gedacht, dass er meine Schwester überfahren hat!«

»Du hast Daniel nicht zufällig auf die Mole bestellt, sondern einen Ort gewählt, von dem er nicht fliehen konnte. Du hast ihn mit Schlägen ans Ende der Mole getrieben, ihn dort halb bewusstlos geprügelt und liegen lassen. Du hast seinen Tod in Kauf genommen. In meinen Augen war das ein Mordversuch.«

»Ich bin kein Mörder, ich wollte nur, dass er gerecht bestraft wird.«

»Fast alle, die als Mörder angeklagt werden, reden so: Ich brauchte Geld. Ich war vollkommen am Ende. Ich war betrunken. Sie hat nicht mehr aufgehört zu schreien ... Und für viele Täter war das, was dann passiert ist, wahrscheinlich tatsächlich ein Unfall. Sie sind ausgerastet. Du sagst, dass seine zittrige Stimme der Auslöser war. Was stört dich an zittrigen Stimmen?«

»Sind Sie jetzt plötzlich Psychologe, oder was?«

»Ich weiß nicht, wie der Staatsanwalt das sehen wird, aber ... Du bist nicht so, wie du glaubst. Ich denke, es wäre für dich und deine Mutter besser, wenn du nicht mehr in ihrer Nähe bist. Für dich wäre es vor allem wichtig, dass du mit jemandem sprichst, der rausfindet, was mit dir passiert ist. Auch aus etwas Gutem kann etwas Schlechtes werden, verstehst du. Man merkt das oft gar nicht.«

Nachdem Paul gegangen war, wollte Rousseau etwas sagen. Aber Ohayon war in Gedanken woanders. »Warte. Lass mir einen Moment Zeit.«

Ohayon trank den Rest von Christine Clerys Orangensaft, machte eine zweite Packung auf und trank auch die halb leer.

»Pass auf, Rousseau, ein komplexer Auftrag: Frag bei Madame Guitton nach, was für ein Mittel ihr Mann damals gegen seine Depressionen genommen hat. Wenn sie nicht in der Lage ist, dir Auskunft zu geben, oder wenn Paul sich querstellt, rufst du die Staatsanwaltschaft in Villons an. Die werden sicher einen Weg finden, an die Rezepte zu kommen.« Ohayon suchte in seinem Portemonnaie nach dem Beleg der Apotheke. »Hier. Wenn es das Mittel war, rufst du in Villons beim Gesundheitsamt an. Die sollen dir sagen, was da drin ist, wie es dosiert werden muss und ob im Körper von Pauls Vater nach dem Unfall diese Substanz gefunden wurde. Wenn ja, sag ihnen, dass hier ein Arzt Mittel mit gefährlichen Nebenwirkungen in falscher Dosierung verschreibt. Zweiter Auftrag: Du überprüfst, was für Medikamente Madame Guitton seit dem Tod ihres Mannes nimmt, wer ihr die verschrieben hat und auch in diesem Fall in welcher Dosierung. Wir müssen wissen, welche Mengen konsumiert wurden und wer sie abgeholt hat. Alles angekommen?«

»Du willst wissen, ob ihr Sohn sie zudröhnt.«

»So, und jetzt warte bitte einen Moment, ich muss jemanden anrufen.« Ohayon suchte wieder in seinem Portemonnaie und rief Dr. Poisson an. »Ja, hier Ohayon, wie geht es Ihnen? – Ja, denen geht's gut, danke. – Ja, wir verwenden jetzt Puder, danke für den Tipp, aber ich habe heute etwas Berufliches. Ich schicke Ihnen gleich einen meiner Gendarmen, es geht um die Überprüfung eines Arztes. – Nein, keine Obduktion, wie kommen Sie darauf? Es geht wahrscheinlich um eine falsche Medikation, ich bräuchte Ihre Hilfe. Kontakte zum medizinischen Dienst, zum Gesundheitsamt, zur Staatsanwaltschaft. Wahrscheinlich muss auch etwas im Labor untersucht werden. Wir brauchen jemanden, der das ernst nimmt. Wir sind hier nur eine kleine Gendarmerie und verfügen nicht über die Kontakte, deshalb... – Ja, danke, das ist sehr freundlich. – Ja, mache ich, grüßen Sie Ihre Frau bitte auch.« Ohayon stellte den Apparat zurück auf die Ladeschale und gab Rousseau die Karte. »Hier, der kann dir sagen, wie du vorgehst, der macht dir auch die Kontakte. Das ist viel Arbeit, Rousseau, also...«

»Kein Problem, aber gehört so was überhaupt zu unseren Aufgaben?«

»Gab es hier in den letzten Jahren unerklärliche Autounfälle?«

Rousseau überlegte eine Weile. »Wir hatten mal einen an der Straße nach Lambelle, der war komisch. Aber da ist niemand ums Leben gekommen.«

»Und was ist mit diesen alten Leuten, die mit so schöner Regelmäßigkeit bei ihren Wattwanderungen die Zeit vergessen? Dieses Ehepaar, das vorgestern ertrunken ist.«

»Die Leute schätzen das falsch ein, oder sie vergessen die Zeit.«

»Der Mann war Architekt. Komplizierte Entwürfe, statische Berechnungen. Und so jemand vergisst die Zeit?«

»Du meinst, die sind eingeschlafen?«

»Ich bin, als wir gestern bei den Chinesen waren, nicht eingeschlafen, mir war nur alles total egal. Ist bei diesen Todesfällen jemals eine Obduktion gemacht worden?«

»Wenn sie ertrunken sind, wohl eher nicht.«

»Na, dann gibt es ja richtig viel zu tun für dich.«

»Und der Hammermörder? Lassen wir den einfach sausen?«

Ohayon verlor die Geduld. »Wie oft denn noch, Rousseau! Das hier ist eine Gendarmerie. Und eine Gendarmerie kümmert sich um genau solche Dinge. Der Hammermörder! Huh! Drei tote Frauen! Wenn ihr hier einen Arzt habt, der unvorsichtig ist ... Da kannst du ja mal anfangen zu zählen. Das sind dann vielleicht acht. Oder zehn, oder ...«

»Okay, ich hab verstanden.«

»Sie, Madame Clery, schicken das Protokoll von Pauls Vernehmung bitte sofort an die Staatsanwaltschaft. Wir dürfen diesen Jungen nicht aus den Augen lassen, der muss dringend mit jemandem sprechen. Notfalls muss das angeordnet werden.«

»Glauben Sie wirklich, dass das ein Mordversuch war? Er hat sich doch gestellt und alles zugegeben.«

»Wir sollten nicht warten, bis sich zeigt, was oder wer er ist.«

*

»Aber wir haben doch schon geredet.«

»Ich weiß, Claire, wir müssen trotzdem noch mal sprechen. Hast du Paul gesagt, dass Daniel seine Schwester überfahren hätte?«

»Nein. Er rief an, und da wusste er schon, dass Daniel schuld war. Paul war so traurig und wütend. Er meinte, dass die Polizei Daniel laufen lassen würde, weil sein Vater Chefredakteur der *Gazette de Bauge* ist. Und da habe ich gesagt, dass die Polizei bestimmt was unternimmt und dass Daniels Wagen abgeholt wurde. Das hätte ich nicht tun sollen. Aber ich war so wütend auf Daniel.«

»Warum?«

»Weil Eva mir gesagt hat, dass er sich immer noch mit Helene trifft. Mit der war er vor mir zusammen.«

»Das hat Eva dir gesagt? Warum?«

»Weil sie das nicht in Ordnung fand, dass er mit zweien gleichzeitig geht.«

»Verstehe.«

»Und weil sie Daniel auch in Verdacht hatte, wegen dem Unfall. Sie hat nämlich beobachtet, wie er Helene hinterhergefahren ist. Die hatten sich an dem Abend oben auf der Klippe getroffen. Da, wo Daniel früher immer mit Eva hingefahren ist. Helene fuhr wahnsinnig schnell und Daniel hinter ihr her.«

»Wahnsinnig schnell? Mir hat er gesagt, sie wäre geradelt.«

»Die Rue Girardin ist ziemlich steil, wenn man nicht die ganze Zeit auf die Bremse tritt, wird man extrem schnell.«

»Nur damit ich das richtig verstehe. Eva hat dir erst gesagt, dass Daniel sich noch immer mit Helene trifft, und dann hat sie dir auch noch gesagt, dass er sie mit dem Auto verfolgt hat, und dann rief Paul an, der bereits den Verdacht hatte, dass Daniel seine Schwester überfahren hat. Und du warst wütend auf Daniel, weil Eva dir gesagt hat, dass er noch mit Helene zusammen ist.«

»Vielleicht liegt das bei denen in der Familie.«

»Was?«

»Daniels Vater hat ja damals den Vater von Paul und Helene entlassen. Deshalb hat der Selbstmord gemacht.«

»Wer hat dir das erzählt?«

»Das weiß ich nicht mehr. Eva und ich haben mal lange drüber gesprochen, nachdem wir in unserem Club ein Buch gelesen hatten, in dem es um das Böse ging.«

»Was lest ihr da nur für merkwürdige Bücher?«

»Am gruseligsten waren die deutschen Märchen.«

»Und warum nur so schreckliche Sachen? Deutsche Märchen, Missbrauch, warum habt ihr euch das angetan?«

»Weil wir das andere, das, wo man erklären kann, warum

irgendetwas richtig oder falsch ist, weil wir das ja schon in der Schule durchgenommen haben. Das ist aber nicht das Leben, hat Eva gesagt. Es gibt auch noch Seiten, die sind so dunkel, dass das eben nicht in der Schule drankommt. Und uns ging es um Kunst. Und natürlich hatte das auch alles was mit dem Bein zu tun, das damals neben unserer Schule gefunden wurde. Damit hat der BUCHCLUB ja angefangen. Mit Geschichten von Morden, die nie aufgeklärt wurden.«

»Wie alt warst du, als das Bein gefunden wurde?«

»Fünfzehn. Ich hab es sogar kurz gesehen, weil wir ja alle hingelaufen sind, als die Polizei kam. Ich erinnere mich noch genau an den Geruch. Warum hat er das gemacht? Warum hat er das Bein neben einer Schule abgelegt? Hat der was gegen Kinder und Jugendliche?«

»Vielleicht war es ihm einfach egal.«

Claire dachte eine Weile über Ohayons Satz nach.

»Wissen Sie, wie so jemand denkt?«, fragte sie schließlich. »Gibt es da Forschungen?«

»In jedem Fall existieren viele Bücher, die versuchen zu erklären, wie solche Täter entstehen.«

»Sich entwickeln, meinen Sie.«

»Richtig. Man trägt zusammen, wie sie aufgewachsen sind, sich als Kinder und Jugendliche verhalten haben, wie sie von ihren Eltern und den Menschen, mit denen sie zu tun hatten, behandelt wurden...« Es lag wahrscheinlich daran, dass sie ihn die ganze Zeit ansah, dass ihr Blick so deutlich ausdrückte, dass sie das alles genau wissen wollte. Jedenfalls vergaß Ohayon, wie jung sie war, und sagte einfach das, was er dachte und wusste. »Viele, die später Täter werden, waren als Kinder und Jugendliche selbst mal Opfer. Diese Logik setzt allerdings voraus, dass irgendwann mal jemand festgestellt hat, dass ein Kind schlecht behandelt wurde. Das ist aber nicht immer so. Es gibt Formen von Grausamkeit zwischen Menschen, die keine sichtbaren

Spuren hinterlassen. Wenn ich selbst solche Bücher lese, meine ich jedes Mal, ich wüsste, wie Menschen funktionieren. Aber wenn ich dann mit einem echten Fall zu tun habe und rausfinde, was da im Einzelnen passiert ist, verstehe ich es trotzdem nicht. Die Täter verstehen es ja oft selbst nicht. Einfach weil viele Taten so idiotisch sind, dass man fast meinen könnte, sie wären mehr oder weniger zufällig passiert. Am besten, du versuchst, nicht so viel an so was wie Mord zu denken.«

»Ich soll aufhören zu denken? Wie geht das?«

Ohayon rieb sich mit der Hand übers Gesicht. Er wollte eigentlich zu den Courbets, um mit Eva zu sprechen, aber ...

»Was du wissen willst, Claire, ist, glaube ich, gar nicht zu beantworten. Ich bin noch nicht mal sicher, ob dich wirklich die Mörder interessieren oder nicht eher der Tod selbst. Die Tragik, der wir Menschen ausgesetzt sind.«

Sie schwieg.

»Ich konnte deine Frage nicht beantworten, oder?«

Wieder keine eindeutige Reaktion von ihr, sie sah ihn einfach nur weiter an. Ohayon fand das richtig. Was hätte sie sagen sollen?

»Ich habe noch eine Frage, Claire, die etwas einfacher ist. Hat Delphine sich in den letzten vier Tagen bei dir oder bei irgendwem, den du kennst, gemeldet?«

Claire überlegte eine Weile und schüttelte schließlich den Kopf.

*

Auf dem Weg zum Haus von Silvia Courbet hielt Ohayon kurz an und besorgte sich zwei Packungen Orangensaft mit 100 Prozent Fruchtanteil. Während er dann die steile Straße nach Roche hochfuhr, fragte er sich, warum sich offenbar niemand Sorgen um Delphine machte. Wurde sie von ihren Eltern und Freunden so eingeschätzt, dass sie sich einfach mal ausklinkte und ein paar Tage verschwand? Was war das für ein Mädchen? Ihre Mutter hatte gesagt, sie sei sehr direkt und geradeaus. Warum verschwand sie dann, ohne Bescheid zu sagen? Die Frage blieb offen, denn er erreichte das Haus der Courbets, einen prächtigen Kubus am Rand der Klippen von Roche.

Diesmal hatte er Glück, Eva war zu Hause. Es dauerte allerdings eine Weile, bis er sie sprechen konnte. »Meine Tochter steht wieder mal unter der Dusche, Mädchen stehen immer unter der Dusche.« Und wieder ihr Lachen und ... Gott, war Silvia Courbet gut angezogen!

Eva dagegen sah aus wie eine Sechzehnjährige. War sie nicht achtzehn? Neulich auf dem Schiff hatte sie eher wie Anfang zwanzig gewirkt. Aber da war sie auch geschminkt gewesen und anders angezogen. Jetzt trug sie Jeans, dicke graue Socken und einen ausgebeulten Strickpullover. Offenbar hatte sie gerade ihre Haare gewaschen. Sie hingen glatt am Kopf runter. Das Gesicht wurde dadurch noch schmaler. Und ihre Augen. Was war damit? Waren die zu groß? Er hatte sich Eva immer als die Stärkste, die Raffinierteste von den Mädchen im BUCHCLUB vorgestellt. Aber das war sie nicht. Sie war ein Kind. Sie war ängstlich, unsicher, schmal. Sehr intelligent, hatte ihr Lehrer gesagt. Manipulativ.

»Gut, Sie wollen sicher alleine mit meiner Tochter sprechen.«

Sie ging, ließ die Tür einen Spalt weit offen, Eva ging hin und schloss sie. Dann setzte sie sich wieder und sah ihn an. Ihre Haare fingen an zu tropfen.

»Du musst keine Angst haben, Eva, ich will dir nur ein paar Fragen stellen. Nichts Schlimmes.«

»Okay.« Ihre Stimme war leise und schien nicht synchron zur Bewegung ihrer Lippen zu sein. Das konnte aber auch daran liegen, dass sie die Lippen beim Sprechen so gut wie gar nicht bewegte. Er musste ein Stück zu ihr ranrücken, um sie verstehen zu können. Sie roch nach Shampoo.

»Bist du mit Daniel und Delphine Meur befreundet?«
»Ja.«
»Claire Bredin?«
»Ja.«
»Helene Guitton?«
Eva nickte.
»Seid ihr alle Mitglied im BUCHCLUB?«
»Ja.«
»Hast du in den letzten vier Tagen, also in der Zeit zwischen Sonntag und heute, mit Delphine telefoniert?«

Ohayon sah, dass ihr die Frage unangenehm war. Sie wurde nicht rot, aber die Veränderung war deutlich genug.

»Hast du mit Delphine telefoniert oder mit ihr gesprochen?«
Sie schüttelte den Kopf.
»Macht dir das Sorgen? Hattet ihr verabredet, dass sie mal anruft?«
»Nein, verabredet hatten wir das nicht. Sie war vor zwei Monaten mal für ein paar Tage in Paris. Da hat sie auch niemanden angerufen.«
»Ist das nicht merkwürdig?«
»Sie ist eben so. Sie wollte für uns was in London checken, und wenn Delphine richtig loslegt, dann vergisst sie manchmal alles andere.«
»Was wollte sie checken?«
»Jobs. Wir wollen nach London, sie und ich.«
»Aber du machst dir keine Sorgen um sie.«

Sie zuckte mit den Schultern. Ohayon wusste nicht, wie er das einschätzen sollte.

»Was macht ihr da in eurem BUCHCLUB, wie muss ich mir das vorstellen?«
»Wir lesen Bücher und reden darüber.«
»Gibt es noch andere, die da mitmachen?
»Nein.«

»Sprecht ihr in eurem BUCHCLUB nur über die Bücher, oder versucht ihr auch mal selbst, so zu schreiben? Also, indem ihr die Schriftsteller nachmacht?«

»Wir schreiben auch selber.«

»Habt ihr mal ein Buch gelesen, in dem es um ein Mädchen geht, das von seinem Vater missbraucht wurde?«

»Ja.«

»Habt ihr da auch versucht, so zu schreiben?«

»Ja.«

»Warum lest ihr so viel? Ich meine, andere Jugendliche gehen in Clubs…«

»Es gibt in Bauge keinen Club. Nur einen Laden, in dem immer alle betrunken sind, und einen mit lauter Chinesen. Außerdem wollen Delphine und ich mal Kunst studieren oder Literatur.«

»Und wo ist dieser BUCHCLUB?«

Sie zögerte, es war das zweite Mal. »Immer woanders. Wir treffen uns nicht regelmäßig. In letzter Zeit sowieso weniger.«

»Nehmt ihr Drogen?«

»Helene und Delphine am Anfang… Nur diese Pillen, die viele nehmen. Aber das haben wir uns dann verboten.«

»Gab es in eurem BUCHCLUB jemanden, der unbeliebt war? Gab es Reibereien?«

Sie überlegte. »Daniel. Weil wir irgendwann gemerkt haben, dass es ihm nicht um die Bücher ging. Aber die Idee zu dem Buchclub, die kam von ihm. Er hat ihn zusammen mit seiner Schwester gegründet. Dann kam Helene dazu, dann Claire und dann ich.«

»Wie lange gibt es diesen Buchclub schon?«

»Zwei Jahre.«

»So lange!«

»Als das Bein gefunden wurde, hat Daniel mir mal gesagt, da haben er und seine Schwester angefangen. Mit Geschichten aus dem Internet und dann mit Büchern. Sie haben Horrorgeschichten und Thriller gelesen. Aber das war, bevor ich da was zu sagen hatte. Ich interessiere mich mehr für Sachen, die...«

»Ja?«

»Sachen, die einem richtig Angst machen. Sachen, an die sie sich in der Schule nicht rantrauen. Ich habe gerade eine Kurzgeschichte gelesen, in der ein kleiner Junge ein Fahrrad zum Geburtstag bekommen hat, und das wird ihm dann geklaut. Er will es unbedingt zurückhaben. Das war richtig hart. Weil es da um Freundschaft ging.«

»Du hast den Buchclub also verändert.«

»Ich fand die Idee gut, dass man sich trifft und über Bücher redet. Daniel hat dann nicht mehr richtig mitgemacht, hat sich mehr für uns interessiert. Wahrscheinlich ist das wichtig für ihn, dass er viele Mädchen kriegt. Wichtiger als für andere Jungen.«

»Warum?«

»Weil er behindert ist.«

»Warst du mal mit Daniel zusammen?«

»Jede von uns war mal mit ihm zusammen. Jetzt ist er bei Claire.«

»Also erst mit dir, dann mit Helene und dann mit Claire.«

»Den BUCHCLUB wird es nie mehr geben.«

»Warum?«

»Weil Helene tot ist.«

»Mit wem war Daniel in letzter Zeit zusammen?«

»Mit Claire... Aber auch noch mit Helene.«

»Mit beiden?«

Sie schwieg.

»War er mit beiden gleichzeitig zusammen?«

»Mindestens zwei Wochen lang.«

»Wussten die beiden das?«

»Nein.«

»Aber du.«

»Er trifft sich mit seinen Freundinnen immer oben auf der Klippe, ein Stück die Straße hoch. Da ist er mit mir am Anfang auch hingefahren.«

»Hat Helene ihn dir ausgespannt?«

»Ich hab Schluss gemacht. Er wurde mir unheimlich mit seinen zerstückelten Leichen.«

»Was für Leichen?«

»Frauenleichen. Er hat eklige Bilder aus dem Internet runtergeladen und wollte mit uns über seine komischen Bücher reden.«

»In denen ging es auch um Leichen?«

»Warum wollten Sie wissen, ob Helene mir Daniel weggenommen hat?«

»Weil du Claire verraten hast, dass er noch mit Helene zusammen ist. War das deine Rache?«

»Und für so was interessiert sich die Polizei?«

»Du hast Claire auch gesagt, dass Daniel Helene an dem Abend mit dem Auto gefolgt ist. Dem Abend, als sie überfahren wurde.«

»Weil ich nicht verstanden habe, warum er das gemacht hat.«

»Was?«

»Sie zu jagen und ihr Angst zu machen. Sie ist viel zu schnell gefahren und er hinterher. Ich hatte ihm gesagt, dass er aus dem BUCHCLUB rausfliegt, wenn er nicht mit Helene Schluss macht, und er hatte mir geschworen, dass er es ihr an dem Abend sagen würde. Aber was geht das die Polizei an?«

»Wer mit wem Schluss macht, geht die Polizei überhaupt nichts an. Wenn ein Mädchen dabei ums Leben kommt, ist das etwas anderes.«

»Das war doch ein Unfall. Was hat denn der Mann gesagt, der sie überfahren hat?«

»Dass sie plötzlich die Böschung an der Rue Jean Morel runterkam. Ich frage mich also, warum fuhr Helene so schnell?«

»Vielleicht hat Daniel ja doch mit ihr Schluss gemacht. Was sagt er denn?«

»Er sagt, sie hätten sich gestritten.«

»Ist das ein Unterschied? Er hat irgendwas gesagt, was sie fertiggemacht hat, und da ist sie eben abgehauen.«

»Aber warum ist sie nicht nach Hause gefahren, sondern in den Park?«

»Wahrscheinlich, weil er da nicht mit dem Auto reinkonnte, weil sie wegwollte von ihm.«

»Er ist also hinter ihr hergefahren, und du hast das gesehen.«

»Ja.«

»Zufällig.«

Und da wurde Eva mit ihren nassen Haaren plötzlich eine andere. Es begann damit, dass sie die Lippen fest aufeinanderpresste, so als wolle sie unbedingt verhindern, etwas zu sagen. Aber das schaffte sie nicht.

»Ich bin hingegangen, um zu sehen, ob er wirklich mit Helene redet und sich nicht wieder drückt. Und wissen Sie, wie das gelaufen ist? Er hat einfach gesagt, es ist Schluss, es tut ihm leid, und dass er schon mit Claire zusammen ist. Ich fand das so brutal. Aber wir sind ja alle auf ihn reingefallen, wegen seinem Bein. Und er hat das total ausgenutzt. Der ist genauso ein Arschloch wie sein Vater, der hat ja auch Leute entlassen und sich an Mädchen rangemacht.«

»An dich?«

»Nein, aber an Helene.«

»Du warst dabei?«

»Daniel war genauso. Helene hat schrecklich geheult und ... dann ist sie auf ihr Fahrrad und losgefahren. Und der Idiot ist noch hinter ihr her. Ich wäre auch in den Park gefahren.«

»Obwohl da eine Frau überfallen wurde?«

»Glauben Sie, daran denkt man in so 'nem Moment? Sie kapieren ja gar nichts!«

Sie lag richtig. Ohayon hatte nicht den blassesten Schimmer davon, was eine echte Tragödie ist. Er begriff irgendwas, aber er wusste nichts, aber auch gar nichts von den Gefühlen, die alles bestimmt hatten. Hier ging es um Mädchen, um Liebe, um Schmerzen, die nicht kontrollierbar waren. Nicht um irgendwas Böses, ein belegbares Motiv oder so. Ihre plötzliche Wut war total überzeugend. Auch ihre ganze Haltung passte dazu, ihr Entsetzen wegen dem, was Daniel Helene angetan hatte. Denn das war doch echt. Oder?

»Daniel war also gemein zu Helene und …«

»Er war nicht gemein, er ist ein totales Arschloch!«

»Und da dachtest du, dass jemand Daniel bestrafen müsste. Also hast du Paul angerufen. Von dem alle sagen, dass er ein Psycho ist.«

»Weil Daniel so ist wie alle, egal ob er nun ein Krüppel ist. Weil Männer Frauen kaputt machen wollen.«

Ohayon erschrak. Den Satz hatte er schon mal gelesen. Und zwar in Delphines Brief. In seinem Kopf ging einiges ziemlich wild durcheinander. Er ahnte jetzt, warum immer wieder dieses Wort gefallen war, das er selbst niemals für die Charakterisierung einer Siebzehnjährigen verwendet hätte: manipulativ.

»Hast du Delphine mal einen Brief diktiert?«

»Nein.«

»Doch, das hast du. Warum machst du so was?«

»Ich habe ihr keinen Brief diktiert.«

»Doch, das hast du getan. Ich frage dich noch mal: warum?«

»Ich habe ihr keinen Brief diktiert.«

Ihr entschlossenes Nein ging in Ohayon rein wie ein Nagel, auf den jemand dreimal mit einem Hammer draufschlägt. Und damit war die Tür zu. Ihm war klar, dass er am Ende war mit all seinen Tricks, seiner Erfahrung. Er würde nie erfahren, wer hier warum was gesagt, wer welchen Brief geschrieben oder diktiert hatte. Paul hatte die Schuld für den Überfall auf Daniel auf sich genommen, und er würde dabei bleiben. Weil er sich dafür zuständig fühlte, Frauen zu beschützen, koste es, was es wolle. Der Junge war nach Ohayons Meinung gefährlich. Hatte Eva das gewusst und einkalkuliert? Aber jemanden anzurufen und ihm etwas zu stecken, war keine Straftat.

»Okay, ich habe keine Fragen mehr. Du willst dir wahrscheinlich die Haare föhnen.«

»Ehrlich gesagt, ja. Meine Schultern sind schon ganz nass.«

Sie brachte ihn noch zur Tür, und als er sich verabschiedete, lächelte sie ihn schüchtern an. Sie mochte zerbrechlich und verängstigt wirken. Aber das lag nur an ihren großen Augen, an ihren nassen Haaren. Er wäre nie auf die Idee gekommen, dass sie Männer aufeinanderhetzen und ihre Freundin dazu bringen könnte, einen derart hinterhältigen Brief zu schreiben. So viele schlechte Gedanken im Kopf eines Kindes. ›Weil Männer Frauen kaputt machen wollen.‹ Ihr Lehrer hatte Recht gehabt, sie war hochmanipulativ. Sie benutzte Männer, und sie ging dabei viel weiter als ihre Mutter.

Als Ohayon auf der Gendarmerie ankam, beauftragte er Nora, in London anzurufen, um den Besitzer des Handys zu ermitteln, von dem aus Delphine angeblich ihren Vater angerufen hatte.

»Du willst der Sache jetzt doch nachgehen? Warum?«

»Weil Delphine Meur seit sechs Tagen verschwunden ist.«

»Aber die soll doch in London sein...«

»Ist mir bekannt. Angeblich ist das bei ihr normal, dass sie für ein paar Tage abtaucht. Das macht sie extrem verwundbar. Niemand weiß, ob sie überhaupt Frankreich verlassen hat. Wenn du das mit dem Handy gecheckt hast, möchte ich, dass du dich bei den Leuten erkundigst, die auf der Fähre arbeiten.

Nimm ein Bild von ihr mit, ich will wissen, ob sie jemand an Bord gesehen hat.«

Ohayon ging in sein Büro und schloss die Tür. Er setzte sich hinter seinen Schreibtisch, ohne die Schreibtischlampe einzuschalten, und drehte den Kopf ein wenig nach links. Draußen wurde es dunkel. Sein Gesicht sah sehr plastisch aus, da es nur von der Seite schwach beleuchtet wurde. Seine Haut wirkte grau, mit einem Stich ins Bläuliche.

*

Auch diesmal sah man nur seinen grün beleuchteten Hals und den Kehlkopf, der sich beim Schlucken bewegte. Und doch war etwas anders. Der Hals und der Kehlkopf bewegten sich hin und wieder ruckartig auf und ab. Das lag daran, dass er über einen Waldweg fuhr, der für Forstfahrzeuge gedacht war. Nach einer Weile hielt er an, schaltete den Motor aus. Die Tachobeleuchtung erlosch, er war unsichtbar geworden, atmete durch die Nase. Der Geruch der Duftbäumchen war unerträglich, aber das änderte nichts daran, dass er weiter durch die Nase ein- und ausatmete, den Duft dabei gierig einsog.

Es dauerte fast eine Stunde, ehe er die Fahrertür öffnete. Das Licht im Wagen ging an, man sah seine Hände, seine Arme, Teile seines Rückens. Er griff sich ein großes Bündel Seile. Die Seile wurden durch Umlenkrollen zu einem Werkzeug. Er zerrte den Seilzug aus seinem Wagen und schloss die Tür, indem er sie mit dem Fuß vorsichtig zudrückte. Danach wartete er eine Weile in der Dunkelheit. Schließlich ging er in den Wald. Der Boden war weich, es roch schwach nach Harz. Er wusste, wo er hinmusste, er hatte die Gegend bereits ausgekundschaftet. Trotzdem stürzte er zweimal.

Endlich erreichte er den Baum. Er ließ den Seilzug auf den Waldboden fallen und sah nach oben. Seine Arme hingen dabei einfach an seinem Körper herunter. Es war so dunkel, dass man nichts von ihm sah. Aber er kannte seinen Körper, wusste, wie seine Hände und sein Hals in diesem Moment aussahen. Seine Adern waren immer deutlich zu sehen, und sein rechter Daumen zitterte, wenn er aufgeregt war oder Angst hatte. Er stand lange vor dem Baum, denn er hatte eben wieder dieses Gefühl gehabt, das ihn manchmal wie aus dem Nichts überkam. In solchen Momenten ahnte er, dass es außerhalb von ihm sehr viel gab, das er nicht kannte und noch nie erlebt hatte. Das Gefühl war stets eine Mischung aus Trauer und Hoffnung. Schluss…!

Es half ja nichts, er musste seine Vorbereitungen treffen. Er überprüfte, ob er die Spanngurte dabeihatte, dann kam seine rechte Hand hoch, berührte den Stamm. Als er die Rinde an seinen Fingerkuppen spürte, merkte er, dass das verstörende Gefühl zurückkam. Sofort begann er zu klettern. Er tat es auf eine Weise, die einen oberflächlichen Betrachter dazu veranlasst hätte, an ein Tier zu denken. Aber er war kein Tier, er wendete eine Technik an, die er sich schon vor Jahren beigebracht und später verfeinert hatte. Er wusste genau, was er tat. Er wusste das seit Tagen, vielleicht schon viel länger. Oben würde er den Wind auf der Haut seines Gesichts spüren.

*

»Monsieur Duffet! – Monsieur Duffet!«

Ohayon fand sich nicht zurecht in der Dunkelheit. Zweimal stolperte er, wäre fast gefallen. Die alte Werfthalle war stockdunkel. Er suchte weiter. Es dauerte eine Weile.

John Duffet erschrak, als er Ohayon bemerkte.

»Entschuldigen Sie, dass ich Sie geweckt habe… Schlafen Sie hier? Es ist sehr kalt. Kann man irgendwo Licht machen?«

»Ach, Sie sind's. Was gibt's?« Duffet stand von seiner Matratze auf. »Warten Sie.«

Er zog sich an und klatschte sich anschließend kaltes Wasser ins Gesicht.

»Falls ich ein bisschen rieche, bitte ich um Entschuldigung. Ich habe heute schwer gearbeitet, und in der Halle gibt es keine Dusche. Weshalb sind Sie hier?«

»Ich würde gerne ein bisschen mit Ihnen reden.«

Es entstand eine längere Pause.

»Wenn jemand wie Sie ›reden‹ sagt, ist wohl eher ein Verhör geplant.«

»Ziemlich kalt hier drin.«

»Möchten Sie einen Schluck Whiskey? Ist ein guter.«

»Warum nicht?«

»Wie spät?«

»Gleich Mitternacht.«

Sie gingen zu einem Tisch, dem jemand die Beine abgesägt hatte, und setzten sich auf zwei niedrige Hocker. Duffet schenkte ein.

»Also, worüber wollen Sie reden?«

»Wir sind doch vorletzten Sonntag mit dem Kutter zu Ihrem Engel rausgefahren. Sie erinnern sich?«

»Natürlich.«

»Auf dieser Fahrt haben Sie sich sehr angeregt mit einer jungen Frau unterhalten.«

»Sie meinen Eva.«

»Die hat eine Freundin. Delphine. Kennen Sie die?«

John Duffet nickte schwach, Ohayon trank einen Schluck und wechselte das Thema. »Evas Mutter hat mir erzählt, dass Sie früher mal in ihrem Haus gewohnt haben. Jetzt schlafen Sie hier.«

»Ich interessiere mich nicht für Mädchen, falls Sie darauf rauswollen. Und selbst wenn, wäre das schlimm?«

Ohayon stellte sein Glas auf den Tisch. Er beugte sich ein Stück weit vor, stützte seine Ellenbogen auf seinen Knien ab und faltete die Hände.

»Was wird das?«, fragte Duffet. »Wollen Sie beten? Ist es so ernst?«

Ohayon schwieg, er zuckte nicht mal mit der Wimper.

»Ich bin umgezogen«, erklärte Duffet, »weil ich es so näher zu meiner Arbeit habe und weil es mir im Haus der Courbets ein bisschen zu heiß wurde. Aber nicht wegen Eva, sondern wegen ihrer Mutter.«

»Silvia Courbet hat Ihnen Angebote gemacht?«

»Das weiß ich bis heute nicht. Ihre ganze Art... Ich habe da vielleicht nur was missverstanden und das Ganze war ein Spiel.«

»Ich habe Monsieur Courbet bis jetzt noch nicht kennengelernt. Wie hat der denn auf die spielerische Art seiner Frau reagiert?«

»Schien ihm nichts auszumachen.«

»Er interessiert sich für Kunst? So wie seine Frau?«

»Nicht im Geringsten.«

»Wie ist er so?«

»Ein gepflegter Mann in einem gut sitzenden Anzug. Jemand, mit dem man über jedes Thema Konversation machen kann. Für Eva ist er ein echtes Problem.«

»Ein bisschen genauer, bitte.«

»Nun, er hat sehr genaue Vorstellungen davon, was für sie richtig ist und was nicht. Sie interessiert sich für Kunst, er hält das für eine Marotte.«

»Haben Sie mal von einem BUCHCLUB gehört?«

John Duffet schwieg, Ohayon hielt dem stand, zog keine Schlüsse. Nach einer Weile entschloss Duffet sich dazu, Ohayons Frage zu beantworten. »Im BUCHCLUB trifft sich Eva mit ihrer Clique. Ich war ein paarmal eingeladen. Eine große Ehre, normalerweise sind alte Leute da unerwünscht.«

»Was passiert in diesem BUCHCLUB?«

»Die Mädchen reden über Bücher. Kunst. Deshalb durfte ich ja dabei sein.«

»Nur Mädchen?«

»Manchmal war Delphines Bruder kurz da, aber den mochten sie nicht. Er tat mir leid, weil er...«

»Sie wissen, dass Delphine Meur verschwunden ist?«

»Die ist nicht verschwunden, die ist in London. Wahrscheinlich wohnt sie bei Freunden meiner Tochter. Ich habe sie mal mitgenommen, und da hat sie meine Tochter kennengelernt.«

»Sie haben eine Siebzehnjährige mit nach London genommen?«

»Ist das verboten? Eva und Delphine langweilen sich hier zu Tode. Im Sommer ist es noch ganz lustig, da hängen sie überall Fähnchen auf und tun so, als hätten sie eine Vorliebe für Windräder und lustige Farben. Aber im Winter... Geht Ihnen das nicht so?«

»Die Mädchen langweilen sich also.«

»Sie wissen gar nichts.«

»Helfen Sie mir.«

»Mädchen in dem Alter können ganz schön was auf die Beine... Schwachsinn. Die haben sich ihre eigene Welt gebaut. Eva und Delphine sind talentiert genug, um an einer Kunstschule angenommen zu werden. Die wollen hier weg. Und wie ich schon sagte...«

»Eine eigene Welt. Sehr willensstark. Eva, Delphine... was ist das für ein Verhältnis?«

»Eva hat die Ideen, Delphine setzt sie um.«

»Aber Madame Courbet hat doch eine Galerie in London. Warum wenden sich die Mädchen dann an Sie?«

»Weil ich nicht ihre Mutter bin?«

»Hm.«

»Ich weiß immer noch nicht, auf was Sie eigentlich rauswollen, es wird ja sicher was Kriminelles sein... Aber was Eva und Delphine angeht, die sind einfach dabei, sich aus den Zwängen ihrer Elternhäuser zu befreien, und ich helfe ihnen ein bisschen. Halten Sie das für falsch?«

Ohayon hatte sich auch dazu noch keine Meinung gebildet. Im Moment war er vor allem damit beschäftigt, den Bildhauer zu beobachten. Es gab so viel zu sehen. Zum Beispiel schenkte John Duffet sich gerade zum zweiten Mal nach. Diesmal, ohne Ohayon etwas anzubieten.

»Sie wissen also, wo dieser BUCHCLUB ist.«

»Ja. Aber das ist das Geheimnis der Mädchen. Sie haben mich gebeten, niemandem davon zu erzählen.«

»Ich könnte Sie mit auf die Gendarmerie nehmen.«

»Warum sollten Sie das tun, wenn wir uns auch hier unterhalten können?«

Ohayon hielt Duffet sein Glas hin, der schenkte ihm nach.

»Ein Vorschlag. Ich werde Ihnen sagen, wie dieser BUCHCLUB aussieht und was dort passiert. Meiner Beschreibung werden Sie sogar entnehmen, wo dieser Raum ist. Dann können Sie selbst entscheiden, ob Sie dort die Tür aufbrechen und alles durchwühlen wollen. Vielleicht nehmen Sie noch ein paar Drogenhunde mit.«

»Es ist gut, ich habe verstanden.«

»Der Raum befindet sich in einem Haus, das einem spanischen Ehepaar gehört, das seit einem Jahr in Brasilien lebt. Die Courbets passen auf dieses Haus auf. Das heißt, sie haben die Schlüssel. Eva hat ihren Eltern angeboten, dort nach dem Rechten zu sehen, so kam sie zu ihrem Raum. Wenn Sie mit Ihren Männern dort eindringen, werden Sie ein bisschen irritiert sein. Sie werden meinen, in einer Art Salon zu stehen, einer Welt, wie es sie eigentlich nicht mehr gibt. Der Raum und die Dekoration werden Ihnen auch den Eindruck vermitteln... Wie soll ich sagen? Sie werden in keinem Fall den Eindruck haben, dass sich dort Männer treffen oder dass Männer dort etwas zu sagen haben. Sie werden Bücher finden, Kunstkataloge und Mappen mit Zeichnungen. Die Bücher würden Sie sicher interessieren, denn es geht darin um Gewalt und Krankheiten, um sehr extreme Dinge, die Menschen zustoßen können oder die Menschen anderen Menschen zufügen. Ich habe dort mal einen Ordner entdeckt, in dem Texte abgeheftet waren, die von ungelösten Mordfällen handeln. Es gab sogar Fotos von Leichen. Aber diese Texte und Fotos sind schon älter. Angeblich hat sich der BUCHCLUB am Anfang mit diesen Schauergeschichten befasst. Nachdem Sie das alles gesehen haben, müssten Sie entscheiden, ob Sie sich in einer Art literarischem Salon befinden oder in einer Horrorkammer. Die Texte, mit denen sich die Mädchen da befasst haben, sind, wie gesagt, nicht ganz ohne.«

»Hm.«

Duffet beugte sich ein Stück über den Tisch. Er sprach leise, mimte den Verschwörer. »Die anatomischen Studien, auf die ich beim Entwurf meines Engels zurückgegriffen habe, sind auch nicht ganz ohne.« Duffet machte Ohayon ein Zeichen, dass der noch näher rankommen sollte, und flüsterte dann: »Manche Künstler haben früher für ihre Studien Leichen benutzt.«

Ohayon nickte knapp, ihm war nicht nach Späßen zumute.

»Sie haben vorhin gesagt, dass sich Delphine möglicherweise bei Ihrer Tochter aufhält.«

»Ja?«

»Rufen Sie bitte dort an.«

»Warum?«

»Rufen Sie an. Und zwar sofort.«

*

Nora sah von ihrem Buch auf und schien etwas verwundert, ihn zu sehen.

»Was machst du denn hier? Es ist zwei Uhr nachts.«

Ohayon zuckte mit den Schultern. »Bin ziemlich durchgefroren.«

»Ich habe die Kollegen in England gebeten zu ermitteln,

wem das gestohlene Handy gehört, von dem aus Delphine ihren Vater angerufen hat. Aber das dauert sicher bis morgen, ehe wir da ...«

»Hat sich erledigt. Ich habe eben mit ihr telefoniert.«

»Um zwei Uhr nachts?«

»Sie ist tatsächlich in London. Und ich sag dir, ich bin froh, dass das so ausgegangen ist.«

»Du hast dich ja ziemlich ausführlich damit beschäftigt.«

»Hm, hab ich.«

»Alles in Ordnung mit dir?«

»Mit mir ja, aber ... mit diesen Mädchen. Ich komme da nicht ran.«

»Du hattest mich doch neulich gebeten, mich wegen möglicher Vorstrafen von Delphines Vater zu erkundigen.«

»Und?«

»Er hat mal bei einer Demonstration ein Auto angezündet.«

»Zusammen mit Monsieur Malinas, das hat mir seine Frau schon gesagt.«

»Monsieur Malinas wurde 1984 noch mal angeklagt. Weil er bei einer anderen Demonstration einen Polizeibeamten angegriffen hat.«

»Oh. Wie hat er ihn angegriffen?«

»Mit einem Besen.«

»Mit einem was?«

»Steht so in der Akte. Offenbar hatten die Demonstranten Besen dabei. Vielleicht was Symbolisches. Malinas hat damals einen Zeugen beigebracht, der ausgesagt hat, dass er sich nur verteidigt hätte.«

»Und dieser Zeuge war Pascal Meur. Delphines Vater ... Wahrscheinlich alles Zufall.«

»Das Verfahren wurde eingestellt.«

»Offenbar hatten die beiden als junge Männer Schwierigkeiten, unseren Staat zu akzeptieren.«

»Warum verharmlost du das? Ich meine, ein Angriff mit einer Schlagwaffe …«

»Mit einem Besen.«

»Er wurde immerhin angeklagt.«

»Hat er auf sein Opfer eingeschlagen?«

»Da stand nur: Angriff mit einem Besen.«

»Hm. Gibt es hier einen Raum, wo man schlafen kann?«

»Du gehst nicht ins Hotel?«

Mittwoch

Er hatte sie selbst an der Fähre abgefangen und mit auf die Gendarmerie genommen. Es war halb sieben Uhr morgens.

»Setz dich, Delphine.«

»Sie sehen ziemlich übel aus, Sie sollten sich mal rasieren.«

»Du hast uns ganz schön Probleme bereitet.«

»Scheiße!«

»Magst du Kekse? Hast du überhaupt schon was gegessen?«

»Ich wäre auch so zurückgekommen. Und wieso haben Sie mich hierhergebracht? Wieso Polizei?«

»Möchtest du einen Kaffee?«

»Nein.«

Delphine trug schwarze Jeans, einen schwarzen Rollkragenpullover und eine ebenfalls schwarze Jeansjacke. Sie war wütend, ihre Haare waren nass, weil der Wind am Kai, wo die Fähre angelegt hatte, unter den Lichtern der hohen Laternen salziges und süßes Wasser horizontal über den Beton geweht hatte. Ohayon ließ sie, wie sie war. Er ging nicht auf das ein, was sie über die Polizei sagte, sondern zündete die Kerzen auf seinem Gesteck an. Danach stellte er sich seinen Kaffee hin und einen Teller mit Keksen. Zuletzt setzte er sich, nahm einen Keks, tunkte ihn in seinen Kaffee und biss davon ab.

»Die macht unsere Sekretärin selbst.«
»Schön für Sie.«
»Und? Wie war London?«
Sie zuckte mit den Schultern.
»Nicht gut?«
»Natürlich war es gut.«
»Deine Eltern haben sich ganz schön Sorgen gemacht.«
Sie verdrehte die Augen.
»Warum hast du nicht angerufen?«
»Ich hab angerufen und gesagt, wo ich bin. Und dann war so viel los...«
»Du hast deinen Vater angerufen.«
»Wo ist das Problem?«
»Warum nicht deine Mutter? Bist du abhängig von ihm?«
»Wie denn abhängig?«
»Na, das passiert. Wenn Mädchen jahrelang missbraucht werden, dann kehrt sich manchmal was um...«
»Was ist denn das für ein Schwachsinn? Mein Vater hat mich nicht missbraucht.«
»Was hat dann das hier zu bedeuten?« Ohayon schob den Brief zu Delphine rüber. Die sah kurz auf das Blatt. »Ach du Scheiße! Hat meine Mutter in meinen Sachen rumgeschnüffelt?«
»Du warst weg, sie hat nach etwas gesucht, um rauszufinden, wo du bist.«
»Das hat überhaupt nichts zu bedeuten. Das habe ich aus Spaß geschrieben.«
»Aus Spaß? Du hattest nicht den Plan, deinen Vater mit diesem Brief zu denunzieren, damit deine Mutter dich nach London lässt?«
»So ein Blödsinn! Das war eine Übung. Wir haben ein Buch gelesen und dann versucht, auch so was zu schreiben. Um an unsere Gefühle ranzukommen.«

»Wer ist wir?«

»Ich und meine Freundinnen.«

»Damit meinst du vor allem Eva, nicht wahr? Hat sie dir den Brief diktiert?«

»Das hat überhaupt nichts mit meinem Vater zu tun. Wir haben auch Bilder aus Kunstbüchern abgezeichnet, Eva und ich wollen Kunst studieren. Wir arbeiten erst mal in einer Galerie und finanzieren uns selbst. In jedem Fall gehen wir nach London. Und zwar todsicher.«

»Versteht ihr denn überhaupt was von Kunst?«

»Na klar! Wir haben in unserem Club jeden Tag über Kunst und Bücher geredet.«

»Du meinst den BUCHCLUB.«

»Ja.«

»Wenn ihr nach London geht, wollt ihr da in der Galerie eurer Mütter arbeiten?«

»Ganz bestimmt nicht. Ich habe schon was gefunden. Über Freunde von einem Künstler.«

»Du meinst John Duffet.«

»Seine Tochter arbeitet in einer Galerie, die bereitet auch gerade ihre Mappe vor.«

»Was für eine Mappe?«

»Wenn man auf eine Kunstschule will, muss man sich bewerben. John hat uns schon ein paar Tipps gegeben.«

»Jetzt versteh ich. Dieser Brief ist eine Studie, eine Skizze.«

»Sie sind nicht gerade der Schnellste, oder?«

»Claire hat auch so einen Brief verfasst. Will die auch nach London?«

»Nein. Der von Claire war auch nicht gut, hat Eva gesagt.«

»Und wie war Evas Geschichte?«

»Weiß ich nicht, wir diskutieren nicht alles von jedem.«

»Hat Eva überhaupt eine Geschichte geschrieben? Ich meine, über dieses Buch?«

»Weiß ich nicht.«

»Ist sie auf die Idee gekommen, etwas über Missbrauch zu schreiben?«

»Warum interessiert Sie das?«

»Weil ich wissen will, warum ihr genau dieses Buch ausgewählt habt. Wollte Eva das?«

»Weiß ich nicht mehr. Manchmal sind Sachen einfach nur im Flow entstanden. Jede von uns hatte eine Idee, und plötzlich war was da.«

»Dass du dich so schlecht erinnerst, bedeutet für uns viel Arbeit.«

»Warum?«

»Weil wir dann rausfinden müssen, wer dieses Buch wo gekauft hat, wessen Fingerabdrücke über welchen sind...«

»Kann sein, dass Eva das Buch damals mitgebracht hat.«

»Aber die Idee, diese Briefe zu schreiben, die ist dann im Flow entstanden.«

»Genau.«

»Wie ist Eva so?«

»Sie ist meine Freundin. Durch Eva ist der Club überhaupt erst das geworden, was er jetzt ist. Mein Bruder hat ihn zwar BUCHCLUB genannt, aber der war nur an Horror interessiert und an meinen Freundinnen.«

»Du magst ihn nicht besonders.«

»Er ist mein Bruder, aber er ist ziemlich schräg.«

»Warum schräg?«

»Na, erst mal, dass er sich für Leichen interessiert, und dann, dass er ausnutzt, was andere fühlen. Die Mädchen fallen alle auf ihn rein. Natürlich sieht er ganz gut aus, aber das Entscheidende ist das Bein. Er war sogar mal mit einer zusammen, die war schon dreißig. Aber als Eva zu uns kam, fing die Idee mit dem Club richtig an, da ging es dann um was anderes. Zum Beispiel dieser Brief, den Sie so schrecklich finden...«

Delphine kam jetzt richtig in Fahrt. Außerdem sah sie immer mal wieder zu den Keksen rüber. Und so fand Ohayon, dass es an der Zeit war, ihr noch mal Kaffee anzubieten. Diesmal war sie einverstanden.

»Wir haben solche Briefe geschrieben, um uns vorzustellen, wie das für das Mädchen war. Es ging uns darum, was sie gefühlt hat. Sie verstehen das nicht, aber wenn man zu viert über so was redet, dann kann man viel weiter gehen. Dann hat man keine Angst ...« Sie hörte auf zu sprechen, sah Ohayon an, als müsste sie etwas überprüfen. Der reagierte nicht. Er brach ein paar Tannennadeln von seinem Gesteck ab, hielt sie in die Flammen. Sie sah ihm zu, Wasser tropfte auf ihre Schultern.

»Was machen Sie da?«

»Riechst du?«

»Tanne.«

»Die Deutschen machen das. Ich wohne da an der Grenze. Die machen das so.«

»Die Deutschen.«

»Vier Kerzen. Die letzten vier Wochen vor Weihnachten. Jede Woche kommt eine dazu.«

»Ich erzähle Ihnen was, aber das bleibt unter uns, okay?«

Ohayon sagte nichts, er ließ würzigen Rauch aufsteigen. Ihre Gesichtshaut war gut durchblutet, ihr Makeup verschmiert, ihre Augen klar. Sie sah ihm zu, während sie sprach.

»Wir waren vier ... Eva, Claire, Helene und ich. Und es gab da mal einen Abend, ist schon ein paar Monate her.« Sie überlegte, sprach dann, als würde sie wieder in der Situation sein. »Wir hatten im BUCHCLUB darüber gesprochen, was wir später mal machen wollten, und sind dann hoch zur Klippe von Roche. Wir haben uns nebeneinandergestellt und aufs Meer rausgeguckt. Gesagt haben wir nichts mehr, aber irgendwann hat Eva ihren Arm über meine Schulter gelegt, und ich habe das dann bei ihr und Helene auch so gemacht, und Helene hat dann noch Claire mit reingenommen.« Sie machte eine kleine Pause, sah zu, wie Ohayon weitere Nadeln in die Kerze hielt. »Wir haben uns ein bisschen zueinander rangezogen, so dass wir am Ende ganz dicht zusammenstanden, so als würde gleich jemand ein Foto machen. Wir sahen weit draußen die Fähre, die nach England fuhr ...« Ohayon nickte sanft, konzentrierte sich weiter auf seine Tannennadeln. »Alle Lichter waren an, und die waren so intensiv, dass sie richtig gestrahlt haben. ›Mit der fahren wir weg‹, hat Eva plötzlich gesagt, und Helene hat den Satz dann wiederholt. Wir haben einfach so dagestanden ... so eng zusammen, bis wir die Fähre nicht mehr sehen konnten. Das war unser Schwur.«

Sie hörte auf zu sprechen, war aber noch immer in der Situation. Ihre Augen wurden unruhig, dann fing sie an zu weinen.

»Jetzt, ohne Helene, ist das alles vorbei. Es wird unseren Buchclub nie mehr geben, und ich weiß gar nicht, ob es noch mal so wird, wenn wir dann richtig studieren ... Wir haben geredet und gar nicht gemerkt, wie die Zeit vergangen ist. Jede von uns hatte so viele tolle Ideen. Im BUCHCLUB konnten wir alles vergessen, was draußen mit uns gemacht wurde.«

Sie weinte wieder, heftiger als eben. Ohayon handelte, bevor er hätte nachdenken können, er griff ihre Hand und drückte sie ziemlich stark. Nachdem sie eine Weile so dagesessen hatten, entzog sie ihm ihre Hand, straffte sich und sagte entschlossen, fast hart: »Eva und ich müssen das schaffen. Dass wir nach London kommen. Wir können hier nicht mehr leben.«

Ohayon ließ ihren mutigen Spruch verhallen. Er brach weitere Nadeln von seinem Gesteck ab und ließ Rauch aufsteigen. Nach einer Weile fing sie auch damit an. Gesagt wurde nichts mehr. Es verging einfach nur Zeit.

Nicht nur die Zeit des BUCHCLUBs war vorbei. Auch Ohayons Reise in die Welt der Teenager war mit Delphines Aussage an ihr Ende gekommen. Er wusste genug. Also schnitt er sich, nachdem sie gegangen war, aus einem Karton ein Stück in der Größe einer Visitenkarte aus und schrieb seinen Namen und seine privaten und dienstlichen Telefonnummern in Bauge und Fleurville auf.

Montag

Endlich war es so weit. Der zweite Engelsflügel wurde zur Rampe transportiert. Da Silvia Courbet für diesen Transport Noras Kutter gechartert hatte, war Ohayon wieder dabei. Das Ganze hatte was von einem Déjà-vu. Nora hielt das Steuer, Silvia Courbet brachte ihm Champagner, und Eva stand zusammen mit einigen Sponsoren und Kunstkennern am Heck und unterhielt sich mit John Duffet. Er hatte gehofft, sie auf dem Kutter zu treffen. Zwei Dinge waren anders als beim letzten Mal. Das Meer war ruhig, und ...

»Wo ist Ihr Mann?«

»Ich werde für eine Weile nach London gehen. Das ist im Moment besser so.«

»Und Ihre Tochter?«

»Die kommt mit mir. Ich habe mit Catherine gesprochen, und die ist der gleichen Meinung. Die Mädchen haben sehr konkrete Pläne und wir ... haben das zu lange ignoriert. Außerdem hat Catherine mir erzählt, dass Delphine wohl einen Brief geschrieben hat, der ihr noch immer Angst macht.«

»Ich kenne den Brief. Delphine hat mir versichert, dass sie sich das nur ausgedacht hat.«

»Mädchen denken sich so was nicht einfach aus. John wird den Mädchen dabei helfen, ihre Mappen zusammenzustellen.«

Sie rief John Duffet, und der wiederholte noch mal, was er Ohayon schon gesagt hatte. Dass er die Mädchen für talentiert hielt und ihnen beim Erstellen ihrer Mappen helfen würde.

»Das ist eine große Chance«, erklärte Silvia, nachdem John zu Eva zurückgekehrt war, »er kennt die Leute aus der Prüfungskommission und weiß, wie so eine Mappe aussehen muss.«

»Wann fahren die Mädchen?«

»Übermorgen.«

»Wird Eva bei Ihnen wohnen? Ich nehme doch an, Sie haben eine Wohnung in London.«

»Die beiden möchten zusammen mit Gleichaltrigen...«

»Das ist sicher das Beste. Ich habe Ihren Mann nie kennengelernt. Ich erinnere mich nur an einen Herrn mit kurzem Haar, der einen grünen Mantel trug. Zieht Ihr Mann mit Ihnen nach London?«

Ihr Gesicht wurde hart. »Zwischen meinem Mann und mir läuft es im Moment nicht so gut. Wir brauchen eine Pause.« Mehr sagte sie nicht. Sie hatte eindeutig etwas von ihrem Elan verloren.

Während alle den Engelsflügel bewunderten, der sich an einem Seil hängend langsam vom Deck erhob, schaffte es Ohayon, Eva zur Seite zu ziehen. Er gab ihr die Karte, auf die er seinen Namen und seine Telefonnummern geschrieben hatte. »Nur falls dir was einfällt. Manchmal fällt Zeugen später noch was ein. Dann rufst du mich an.«

»Sie könnten sich mal Visitenkarten drucken lassen.«

»Ach, ich habe schon welche, aber die vergesse ich meistens und... so ist es ja auch persönlicher.«

Sie steckte die Karte ein und ging dann nach vorne, um zuzusehen, wie der Engelsflügel seinem Ziel entgegenschwebte.

Ohayon sah Eva zum letzten Mal, als sie zusammen mit Delphine an Bord der Fähre ging. Delphine hielt sie im Arm, als wollte sie ihre Freundin beschützen. Plötzlich war etwas Merkwürdiges passiert. Eva hatte sich von Delphine freigemacht, mit ihrem Blick den Kai abgesucht, und dann ... Eine winzige Sache zwischen ihm und ihr, etwas auf fünfzig Meter Entfernung, das ihn noch lange beschäftigte.

Nachdem das Schiff abgelegt hatte, ging er zu Claire.
»Traurig, dass die beiden weg sind?«
»Eva und Delphine hätten es auf Dauer nicht bei uns ausgehalten. Die fanden es hier einfach nur öde.«
»Du nicht?«
»Nein. Es ist nur schade, dass es den BUCHCLUB nie wieder geben wird. Ich glaube, das war die schönste Zeit meines Lebens. Und auch das Jahr, in dem sich bei uns allen die Zukunft entschieden hat. Das ist immer so in dem Jahr, wo man Abitur macht, sagt meine Mutter.«
»Weißt du schon, was du mal werden willst?«
»Ich mache jetzt erst mal ein Praktikum an unserer Schule. Vielleicht kann ich da später arbeiten.« Nachdem sie das gesagt hatte, erschrak sie. »Helene wird Freitag beerdigt, Sie kommen doch, oder?«
Er war da. Weil Claire ihn gefragt hatte. Helenes Begräbnis war für Ohayon ein durch und durch unnatürliches Ereignis, bei dem viele junge Frauen anwesend waren, die alle nicht wussten, wie sie sich verhalten sollten.

*

Sie war nett. Ihre Hände und Fingernägel sahen okay aus, und ihre Haare waren nicht gefärbt.
Er hatte sie von der Arbeit abgeholt und auf einen Drink eingeladen. Danach vielleicht noch was essen? Ja, warum nicht? Ihre Augen waren ruhig, das gefiel ihm. Er hatte sie in ein Lokal geführt, das er extra für sie ausgesucht hatte. Sie hatten sich vom ersten Moment an verstanden, das spürten sie beide.
Er fand, dass sie hübsch war, denn sie sah der Frau seines

Bruders sehr ähnlich. Sein Bruder hatte immer gesagt, dass er ohne seine Frau nie das geworden wäre, was er heute war. Erst hatte er gemeint, das wäre nur so ein Spruch, aber dann hatte er die Frau seines Bruders ein bisschen genauer beobachtet und entschieden, dass es stimmte. Sie hatte einige Jahre in einem Tabakladen gearbeitet und konnte mit Geld umgehen. Die Frau seines Bruders war für ihn eine Art Vorlage. Er hätte sich nie mit einer eingelassen, die nicht wusste, wie man mit Geld umgeht.

Vorgestern war er auf dem Friedhof gewesen und hatte das Grab seiner Mutter neu bepflanzt. Er hatte den Gedanken, dass man jemanden, den man liebte, am Ende einfach in der Erde vergrub, schon immer ganz schrecklich gefunden. Es gab Völker, die gingen anders mit ihren Toten um, fanden bessere Stellen. Trotzdem war er nach der Arbeit am Grab ruhig gewesen. Aber nur zehn Minuten später hatte er sich im Auto wahnsinnig über die beiden Duftbäumchen aufgeregt, die da baumelten. Er hatte den Rückspiegel mit der Faust von der Scheibe runtergeschlagen.

Schließlich hatte aber doch die Vernunft gesiegt, und er hatte sich Eimer, Bürste und unparfümierte Grüne Seife besorgt. Dann war er auf eine Tankstelle mit Waschanlage gefahren und hatte erst mal innen alles rausgeholt und für sechsmal 50 Cent gesaugt. Er hatte tierisch geschwitzt dabei. Danach hatte er die Polster und die Verkleidungen innen komplett mit der Wurzelbürste abgeschrubbt, bis in die Ecken. Und danach sogar noch den Kofferraum. Zuletzt hatte er alles mit Handtüchern trocken gerubbelt. Danach war er schweißgebadet, und es pfiff ihm richtig in den Ohren. Endlich war er den Rosen-, Tannen- und Lavendelgestank los.

Ja, und nun saß er da, in seinem neuen Anzug, und das Restaurant, das er ausgesucht hatte, gefiel ihr – es lief klassische Musik mit Geigen und Klavier von ... – und er fühlte sich wohl in ihrer Nähe und sagte mit ruhiger Stimme: »Freut mich, dass es dir gefällt.«

»Du bist mir gleich aufgefallen«, sagte sie, nachdem sie eine Weile geschwiegen hatten, »und als du dann jeden Tag Batterien gekauft und dich immer an meiner Kasse angestellt hast...«

Sie hatten nicht viel geredet an dem Abend, es war auch so alles klar gewesen zwischen ihnen, das merkten sie beide. Er hatte sie nach dem Essen nach Hause gebracht, und sie hatte ihn dann auch noch mit reingebeten. Aber da hatte er Nein gesagt. Er hatte auf einmal schüchtern gewirkt, und das irritierte sie: Okay, vielleicht bin ich zu schnell.

»Ich würde dich gerne wiedersehen, aber...«

»So schüchtern?«

»Ich könnte dich am Samstag abholen.«

»Du willst drei Tage warten?«

»Ich glaube, ich möchte mein Glück noch ein paar Tage für mich behalten.« Was für ein Satz, es lief alles wie von selbst bei ihm.

Das mit dem Glück verstand sie, sie war vom Typ her genauso romantisch wie er.

»Okay, dann machen wir es so. Du überraschst mich am Samstag.«

Er hatte sie zum Abschied geküsst und gemerkt, dass ihre Körper zusammenpassten und dass sie gut geschnittene Unterwäsche trug. Sie hatte das auch gespürt. Sie hatte es ihm mit den Augen gesagt.

Nachdem er gegangen war, war er sich sicher, dass er endlich die Richtige gefunden hatte. So wie sie war bis jetzt keine gewesen. Es war jedenfalls lange her, dass er für eine Frau so empfunden hatte. So stark und direkt. Mit ihr war alles natürlich. Ohne Anstrengung. Ohne sich zu verstellen. Und sie hatte Humor, denn als sie bezahlt hatten – es war wirklich ein schönes Restaurant, nicht schrill oder billig, auf jedem Tisch Rosenblüten in einem kleinen See aus Kristall – da hatte er sich mit ihr einen Spaß erlaubt. Der Wirt hatte die Rechnung gebracht, und er hatte sie ihr hingeschoben und gesagt:

»Du, ich glaube, ich habe kein Geld dabei.«

Sie war cool geblieben, hatte ihr Portemonnaie rausgeholt und angefangen, Geld auf den Tisch zu legen. Ja, und da hatte er gesagt: »Hast du wirklich geglaubt, ich würde mit dir ausgehen und dich bezahlen lassen?«

Was hatte sie da gelacht, weil ... Ihr ging es genauso wie ihm: Auch für sie war Humor das A und O in einer Beziehung. Er hatte also bezahlt und ein großzügiges Trinkgeld gegeben. Das war ein ganz wichtiger Moment gewesen. Dieser kleine Gag beim Bezahlen. Da hatte sich alles entschieden zwischen ihnen.

Samstag

Es ging ihm gut.

Christine Clery hatte Ohayon ein paar Atemübungen beigebracht und lange Spaziergänge verordnet. Er telefonierte jeden Abend mit Ines und trank weiterhin viel Orangensaft. Diese Kombination reichte aus, um mit dem Wetter und dem Ort fertigzuwerden. Sein Auftrag hatte gelautet zu verhindern, dass es zu weiteren Zwischenfällen am Bauzaun kam. Dafür hatte er zwar nicht allzu viel getan, aber es war nichts mehr vorgefallen. Im Gegenteil.

»Komm«, sagte Nora, als er sich am Abend verabschieden wollte. Sie verriet nicht, worum es ging, sondern lotste ihn zu ihrem Auto. Sie fuhren los, es waren nur ein paar Kilometer.

Nora stellte das Auto ab, und sie stiegen aus. Sie hakte sich bei ihm ein. Etwas entfernt bengalisches Feuer. Es kam Ohayon vor, als würden sie zu einem Maskenball gehen. Sie durchschritten das Tor, vor dem noch vor ein paar Tagen eine tote Kuh gelegen hatte.

Oh ja, das waren wirklich viele. So viele Chinesen hatte Ohayon noch nie gesehen. Die hatten sich ordentlich aufgestellt, so dass zwischen ihnen eine breite Gasse entstanden war. Und da gingen sie, die Kleinen. Hand in Hand. Mit Laternen. Die Eltern waren auch da und wussten noch nicht so ganz, ob sie sich nun freuen sollten oder durften oder nicht. Dann kamen die chinesischen Magier und empfingen die Kinder. Solche Laternen hatte in Bauge noch niemand gesehen! Oh, guck mal da! Und der da, der bewegt sich! Es war eine besondere Welt. Eine, in der Zauberer vorkamen, Wunderfeuer, viele Nebelkerzen und Fische. Ja, und natürlich Seeschlangen, Tiger, Affen und Phantasievögel. Sogar ein Elefant, der die Beine bewegen konnte und den Rüssel! Ach, und da! Eine riesige Fledermaus, die war noch toller. Die Chinesen hatten bewiesen, dass sie mehr konnten, als nur Kraftwerke bauen. Es war doch so schön, dachte Ohayon unwillkürlich, und er dachte deutsch dabei.

Kindern genügt ein glühender Elefant, der zu fremder Musik mit einer Fledermaus tanzt, bei Erwachsenen erreicht man etwas Ähnliches mit Glühwein. Glühen und Leuchten ist wichtig im Winter. Von den Chinesen selbst hätte Ohayon nicht sagen können, ob sie auch glücklich waren. Er fand, dass die Gesichter hart wirkten. Ihm fielen auch die Hände einiger Arbeiter auf. Mit denen stimmte was nicht. Aber gut, Hände! Lieber Gott! Hier wurde ja auch gearbeitet, und die Freude der Kinder, die war doch echt.

Als sie zwei Stunden später gingen, war Ohayon noch immer ganz flatterig von allem und von der Fledermaus. Bezaubert von der chinesischen Kultur, die etwas unerhört Leichtes und Schwebendes hatte, einer Kultur, die auf Lichteffekten, Schatten und Rauch zu gründen schien. Als sie gerade durchs Tor des Lagers gingen, drehte Ohayon sich noch einmal um. Er sah die

Menschen nur noch als Schatten vor dem roten Leuchten bengalischer Feuer. Ja, und da musste er an Frau Glüsing denken, seine deutsche Lehrerin. Und ihm fielen ohne jede Verzögerung die Zeilen eines berühmten Gedichts ein, Zeilen, die er im Alter von acht Jahren mal gehört und für immer behalten hatte.
Ihr glücklichen Augen, was je ihr gesehn,
Es sei, wie es wolle, es war doch so schön!

*

Bethlehem kam näher, die Krippe kam näher, das Stroh, die Juden, die Römer und König Herodes. Den Menschen war etwas in die Gesichter gezaubert und ein bestimmter Geruch – vielleicht Weihrauch – zog durch die Stadt der Fische, Touristen und Austern, vermischte sich mit dem Geruch von Arbeit, und drei Tage später kam dann hoher Besuch.

»Der Bürgermeister möchte mit dir sprechen.«

Ohayon führte ihn in sein Büro. »Möchten Sie einen Kaffee? Kekse vielleicht? Die macht Madame Clery selbst.«

»Gerne.«

Christine Clery stellte alles auf Ohayons Arbeitstisch. Es sah gemütlich aus, fast familiär.

»Sie haben sich gut eingelebt, wie ich sehe.«

»Ein bisschen Licht ... Kerzen. Für jemanden, der nicht von hier kommt, ist das Wetter nicht immer einfach.«

»Weshalb ich hier bin, das hat auch etwas mit Licht zu tun«, erklärte der Bürgermeister. »Ich wollte mich dafür bedanken, dass Sie mit den Chinesen gesprochen und dort angeregt haben, mal hier einzukaufen. Damit unsere Leute auch ein bisschen was an der Sache verdienen. Sie haben ja mitbekommen, dass es inzwischen einen Tag der offenen Tür gab und dass unser Kindergarten ... unsere Kleinen mit ihren Laternen ... Die Kinder haben sich gefreut. Das war eine sehr naheliegende und gute Idee, die Sie da hatten.«

Sie sprachen noch eine Weile über die Stadt, und nachdem der Bürgermeister gegangen war, überlegte Ohayon, wie es zu diesem Missverständnis gekommen sein konnte. Er war nur ein einziges Mal im Lager gewesen, und an dem Tag hatten ihn die Medikamente so gleichgültig gemacht, dass er kein einziges Wort gesagt hatte. Wenn es einen Vorschlag zu einem Tag der offenen Tür gegeben hatte, dann konnte der nur von Rousseau gekommen sein. Nun hatte er das Lob dafür eingestrichen. Irgendwie peinlich.

Rousseau hatte sich überhaupt ganz gut gemacht. Nora und Florence organisierten die Sicherung und Umsetzung einiger Boote. Beim letzten Sturm hatte sich gezeigt, dass viel zu viele im Hafen lagen.

Es gab dann aber doch noch eine unerwartete Entwicklung, denn ein paar Tage nach dem schönen Laternenfest wurden die Arbeiten am Gezeitenkraftwerk plötzlich eingestellt. Eine Untersuchung, hieß es, aber damit hatte die Gendarmerie von Bauge nichts zu tun.

Die Arbeit war getan, er hatte es ganz gut hingekriegt, in ein paar Tagen würde er wieder nach Hause können. Als Ohayon gerade überlegte, was er Ines und den Kindern zu Weihnachten schenken wollte, kam Nora in sein Büro. »Bary hat angerufen, du sollst sofort nach Villons kommen.«

*

Barys Büro war mittelgroß. An den Wänden waren Schienen befestigt, in die man Ausdrucke einschieben konnte. Was da hing, waren keine Fälle, sondern Dienstpläne. Abgesehen von diesem Wandschmuck standen vor zwei Wänden raumhohe Regale, die mit Aktenordnern, Gesetzbüchern und anderen Werken über Erlasse, neue Erlasse und Verordnungen für den Einsatz von Personal und Material gefüllt waren. Offenbar hatte Bary die gleiche Vorliebe für verwaltungstechnische Vorgänge wie Roland Colbert in Fleurville.

Kommissar Bary wies mit der Hand auf eine kleine Sitzgruppe.

»Möchten Sie etwas trinken? Kaffee? Tee?«

»Orangensaft. Wenn's geht, mehr als ein Glas.«

Bary brachte ihm ein Glas und drei kleine Flaschen. Ohayon goss sich selbst ein.

Die beiden Sekretärinnen schenkten dem Vorgang keinerlei Beachtung. Sie trugen Kopfhörer und tippten mit hoher Geschwindigkeit. Bary nahm eine flache Mappe von seinem Schreibtisch, setzte sich Ohayon gegenüber und kam gleich zur Sache.

»Die Kollegen in Nantes haben die Frau gefunden, die vor einem Jahr verschwand.«

»Die Bankangestellte.«

»Richtig.«

Kommissar Bary öffnete seine Mappe und schob zwei großformatige Fotos zu Ohayon rüber, der sah sie sich an. »Die Leiche ist doch niemals ein Jahr alt.«

»Sie wurde nur gefunden, weil wir neulich Sturm hatten. In einem Wald bei Nantes wurden einige Bäume umgerissen.«

»Sie sieht nicht so aus, als ob sie in der Erde gewesen wäre.«

Bary schob ein drittes Foto zu Ohayon rüber. »Sie steckte in diesem Schlafsack. Er hat sie in acht Metern Höhe an einer Fichte festgebunden. Ich weiß nicht, was für ein Gedanke dahintersteckt. Vielleicht der, dass Suchmannschaften und Hunde am Boden suchen. Kann auch sein, dass die Verbringung für ihn eine Form von Grabpflege darstellt oder etwas mit einem Ritual zu tun hat.«

»Machen Sie es nicht zu groß, sonst komme ich nicht mehr mit. Wie teuer war der Schlafsack?«

»300 Euro.«

»Ein guter Schlafsack also. Ist er wasserabweisend?«

»Ja.«

»Und er war am Stamm eines Baums festgebunden, da wird er ja auch nicht viel Wasser abbekommen haben.«

»Der Schlafsack nicht und die Leiche auch nicht. Der Täter ist noch einige Male zurückgekehrt und hat ihr den Kopf, den Hals und Teile des Oberkörpers mit Salz eingerieben.«

»In acht Metern Höhe?«

»Er ist hochgeklettert, hat den Schlafsack teilweise geöffnet ...«

»Das verlangt einiges an Geschick.«

»Davon abgesehen: wiederholtes Aufsuchen der Leiche, behutsamer Umgang mit dem Körper, ähnlich wie in den anderen Fällen.«

»Behutsam? Dem ersten Opfer hat er ein Bein abgesägt.«

Bary zuckte mit den Schultern. »Die erste Tat war chaotisch, möglicherweise musste er das tun. Er hat ja auch nur ein Bein abgetrennt, er hat aufgehört. Da können wir nur spekulieren. Was wir jetzt wissen, ist, dass unser Mann nicht zweieinhalb Jahre inaktiv war, wie wir bisher glaubten. Die Frau verschwand vor einem Jahr.«

»Welche Details der ersten drei Morde wurden damals bekanntgegeben?«

»Dass die Frauen in ihren Wohnungen getötet wurden.«

»Aber dass es im Flur passiert ist ...«

»Natürlich nicht. Wir wollten uns eine Möglichkeit offenlassen, Leute auszuschließen, die sich selbst bezichtigen. Davon hatten wir einige.«

»Also keine Details.«

»Er wird vorsichtiger. Er tötet seine Opfer nicht mehr in ihren Wohnungen, wir wissen immer noch nicht, wo die Frau starb. Davon abgesehen hinterlässt er überall seine DNA. Wir haben keinen Hinweis darauf, dass er sich darum bemüht, Spuren zu verwischen. Das heißt, er ist entweder sehr nachlässig, oder er geht davon aus, dass sein Profil bis jetzt nirgends gespeichert ist.«

»Das könnte bedeuten, dass er noch nie straffällig geworden ist.«

»Genau. Bei ihm gibt es möglicherweise keine kriminelle Karriere, keine schrittweise Entwicklung. Das ist sehr ungewöhnlich. Es sei denn, er stammt aus einem Land...«

»Hat denn Ihre Suche in Litauen und Rumänien etwas ergeben?«

»Die Behörden dort konnten einige Verhaftungen vornehmen, aber das hat nichts mit dieser Sache zu tun. Es ist natürlich immer noch möglich, dass der Täter unter diesen Arbeitern zu finden ist, aber die Kollegen dort haben keine offenen Mordfälle, die ähnliche Merkmale aufweisen.«

»Verstehe, und warum haben Sie mich hergebeten?«

»Weil auch diese Frau an einer Kasse gearbeitet hat. Sie hatten damals die Theorie, dass der Anblick von Geld eine Rolle spielt.«

»Aber hier geht es doch eindeutig um etwas anderes. Er ist an den Leichen interessiert.«

Bary zuckte mit den Schultern und zog das Foto zu sich heran. Ohayon stellte sich die Situation vor. Ein Mann, der in einem Baum hing und einen schweren Schlafsack nach oben hievte.

»Wir haben die Situation nachgestellt«, erklärte Bary. »Es verlangt einige Kenntnisse im Umgang mit einem Flaschenzug, aber es ist machbar.«

»Aber warum nach oben...?«, fragte Ohayon.

»Sie hatte von dort einen phantastischen Blick. Den Bereich ihrer Augen hat er freigelassen.«

»Sie meinen, er hat geglaubt, sie würde sich über eine schöne Aussicht freuen?«

»Es war einfach auffällig, mehr wollte ich nicht sagen. Die wichtigste Frage...«

»Wie kriegt er sie da hoch?«

»Es gab Spuren, die darauf hindeuteten, dass er einen Seilzug verwendet hat. Danach hat er sie mit handelsüblichen Spanngurten am Stamm fixiert.«

»Also jemand, der mit einem Seilzug umgehen kann, jemand, der schwindelfrei ist und sehr gut klettern kann.«

»Deshalb habe ich Sie geholt.«

»Auf Schiffen werden Seilzüge verwendet. Dachten Sie daran?«, fragte Ohayon.

»Das Bein des ersten Opfers wurde zwei Wochen in Salzlauge gelagert.«

»Ich verstehe, worauf Sie rauswollen, Monsieur Bary, aber soweit ich weiß, wird der Fang heutzutage auf Eis gelegt.«

»Wenn man ein Bein lagert und es zu einer Geruchsentwicklung kommt, da würde ich an Haushaltsreiniger denken, so was kriegt man überall. Warum nimmt er Salz?«

»In unserer Gendarmerie arbeiten zwei Frauen, deren Väter Kutter besitzen. Die werde ich noch mal losschicken und alle, die in Bauge mit Schiffen und Seilzügen zu tun haben, befragen lassen.«

»Sonst fällt Ihnen nichts ein?«

»Nein, warum?«

»Weil Sie manchmal so wundersame Eingebungen haben.«

Ohayon lächelte. »Das behauptet mein Chef in Fleurville auch immer. Ich muss Sie enttäuschen, ich habe keine Eingebungen. Meine Frau sagt, ich hätte ein gutes Gedächtnis für unwichtige Dinge. Wo ich gerade von meiner Frau spreche... Ihr Mageninhalt, der wurde sicher untersucht.«

»Nein.«

»Warum nicht?«

»Weil es keinen Magen gab. Sie war leer.«

»Alles rausgenommen?«

»Wie bei einem Fisch. Und alles mit Salz eingerieben. Innen und außen. Ich denke, es ging dabei nicht darum, sie zu verstümmeln. Er hat versucht, den Verwesungsprozess aufzuhalten.«

»Und das nennen Sie Grabpflege?«

»Der Ausdruck war ungenau«, gab Bary zu, »ich meinte damit, dass er sie nicht einfach verscharrt hat. Reue?«

»Vielleicht hat er nur Angst vor der Verwesung, vor der Vergänglichkeit, vor dem Tod und...« Fast hätte Ohayon gesagt:... der Enge eines Flurs. Er hatte eine diffuse Vorstellung von einem Mann, für den Gerüche eine Rolle spielten, und er hatte diese Vorstellung mit dem Bild eines engen Flurs zusammengebracht.

»Und weil er Angst vor der Vergänglichkeit hat, tötet er?«, fragte Bary. »Konfrontiert sich auf so direkte Art genau mit dem, wovor er Angst hat?«

»Er tötet, um zu existieren«, erklärte Ohayon, ohne auch nur einen Moment zu überlegen. Da er selbst nicht verstand, was er da gerade gesagt hatte, lenkte er schnell ein. »Ich fange an zu spekulieren.«

Bary quittierte diese vernünftige Feststellung mit einem Nicken.

Ohayon stand auf, Bary brachte ihn zum Fahrstuhl. Dort wurde Ohayon mit einem langen Blick und einem schönen ernsten Schweigen bedacht. »Ich habe gehört, dass Dr. Poisson für Sie tätig ist?«, fragte Bary.

»Nur eine kleine Gefälligkeit.«

»Dass Dr. Poisson jemandem eine Gefälligkeit erweist, ist sehr ungewöhnlich.«

»Unter Kollegen...«

»Das Gesundheitsamt ist ebenfalls für die Gendarmerie Bauge tätig. Der medizinische Überwachungsdienst und unser Labor auch, können wir sonst noch etwas für Sie tun? Wir haben forensische Soziologen, forensische Psychologen, eine

Hundestaffel, einen großen Fuhrpark, ein Einsatzkommando für schnelle Zugriffe, einen Hubschrauber... Aber den hatten Sie ja schon im Einsatz.«

»Ich müsste mit dem Staatsanwalt sprechen. Gerne jetzt, wo ich schon hier bin.«

»Staatsanwältin«, korrigierte Bary, wählte eine Nummer und führte ein kurzes Gespräch.

»Madame Curé erwartet Sie. Zimmer 312. Darf ich fragen, was Sie mit ihr besprechen wollen?«

*

Die Staatsanwältin Diane Curé hatte eine besondere Eigenschaft. Sie bewegte sich nicht. Dabei wirkte sie durchaus lebendig. Manchmal lächelte sie, drückte Verwunderung aus oder Interesse. Ein durchaus lebhaftes Gesicht also. Aber sie sah ihm ununterbrochen direkt in die Augen. So was hatte Ohayon in dieser Konsequenz selten erlebt. Er hatte Menschen kennengelernt, die sich hervorragend auf Ablenkungsmanöver verstanden, aber diese Form der Panzerung war weitaus intelligenter. Denn das hatte Ohayon schon vor Jahren begriffen: Wenn sich ein Mensch so vollständig zeigte wie diese Frau, wenn einem gestattet wurde, ungestört in die Augen eines anderen zu sehen, dann sah man absolut nichts. Augen sind leblose Organe und völlig ohne Ausdruck. Wenn Menschen sich längere Zeit tief in die Augen blicken, passiert immer das Gleiche. Sie fühlen sich fremd. Und zwar nicht nur gegenüber dem anderen, auch sich selbst gegenüber. Trotzdem: Diane Curé hatte ein schönes Lächeln, dass sie ihm hin und wieder schenkte, ein Lächeln unter diesen Augen.

»Sie sind vermutlich wegen des Arztes hier«, sagte sie, »und da kann ich Ihnen auch schon was sagen. Das Medikament, das er offenbar häufig verschrieben hat, ist durchaus das Richtige gewesen. Er hat nur eine viel zu hohe Dosierung verordnet.

Und er hat offenbar nicht genügend darauf hingewiesen, dass man nach der Einnahme nicht mit dem Auto fahren oder sich in unvorhersehbare Situationen begeben darf. Das Gleiche gilt für die Behandlung von Madame Guitton. Auch viel zu hoch dosiert, die Frau war sediert wie eine Gläubige. Das war nachlässig, reicht aber nicht für eine Anklage. Ich werde den Arzt aber gesundheitlich checken lassen. Vielleicht können wir ihn überreden, seine Praxis an jemand anderen zu übergeben.«

»Deshalb bin ich nicht hier.«

»Ach so, wegen Madame Jambet. Sie hat ihre Anzeige inzwischen zurückgezogen. Wir haben sie mit einer Strafe von 300 Euro bedacht.«

»Ich bin hier, um mit Ihnen über Paul Guitton zu sprechen.«

»Weil er diesen Jungen zusammengeschlagen hat?«

»Das Opfer des Angriffs heißt Daniel Meur. Daniel ist gehbehindert. Paul Guitton hat ihn auf eine Mole gelockt, bewusstlos geschlagen und ihn dann völlig hilflos an einem Ort liegen lassen, von dem aus er früher oder später ins Meer gespült worden wäre.«

»Ich habe mit Paul gesprochen. Er war der Meinung, Daniel hätte seine Schwester überfahren. Er hat seinen Vater verloren und kümmert sich um seine Mutter.«

»Ja, er kümmert sich«, sagte Ohayon. »Er hat offenbar einen starken Beschützerinstinkt.«

»Das irritiert Sie?«

»Oh ja, ein starker Beschützerinstinkt... Oh ja, sehr. Davon abgesehen hat er Daniel zu einem Zeitpunkt auf die Mole bestellt, als dieses Bauwerk regelmäßig von großen Brechern überspült wurde. Das war keine Wut, das war geplant. Mutter und Sohn müssen so schnell wie möglich voneinander getrennt werden. Beide brauchen Hilfe.«

»Ihn von seiner bedürftigen Mutter trennen? Das ist eine sehr harte Forderung.«

»Sie meinen, das regelt sich von selbst?«
»Nein. Aber ich kann so was nicht einfach veranlassen. Um das zu erreichen, brauche ich wenigstens zwei Gutachter, die sich Ihrer Meinung anschließen. Aber ich gebe Ihnen Recht, was Paul getan hat, könnte der Anfang von etwas sein, das dabei ist, sich zu entwickeln.«

Ohayon veränderte seine Körperhaltung. Dann noch mal.
»Sie haben eine Frage?«
»Eine, auf die es vielleicht keine Antwort gibt«, sagte er. »Glauben Sie, dass Paul schon immer so war? Dass das in ihm steckt? Oder hängt das alles mit dem Tod seines Vaters zusammen? Mit seiner Mutter, die sich zu sehr auf ihn gestützt hat?«
»Sie haben Recht. Auf diese Frage weiß ich keine Antwort.«

Als er wieder im Auto saß, schämte er sich. Warum hatte er ihr die Frage nach dem Bösen gestellt? Warum hatte er das Bedürfnis gehabt, sich im Großen und Ungenauen zu verlieren? Lag es daran, dass sie eine Frau war? Hatte er versucht, sich als jemand darzustellen, der an weit gefassten Gedanken interessiert war? Dabei gab es so etwas wie weit gefasste Gedanken doch gar nicht, das wusste er aus eigener Erfahrung. Was es natürlich gab, war der Hang zu generalisieren. Aber wenn er schon aufs Theologische rauswollte, dann war die Frage doch nicht, ob es eine Vorprägung zum Bösen gab, sondern warum Neurologen, Schriftsteller, Psychologen, Biochemiker und ägyptische Priester seit gut 6000 Jahren versuchten, in dieser Sache Kategorien aufzustellen, Parallelwelten zu erfinden oder symptomatische Lebensläufe zu konstruieren. Warum war das alles ohne Ergebnis geblieben, in Bezug auf das Böse? Weil man sich das letztlich doch nicht zugetraut hatte? Die Antwort auf die Frage, was Menschen menschlich macht.

Zehn Kilometer später, im Wagen war es inzwischen behaglich warm, beurteilte er sich milder. Warum sollte er nicht große Fragen stellen, warum sollte er nicht generalisieren? Jeder Mensch tat so was. Jeder wollte sich hin und wieder großartig vorkommen, mal kurz ein anderer sein, als er war. Und so kam er fließend, vom Bösen über das Angeberische, auf seine Ehe. Da gab es das auch, dass sie mal anders sein wollten. Er ging manchmal mit seiner Kollegin Marie nach der Arbeit in eine Bar, um sich zu betrinken. An den Abenden rauchte er dann auch. Alles Dinge, die er angeblich nicht mehr tat, seit die Kinder da waren. Aber Ines war nicht besser. Jeden zweiten Dienstag traf sie sich mit einem Arbeitskollegen von früher. Sie träumten eben beide hin und wieder davon, sich nicht ganz zu gehören. Das hatte etwas von einem Spiel. Wenn Ines zurückkehrte – auch sie eindeutig betrunken –, versuchte er, ihr kleine Geständnisse zu entlocken. Und nichts wäre langweiliger gewesen als die Wahrheit. Also erzählte sie ihm Geschichten, die nur halb stimmten...

*

Die Wahrheit! Das, was real war! Nur das hatte Wert.

Die Erinnerung kam so unmittelbar, war so aufgeladen mit Gefühl, dass er mitten in der Arbeit innehielt. Der Hammer blieb förmlich in der Luft hängen. Was für ein schönes Wochenende er gehabt hatte. Der Hammer sank sanft herab.

Er hatte die Familie seines Bruders in Nantes besucht. Nach dem Essen machten er, sein Bruder und seine Schwägerin es sich auf den Sesseln und der neuen Couch im Wohnzimmer gemütlich. Lange konnten sie sich nicht unterhalten, seine beiden Neffen kamen ins Zimmer gestürmt und stellten ihm Fragen, die eine Bauanleitung betrafen. Er hatte ihnen ein Segelflugzeug mitgebracht, das sie selbst zusammenbauen sollten. Sobald es warm war, würde er es mit ihnen steigen lassen. Plötzlich waren die Jungs auf die Idee gekommen, dass sie alle zusammen an den See gehen sollten.

»Ist es nicht schon ein bisschen zu spät?«

»Nein!«

»Gar nicht!«

Alle dick angezogen, blaue Stunde, links und rechts offene Felder, vor ihnen verharschte Reste von Altschnee zwischen glatten, grün schimmernden Stämmen. Der See lag am Rand eines alten Buchenwäldchens. Er war zugefroren und...

»Bitte!«

»Ja!«

Seine Neffen wollten unbedingt aufs Eis. Seine Schwägerin hatte ihn angesehen. Ihn, nicht ihren Mann. Natürlich war ihm klar, dass das Eis wahrscheinlich zu dünn war. Trotzdem nahm er die Kinder an der Hand und... Schweigend. Langsam. Das Geräusch des verharschten Schnees und der Blätter unter ihren...

»Stopp!«

Er erklärte ihnen, wie sie es machen würden.

»Ich teste erst mal, okay?«

Ihre warmen Hände rutschten aus seinen heraus.

»Du musst aufpassen!«

»Ich passe auf, ihr bleibt, wo ihr seid.«

Gleitend schob er seine Füße vor, sagte: »Oh«, oder auch: »Oh, oh!«

»Oh, oh!« Sie ahmten ihn nach, verrenkten ihre Körper, als seien sie mit ihm auf dem Eis, müssten sein Gewicht ausgleichen.

Es war lustig und gefährlich.

»Oh, oh!«

Als er drei Meter vom Ufer entfernt war, passierte es. Alle hörten das helle Geräusch, einen langgezogenen Knall, der sich durch das ganze Eis fortpflanzte. Er verlagerte sein Gewicht auf den anderen Fuß und... wieder! Noch heller.

»Oh, oh!«

Die Jungen waren furchtbar aufgeregt, riefen, ihr Onkel solle zurückkommen. Also drehte er sich ganz langsam um, und... er sah dabei aus wie ein tapsiger Bär.

»Vorsicht, du musst...!«

»Ihr bleibt, wo ihr seid!«

Es dauerte eine ganze Weile, bis er am sicheren Ufer war.

»Gefährlich«, sagte er.

»Gefährlich«, wiederholten die Gesichter unter den Mützen.

Die Jungen glühten, sie hatten begriffen, was es mit dem Eis auf sich hatte. Dann stürmten sie los, umrundeten den See ein Stück weit und fingen an, Stöcke aufs Eis zu werfen. Sie schleuderten sie mit all ihrer Kinderkraft, versuchten, das Eis zu zerstören. Das schafften sie zwar nicht, aber die Geräusche waren phantastisch. Sie hatten die Erwachsenen längst vergessen.

Er ging zu seinem Bruder und seiner Schwägerin, holte eine Packung Zigaretten raus, gab jedem eine. Das Licht des Feuerzeugs sah sehr gelb aus gegen das bläuliche Licht. Sie sprachen über eine Pergola, die sein Bruder im Frühjahr bauen wollte, seine Schwägerin hörte nur halb zu. Sie behielt ihre Kinder im Auge und warf auch ihm hin und wieder Blicke zu. Woran dachte sie, wenn sie das tat? Das hätte er gerne gewusst.

*

Schluss jetzt, solche Gedanken bringen nichts...! Ohayon hatte während der letzten zehn Kilometer versucht herauszufinden, was genau es mit den Halbwahrheiten seiner Frau auf sich hatte. Es war nicht mehr dabei herausgekommen, als dass er am Ortseingang von Bauge geblitzt wurde. Als er auf der Gendarmerie ankam, beauftragte er Nora und Florence, die Fischer erneut zu befragen.

»Es geht um jemanden, der mit einem Seilzug umgehen kann.«

Danach ging er in sein Büro, erklärte strikt, dass er nicht gestört werden wolle. Er musste nachdenken, schaffte es nicht. Nein, falsch, er musste raus, rumlaufen.

Ein enger Flur...

Er fuhr los und besorgte sich im Rathaus die Schlüssel, die er brauchte. Danach ging er in die Bäckerei und kaufte sich ein belegtes Brötchen. Er registrierte, dass der Bäcker seinen Wagen nicht mehr so dicht an der Ausfahrt parkte, warf einen kurzen Blick in den Hof. Der Transporter stand nicht da. Offenbar ging der Heizungsmonteur einer regelmäßigen Arbeit nach.

Es regnete, als er aus dem Auto stieg, der deutsche Bunker war unscheinbarer, als er angenommen hatte.

Er klebte direkt an den Klippen von Roche und hatte einen Schlitz, durch den man den gesamten Strand unter Beschuss nehmen konnte. Offenbar war der Meeresspiegel seit damals gestiegen, denn das Wasser ging bis ans Gebäude. Unten hatte sich ein Besatz aus Seepocken und Muscheln gebildet. Und es gab einen gekräuselten grünen Rand.

Ohayon schloss auf, schaltete seine Taschenlampe ein und schob die Tür auf. Die Betonwände waren etwa fünfzig Zentimeter dick, dann folgte ein Stück Mauer, so dass ein zwei Meter langer, sehr schmaler Gang entstand. Danach kam ein einziger Raum. Ohayon leuchtete ihn aus. Man hatte nach dem Krieg offenbar alles herausmontiert und mit weißer Farbe gestrichen. Das Einzige, was noch daran erinnerte, dass es mal eine Einrichtung gegeben hatte, waren ein paar verrostete Gewindestangen, die aus der Wand ragten.

Wo hatten die Soldaten damals geschlafen? Vermutlich in dem größeren Bunker, in dem heute die Gendarmerie untergebracht war. Ohayon versuchte sich vorzustellen, wie es gewesen war, sich zu sechst in diesem Raum aufzuhalten. Wie lange hatten die Deutschen hier ausgeharrt, ehe sie ausgeräuchert wurden? Warum hatte man sie nicht zusammen mit den anderen abgezogen? Ohayon sah ein, dass er das Rätsel nicht lösen würde. Vor allem würde das keinen Sinn machen. Wenn hier in Bauge tatsächlich ein Kriegsverbrechen geschehen war, dann waren der oder die Täter sicher längst tot.

Als er den Raum verlassen wollte, blieb er plötzlich stehen und starrte in den engen Korridor, der zum Ausgang führte. Etwas hatte seine Aufmerksamkeit erregt.

Er hatte sich selbst völlig verwirrt, war offen für alles. Das musste so bleiben. Nicht weil er phantasieren wollte, im Gegenteil. Es ging ihm um nichts anderes als um die Fakten. Zu denen musste er erst mal zurückfinden, das war gar nicht so leicht. Bary war auf den Seilzug angesprungen, der ihn erneut zu den Fischern geführt hatte. Aber der Seilzug, die Leiche im Schlafsack, das war das Besondere, der kleine Zweig am Stamm, eine Verrücktheit. Der Kern war der Flur, die Enge, die ein ängstlicher Täter sich und seinen Opfern verordnet hatte. Aber noch sah er den Flur nicht.

Ohayon ging ein Stück den Strand entlang. Das Meer war ruhig, die Wellen schwappten, die Gedanken an Seilzüge verschwanden. Als er ein Stück gegangen war, sah er fünf Meter weit draußen im Wasser eine Bewegung. Da lag was. So, wie sich das Wasser bewegte, war das kein Stein. Eher etwas Längliches. Er ging so nah ans Wasser, wie er konnte. Als dann eine größere Welle kam, wurde der Gegenstand ein Stück näher an ihn herangespült. Er drehte sich dabei auf die Seite, und Ohayon erschrak. Es war ein Erschrecken, gepaart mit einer so großen Neugier, dass er nicht wegsehen konnte. Die Seiten waren purpurn und silbern gefärbt wie bei einem Lachs. Aber das war kein Lachs, das war... Ja, was? Ein Fisch, so viel stand fest. Er war gut zwei Meter lang und etwa dreißig Zentimeter hoch. Dazu hatte er ein langgezogenes, spitzes Maul. Ein Speerfisch? Ein Schwertfisch, ein Lengfisch...? Nein, so was gab es hier bestimmt nicht.

Was war das für ein Tier? Plötzlich machte der Fisch eine entschlossene Bewegung und... war weg. Ohayon wartete noch eine Weile, aber da war nichts mehr. Keine Rückenflosse, keine Bewegung. Einfach so. Vielleicht kommt er aus der Südsee, hat sich verirrt, dachte er, und...

In diesem Moment sah er zum ersten Mal den Flur. Ganz kurz nur, aber unglaublich genau. Er hätte in diesem Moment alles wissen können, aber er interpretierte das Bild falsch, dachte an den Fisch und kam von daher im Modus einer extrem ungenauen Assoziation auf die Südsee und darauf, dass Judith Jambet direkt nach ihren beiden Falschaussagen eine Reise gemacht hatte. Aus Angst vor Strafe, aber der würde sie nicht entgehen! Sie hatten so gut gearbeitet, wie eine Gendarmerie das eben tun konnte. Sie hatten Judith Jambets Aussage als eine einzige Lüge entlarvt. Warum sie mit dieser Lügengeschichte gekommen war? Rache, weil die Chinesen sie nicht als Putzfrau eingestellt hatten! »Asiate«, hatte sie gesagt, Gott, wie raffiniert! Aber nicht raffiniert genug. Nein, im Park war nie etwas passiert. Und während Ohayon das alles dachte, verstand und akzeptierte, drehte er sich ganz langsam um und sah rüber zu den Häusern am Strand. Hübsch sahen sie aus. Romantisch. Und über diesen Häusern sah er die Wipfel der hohen Bäume des Parks.

Er fuhr in die Rue Jean Morel und stellte seinen Wagen etwa dreihundert Meter oberhalb der Stelle ab, an der Helene Guitton überfahren worden war. Er ging los. Neben der Villa der Malinas' standen zwei weitere Gebäude ähnlicher Dimension. Von da an war der Park über die Böschung direkt zugänglich. Hier war Helene mit ihrem Fahrrad runtergekommen. Die Kreidezeichen auf dem Asphalt waren noch schwach zu erkennen. Er ahnte den Umriss ihres Körpers, blieb stehen. Er atmete langsam, hörte sein Blut in den Ohren rauschen. Niemand hätte verhindern können, dass ein Mädchen, für das Liebe und Nähe wichtiger waren als für andere, aus Verzweiflung zu schnell mit dem Fahrrad fuhr. Und das nur wegen eines Jungen, der auch Nähe brauchte und Anerkennung und immer wieder neue Mädchen, vielleicht weil er ein Krüppel war. Niemand hätte das voraussehen oder verhindern können. Er riss sich los. Er würde sie vergessen, auch wenn er sich das im Moment nicht vorstellen wollte. Er hatte schon viele Umrisse aus Kreide gesehen. Dreißig Meter weiter gab es eine schmale Treppe, die stieg er hoch.

Weit. Großzügig. Reste einer anderen Zeit.

Der Park war zwar nicht verwildert, aber man hatte ihn auch nicht in seiner barocken Form belassen. Zwischen den Eichen waren im Laufe der Zeit Bäume hochgekommen, die nicht hierhergehörten. Birken. Pappeln. Außerdem gab es überall Büsche. Schwarzdorn, deshalb kam der Würger hier vor. Die Rasenflächen zwischen den Büschen wurden nicht mehr gepflegt. Eine andere Idee vom Umgang mit der Natur.

Vom oberen Absatz der Treppe führte ein Weg in den Park hinein. Hatte Judith Jambet den auf ihrer Flucht genommen? Unsinn, sie ist nicht geflohen, das war doch alles gelogen, dachte er. Glaubte er, was er dachte? Ohayon ging in den Park. Kein Mensch war zu sehen. Nach zweihundert Metern bog der Weg nach rechts ab. Er kam auf die Rückseite der Villengrundstücke. Die waren durch hohe Hecken gegen den Park abgegrenzt. Allerdings gab es in jeder dieser Hecken ein Tor. Nachdem Ohayon weitere zweihundert Meter gegangen war, stand er hinter dem Grundstück der Malinas'. Er ging zum Tor und sah in den Garten. Es gab direkt an der Hecke einen Schuppen und neben dem stand, auf Holzböcke aufgeständert, eine Segeljacht mit umgelegtem Mast. Abgedeckt mit einer olivgrünen Persenning. Und da passierte es doch wieder. Ohayon dachte an einen Seilzug. Er erinnerte sich an die breite Auffahrt vorne neben dem Eingang. Das war keine Garagenzufahrt. Offenbar liebte

Monsieur Malinas sein Boot so sehr, dass er es im Winter auf dem eigenen Grundstück haben wollte. Ach so, deshalb war er hierhergegangen... Es ging ihm wohl gar nicht um Judith Jambet, sondern um einen Mann, der sich im Augenblick größter menschlicher Katastrophen seelenruhig mit dem Werk Monets beschäftigte. Einen Mann ohne Empathie. Ohayon holte sein Handy raus und rief auf der Gendarmerie an. Auf der anderen Seite meldete sich Christine Clery.

»Ich bin im Park. Rousseau soll herkommen und das Dossier von Kommissar Bary mitbringen.«

»Rousseau spricht gerade mit den Angehörigen der beiden Rentner, die neulich ertrunken sind.«

»Dann soll Nora kommen oder Florence.«

»Die sind im Hafen und befragen die Fischer. Worum geht's denn?«

»Um das Dossier von Kommissar Bary. Gut, ich komme und hole es mir selbst.«

»Ich habe ein Auto.«

Christine Clery brauchte zehn Minuten, Ohayon erwartete sie oben an der Treppe. Sie trug einen gerade geschnittenen grauen Rock, der bis zu den Waden ging. Dazu Stiefeletten und ein wattiertes Jäckchen, bedruckt mit leuchtenden Rosen. Ihre Haare hatte sie wie immer zu einem Knoten zusammengesteckt.

»Sie sind hier, um noch mal die Anzeige von Madame Jambet zu überprüfen?«

»Ja, nein... Ich denke, ich bin wohl eher wegen Monsieur Malinas hier. Er hat so eine komische Art, mit seiner Frau umzugehen.«

»Und dafür brauchen Sie das Dossier von Bary?«

»Ich habe das Haus von Monsieur Malinas noch ganz gut im Kopf und wollte mir noch mal die Grundrisse der Tatorte ansehen.«

Er hielt den Ordner – das hatte praktische Gründe, da Christine Clery eine ausgesprochen große Frau war –, sie überflogen gemeinsam die Zusammenfassung der Ermittlungsergebnisse. Er bemerkte, dass sie ganz leicht nach Parfüm roch, das war ihm bisher noch gar nicht aufgefallen. Vielleicht war sie ein bisschen wie Ines, hatte auch ihre Geheimnisse. Schluss...! Es reichte jetzt mit diesen ständigen Gedanken an Ines' kleine Lügengeschichten, er war schließlich nicht hier, um darüber nachzudenken, warum Frauen sich manchmal nur halb zeigten.

Ohayon stellte mit einiger Bewunderung fest, dass Bary und seine Leute wirklich sehr vielen Spuren nachgegangen waren. Dann sah er die Fotos der Opfer. Bary hatte Recht, die Frauen sahen sich wirklich sehr ähnlich. Die Tatorte waren gut dokumentiert. Es gab immer einen Flur und immer führte die erste Tür links in die Küche. Aber die Küche interessierte ihn nicht. Barys Leute hatten damals die Blutspuren ausgewertet und daraus geschlossen, dass der Täter seine Opfer im Flur angegriffen hatte. Wahrscheinlich sofort, nachdem sie ihm die Tür geöffnet hatten.

Ohayon erzählte Christine Clery von seiner Theorie, dass der Täter ängstlich und für ihn der Angriff der gefährlichste Moment war. Er biss sich so an dem engen Flur und seiner Bedeutung fest, dass sie sein Gerede am Ende ein bisschen wunderlich fand. Er gehörte offenbar zu der Sorte Menschen, die alles, aber auch alles, was sie dachten, mitteilen mussten. Er benutzte sie für irgendwas, das fand sie ziemlich frech.

»Warum gehen wir das noch mal durch?«, fragte sie. »Madame Jambet hat ihre Aussage doch zurückgezogen.«

»Weiß ich.«

»Und warum sind wir dann hier?«

»Ich habe mich die ganze Zeit von ihrer unsinnigen Anzeige ablenken lassen. Wir haben viel zu viel an sie gedacht. Stattdessen hätte ich mich fragen müssen, was für ein Mensch solche

Taten begehen würde. Und so kam ich dann wohl auf Monsieur Malinas. Und von ihm auf Helene Guitton.«

»Sie meinen, das hängt zusammen?«

»Keine Ahnung. Vor einer halben Stunde dachte ich noch, Helenes Unfall sei die Folge der unglücklichen Trennung von ihrem Freund. Dass sie deshalb so schnell fuhr. Daniel ist mit seinem Ford Mustang hinter ihr hergefahren. Vielleicht um noch mal mit ihr zu reden. Nüchtern betrachtet hat er sie hier in den Park hineingetrieben. Genau auf das Haus von Monsieur Malinas zu, der dann seiner Frau einschärft, dass sie Daniel nicht an die Polizei verraten darf. Das alles hätte ich viel früher wissen können, aber das ist eben das Gefährliche bei solchen falschen Anzeigen. Man kriegt sie nie mehr ganz aus dem Kopf. Die in Villons haben ihr 300 Euro Strafe aufgebrummt. Viel zu wenig. Ich werde morgen noch mal in die Rue Bauge-Villons fahren und ihr klarmachen, dass sie unsere Ermittlungen behindert hat und mit daran schuld ist, wenn der Täter noch eine...«

»Sie wohnt nicht mehr in der Rue Bauge-Villons. Sie ist zu ihrer Schwester nach Lancieux umgezogen. Dahin ging auch die Strafanzeige wegen ihrer Falschaussage.«

»Sie ist umgezogen?«

»Unser Schreiben kam zurück, und Nora hat dann bei ihrer Schwester angerufen. Die hat gesagt, dass sie jetzt bei ihr in Lancieux wohnt.«

Er blätterte schnell weiter und suchte nach der Aussage von Judith Jambet. Als er anfing zu lesen, unterbrach Christine Clery ihn. »Sie haben gerade gesagt, die Aussage von Madame Jambet wäre unwichtig...«

»Was ich gesagt habe, war alles falsch. Ich muss wissen, wo genau sie gelaufen ist.« Er wollte weiterlesen, aber sie unterbrach ihn: »Ich kenne das Dossier, und ich kenne den Park. Kommen Sie.«

Sie führte ihn von der Treppe weg in den Park hinein. Es war derselbe Weg, den Ohayon vorhin genommen hatte. Er bog nach rechts ab und führte in fünfzig Metern Abstand hinter den Villengrundstücken vorbei. Dreihundert Meter weiter gabelte er sich. Sie wählte den Abzweig nach links. Eine Weile ging es einfach nur geradeaus. Sie kamen über eine schmale Brücke, die über einen Kanal führte, bogen noch mal ab, erreichten schließlich die kleine Hütte, an der das laminierte Plakat hing, auf dem die Vögel und Tiere abgebildet waren, die hier vorkamen.

»Hier soll er sie angegriffen haben«, sagte sie.

Es war genau die Stelle, an der Bary damals seine sonderbaren Fahrradexperimente gemacht hatte. Ohayon sah zu der Hütte hinüber. Hatte Bary die untersucht? Natürlich hatte er das getan. Trotzdem ging Ohayon hin. Eine merkwürdige Hütte war das. So ganz ohne Funktion. Offenbar war sie zu nichts nütze, außer dass man an ihr ein Schild anbringen konnte, das den Besuchern die hier vorkommenden Tierarten erklärte. Erst bei seiner zweiten Umrundung sah Ohayon einen Schlitz. Klein genug, einen Schlüssel reinzustecken. Aber es gab keine Tür.

»Was suchen Sie denn noch?«, fragte Christine Clery. »Sie hat doch ihre Anzeige zurückgenommen.«

»Warum ist sie umgezogen? Warum hat sie vorher eine Reise gemacht?«

»Weil sie Angst bekommen hat wegen ihrer Falschaussage.«

»Die hat vor etwas anderem Angst. Wir sind dran, Madame Clery, wir sind dran.«

»Sie meinen, sie ist doch hier im Park angegriffen worden?«

»Ja, nein, ein... Ein offener Park passt nicht. Wenn sie von unserem Täter angegriffen worden wäre, dann hätte der einen Ort gewählt, wo sie nicht wegkann. Aber mir fällt gerade... Ich habe vorhin mit Bary gesprochen und der sagte, der Täter hätte bei allen Opfern seine DNA hinterlassen. Er konnte trotzdem nicht identifiziert werden, das heißt, er wurde noch nie erkennungsdienstlich behandelt. Offenbar kann er mit einem Flaschenzug umgehen. Er hat handwerkliche Fähigkeiten...«

»Ist das wichtig?«

»Das ist jemand, der einen ganz normalen Beruf hat. Dass er diese Frauen getötet hat, muss nicht sein primäres Ziel gewesen sein. Seine Opfer haben allein gelebt...« Ohayon unterbrach sich und fing an nachzudenken. Offenbar tat Christine Clery das Gleiche, denn sie sprach nach einer Weile aus, was auch Ohayon dachte.

»Er sucht eine Frau.«

»Als ich in der Wohnung von Judith Jambet war... Frisch renoviert. Sie hat alles schön gemacht.«

»Das heißt, sie kennt ihn schon länger.«

»Eine Möglichkeit. Sie lernen sich kennen, gehen ein paarmal aus, vielleicht waren sie mal hier im Park, und... Sie reden. Über sich. Über Bauge. Über das Bein, das hier mal gefunden wurde, über die Morde. Vielleicht hat er ihr etwas erzählt, das sie beunruhigt hat. Irgendein Detail, das mit den Morden zu tun hat. Sie hat sich erschrocken und ist zur Polizei gegangen. Sie ist sich nicht sicher, will nur in Erfahrung bringen, ob dieses sonderbare Detail, von dem er erzählt hat, mit den Tathergängen übereinstimmen könnte. Mit dem Park hat das alles vermutlich gar nichts zu tun.«

»Ich finde die Art, wie Sie denken, wirklich sehr bizarr.«

»Warum?«

»Sie gehen mit mir in den Park, wollen alles genau wissen und sagen ständig, dass der Park gar nichts damit zu tun hat. Das nenne ich wunderlich.«

»Das Wort benutzt meine Frau auch manchmal.«

Sie gingen zurück. Um sich ein bisschen für seine wunderliche Art zu entschuldigen, bot Ohayon ihr seinen Arm. Sie nahm das Angebot an und hakte sich ein. Was nun auch wieder ein bisschen wunderlich aussah, da sie ja deutlich größer war. Als sie an die kleine Brücke kamen, gab er sie frei, um ihr den Vortritt zu lassen, denn es wäre unmöglich gewesen, dort nebeneinanderzugehen. Sie ging aber nicht über die Brücke.

»Von der Brücke hat sie bei Rousseaus Vernehmung gesprochen«, erklärte Christine Clery, »sie sagte, sie hätte nicht weggekonnt, als er sie angriff, weil es zwischen den Geländern so eng war.«

»Aber als sie dann in Villons vernommen wird, erzählt sie etwas von einem Gebüsch. Da kommt die Brücke nicht mehr vor.«

»Vielleicht hatte sie das mit der Brücke bei der zweiten Vernehmung vergessen.«

»Niemand beschreibt zuerst eine so besondere Situation wie den Angriff auf einer schmalen Brücke und verwechselt das später mit einem Gebüsch. Ich denke, jemand hatte ihr etwas erzählt, mehr ist gar nicht passiert. Nun, das sind alles Vermutungen, aber zwei Dinge wissen wir. Erstens: Sie hat zwischen all ihren Lügen etwas zu Protokoll gegeben, das sich ganz verblüffend damit deckt, dass die ersten drei Frauen in einem engen Flur angegriffen wurden, einem Ort, wo sie nicht wegkonnten. Und das stand nicht in der Zeitung. Gut, das kann Zufall sein. Ein großer Zufall. Was wir ganz bestimmt wissen, ist etwas anderes: Direkt nach den beiden Vernehmungen verschwindet sie. Erst macht sie eine Reise, dann gibt sie ihre Wohnung auf und ihre Arbeit.«

»Aber wenn sie Angst hat, warum geht sie dann nicht einfach zur Polizei?«

»Sie war doch schon bei der Polizei.«

»Aber da hat sie nicht die Wahrheit gesagt. Oder nur die halbe Wahrheit.«

»Sie wäre nicht das erste Opfer, das einen Täter zunächst schützt, dann teilweise preisgibt, dann doch wieder schützt. Es könnte jemand sein, der Frauen auf ganz andere Art kontrolliert. Vielleicht sieht er gut aus.«

Seine letzte Bemerkung hatte zur Folge, dass Christine Clery ihn sehr direkt ansah. Es war ein Blick ohne jeden Ausdruck. Ohayon hätte fünfzig Euro dafür gegeben zu erfahren, was sie gerade dachte.

*

Es war eng, alles war mit Umzugskartons vollgestellt, es roch nach Mensch.

Als Ohayon Judith Jambet sah, war ihm sofort klar, dass Kommissar Bary vom ersten Moment an schlechte Karten gehabt hatte. Einfach weil er zu weit weg war. Bary war sicher gut, wenn es um organisierte Kriminalität ging, um Straftäter, die planvoll vorgingen. Aber diese Taten waren klein. Ängstlich. Und sehr privat. Taten, wie sie in kleinen Städten und auf dem Land verübt werden. Es war erschütternd, was für ein banaler Fehler Bary in diesem Fall unterlaufen war. Die Vernehmung von Judith Jambet war die Arbeit eines Dilettanten gewesen, der nicht zuhören konnte. Ohayon hatte sich damals auf der Gendarmerie schon darüber aufgeregt. Die Falschaussage von Judith Jambet hatte niemanden in Villons interessiert. Wahrscheinlich hatte Bary sie überhaupt nicht zu Gesicht bekommen.

Sie saß auf einem beige bezogenen Sofa. Offenbar schlief sie dort auch. Sie erschrak, als sie ihn sah, und wurde sofort aggressiv, bösartig, abweisend, als er sagte, dass er von der Polizei wäre. Davon abgesehen war sie so betrunken, dass sie die Augen kaum aufhalten konnte.

»Hat Ihre Schwester die Möbel abgeholt?«

Keine Antwort. Er setzte sich zu ihr auf die Couch und wartete eine Weile.

»Ich möchte, dass Sie sich diese drei Frauen ansehen.«

Er legte die Fotos auf den Tisch. Sie betrachtete die Aufnahmen eine Weile, wobei sie ein bisschen mit dem Kopf schwankte.

»Wer sind die?«, fragte sie schließlich.

»Opfer des Hammermörders.«

Das Schwanken des Kopfes hatte sich inzwischen auf ihren Oberkörper übertragen. Ohayon befürchtete, dass sie einschlafen könnte.

»Ich finde, Sie haben eine ziemliche Ähnlichkeit mit diesen Frauen.«

»Die haben schwarze Haare, ich bin blond.«

»Seit wann?«

Sie schwieg.

»Sie haben für Monsieur Malinas gearbeitet, nicht wahr? Warum haben Sie Ihre Arbeit dort aufgegeben?«

»Weil mir das Haus unheimlich war. Schon seit langem.«

»Was war Ihnen an dem Haus von Monsieur Malinas unheimlich?«

»Nicht sein Haus. Das, in dem ich gewohnt habe.«

Ohayon war kurz irritiert. Alles, was er über Malinas gedacht oder geahnt hatte, war falsch gewesen.

»Hat Sie in Ihrem Haus jemand bedroht? Oder hat Ihnen da mal jemand von den Morden erzählt?«

Sie schwieg. Er musste einen Umweg machen, sie bestätigen in dem, was sie dachte.

»Wer hat Sie in Villons vernommen?«

»Ein Mann.«

»Hat Ihnen der Mann richtig zugehört? War er nett?«

»Der war wütend und hat gesagt, dass ich mich mit einer Falschaussage strafbar mache. Da habe ich Angst bekommen. Ich hatte ja auch gelogen.« Ihre Hand kam hoch, zur Faust geballt, schwebte eine Weile in der Luft. Dann drückte sie die Faust fest an ihren Mund, zog sie nach einer Weile ein Stück weit weg. »Ich wollte ihn doch nicht verraten, sondern mich nur erkundigen. Er hat mir überhaupt nichts Böses getan.«

»War er mal mit Ihnen im Park?«

Sie schwieg. Er musste damit rechnen, dass sie ihn belügen würde. Er durfte nicht über Gefahr reden, sie nicht beschuldigen. Und *ihn* schon gar nicht.

»Soll ich Ihnen mal erzählen, wie ich meine Frau kennengelernt habe?«

Endlich. Sie sah ihn an.

»Wir haben uns das erste Mal an einem Fischstand getroffen. Ich wusste sofort, dass sie die Richtige ist. Ein verrückter Zufall war das. Nur weil wir beide Lust auf ein Fischbrötchen hatten. Ich sagte, ich nehme ein Fischbrötchen, und sie sagte, ich auch. Das war der Anfang. Wir haben uns über Fischbrötchen kennengelernt, ist das nicht verrückt?«

»So ähnlich war es bei uns auch. Nur, dass es bei uns die Farbe war. Und dann bin ich doch zur Polizei gegangen.«

»So was kann einem passieren. Ich glaube, er wird das verstehen, wenn ich es ihm erkläre.«

»Er mochte meine Wohnung. Er hat sich solche Mühe beim Renovieren gegeben.«

»Ja, er hat sehr sorgfältig gearbeitet, kein Kleckser, nichts über den Rand, das habe ich sofort gesehen. Wer hat bei Ihnen renoviert?«

Sie schwieg so lange, dass er schon meinte, sie hätte die Frage vergessen. Die Faust kam wieder hoch, das gleiche Spiel.

»Ich glaube, Sie sollten mir das jetzt sagen. Damit ich das in Ordnung bringen kann. So geht es doch nicht weiter. Sie sind ganz betrunken, und wie es hier aussieht. Sie hatten doch so eine schöne Wohnung. Wirklich so eine schöne Wohnung.«

»Der schräg unter mir, der immer mit den Schiffen unterwegs ist.«

Sie waren über den Berg, Judith Jambet wurde sicherer: »Er

hatte bei sich renoviert, und da sprachen wir drüber, dass ich auch renovieren will und über die Farbe. Zuerst dachte ich...«

Sie fing an zu erzählen. Wie sie zum ersten Mal ausgegangen waren, worüber sie gesprochen hatten, wie schüchtern er die ganze Zeit gewesen war... »Nicht so wie die anderen, nur darauf aus, mit mir zu schlafen...!« Ohayon begriff. Sie war verliebt und litt unter dem, was sie in ihren Augen begangen hatte. Verrat. Sie hatte sich in einem Gespinst aus Angst, Liebeskummer und Schuld verheddert. Da sie dieses Dilemma nicht auflösen konnte, hatte sie sich verkrochen.

Plötzlich erschrak sie. »Ich wollte ihn doch anrufen und ihm erklären... Jeden Tag hab ich mir das vorgenommen. Jeden Tag, das glauben Sie mir doch, oder? Er weiß ja auch gar nicht, wo ich bin. Aber dann dachte ich wieder, wenn er mich findet, macht er mich tot.«

»Jetzt muss er Sie nicht mehr finden, jetzt finde ich ihn.«

Das war der Satz, den sie gebraucht hatte. Sie griff nach seiner Hand und hielt sie so fest, dass es wehtat. Und dann löste sich der Druck, unter dem sie gelitten hatte, auf ganz natürliche Art und Weise. Sie erbrach sich. Ohayon kämpfte gegen seinen Würgereflex an, bekam ihn nicht unter Kontrolle.

Sie kippte gegen ihn und schlief sofort ein. Er rief Nora an, sprach leise. »Ich bin in Lancieux. – Ja, bei ihrer Schwester. Ruf hier bei der Gendarmerie an. Die sollen sofort eine oder zwei Frauen schicken. – Ja, Frauen, es eilt.«

Während er wartete, sie hielt und versuchte, sich und sie ein bisschen sauber zu machen, sah er sich im Zimmer um. Sie hatte fast alles in ihren Umzugskartons gelassen. Nur die Impression der Toskana, die hatte sie aufgehängt. Und auf einem Hocker stand ein Licht, wie man es Kindern ins Zimmer stellt, wenn sie Angst haben und nicht schlafen können.

Sie war eine Frau mit guten Instinkten. Sie war eine Lügnerin. Sie war ihm entkommen.

Ohayon roch nach Erbrochenem, Ohayon fuhr zu schnell, Ohayon wusste immer noch nicht, wie die Freisprechanlage funktionierte.

»Ich habe ihn, Monsieur Bary. Sie müssen sofort in die Rue Bauge-Villons kommen, das alte Sanatorium, die letzte Adresse von Judith Jambet. – Sie sind wo…? Na, Sie kommen ja ganz schön rum. – Fabrik für Fischfrikadellen? Ja, nein, das müssen Sie mir später in Ruhe erzählen. – Ja, das verstehe ich, deshalb habe ich Sie ja auch angerufen, kein Alleingang, aber der Mann ist sehr mobil. Es eilt. – Ja, selbstverständlich. – In meiner Größe, das habe ich verstanden. – Ja, zu zweit, natürlich. – Ja, in meiner Größe, das hab ich verstanden. In meiner Größe. Ich mache jetzt Schluss.«

Als Nächstes rief er Rousseau an.

»Ich brauche dich. Mit Waffe und Weste. Bring mir auch eine mit. Eine in meiner Größe, verstehst du? Nein, ich werde sie nicht über meinem Blouson tragen, nimm die kleinste. – Zum Haus von Judith Jambet, Rue Bauge-Villons. Und park deinen Wagen vorne an der Straße. Nicht reinfahren, hörst du.«

Als Ohayon zwanzig Minuten später ankam, war Rousseau schon da. Ohayon legte die Schutzweste an, die ihm deutlich zu groß war.

»Du stinkst nach Kotze.«

»Bauholz. Grün, verstehst du? Gegen den Schimmel, die pressen da einen Stempel drauf, aber das war alles falsch. Alles falsche Gedanken.«

»Du stinkst nach Kotze.«

»An Bauholz hab ich die ganze Zeit gedacht und an einen Flur. Ein enger Flur. Auf Farbe und Renovieren wäre ich niemals gekommen. Ich krieg das hinten nicht enger, hilf mir mal.«

Rousseau machte sich an den Klettverschlüssen zu schaffen. »Wieso Bauholz?«

»Weil doch Chervel seinen Schuppen nicht fertig gebaut hat und weil wir nach jemandem gesucht haben, der bei ihm war.«

»Das Holz haben zwei von den Fischern gekauft, und die wurden gecheckt, das hatte ich dir doch erzählt.«

»Ja, ich dachte nur, vielleicht hat er vorher schon einen Teil von dem Holz an jemand anderen verkauft. War alles Quatsch. Was man eben so denkt.«

»So, enger kriege ich das nicht.«

Als sie vor der Tür standen, fragte Rousseau: »Soll ich meine Waffe ziehen?«

»Ja.«

Ohayon betätigte die Klingel. Nichts. Noch mal. Wieder nichts. »Stell dich ein bisschen zur Seite!«

»Meinst du, der schießt?«

»Polizei. Machen Sie die Tür auf, Monsieur ... Wie hieß der?«

»An der Klingel steht nichts.«

»Machen Sie die Tür auf! Polizei! Machen Sie sofort die Tür auf!«

»Guck mal, Ohayon, da ist jemand.«

Ohayon drehte seinen Kopf nach links und entdeckte Judith Jambets Nachbarin in ihrem Bademantel.

»Suchen Sie Monsieur Théron?«

»Ja.«

»Der ist vor ein paar Tagen los. Mit seinem Seesack.«

»Ach ja? Danke.«

Sie verließen das Haus. Rousseau steckte seine Waffe weg, Ohayon machte Bewegungen mit den Armen. »So eine Scheiße! So eine Scheiße!«

»Ist doch nicht schlimm. Jetzt, wo wir wissen, wer er ist, kriegt Bary den bestimmt.«

Ohayon sah am Haus hoch, zur Dachrinne, die noch immer

durchhing, griff schließlich nach seinem linken Ohrläppchen.
»Jemand, der schwindelfrei ist…«, sagte er.

»Wie?«

»Sie hat mich belogen, es war nicht Théron.«

»Wie, belogen?«

»Komm!«

Und dann wurde Rousseau Zeuge eines besonderen Vorgangs. Ohayon machte große Schritte. Während er Ohayon folgte, überlegte Rousseau, wo der wohl hinwollte. Vor dem letzten Haus auf der linken Seite stand ein Transporter, aus dem gerade ein Mann Gas- und Wasserleitungen auslud.

»Ah! Mal wieder die Polizei!«, sagte Monsieur Debiens, dachte an das Bußgeld, dass sie ihm aufgebrummt hatten, weil er mit seinem Transporter in einer Einfahrt stecken geblieben war, und ließ seine Rohre demonstrativ fallen. Ohayon beachtete ihn nicht.

»Wo willst du hin?«, fragte Rousseau.

»Guck mal, ob du hier irgendwo eine Leiter findest.«

Nachdem sie die Leiter platziert hatten, stieg Ohayon auf das Dach der Garage. Er machte dort oben nichts. Außer eine Weile vor seine Füße zu starren und schließlich ein einziges Wort zu sagen: »Bauholz.« Dann drehte er sich um, sah runter zu Rousseau.

»Da hat wohl doch noch jemand Holz von Chervel gekauft, nicht nur deine Fischer. Als ich mit Nora hier war, hat er die Hölzer aufs Dach genagelt, das war vor dem Sturm. Ist das nicht verrückt? Ich habe die ganze Zeit an Bauholz und an einen engen Flur gedacht. Ich meinte, das hätte was mit den Tatorten zu tun, hatte es aber nicht.«

»Kommst du runter?«

»Das war, weil dieser Dachdecker so neugierig war. Als Nora und ich in der Wohnung von Judith Jambet waren, wollte er unbedingt mit rein.«

»Kommst du runter?«

»Verrückt, oder? Dass man etwas die ganze Zeit weiß, es sogar als Bild vor sich sieht und einfach nicht draufkommt. Das liegt bestimmt daran, dass wir so viel sehen. Also vergessen wir das meiste. Aber es ist nicht ganz weg, verstehst du? Das ist wahrscheinlich das Unbewusste.«

»Kommst du runter?«

»Guck mal. Da sind sie, die Ritter.«

Sechs große Renault Kombi. Schwarz. Männer stiegen aus. Schutzwesten. Bewaffnung. Hunde. Und zwei silberne Wagen. Männer in Weiß. Die Intelligenten. Offenbar hatte Ohayons Wort bei Kommissar Bary Gewicht.

»Kommst du jetzt runter? Ich halte die Leiter.«

»Gute Idee.«

»Weißt du, was ich dachte, als du eben auf dem Dach gestanden hast?«

»Dass da eine Leiche liegt?«

»Dass du eine Rede hältst. Über das Unterbewusste.«

»Ich glaube, es heißt: Unbewusst.«

»Du bist jetzt ganz obenauf, oder?«

Als Kommissar Bary eintraf, waren seine Leute gerade mit ihrer Arbeit fertig. Er sprach kurz mit dem Leiter der Spurensicherung, David Leroy, und ging dann zu Ohayon.

»Ich glaube, mir fehlt einiges an Informationen, ein paar Zwischenschritte...«

»Ich denke, wir haben ihn. Wir wissen, wer er ist.«

Bary sah Rousseau an, der zuckte mit den Schultern. »Es hat irgendwas mit ein paar Latten zu tun, die jemand aufs Dach der Garage genagelt hat.«

»Vierkanthölzer«, korrigierte Ohayon. Dann erzählte er Bary von den Überlegungen, die er und Christine Clery im Park von Bauge angestellt hatten, und von seiner anschließenden Vernehmung Judith Jambets. »Als sie endlich damit rausrückte, wer ihr diese beunruhigenden Details über die Morde erzählt hat... selbst da hat sie mich noch belogen. Aber dann sah ich, dass die Dachrinne noch immer durchhing. Verstehen Sie?«

»Nein.«

»Nun, ich hatte mich da bei den Garagen mit einem Mann unterhalten, der hier mit Dachdeckerarbeiten beschäftigt war. Er sagte, dass er als Erstes die Regenrinne in Ordnung bringen würde. Aber sie hing, als wir vorhin ankamen, immer noch durch.«

»Unser Täter ist Dachdecker?«

»Die tote Frau in der Fichte, erinnern Sie sich? Da hatten wir doch darüber gesprochen, dass der Täter gut klettern und schwindelfrei sein müsste.«

Zwei Tage später rief Bary an. Das Labor hatte Ohayons Vermutung bestätigt und an den Vierkanthölzern Täter-DNA nachgewiesen. »Der Mann, den wir suchen, heißt Franck Ribiens. Wir haben ein Foto, wir wissen, dass er sich wahrscheinlich in Marseille aufhält.«

Bary erzählte Ohayon nicht, wie er an das Foto von Franck Ribiens gekommen war. Er erzählte es auch später niemandem.

Bary hatte seine Waffe überprüft, aber er war allein reingegangen. Weil Kinderspielzeug auf dem kurz geschorenen Rasen vor dem Haus lag. Er hatte Franck Ribiens Bruder und dessen Frau seinen Ausweis gezeigt, sie um ein Foto gebeten.

»Was wollen Sie von meinem Bruder...?«

Sie hatte ihren Mann mit einer schnellen Bewegung der Hand zum Schweigen gebracht, sie hatte die Situation eine Weile unter Kontrolle gehabt. Am Ende war Bary nichts anderes übrig geblieben. Er hatte ihr sagen müssen, unter welchem Verdacht ihr Schwager stand. Er hatte dabei leise gesprochen.

Weder sie noch ihr Mann hatten die Chance gehabt, auf das Gesagte zu reagieren, denn in diesem Moment kamen zwei kleine Jungen ins Zimmer gestürmt. Der Jüngere hielt ein selbstgebasteltes Segelflugzeug in der Hand, das er offenbar jemandem zeigen wollte.

»Ist Onkel Franck da?«, hatte er noch im Laufen gefragt.

Als Bary das Haus zehn Minuten später verließ, lag das Kinderspielzeug noch immer auf dem Rasen. Im Haus war nichts mehr wie vorher. Selbst hier draußen hörte er die Kinder noch weinen. Er musste heftig schlucken, um gegen das Sodbrennen anzukommen. Er hatte täglich mit den Auswirkungen von Gewalt zu tun. Er hatte eine Frau und drei Kinder. Er lebte in einem Haus, das diesem sehr ähnelte. Auch der Rasen vor seinem Haus war kurz geschnitten. Als die beiden Sergeanten sein Gesicht sahen, wickelten sie ihre Brote so hastig wieder ein, dass eins runterfiel.

*

»Gehen wir was essen?«

Rousseau sah Ohayon an, als sei der nicht von dieser Welt. »Heute? Es ist gleich achtzehn Uhr.«

»Na und? Wir sind doch schon öfter um diese Uhrzeit essen gegangen.«

Ohayon war nach seinem Erfolg zwei Tage lang sehr zufrieden mit sich gewesen, hatte gemeint, er habe gut kombiniert. Warum auch nicht? Jeder Mensch braucht das, sich hin und wieder in eine Situation reinzuträumen, in der er so dasteht, dass die anderen zugeben müssen: Na, das ist schon einer, der kann's, toller Kerl! Schließlich reduzierte er seine Leistung auf das, was ihm zustand. Im Grunde war die entscheidende Information von Christine Clery gekommen. Die hatte ihm gesagt, dass Judith Jambet zu ihrer Schwester gezogen war.

»Was ist jetzt, Rousseau? Gehen wir was essen oder nicht?«

»Wir müssten dann bei mir was kochen. Und wir müssen uns beeilen.«

»Warum?«

»Na, heute spielt doch Frankreich gegen die Deutschen.«

»Echt?«

»Wir müssten natürlich vorher auch noch was einkaufen... Meine Frau wird sich freuen, die wollte dich sowieso einladen.«

»Wein oder Bier?«

»Wein.«

»Worauf warten wir?«

*

Frankreich gegen Deutschland. Geräucherter Lachs aus Irland für 4,99 Euro. Damit stand fest, was es zum Abendessen geben würde. Aber nicht zu fett, ganz wichtig! Also keine Butter. Meerrettich natürlich. Und Zitronen. Und Cracker für unter den Lachs. Und eine Packung mit Duftbäumchen.

Er sah auf die Uhr. In fünfunddreißig Minuten würde das Spiel beginnen. Ein Freundschaftsspiel. Er kannte die Mannschaften. Sie würde nicht lange halten, die Freundschaft.

Er ging zur Kasse und zahlte. 26,48 Euro. Sie war furchtbar geschminkt und höchstens zwanzig. Aus reiner Gewohnheit zahlte er mit einem 50-Euro-Schein, hatte aber kein Interesse. Die Sticker nahm er, weil seine Neffen die sammelten. Und bei seinen Neffen dachte er kurz an Weihnachten und seinen Bruder.

Als Nächstes ging er in einen Baumarkt. Das dauerte nicht lange. Dann war er wieder unter den Sternen, blinkenden Lichterketten, zwischen den Leuten, die es eilig hatten, die alle so waren und dachten wie er. Frankreich gegen Deutschland. In zwanzig Minuten würde es anfangen. Nun, er hatte es nicht weit bis nach Hause. Auf einer Bühne standen Kinder, die Weihnachtslieder sangen.

Er ging genau da hin, wo er hinwollte. Vor der Glaswand,

neben der großen Drehtür, blieb er stehen. Sein Herz schlug schneller. Sie saß an der Kasse. Das war die Frau, an die er seit Tagen dachte. Es war schön, ihr bei der Arbeit zuzusehen, ohne dass sie davon wusste. Er achtete auf jede ihrer Bewegungen. Das war eine seiner Spezialitäten. Er konnte die Bewegungen solcher Frauen, wie sie eine war, auseinandernehmen, sie sozusagen in ihre Einzelteile zerlegen. Am Ende hatte das dann etwas ganz Abstraktes. Als er gerade ein bisschen in seinen Träumen versunken war, beugte sie sich plötzlich ein Stück vor und bat einen jungen Mann, ein Schild auf ihr Laufband zu stellen. Nachdem sie die letzten vier Kunden abkassiert hatte, kam jemand, um sie abzulösen. Das fand er falsch.

Sie übergab ihrer Kollegin eine Liste und sprach kurz mit ihr. Gleich würde sie gehen. Nach hinten, in die Personalräume. Das stachelte seine Sehnsucht noch weiter an. Morgen, hatte er gesagt, morgen würden sie zusammen rausfahren. Der Wagen war bereit. Aber warum erst morgen, warum nicht heute? Sie war fertig mit ihrer Übergabe, kam aus dem Kassenbereich raus und stand einen Moment lang einfach nur da. Sie blickte ungefähr in seine Richtung, sah ihn aber nicht. Vielleicht spiegelte die Scheibe, oder sie dachte gerade an etwas anderes. Er hob die Hand, um ihr zuzuwinken. Zögerte. Hob sie noch ein Stück. Er wusste nicht genau, was er tun sollte. Sah sie ihn? Ja, sie sah ihn. Sie lächelte, wirkte aber auch irritiert. Sie waren doch für morgen verabredet, nicht für heute.

Sie fand, dass er komisch aussah, wie er da hinter der Schaufensterscheibe stand und ihr zuwinkte. Hilflos, mit seinen Einkaufstüten. Dass er in sie verliebt war, hätte nun wirklich jeder gemerkt. Das rührte sie. Er war so verletzlich und schüchtern. Was sollte sie tun? Zu ihm gehen? Ihm sagen, dass auch sie sich gefragt hatte, warum sie eigentlich bis morgen warten sollten? Ja, sie würde zu ihm gehen … Genau in diesem Moment hörte er auf zu winken. Erklärte sich mit Zeichen.

Oh Gott. Ihm war gerade das Spiel eingefallen. Frankreich gegen Deutschland. Also lächelte er sie an, hob seine Einkaufstüten, machte eine Bewegung mit dem Fuß. Das sollte bedeuten, das Spiel fängt gleich an. Eine idiotische Geste, die sie aber verstand.

Er zog los. Oh ja, nur noch acht Minuten, er musste sich beeilen. Nach einer Weile hatte er sie vergessen und freute sich auf das Spiel und den Lachs. Er war spät dran, er hasste es, den Anstoß zu verpassen. Aber dann fiel ihm ein, dass sie vorher wahrscheinlich noch singen würden. Obwohl ... Da war er sich auf einmal unsicher. Sangen die überhaupt bei einem Freundschaftsspiel? Er ging vorsichtshalber schneller, als er in seine Straße einbog. Und dann dachte er doch wieder an sie. Er hatte sich verliebt. So fühlte sich das also an. Er würde ihr morgen die Gegend zeigen, er kannte ein paar Stellen, die ihr sicher gefielen. Überhaupt würde er alles machen, damit sie sich bei ihm wohlfühlte. So hatte er noch nie für eine empfunden. Nein, Blödsinn! Das mit dem Singen war Quatsch. Die Anfangszeit war die Anfangszeit. Wenn sie sangen, dann sangen sie vorher. Das Spiel würde auf die Minute pünktlich beginnen. Ob sie wohl auch gerne Fußball guckte? Er hatte sie gar nicht gefragt.

Als er sein Haus fast erreicht hatte, blieb er stehen. Ein Mann kam auf ihn zu. Mit dem Mann stimmte etwas nicht, denn er stellte sich ihm in den Weg. Seine rötlichen Haare standen ein wenig vom Kopf ab und seine Augen wirkten müde. Oder war er traurig? Der Mann zog die Hand aus der Manteltasche und zeigte ihm einen Ausweis. Dann nannte er seinen Beruf, seinen Nachnamen und den Grund, warum er hier war.

Er drehte den Kopf nach links, Richtung Straße. Es kam niemand, um ihm zu helfen. Im Gegenteil. Die Scheinwerfer von mehreren Autos gingen an. Er kniff die Augen zusammen, bekam Angst. Überall um ihn herum standen plötzlich Männer in Uniform. Zwei von ihnen hatten Hunde dabei. Der Mann mit den rötlichen Haaren steckte seinen Ausweis weg und bot ihm mit einer ruhigen Geste an, seine Einkaufstüten zu übernehmen. Er zögerte, gab seine Tüten schließlich her. Es hatte keinen Sinn sich zu wehren, er war einer übermächtigen Gewalt ausgeliefert, die sich nicht im Geringsten für ihn und seine Furcht interessierte.

*

Ein paar Wochen später kehrte Ohayon nach Fleurville zurück. Da er zeitig abgefahren war, kam er bereits am frühen Freitagnachmittag an. So hatten Ines und seine Töchter das ganze Wochenende, um sich wieder an ihn zu gewöhnen.

Am Montag betrat er zum ersten Mal die neue Gendarmerie. Ohayon hatte ein Büro ganz oben. Alles roch neu. Resnais hatte ihm seinen Gummibaum vors Fenster gestellt und die Pflanze hatte sich bereits zum Licht hin orientiert.

Als er kurz darauf das neue Büro von Roland Colbert betrat, sah er sofort, dass der seine Möbel wieder genauso hingestellt hatte wie im alten Büro. Nur das Fischbild von Paul Klee hing woanders, weil hier die meisten Wände aus Glas waren.

»Setz dich. Kaffee?«

»Was ist mit meiner Ernennung zum Lieutenant? Ines hat schon gefragt.«

»Es ist nicht alles so einfach, wie man sich das manchmal wünscht. Bertrand Giry hat sich für dich eingesetzt. Ich natürlich auch, aber ... Man wollte nicht.«

»Wie, man wollte nicht? Das war doch der Deal, dass ich die Giry aus der Schusslinie bringe und dafür Lieutenant werde.«

»Bertrand Giry hat das nicht zu entscheiden. Aber bevor du dich aufregst ...« Roland Colbert zog eine Schublade auf und holte ein Kuvert raus, das er zu Ohayon rüberschob.

»Wie, hat es jetzt doch geklappt?«

»Den Ausschlag haben letztlich Kommissar Bary und der Bürgermeister von Bauge gegeben. Wobei der Bürgermeister der Wichtigere war. Offenbar ist es dir gelungen, eine Verbindung zwischen den Einwohnern der Stadt und diesen chinesischen Arbeitern herzustellen...«

»Nur, was hat das genützt? Die Arbeiten wurden eingestellt. Weil Bestimmungen zum Arbeitsschutz nicht eingehalten wurden.«

»Das eine hat mit dem anderen überhaupt nichts zu tun. Deine Aufgabe war es, das Lager zu schützen, und das hast du geschafft.«

»Meinst du, die bauen das Gezeitenkraftwerk irgendwann zu Ende?«

»Ich hoffe doch sehr, dass weitergebaut wird. Da sind schließlich enorme Kosten entstanden. Also, noch mal herzlichen Glückwunsch! Die Kantine ist unten.«

Nun... Ohayon stand nicht auf, um sich in die Kantine zu begeben.

»Noch was auf dem Herzen?«

»Dein Interesse an meiner Karriere hat mich beschäftigt«, erklärte Ohayon, »und du weißt ja, dass es bei mir immer ein bisschen dauert, bis ich begreife. Ich habe heute Morgen unseren Bürgermeister angerufen. Und ihn gefragt, wie es ihm geht. Gesundheitlich. Du weißt ja, dass er mal Krebs hatte.«

Roland faltete seine Hände.

»Er wird wohl in zwei oder drei Jahren aufhören. Wir haben auch darüber gesprochen, dass es eine Gebietsreform geben wird, und so kamen wir darauf, dass du offenbar politische Ambitionen hast. Es geht dabei wohl um mehr als ein Bürgermeisteramt.«

Roland Colbert schenkte sich nach.

»Sollte das so sein, solltest du darüber nachdenken, dass du jemanden brauchst, der unsere Gendarmerie in deinem Sinne weiterleitet, also im Sinne eines Stellvertreters oder Handlangers... Dann müssen wir offen darüber reden. Alle sagen immer, wir wären befreundet. Wie ist das mit dieser Freundschaft? Musst du dir vielleicht mal überlegen.«

Er wartete die Antwort nicht ab.

In den nächsten Wochen hatte Ohayon damit zu tun, sich in seinen neuen Aufgabenbereich einzuarbeiten. So kam es nur selten vor, dass er an seine Zeit in Bauge dachte. An Rousseau zum Beispiel, der sich plötzlich verändert hatte, an Noras Stimme, seine Höllenfahrt mit dem Kutter. Aber das waren nur kleine Episoden. Was ihn länger beschäftigte, hing mit einem Satz zusammen, den Claire gesagt hatte: »Das war das tollste Jahr meines Lebens und auch das Jahr, in dem sich bei uns allen die Zukunft entschieden hat.« Von diesem Satz kam er dann immer auf die Beerdigung von Helene Guitton und von da auf den Moment, als Eva zusammen mit Delphine an Bord der Fähre gegangen war.

Eva war plötzlich stehen geblieben und hatte den Kai abgesucht. Als sie ihn unten entdeckte, hatte sie gelächelt und ihm zum Abschied gewinkt. Was hatte diese Geste bedeutet? War sie so manipulativ, wie alle behaupteten, hatte ihr Lächeln ihm sagen sollen: Siehst du, jetzt habe ich, was ich wollte! Aber dann sah Ohayon sie wieder anders. Mit ihren nassen Haaren, ihrem schmalen Gesicht. Ein Kind, das darauf bestand, dass nachts in seinem Zimmer ein Licht brannte. Hatte sie um etwas viel Wichtigeres gekämpft als ein Studium in London? Warum war es so wichtig für sie gewesen, ihm zuzulächeln und zu winken? Sollte ihn das beruhigen? Wollte sie sagen: Keine Angst, ich habe es geschafft?

Als Ohayon das letzte Mal an Claire, Delphine, Eva dachte, lag er neben Ines im Bett. Es waren nur ungenaue Bilder ohne

Fragen. Er hatte seinen rechten Arm über den Körper seiner schlafenden Frau gelegt, spürte die Wärme ihres Bauchs unter seinen Fingern. Er nahm ganz schwach den Geruch ihres Haars wahr. Der Schein eines Lichts drang schräg ins Zimmer.